# 中國文學概論

君不見黃河之水天上來
奔流到海不復回
君不見高堂明鏡悲白髮
朝如青絲暮成雪
人生得意須盡歡
莫使金樽空對月
天生我材必有用
千金散盡還復來
烹羊宰牛且為樂
會須一飲三百杯……

尹雪曼 著

東大圖書公司

國家圖書館出版品預行編目資料

中國文學概論／尹雪曼著.－－二版五刷.－－臺北市：東大，2014
面；　公分.－－(文苑叢書)

ISBN 978-957-19-2785-5　(平裝)

1. 中國文學

820　　　　93016318



| | |
|---|---|
| 著作人 | 尹雪曼 |
| 發行人 | 劉仲文 |
| 著作財產權人 | 東大圖書股份有限公司 |
| 發行所 | 東大圖書股份有限公司<br>地址　臺北市復興北路386號<br>電話　(02)25006600<br>郵撥帳號　0107175-0 |
| 門市部 | (復北店) 臺北市復興北路386號<br>(重南店) 臺北市重慶南路一段61號 |
| 出版日期 | 初版一刷　1975年12月<br>二版一刷　2004年10月<br>二版五刷　2014年8月 |
| 編號 | E 820380 |

行政院新聞局登記證局版臺業字第〇一九七號



ISBN　978-957-19-2785-5　(平裝)

http://www.sanmin.com.tw　三民網路書店

# 自序

最近幾年由於教授「文學概論」一門課程，一直想寫一部「中國文學概論」的書；原因是一方面感於對學生們有益，另一方面是鑒於坊間許多「文學概論」一類的書，不僅亦中亦西，而且亦各有所偏。有些書，依我看來，只適合中文系或外文系學生研讀；如果要一般科系的學生選讀，真是有點不倫不類，徒然浪費精力。

基於這個認識，我試著在課堂上一邊講，一邊錄音，然後再加整理。經過兩年功夫，大致才算完成；計算一下，居然有二十四、五萬字。當然，我不敢說這是一部完美無缺的書，但它大體上尚符合我個人的理想。在我的構想中，我期望大專院校一般科系的學生在選讀「文學概論」這門課程時，能先對中國文學有個概略的認識。譬如說中國歷朝歷代文人、學者對文學的觀念與認識，中國文學的演變，儒家、道家以及佛教對中國文學的影響等。我覺得這是最起碼的一個瞭解和認識；有了這個瞭解和認識，如果還有時間和興趣，便可以進一步分門別類的鑽研；所以接著我分詩詞、文章、小說、戲劇四篇各論，探討中國文學以往的各項成就。本來還計畫列入「現代文學」一篇，但因顧及字數，便把它割愛了。

我常常懷疑：讓大專院校一般科系學生瞭解 Literature 一字的演變有何意義？而一位中國青年，如果不知道屈原、司馬遷、李白、杜甫、蘇東坡、羅貫中、施耐庵、曹雪芹……，不知道儒家、道家和佛教對中國文學有些什麼影響，單單知道華舍斯德 (Worcester, 1784–1865)、勃魯克 (S. Brooke, 1832–1916)、瓦納 (Vinet, 1797–1847)、亞諾德 (Matthew Arnold, 1822–1888) 等西洋人對文學所下的定義，又有什麼用處？至於另有些名為文學概論的書，研究的卻是文學中的希伯來精神和希臘精神等等，實在應該名之為西洋文學概論，不應該統稱為文學概論，以免引起誤會。可惜現在的大專院校一般科系學生，被糊裡糊塗的授以這類的文學概論，要他們去研讀文學的意象、文學的美感情緒、文學的起源等等，真叫人想起來有點啼笑皆非！

我這樣說，好像有點「國粹論」的架勢，其實也並非如此。我只是說，作為一位現代中國青年學生，應該先對本國的文學有一個概括的認識；如果行有餘力，再研讀西洋文學不遲。這也是我寫本書的一個抱負和一個期望。在本書完成時，我願意對許多協助我完成此書的朋友和學生，表示衷心的謝意。

中華民國六十四年十一月十九日

尹雪曼序於台北

# 中國文學概論——目次

## 第四編 小說論

# 第一編 緒論

南風之薰兮，可以解吾民之慍兮
南風之時兮，可以阜吾民之財兮

# 第一章　中國文學作品的演進

## 第一節　上古文學

在中國，幾乎是有文字、有歷史的同時，就有了文學。被稱為純文學始祖的《詩經》，其中最早的作品可以推溯到商朝；而「左史記言」的《尚書》中，更已有了記載堯舜之事的〈堯典〉與〈舜典〉。這些篇章，無論就形式、內容與表現技巧各方面表現來說，都已經相當成熟而完美。因此，我們不禁懷疑，在它們之前，是不是已經有更為原始的文學作品？如果有，那該是什麼？

《呂氏春秋．古樂》記載說：「昔葛天氏之樂，三人操牛尾投足以歌八闋：一曰〈載民〉，二曰〈玄鳥〉，三曰〈遂草木〉，四曰〈奮五穀〉，五曰〈敬天常〉，六曰〈建帝功〉，七曰〈依地德〉，八曰〈總萬物之極〉。」葛天氏的「八歌」，是今日在古書上所能找到的有關詩歌的最早記錄。「八歌」的文辭雖已看不到，但「操牛尾投足以歌」這一段話，卻生動的描繪出先民們載歌載舞的情狀。由此，我們不難想像出，一些極為原始的歌謠，便在他們的手舞足蹈中，隨著音樂的節拍，一地一地，一代一代的流傳下來，成為後代無數偉大詩篇的先河。

直到今天，在非洲的一些原始部落裡，仍然保存了詩歌、音樂、舞蹈合一的形式。即使是希臘，他們的一些古老詩篇，不也是藉音樂而留存的嗎？可見任何民族的原始詩歌，表現方式是大致相同的。值得注意的是：東方與西方的詩歌，在內容上，具有顯著差別。

在希臘，美麗的神話與動人的傳說是他們詩歌的主要內容；荷馬的《奧德賽》和《伊里亞特》可作為典型代表。而在中國，那些原始歌謠的內容，卻如下述：

《禮記・郊特牲》裡，載有神農時的「蜡辭」：

土反其宅，水歸其壑，昆蟲毋作，草木歸其澤。

《帝王世紀》裡，載有唐堯時的〈擊壤歌〉：

日出而作，日入而息；鑿井而飲，耕田而食。帝力於我何有哉？

《孔子家語・辯樂解》裡，載有虞舜時的〈南風歌〉：

南風之薰兮，可以解吾民之慍兮；南風之時兮，可以阜吾民之財兮。

諸如此類的歌謠，在辭句上甚至形式上，可能已被後人改動了，但由它的內容看，我們仍可深切的體認出：中國歌謠的內容，多與先民的生活問題有關，極少涉及神話與傳說。

自然界的偉大與神奇，對先民來說，定然是一個無法解釋的謎團。在這種情形下，神話與傳說的產生，實在無可避免。因此儘管中華民族是一個偏重實際的民族，儘管在歌謠詩篇中，很難尋覓到多少神話傳說的痕跡；但是，我們有理由相信，神話與傳說必然以一個不同於歌謠的形式存在著，而且醞釀出後世許多不同於「詩」的文學篇章。

《山海經》是中國神話的總集，相傳為夏禹時伯益所作。這個說法雖不盡可信，但太史公在《史記》中已經提到《山海經》這本書了。它的作成年代，當在西漢以前。問題在於：《山海經》成書以前，所有的神話與傳說，是怎麼樣流傳下來的？

《說文》：「古，故也。从十口，識前言者也。」十口為古的說法，很早就存在了。神話和傳說，都是很古老的故事，必然會在先民中口耳相傳，作為閒暇時笑談的資料；甚至寓訓誨於故事，而成為一般君長用來教育子民的工具。

這些神話與傳說，對後代文學最顯著而具體的影響，在於小說。神話與傳說乃是早期小說的主要題材，所以《山海經》和後來的《穆天子傳》，一直被視作中國小說的濫觴。

此外，神話、傳奇的口耳相傳，還產生了一些雖非具體，卻極具影響力的效果，這是我們不能忽視的。首先，由於口述故事的需要，促使先民養成了組織思想，表達意念，修飾辭句的能力；為後代散文的創作，奠定下良好基礎。其次，為了加深故事給人的印象，敘述者免不了誇大的運用手勢與表情來配合情節發展，後代巫覡與倡優的產生，可說就由此而來。這麼說，神話與傳說和後世的戲劇，可能也有十分密切的關係。

綜合前述，我們可以確信，先民也有他們的文學天地。當他們聚會在一起時，大家隨著音樂的節拍與手足的擺動，唱出自己的心聲；閒來無事，又把從別人那兒聽來的神話和傳說，添枝加葉的說給另一些人聽。因此，歌謠與神話，就成為先民文學的兩大主流。我們不要忽視這些原始的、粗糙的文學作品，它們像母親的兩隻手，搖動了中華民族文學的搖籃。

牧野之戰，開創了周的國基；中國政治、經濟、社會各方面，自此都納入一個一定的制度。最能反映這個時代，也最能代表這一個時代的文學作品，首推《詩經》。《詩經》不但是上古歌謠所開放出來的最燦爛的花朵，它的子房裡更孕育著後日各種詩體的種子；使我們的詩史，得以不歇地綻放出芳香與瑰麗。

與《詩經》並稱五經的《書》、《易》、《禮》、《春秋》，就文學的觀點來說，雖然不同於《詩經》的抒情寫景，而各有其應用的目的，但他們實開後代各種文學體裁的端緒。關於這一點，《文心雕龍・宗經》裡說得最為詳盡：「論說辭序，則《易》統其首；詔策章奏，則《書》發其源；賦頌歌讚，則《詩》立其本；

銘誄箴祝，則《禮》總其端；紀傳銘檄，則《春秋》為根。」

東周末期，是一個政治形態與社會制度劇烈變革的時期，也是中國學術思想史上的黃金時代；而由於當時社會情況的急遽變革，和諸子百家的蠭起，遂造成了詩的衰頹與散文的興盛。譬如當時記載史實的歷史散文，如《左傳》、《國策》，都已超脫了《尚書》的佶聱與《春秋》的簡略，像小品文一樣的展露了文字藝術的美妙，為後代的散文作家，開啟了一個新天地。

至於闡述思想的諸子散文，一方面記述了戰國時期九流十家的哲學理論，使我們對歷代影響文學創作的各種哲學思想，有脈絡可尋；另一方面在文辭上也表現得多采多姿，成為後代散文作家的圭臬。如《論語》、《道德》的雍容渾穆、《孟子》、《南華》的靈聱雄肆、《荀子》的綿密、《墨子》的精麗、《韓非子》的整瞻、《孫子》的廉峻，縱橫家的奇辯詭偉，雜家的短悍簡潔，都各具特色。所以章學誠在〈詩教〉中說：「至戰國而文章之變盡，至戰國而著述之事專，至戰國而後世之文體備。」確有獨到的見解。

《詩經》的影響力衰落後，在北方，荀子藉六義中的賦體，宣揚他的儒學思想；創作了說理詠物的短賦，為漢代的賦體，粗奠始基。在南方，由於神話與詩歌結合，形成了南方文學作品的特有風格。瑰麗的山川，悅耳的巫音，奇妙的傳說，樣樣都影響著南方的文學創作，等屈原的〈離騷〉一出，《楚辭》於是便取得領導南方文壇的地位；與《詩經》分庭抗禮，並成為中國浪漫文學的第一部著作。

結束上古歷史的，是國祚短促的秦朝。代表秦朝文學的，是李斯的幾篇刻石文。這個時期的作品雖然貧乏，作家也極寥落，但是，光芒萬丈的中古文學，卻已經在醞釀滋生了。

## 第二節　中古文學

漢朝文學的特色，在於賦體的發揚與光大。高祖本好楚聲，他的「大風起兮雲飛揚」，實在是楚辭遺音。

加上漢初在政治上，有意用黃老無為來養息人民，因此，由高祖至景帝，漢賦的作者，如陸賈、賈誼等人，都繼承了抒情浪漫的楚辭餘緒。武帝之後，儒術獨尊，賦的責任一變而為「或以抒下情而通諷諭，或以宣上德而盡忠孝」（班固〈兩都賦序〉）。講求個人浪漫的屈宋文學遂被扼止。武、宣好大喜功，為了迎合皇帝的愛好，描述當時漢帝國的財富與威勢的宮廷文學，遂乘時興起。這個時期的漢賦，重在典雅宏麗、敷陳揚厲。像司馬相如、枚皋等人的賦，真是「於辭則易為藻飾，於義則虛而無徵」（左思〈三都賦序〉）。而經過了這一段的極盛期，漢賦的體制、格調與形式，也都定了型。到揚雄、班固等人，於是便只能以模擬為事，而無法再作任何推展創造。如此一直到東漢末年，由於宦官內戚相繼為患，社會凋蔽，民生困苦，老莊思想再度擡頭。賦才得離開歌功頌德的範疇，走向抒情、寫景，甚至成為刺世嫉惡的利器。

漢賦在中國文學史上，雖有它光耀的地位，但是漢朝的老百姓對它卻不感任何興趣。漢朝老百姓的喜怒哀樂，完全寄託在民間音樂與民間歌辭上。因此，漢武帝乃設立樂府，搜集民歌，這些民歌，便是後來所謂的樂府詩。樂府詩的內容，完全表現當時的社會民生，所以文辭特別質樸，感情特別純真，予人的感受也特別深。我們拿無名氏的〈孔雀東南飛〉和司馬相如的〈子虛賦〉、〈上林賦〉加以對比，就可看出漢賦與樂府間的差異。

與樂府並為漢朝詩壇雙葩，且互相影響的，是古詩。古詩為當時士大夫們的作品，因此一派溫文爾雅，只能吟誦，不能歌唱；與風格遒勁、合樂可歌的樂府詩，又有所不同。關於古詩的起源，雖然說者紛紜，並無定論。但大致上說，五言古詩醞釀於西漢而成長於東漢，恐與事實比較相近。「古詩十九首」與「蘇李贈答詩」，都是藝術價值相當高的五首古詩。至於七言古詩，它孕育、發展的時期，當在五言古詩之後。

漢朝的散文，因為有司馬遷的《史記》，所以獲致的評價極高。《史記》這本書，流暢跌宕，富於奇氣，被後代推崇為中國散文作品的鼻祖。至於東漢班固的《漢書》，雖也有駢文鼻祖之譽，但端正嚴謹有餘，氣象、閎識稍嫌不足。其他散文作品，如西漢陸賈的《新語》、劉安的《鴻烈》（《淮南子》），內容不外是紹述儒家思想與老莊哲學，均乏新義。倒是東漢王充的《論衡》與牟融的《理惑論》，因為充滿懷疑精神與佛教影響，所以能顯露出中國哲學思想上的轉變痕跡。

魏晉是中國歷史上政治最混亂、思想最自由的時期。這一時期，由於儒術衰微，道佛興起，遂捲起了中國文學史上浪漫主義的狂潮。這一狂潮，影響到中國文學創作的，一是駢體文的興起；二是寫實色彩的漸趨淡薄，浪漫色彩的漸趨濃厚；而介於詩、文之間的賦，也因而變得篇幅短小、字句簡麗，不復有漢賦鋪陳堆砌的舊貌。

三祖（魏武帝曹操、文帝曹丕、明帝曹叡）、陳王（陳思王曹植）、建安七子（孔融、陳琳、王粲、徐幹、阮瑀、應瑒、劉楨）是魏文學的代表者；他們都擅作駢體，好作俳賦，在詩史上更各具地位與貢獻。曹操的詩豪邁雄渾、古直悲涼，頗有上承《三百篇》，復興四言詩的氣象。曹丕的《典論・論文》，固然開文學批評風氣之先；他的〈燕歌行〉，更揭開了七言詩的序幕。曹植則一改古詩舊觀，創造了華美雕琢的風範。他的詩，語調工整、用字精鍊、聲調諧協；對於辭藻、對仗及警句的安排，都刻意講求。這種詩的風格，經過王粲的推波助瀾，終於造成兩晉詩壇的浮豔。

兩晉玄學大盛，浪漫思潮方興未艾，清談玄風如日中天。正始時期，阮籍的五言詩託旨遙深，嵇康的四言詩清遠峻切，得以並稱於時。太康之後，如有名的三張（載、亢、協）、二陸（機、雲）、兩潘（岳、尼），都雕章琢句，一味講究聲調、色澤，而輕視內容、意境。六朝文學的唯美之風，實肇始於此。能擺脫這一片浮華風氣的，只有左思的〈詠史〉詩，雄渾高潔，筆力勁邁，獨標異幟，卓爾不群。

承接西晉雕琢習尚的，是東晉的玄理詩。這種詩談玄說理，平淡寡味，簡直連一點詩意都沒有。在這樣一個沉寂的詩壇上，幸虧前有劉琨〈扶風歌〉的清剛，郭璞〈遊仙詩〉的高潔，稍作調劑。後有建立田園文學的陶淵明，藉他廣闊的胸襟、高遠的理想、沖淡的性情、崇高的人格，才創造了浪漫文學的最高境界。

佛教於東漢時傳入中國，至南北朝而達全盛期。它對當時文學的影響，一方面是迫使主張文學實用化的儒家思想，更形衰竭，促成豔麗纖巧的文學風氣，格外囂張；另一方面則引發了齊梁聲律論的勃興，使當時的文學作品，更趨於技巧與形式的講求。於是，駢文格律化、辭賦俳偶化、詩歌色情化，唯美文學的高潮，遂告全面掀起！

六朝文章，是駢文獨霸的天下。當時的文士們尚寫駢體文並不足奇，令人驚奇的，是連評論文學，如鍾嶸的《詩品》，劉勰的《文心》；哲理文學，如裴頠的〈崇有論〉、范縝的〈神滅論〉；甚至帝王詔令，一般人的贈答牋啟，也都用四六俳偶。在這種環境、這種空氣下，南朝宋的劉義慶寫《世說新語》、北魏的酈道元著《水經注》，居然能超脫時俗，不以駢散為意，真可說是獨具風格，卓然不群了。

唯美文學下的六朝詩篇，著重在山水的描繪與色情的刻畫。劉宋時，謝靈運、謝朓二人，致力於山水風景的寫作，一洗東晉好作玄理詩的風氣，造成「老莊告退、山水方滋」的形勢，產生不少好作品。梁簡文帝，好用詩來表現豔情，號稱「宮體」，也成為一時風尚。陳後主的〈玉樹後庭花〉、隋煬帝的〈春江花月夜〉，都是當時浮蕩淫靡風氣下產生的著名篇什。

統治北朝的，是北方的一些遊牧民族。他們的辭章文采，遠不及南朝；只有在民歌方面，還能居分庭抗禮的地位。南方的民歌，體裁短小、風格柔靡，喜用雙關語來表現男女戀愛中的種種情態。北方的民歌，充滿淳真直率的氣概，確實能反映北朝兩百多年的社會狀況與時代特徵，比起南方民歌千篇一律的描寫戀情，不知勝過多少倍。拿〈木蘭辭〉來說，它的氣魄、結構、內容，都不是「婉伸郎膝上，何處不可憐」的南方民歌所能及。人民特性與地方色彩所加於文學作品的影響，就在這裡充分的顯露出來。

## 第三節　近古文學

唐代，是中國歷史上另一個大一統的時代。漢、胡的民族血統，南、北的文化藝術，儒、釋、道三教的精義，都在此時相融和、相交流。更由於海陸交通的發達與頻繁，國際貿易的興盛，外族文化也開始衝激到中土來。唐代的文學，因而展露出一副嶄新的面貌，洋溢出一股鮮活的朝氣。

先看詩體：五、七言絕句的大量製作，與律詩格律的臻於成熟，使近體詩在唐代的文壇上建立起重要的地位。近體詩中的絕句是合樂可歌的，漢魏以來可歌的樂府，到了唐代已成不能歌唱的「徒詩」了。但徒詩中的「古詩」、「歌行」，卻也是唐詩中的一大主流。

再說思想：儒、釋、道三家思想對唐代詩人的影響極大。同在開元、天寶年間，王維的詩帶有禪味，李白的詩沾染仙氣，杜甫的詩則懷抱著儒家悲天憫人的胸懷。從這裡，我們很可以嗅出當時思想界的自由氣息。詩人的意境雖各有不同，其同樣蓬勃興盛，卻並無二致。而總括唐詩的主要潮流可分畫為三個時期：初唐四傑（王勃、楊炯、盧照鄰、駱賓王）與上官儀、沈佺期、宋之問諸人的詩，承繼六朝餘緒，只能算是序幕；真正崛起於唐代詩壇，蔚為一股風氣的，最早要推結合自然主義與佛教思想的浪漫詩風。在這陣詩風的籠罩下，寄情於山水的自然詩人也好，以氣象見長的邊塞詩人也好，現實社會的實際生活，在他們的詩裡連影子也找不到。浪漫詩派，集大成於李白；李白之後便盛極而衰。道統文學的建立與社會的動盪不安，使得寫實的社會主義取代浪漫主義，成為詩壇主流。社會詩風起於杜甫，承繼於張籍，完成於白居易。他們與浪漫派的詩人作風相反，標榜著詩歌應為時、為事而作。晚唐文學思潮轉變，六朝的宮體詩又告復活，唯美詩風盛行一時。三十六體（李商隱、溫庭筠、段成式皆排行十六，故稱三十六）的綺羅鉛華，便為整個唐詩，做了謝幕的工作。

唐代的詩風，固然是波瀾起伏、前後迭代；唐代文章的流變，又何嘗不是奇峰突起，變化多端呢。初唐的文壇，猶有齊梁遺風，上官儀與四傑的作品，都不能脫去纖巧駢儷的習尚。盛唐的燕國公張說、許國公蘇頲，為文宏麗雄逸，號稱「大手筆」，仍是唐駢文的盛軌。到韓愈、柳宗元出，本柳冕文學應與教化、倫理合一的理論，建立道統的文學觀，他們一面主張「文以載道」的實用文學，使文章成為道德的附庸；一方面反對美麗空洞的駢體文，否認了文學的藝術價值。古文運動，就此熱烈展開，魏晉以來被駢文壓得擡不起頭的散文，遂告揚眉吐氣。

韓柳提倡古文運動的結果，除了直接提高散文的地位外，還促使唐朝的駢文，走上平易自然的道路。陸宣公的奏議，很明顯地表現了這種特色；更解放了格律韻腳限制極嚴的律賦，使唐人在這個六朝以後興起的賦體束縛之外，也能作一點清新的、散文化的賦，而開宋朝文賦的先河。但當古文運動正如火如荼推展的時候，忽然碰上晚唐一陣唯美文風，使四六體的駢文又復凌駕散文之上；因而古文運動的完成，也不得不有待於宋朝文人學者的努力了。

六朝以前的小說，由於結構幼稚、技巧拙劣，始終停留在「雜記」的形式上。到唐代的傳奇出現，才算正式成形。唐代傳奇產生的原因，一是當日通行平淺通俗的散體，有助於故事敘述的生動性。二是一般文人對小說的態度改變，願意藉它來託情寄意。綜括唐代傳奇，論內容，雖不外戀愛、劍俠、神怪幾類，但文字優美，所謂「小小事情，淒婉欲絕，洵有神遇而不自知，與律詩可稱一代之奇」（洪邁《容齋隨筆》），倒是很中肯的批評。因此，唐代傳奇故事，多為後來的戲曲所採用；即是今天的電影，也有不少以唐傳奇故事作題材的。

宋代文學，概括來論，可說是唐代文學的繼承與完成。宋初的西崑風氣，是晚唐唯美文學的延續；宋代的古文運動，是韓柳古文的再生；宋朝的詩，是「皮毛落盡、精神獨存」的唐詩。便連被稱為宋代文學靈魂的詞，也早在三十六體為唐詩謝幕時，業已嶄露頭腳。

詞的萌芽，可以遠溯到齊梁的小樂府。但是使詞脫離詩的地位而獲得獨立生命的，要推晚唐唯美文學的大將溫庭筠為第一功臣。五代的詞，承繼了溫氏的豔麗風格，在西蜀和南唐相繼發展起來。西蜀詞的代表是《花間集》。《花間》諸作，雖然有溫庭筠派的濃豔和韋莊派的清雅的不同，但內容總不外描述男歡女愛。南唐的詞，感情較《花間》婉約，用字也較《花間》清新；到了李後主，詞的內涵擴大，情感加深，不再以兒女柔情為主，於是小詞的藝術，達到無可超越的境界。

北宋詞有四變：宋初的詞，作風不外於晚唐五代，體制不外於「小令」。柳永開慢詞之源，詞體為之一變。蘇軾創詩人詞風，詞境又為之一變。然而柳永的詞太過淺俗，蘇軾的詞又不協音律；因此結束北宋詞壇的，乃是講求「本色當行」的格律派詞人周邦彥和李清照。

靖康之變，使宋朝不得不偏安於杭州，格律派的詞學潮流也因而遭受挫折。南宋前半期，文壇又成浪漫主義的天下。這些浪漫詞人，又自分成兩派；消沉的詩客浪跡江湖，作品裡充滿了隱退山林的思想。積極的志士引吭高歌，篇什裡洋溢著激昂的氣概。朱敦儒和辛棄疾，正是兩派的代表人物。南宋後半期，偏安的局面消沉了詩人的壯志，沖淡了墨客的憂戚，大家又有了雕章琢句、協音調律的閒情逸致；姜白石審音創調，吳夢窗建造七寶樓臺，在嚴謹的音律、堆砌的辭藻裡，古典格律派又重領詞壇了。

宋朝的詩以兩派為主，前為宗法李商隱的西崑體，模擬晚唐風華典實的辭采，作者多半是館閣學士和宮廷文人，在當時確曾掀起一陣浮豔的詩風。後為祖崇杜甫的江西派，「蘇門四學士」之一的黃庭堅所創；去陳反俗，尚硬好奇，倒也能一掃西崑體脂粉淫靡的柔情弱風。至於其他的詩派，如四靈派、江湖派等，大多膚淺粗率，不足稱道。然而不論西崑詩也好，江西詩也好，四靈詩也好，江湖詩也好，在詩的形式體制上，都不能再有任何新的發展；於是只好在氣韻格調上刻意追求，因此，意境清新、造語平淡也就成了宋詩的特殊風格。

晚唐的四六駢文砍傷了唐代的古文運動，宋初的西崑麗辭又激起了宋的古文運動；由於文體本身的發展，社會環境的需要，時間機運的成熟，使歐陽脩所領導的古文運動，比韓愈領導的古文運動，得到更大的成功；唐宋八大家的散文地位因而正式確立，宋詩因而平淺化，宋賦因而散文化；雖然當時政府的公文還通行「四六」體，但宋代的「四六」體也已溶入古文精神，不再像唐「四六」體那樣體貌華豔了。歐陽六家之後，宋代的文學思想，控制在理學家手裡，文學的藝術性到此完全為道學氣所掩蔽。周敦頤的《通書》，張載的《正蒙》，文辭還稱得上古雅；到南宋的「語錄」體出，文字的藝術美便完全被抹殺了。

唐朝的傳奇，到宋朝還有作者，可惜「既失六朝志怪之古質，復無唐人傳奇之纏綿」；傳奇小說的生命漸漸老去。代之而起的，並成為宋代小說主流的，乃是平話。平話相當於現在的說書，是當時說話人的話本。但中國的小說由此開始，從少數文人的娛樂品，一變而成多數民眾的欣賞品；從華美富麗的文言文，一變而為通俗平淺的白話文；為元、明、清的章回小說，作了鋪路的工作。

金、元兩朝，只有元好問一人，古文繼承韓愈，詩學杜甫，詞宗周邦彥，並都有相當表現。其他諸人，文章詩詞少有可觀。倒是戲曲和小說非常發達，成績斐然。

音樂是詩歌的生命，凡是脫離了音樂的詩歌，必然會逐漸僵化而遭受淘汰。所以樂府不能歌唱時，近體詩便代之而起。近體詩不能歌唱時，詞便代之而起。金、元入主中原後，帶來了壯偉狠戾的殺伐之音，宋詞不能配合這種胡樂，曲便應運而生。曲又分為兩類，一類是相當於新詩的散曲，一類是相當於歌劇的劇曲。

元代散曲可分兩期：前期氣多豪放，充滿北方文學的純真質樸，是曲的正宗。後期意多婉約，漸漸感染到南方含蓄典麗的習氣，是曲的變體。散曲由民間文學轉變成士大夫文學的痕跡，由此明白的顯露了出來。

滑稽戲與歌舞戲，一直是中國歷代戲劇的兩大主流。宋、金開始，才有純粹演故事的戲劇。到了元朝，曲文由「敘事體」一變而為「代言體」，戲曲於是真正誕生了。元朝政權掌握在遊牧民族的手裡，他們不只重武輕文，更廢止了科舉制度；使一般窮困潦倒的文士，只有藉劇本的編寫來發抒情感，謀求生活，元雜劇便因此而興盛起來。宋亡以前，雜劇的勢力盡在北方，所以帶著濃厚的北方精神與特質，呈現出一片活躍的生機。這一時期的代表人，如關漢卿、馬致遠等，風格雖不全同，所表現的生動性卻相當一致。宋亡以後，雜劇跟著蒙古人的鐵騎南下，北方文學移植到南方的結果，像患了水土不服的毛病，雖然幸有鄭光祖等寓居南方的北方作家，為它盡最後的努力，但雜劇的光輝歲月，終究還是一去不復返了。

繼傳奇、平話之後，章回小說又告興起。元代是章回小說發軔的時代，《忠義水滸傳》和《三國志通俗演義》雖然完成於明朝，但它的孕育和胚胎，卻在元朝。

明朝文學，若撇開戲曲、小說不談，只能稱是模擬文學。前後七子的「文必秦漢，詩必盛唐」，嘉靖八才子的「文宗歐曾，詩法初唐」，都不能脫前人窠臼。「公安體」以清真矯七子之弊，卻流於俚俗。「竟陵體」以冷僻救公安之失，又變為孤峭，他們雖也造成了些自由浪漫的精神，對那些已經僵死的文學，畢竟是回生乏術。加上八股時文的興起，明朝的文壇於是一片死寂；倒是傳奇、散曲和章回小說，在中國文學史上留下一片燦爛的光輝。

以北曲為主的元雜劇，既已步入衰頹的命運，以南曲為主的明傳奇便代之活躍起來。明朝初年，《荊》《荊釵記》、《劉》（《劉知遠》）、《拜》（《拜月亭》）、《殺》（《殺狗記》）和《琵琶記》並稱為五大傳奇，魏良輔創崑腔，使南曲達到極盛期。此後，傳奇漸漸走上講求格律的路子，終於免不了像詩到了唐末，詞到了宋末一樣，失去了生命的活力。

魏良輔創崑腔為新調，不僅影響到明朝的戲曲，也是明朝散曲轉變的關鍵。崑腔流行以前，盛行北曲，馮惟敏的豪放，王磐的婉約，都還未改元人法度。崑腔流行之後，北曲消亡，人人都作南曲，梁辰魚和沈璟成了曲壇的主持者，梁專求辭藻，沈專主聲律，剝奪了曲的不少生氣。散曲到此，曲味漸少，詞味漸多，於是失掉了它的豪邁本色。

章回小說是明代文學的精華，胎育於元末的《水滸》、《三國》兩本巨著這時固已完成；《西遊記》、《封神演義》、《金瓶梅詞話》一類的好作品，更充實了明代章回小說的內容。小說活潑生動的文學價值，與反映現實的社會價值，終於被一般文人所認可，而取得了它應有的社會地位。至於明末清初盛行一時的戀愛小說，因為大部分拋離不掉才子佳人後花園私訂終身、雖經波折終告團圓的公式，很快就遭人厭倦而衰沉。

## 第四節 近世文學

清代文學，為中國數千年來的舊文學，作了一個整體的結束。

古文方面，有桐城派的取法唐宋八大家，有陽湖派的遠宗漢魏六朝；到曾國藩的湘鄉派，只是集其大成。

駢文方面，有汪中的駢散合一主張，有阮元的獨尊駢文主張。然而，不管湘鄉派的古文如何受人推崇，不管寫駢文的風氣是如何盛行，古文和駢文的氣數都已日薄黃昏。等民國初年的新文學運動興起，它們往日的光輝便被白話文所掩蔽。

清代的詩人，向以唐詩為祖，宋詩為宗；但若單就寫詩的成就來論，比元、明兩代還是高明。王士禎的神韻，趙執信的聲調，沈德潛的格律，翁方綱的肌理，袁枚的性靈，倒也把一個清代詩壇，點綴得多采多姿。可惜他們或法唐詩，或尊宋詩，到晚清更紛紛去學江西詩派，終不能自成大家，倒是著《人境廬詩草》的黃遵憲，標榜「我手寫我口」，獨樹一幟，為後來的白話詩做了開路先鋒。

詞比詩晚出，所以到了清朝，詞所表現的生命力，也要比詩鮮活得多。清詞有浙派與常州派；兩派對立，互相攻訐，其實都不能超脫宋詞古典派的範圍。要論清詞的成就，該推走蘇、辛豪放一路的陳其年，和被尊為清代三大詞人的納蘭性德、項鴻祚和蔣春霖。納蘭詞以情致為主，得南唐二主遺風；春霖詞反映時代，寫作態度同於老杜之寫詩。兩人先後輝映於詞壇，為興起於晚清的詞，作了極光榮的結束。

清人的戲曲，以洪昇的《長生殿》與孔尚任的《桃花扇》，最負盛名。兩劇都是崑曲傳奇。乾隆之後，崑腔衰頹，亂彈興起，咸豐同治以來，亂彈的主流——皮黃，遂居於執劇壇牛耳的地位。民國成立，皮黃更被稱為國劇；在復興中華文化聲中，被珍視保存下來。

清代的文學，其成就能超越前賢的，只有小說。諷刺小說，如吳敬梓的《儒林外史》；理想小說，如李汝珍的《鏡花緣》；戀愛小說，如曹雪芹的《紅樓夢》；俠義小說，如文康的《兒女英雄傳》，都是一時之選。模擬魏晉的筆記小說，則以蒲松齡的《聊齋誌異》，袁子才的《子不語》，紀曉嵐的《閱微草堂筆記》最為出色。單憑這些小說，清代在中國文學史上的地位，也是不朽了。

新文學運動，為民國的文學，開創了一個新紀元。以白話文學為主流的新文學，在中國文學史上，乃是空前的創舉。

# 第二章　儒家思想與中國文學創作

## 第一節　儒家的文學觀

古今中外，文學和哲學一直有一種自然存在的關係。往往是哲學領導文學，文學推展哲學，兩者互相依存。在中國，與文學關係最密切的哲學，當推儒家。主要原因，在於儒家的中心思想，乃是中國傳統的人文主義思想。

人文主義思想，在中國萌芽極早。《尚書·堯典》裡敘述堯的治國方法是：「克明俊德，以親九族；九族既睦，平章百姓；百姓昭明，協和萬邦。」注重的便是人己關係。而修、齊、治、平的儒家政治理論，亦淵源於此。之後到了舜布五教於天下，提出父義、母慈、兄友、弟恭、子孝的標準，更是人文主義的具體表現。然而，上古時代畢竟未能完全脫離神權政治；殷人尚鬼，更使得神本思想的光芒幾乎掩蔽了人本思想。

殷周之際，是政治與文化劇烈變革的時期，是舊制度遭廢止，新制度得以創制；舊文化遭揚棄，新文化得以產生的時期。王國維在《觀堂集林·卷十·殷商制度論》中，談到周朝的制度說：「欲觀周之所以定天下，必自其制度始矣。周人制度之大異於商者：一曰立子立嫡之制。由是而生宗法及喪服之制，並由是而有封建子弟之制，君天子臣諸侯之制。二曰廟數之制。三曰同姓不婚之制。此數者皆周之所以綱紀天下，其旨則在納上下於道德，而合天子、諸侯、卿、大夫、士、庶民以成一道德之團體。」宗法制度與倫理觀念的確立，使人文主義在這個「道德團體」裡，取得了根深蒂固的地位。

孔子的儒家思想，正是沿這個淵源有自的人本主義思想而來。我們看他述而不作、信而好古的態度，祖述堯舜、憲章文武的意向，刪《詩》《書》、訂《禮》《樂》、贊《周易》、修《春秋》的作法，各方面都表明了孔子思想中的承續性與整理性；所以，儒家思想實在是集中國傳統文化思想的大成，是古聖先賢智慧的累積，是中華民族特性的聚滙，而不是某一個人的思想結晶。認清了這一點，就不難了解：為什麼儒家思想能支配國人的觀念、行為達數千年之久；為什麼即使在釋、道之風高漲的時候，它也只是一時的消沉，而不致於完全消失。而儒家的文學觀，對中國歷代文風影響力之大，也就可想而知。

由「文質彬彬，然後君子」一語中，不難窺見孔子的文學觀是「尚文」與「尚用」兼顧。因為尚文，所以說「情欲信，辭欲巧」，因為尚用，所以說「詩言志」，「不學詩無以言」。文章的藝術價值與實用功能，對能行中道的孔子來說，本是無分軒輊的。然而孔子秉有大思想家、大教育家的氣質，究竟是遠勝於他的文學興趣；所以，孔子論文時，便免不了側重從教化的觀點出發。後儒單見他「辭達而已矣」、「修辭立其誠」、「不學詩，無以言」的種種說法，便執著於「尚用」一端，是完全忽略了孔子在「郁郁乎文哉，吾從周」的口氣中，所流露的對文采的讚揚。

孟子提出「配道與義」的養氣工夫，認為只要能合於道義，便自然能在胸中養成一股至大至剛之氣，自然不會流為詖辭、淫辭、邪辭、遁辭。這一番理論，大有「理直則氣壯」的味道，而「配道與義」演變到後來，漸漸成為一種類似「忠、孝、節、義」的操守，隱隱然出現在後代作品，尤其是小說、戲劇的字裡行間。

荀子在〈非相篇〉裡說：「凡言不合先王，不順禮義，謂之姦言。」更確定了後人論文主於明道的根基；文與道的關係，愈來愈密切不可分了。

綜上所述，我們可以看出，儒家的文學觀，漸漸走上了「尚用」一途，文學的藝術成就反成次要。它的實用功能與教化作用，才是被重視的。因此，在以儒家思想為主流的時期，當時的文學作品往往呈現下面的幾個特色：

第一、浪漫自由的思想被抑止，文學作品都各有其實用的意義：或用來諷諭人君，或用來隱刺時事，或用來表現民間生活的疾苦，或用來宣揚傳統的倫理道德。

第二、尊聖宗經的觀念被特別強調，文學思潮有明顯的復古傾向，文學作品的形式也多模擬經典。

第三、文學有成為「道」的附庸趨勢。能負起載道功能的文學作品，才能受到大眾讚美，否則便被人認為是邪說淫辭。

當然，儒家決不是中國唯一的哲學派系，所以它也自有其興盛與衰頹的時期。我們如果注意一下儒家勢力的消長，與它在文學上產生的影響，便不難發現兩個極有趣的事實。一是儒家思想從來沒有能全然排斥其他思想的侵入，而獨領文風。二是儒家思想也從來沒有因為受其他思想的排斥，而全然消失。

因為前一個事實，所以同樣是尊崇儒術，在漢朝產生了鋪張揚厲、貴族古典的賦體；在宋朝卻造成通俗平淺，毫無文飾的語錄講章。同樣是在盛唐，杜甫正苦吟「朱門酒肉臭，路有凍死骨」（〈自京赴奉先縣詠懷五百字〉）的社會慘狀；王維卻在那裡悠閒的「行到水窮處，坐看雲起時」（〈終南別業〉）；李白又在那裡灑脫的「遙見仙人綵雲裡，手把芙蓉朝玉京」（〈廬山謠寄盧侍御虛舟〉）。同樣是歐陽脩的作品，在文章裡談的是：「學者當師經，師經必先求其意，意得則心定，心定則道純，道純則充於中者實，中充實則發為文者輝光。」（〈答祖擇之書〉），完全是以復道為己任的古文大家姿態；在詩裡，說的是：「來學媿道曹，贈歸慚橐貧；勉之期不止，多穫由力耘。」（〈送唐生〉）是一副岸然長者的神貌；獨獨在他的詞裡，卻多的是「縱使花時常病酒，也是風流。」（〈浪淘沙〉）這一類的旖旎風情。

因為後一個事實，所以雖然在浪漫、唯美文風相繼並起，天下之言不歸道即歸釋的魏晉六朝，劉勰在他用駢四儷六文體寫出的《文心雕龍》中，仍力主「宗經」與「徵聖」。最重視純文學的昭明太子蕭統，在〈陶淵明集序〉裡，居然也說出「白璧微瑕，唯在〈閒情〉一賦。」這種以道德標準衡量文學價值的論調。甚至像唐朝李白那樣放蕩不羈、充滿浪漫情調的大詩人，也免不了有「梁陳以來，豔薄斯極，沈休文又尚以聲律，將復古道，捨我其誰」的襟懷與抱負。

這兩點事實，是我們談到儒家思想與文學創作時，所必須先具備的基本認識。

## 第二節　儒家思想與詩歌

照理說來，創作時期早於孔子的《詩經》，似乎應該不和儒家思想發生任何關聯才對；然而事實上，《詩經》卻是一部最早與儒家思想結合在一起的文學作品。

周朝是中國宗法制度與倫理觀念被確立的時期，這在本編第二章第一節中已經闡述得很清楚。而最能代表這個時期、最能反映這個時期的，當然是當時上自廟堂重臣、下至村夫野老，各地區、各階層所吟誦出來的詩篇。傳說中，周代史官采詩多達三千餘篇，經過孔子的刪選，只保留了其中「思無邪」的三百零五篇；從此，這部偉大的文學作品便搖身一變，成為儒家教導一般人研習倫理學，通曉為政、做人道理的教課書了。

因此，《詩經》本身雖然沒有受到儒家思想的支配與影響，但它在孔子之前，為儒家思想做了奠基與開路的工作；在孔子之後，更成了宣揚儒家學說的教本；《詩經》和儒家思想便在這種情形下相結合。《詩經》因受儒家的推崇而獲得經典的地位，儒家思想也因《詩經》的流行而廣植於人心。

孔子刪選《詩經》，所定的標準是「思無邪」。照程子的說法，也就是一個「誠」字。經由這個誠字所保留下來的詩篇中，有用以祭祀的宗廟詩，有反映現實的社會詩，也有描敘男女戀情的抒情詩。宗廟詩與社會詩還可說具有實用的功能，抒情詩則純粹是感情的寄託與美的表現；孔子把這些詩選存下來，實可作為他不偏於「尚文」、「尚用」的一大明證。

然而，孔子對《詩》的許多論述，如：「溫柔敦厚，《詩》教也。」（《禮記・經解》）、「誦《詩》三百，授之以政，不達；使於四方，不能專對；雖多，亦奚以為？」（《論語・子路》）、「《詩》可以興、可以觀、可以群、可以怨；邇之事父，遠之事君；多識於鳥獸草木之名。」（《論語・陽貨》）使《詩經》在政、教上的功能特別受人注目。「文學」與「教化」合一的道統文學理論，雖然到唐朝的柳冕才正式成立，其實早在春秋時代，便已在《詩經》上實施了。

漢武帝罷黜百家、獨尊儒術的結果，造成了賦體的興盛。當然，漢賦之所以能得到空前的發展，其原因定然不止一端，但無論就它外在的環境與內在的特質來說，儒家學術思想的擡頭，畢竟占了絕大的影響力。

首先，儒家尚用的文學觀，逼使漢初盛行一時的屈派浪漫文學，不得不在文壇上匿跡銷聲，而把地位讓給「有仁義風諭，鳥獸草木多聞之觀」的賦體。漢賦也就藉歌頌與諷諭的美名，以「雅頌之亞」的身分，大模大樣的風行起來。

其次，儒家復古宗經的主張，又影響到漢賦本身的性質與體制。因為要復古，古文奇字都時髦起來，漢賦的作者因此不得不努力鑽研小學，遂造成漢賦的鋪陳排比、絢麗誇張的風格。因為要宗經，模擬經典形式也成為一時風尚，因此又造成漢賦的仿古風氣。照此看來，漢賦之所以缺乏感情內容，所以成為剽竊文學，儒家思想似乎也難辭其咎。

唐朝是三教合流的時代，儒家的影響見諸於唐代詩壇的，乃在社會詩派。社會詩重在寫實。用詩歌來表現實際人生最有成就的詩人，當推自稱「乾坤一腐儒」的杜甫。他雖然沒有宣傳過什麼主義，沒有標榜過什麼理想，但是在他的三吏（〈新安吏〉、〈潼關吏〉、〈石壕吏〉）、三別（〈新婚別〉、〈垂老別〉、〈無家別〉）

裡，在他的〈兵車行〉、〈麗人行〉裡，所表現出的忠君愛國、憂時憂民的胸懷，正代表了典型的儒家風範。然而，杜甫還是一個精於詩律、重視詩的藝術價值的詩人，到了白居易和元稹，便不避俚俗，直以詩作裨教化、理性情，甚至抨擊時政的工具。所以他們的新樂府，便「篇篇無空文，句句必盡規」，完全寫美刺比興之事，儼然以繼承古詩遺意自居了。

人類的本性是難以完全壓制的，即使是深受禮教薰陶的國人，也不能完全擺脫對情欲的嚮往與對自由的愛好。所以每當儒家的勢力稍稍衰退，浪漫文學、唯美文學便紛紛興風作浪起來。這原不足奇，奇的是在儒學極盛的宋朝，居然也有一種擅寫風花雪月的詩體——詞，因著儒學的「庇蔭」，而得到了發展的機運。

儒學到宋朝，因為更嚴肅化、更理性化，遂演變成道學。文學在道學的高壓下，純然成為傳道的工具。文人作文是為了明道、載道；詩人寫詩是為了推行詩教。只有新起的詞，因為流行在青樓倡優的口中，內容又不外是豔情和綺語，在道學家眼裡，是不屑於把它和「道」連在一起的。詞得著這一點自由，便蓬蓬勃勃的向浪漫自由的風格與意境上發展起來。那些「忍把浮名，換了淺斟低唱」的浪子固不必說，就是宰輔重臣，嚴正如司馬光、莊重如歐陽脩、執拗如王安石，也多多少少寫過幾闋淫靡豔麗的情詞，這倒不能不歸功於道學所產生的反效果了。

元明散曲，多描寫山水、風月與離情，只有劉致的兩篇套曲：〈上高監司〉寫南昌大旱災時民生的慘狀，〈端正好〉寫當時庫藏的積弊和吏役的橫行，大有白居易社會詩的態度。劉致和元古文大家姚燧相善，儒家思想對他這兩篇套曲，當不無影響。

## 第三節　儒家思想與文章

除了《詩經》以外，能代表三代文學的，要算《易》、《書》、《禮》、《春秋》了。這些書，原都產生在孔子之前；它們和《詩經》一樣，對唐、虞、夏三代的社會及歷史，具有相當的寫實性和紀錄性。經過孔子的刪、訂、贊、作之後，這些書也漸失本來的面目與性質，而成為儒家的教本了。《禮記．經解》裡說：「入其國，其教可知也。其為人也，溫柔敦厚，《詩》教也；疏通知遠，《書》教也；廣博易良，《樂》教也；絜淨精微，《易》教也；恭儉莊敬，《禮》教也；屬辭比事，《春秋》教也。」在儒家的眼中，六經的教化功能是超出其他一切價值之上的。所以《書》原來是記載人君言論的，一經過孔子的手，便成為宣傳王道正義的經籍了。《春秋》原來是記載歷史事跡的，經過孔子的手後，便成為指行事以正褒貶的典傳。它們與儒家思想的關係，跟《詩經》的情形可說完全一樣。

漢代的散文大家，像司馬遷、劉向、劉歆、桓譚、許慎、鄭玄、班固、蔡邕諸人，或受儒家影響，或為經學大師，在他們作品裡所表現的儒家思想，非常的彰明。唐宋古文運動動輒標榜秦漢散文，清桐城派的古文義法更以太史公義法為宗，並不單單只為了秦漢文章質樸，乃所謂「愈之志於古者，不唯其辭之好，好其道焉爾」（韓愈〈答李秀才書〉），至如揚雄仿《易》作《太玄》、仿《論語》作《法言》、仿《倉頡》作《訓纂》、仿〈虞箴〉作〈州箴〉，更開樊宗師、李夢陽等人模擬古文、故作艱深的風氣；是後人「宗經」的先聲。

儒家文學觀既重在實用與教化，當然成為浪漫文學與唯美文學的大敵；所以在六朝、初唐盛行駢儷文體的時候，便有蘇綽、王通、柳冕等儒生表露了不滿的情緒。到韓愈以聖賢自居，唐代的古文運動便大張旗鼓的推展開來。晚唐的四六與宋初的西崑，又帶來一陣淫巧侈麗的文風，柳開、石介這些理學家當然不能忍受；由於他們的攻擊和發難，使得宋代的古文運動在歐陽脩的領導下，能夠輕而易舉的達成目的。中國文學史上聲勢顯赫的這兩次古文運動，可說都是儒家思想控制了文學風尚的結果。

秦漢散文，雄闊侈豔，因為文章的需要，或用奇筆、或用偶句，雖然沒有極力推崇美文，卻也絲毫沒有排斥美文的意圖。唐古文運動的先驅柳冕，認為「言而不能文，非君子之儒也；文而不知道，亦非君子之儒也。」道統文學的理論，因此才正式建立。但是我們看韓愈在〈進學解〉裡說：「上規姚姒，渾渾無涯；周誥殷盤，佶屈聱牙；《春秋》謹嚴，《左氏》浮誇；《易》奇而法，《詩》正而葩。」對於古書文辭的藝術價值，仍然是非常嚮慕的。宋古文運動的領袖歐陽脩，在四六駢文方面，也極有造詣。三蘇論文，或重風格，或衡氣勢，都姿態橫生，一點沒有迂腐氣。到道學家總領文壇，形勢為之一變。朱熹的《語類》有這麼一段話：「文皆從道中流出，豈有文反能貫道之理？文是文，道是道……若以文貫道，卻是把本為末。」文章連貫道的資格也沒有了，杜甫寫的詩是閒言，韓愈學的文是倒學，稍微修飾的文章，便是異端，便是邪魔外道。而且在道學家的中心體系裡，除了儒家思想外，更滲雜了道家「行不言之教」，佛家禪宗「不立語言文字」的宗旨，文體愈發日益衰蔽。純文學的作品如戲劇、小說等，一直被排斥在「正統文學」之外；推究其因，也是道學家所建立的道統文學在作怪。

一般人都以為儒家的文學觀本於孔子，其實只不過取了孔門「尚用」一偏。大家又以為國人的文學觀多本於儒家的文學觀，其實由戰國演變到南宋，儒家的文學觀也已經為例不純了。

## 第四節　儒家思想與小說、戲劇

小說和戲劇，是屬於平民大眾的通俗文學，一般士大夫對它們很少注意，道學家更不會把它們放在眼裡。但正因為這樣，所以它們得之於傳統的影響不多；傳統所加於它們的限制也極少。但是儘管如此，因為儒家思想已經根植在每一個中國人的心中，所以國人寫的小說、編的戲劇，或多或少總顯露出一點儒家的意識。

儒家對文學的要求，不外在文學作品的主題意識上不離開倫理道德；在文學作品的體裁上，回復古代的質樸。唐人的傳奇倒頗能符合後一點要求，唐朝古文運動主張文字的簡樸，用這種文字來記敘故事，其效果真不知比駢儷體、四六文要強上多少倍，韓愈自己就寫過〈毛穎傳〉這一類的遊戲文章，那些傳奇的作者，也多半與古文家有些關係。如果我們說唐朝傳奇乃是儒家復古主張下的間接產物，自然不能說是太離譜。

傳奇既是古文運動的別文，所以當時頗受士人的重視。宋以後平話興起，小說成為白話文的天下，在文字的形式上，離儒家理想的古文越來越遠，在一般學者的心目中，更除了供給娛樂外沒有別的價值，因此雖然在理學昌熾的宋、明兩代，小說亦並未被儒家載道的思想所範圍。但是像《水滸傳》特別提出「忠」、「義」，《三國演義》極力分辨「忠」、「奸」，正是孟子所謂「是非之心」的淺俗表現。而《金瓶梅》、《西遊記》、《儒林外史》反映當時的社會與士風，又何嘗不是古詩諷諭的遺意呢。

至於戲劇，它本身的結構便比一般詩、詞、文章來得複雜。更因為它的道白與唱曲，都極注重藝術化和趣味化，對文字質樸如古文的要求，當然很難達成。加上劇本的編輯者，多半都是教坊伶人或落拓書生，在以「正統」自居的文人看來，戲劇的地位甚至比小說還低。其實，如果拋開「文以載道」這一點不談，儒家講實用與行教化的文學觀，倒有形無形間給予戲劇不小的影響。

拿元朝的雜劇來說，在第四則的臨末，往往說一些頌揚君主的話。王實甫的《麗春堂》劇末便說：「從今後，四方八荒，萬邦齊仰，賀當今聖上！」鄭德輝的《傷梅香》劇末也說：「端的個美哉壯哉，這都是聖裁，願萬萬載民安國康！」喬夢符《金錢記》裡更免不了加上兩句：「想草茅遇遭這聖朝，知甚日把隆恩補報！」臧晉叔等人因此認為：元曲乃是當時科舉考試用的，這種猜測顯然十分無稽。唯值得注意的倒是：元人在曲中對君王朝廷的揄揚，和漢人在賦中對君王朝廷的揄揚，其意義似乎是並無兩樣。

元人的雜劇，共分十二科，其中像披袍秉笏、忠臣烈士、孝義廉節、叱奸罵讒、逐臣孤子，這一類著重君臣倫理觀念的劇本，倒占了五科。後來的編劇者，像高明作《琵琶記》、邱瓊作《五倫全備記》、邵璨作《香囊記》，都刻意要在戲曲裡宣揚倫理、教化民眾，所以特別指出「傳奇莫作尋常看，識義由來可立身」（邵璨《香囊記》）。有這種認識的作家雖然不多，但是風氣漸開，到今天各地方戲還多寫忠孝節義，未嘗不是受此影響。

這樣看來，儒家思想對小說、戲劇的影響，倒是精神重於形式了！

# 第三章 道家思想與中國文學創作

## 第一節 道家的文學觀

周公對中華文化最大的貢獻，乃在制禮作樂。受了禮樂的薰陶，倫理觀念，宗法制度，道德節操很自然地便一層一層塗染在國人的心靈上；使他成為一個嚴謹端莊，雖然稍帶一點保守拘謹，卻很受人尊敬的儒家主義者。我們不否認儒家思想與中華民族性的相近處，但是儒家思想的建立，卻多少帶點兒外鑠性；所以歷來崇信儒學的聖君賢臣，都很注重教化的功效；因為他們必須要藉教化的作用，才能使禮樂不致敗壞，才能使儒家思想普遍深入到每一個角落。

道家思想卻不然，它潛伏在國人的心底，不必靠宣揚，不必靠啟引，只要儒家的勢力一鬆懈，便蠢然欲動起來。翻開中國思想史，遇到社會變遷，政治紊亂的時代，經過多少博學鴻儒辛苦建立起來的儒家一統局面，總悄然隱退；道家思想卻輕而易舉的取得了代替的地位。每逢這個時候，文學思潮也多從尚用的道統文學，流向個人的浪漫文學。如果再追究一下歷代名士個人思想的變遷，更不難發現，許多年輕時滿腔熱血，懷抱儒家經國濟世大志的人，在年華老去時，功成名就如王摩詰也好，壯志消沉如辛稼軒也好，往往都走上道家高蹈退隱的路子，作品的風格也由慷慨奮發變為清逸恬淡了。道家思想對國人心靈的支配力量，由此可見一斑。

我們曾經說明過，儒家思想乃是我們哲學思想的主流。在子學最為蓬勃的戰國時代，哲學派別有九流十家；但是真正能與儒家分庭抗禮的，只有以老莊思想為中心的道家。道家思想所以能具有這麼大的影響力，自然有它的特殊精采處。分析它的特殊處、精采處，我們立刻會發現，那也就是它對文學發生的影響。

道家思想最突出的地方，在於主張清靜無為，順乎自然。《道德經》二十九章有這麼一段話：「天下神器，不可為也。為者敗之；執者失之。」連對直接治民的政治，都採取無為的態度，當然更不會要求文學去負起教化天下的責任了。在儒家手裡與教化合一的文學，到了道家手裡，便與教化脫離關係，獲得了獨立的自由。

文學既與教化分途而行，那麼，在道家心目中，文學應該走上一條什麼樣的道路呢？道家思想的先驅者——楊朱之徒，倒提供了一個指標。楊朱的哲學，只要用兩句話便可以概括：「且趣當生，奚遑死後！」《列子・楊朱》這種及時行樂，獨善其身的旨趣，使文學趨於個人化與浪漫化。而個人的、自由的浪漫文學，也就成為道家思想的產物了。

就道家本身的主張來說，它對文字的要求應該是非常質樸的。老子寫《道德經》，開宗明義第一章便說：「道可道，非常道。」根本沒有藉文字傳播思想的意圖。他又主張絕聖棄智，見素抱樸。認為：「五色令人目盲，五音令人耳聾，五味令人口爽。」（《道德經》十二章）以此類推，雕琢美麗的文字，照老子的看法，徒然擾人心意而已。莊子也有「道隱於小成，言隱於榮華」（《南華經・齊物論》）的說法，道家之不以雕章琢句為能事，顯而易見。《道德經》上下兩篇，不過五千餘言，文字的簡鍊樸實，正可做為道家尚質的最佳佐證。

因道家思想而產生的浪漫文學，其中固然有像魏晉玄理詩那樣平淡寡味的作品，頗能符合道家尚質的理論；但也不乏如浪漫派大詩人李白那種奔放雄奇的風格。大凡這一類作品，雖然在文字上也並未經過加意的雕琢，可是在意境上卻閃耀出一片瑰麗的光彩與縱橫的氣勢。其所以會如此，《南華經》的影響占了絕大的因素。莊子在〈天下〉裡稱自己的作品是：「以謬悠之說，荒唐之言，无端崖之辭，時恣縱而不儻，不以觭見之也。」莊子的言辭，不論是謬悠，是荒唐，是无端崖，他的目的不外藉此表達自己的思想，所謂「筌者所以得魚也」，正希冀人能「得魚而忘筌」。不料後世作者，醉心於他想像的超曠與情思的飄逸，竟然見筌忘魚，見言忘意，競起仿傚莊子放縱無羈的筆法，終為文學開拓了另一境界。老子說過：「信言不美，美言不信。」文學家們在追求美的境界時，便顧不得是否信實了。

老子主張「返樸」，莊子主張「忘我」。返樸忘我的結果，使人的眼光由人事轉向大自然，而與造化相親，與天地為友。因此，道家思想極盛的時期，也往往是文壇上描山寫水之風盛行的時期。東晉陶淵明過的是「採菊東籬下，悠然見南山」的生活。盛唐王維看的是「明月松間照，清泉石上流」的景色。南宋朱敦儒灑脫的「曾批給雨支風券，累上留雲借月章」。元初馬致遠閒逸的「滿眼雲山畫圖開，清風明月還詩債」。這與儒家的載道文學，形成截然不同的另一種意趣。其實，不止文學作品如此，國樂與國畫，又何嘗不充滿了這種悠閒恬淡的氣氛，超塵脫俗的風格。儒家思想為我們建立了道德情操的標準，道家思想卻為我們安排了生活藝術的情調。

老子是楚人，莊子所居的蒙也離楚不遠。楚國「信巫鬼、重淫祀」的習俗，使原來就有飄飄出世之想的道家，更增添一分神祕色彩。戰國中葉，鄒衍等人倡陰陽五行之說；到東漢初年，陰陽家的讖緯災異附會上道家的「全身保真」，老莊思想遂流於神仙方術。東漢張道陵之道教，奉老子為太上老君，求仙煉丹，修道養壽等種種怪迂之事，便藉道教為橋樑，踏入了道家哲學的領域。所以魏晉那批清談之士，一面揮麈談玄，一面守爐煉丹，而遊仙詩也得以與玄理詩並駕齊驅於浪漫主義的文壇上了。

我們常常以老莊思想代言道家思想，其實流行於世的道家思想並不這麼單純。老子哲學與莊子哲學本身便分歧不一。漢初的道家號稱黃老，而以老學為主。漢末的道家揭出老莊，卻以莊學為重。漢朝摻雜了陰陽家思想與道教儀式的道家，已經遠離了原來的中心體系，到魏晉南北朝時代，又與佛教相輔佐、相闡釋、相消長，釋道混淆的結果，更不復它的本來面目。唐朝儒釋道三家並行，還能尋求出各派的來龍去脈與淵源影響，宋以後三家雜揉，就難覓端緒了。

道家思想既具有這樣錯綜複雜的變化，受道家思想影響的文學作品也就呈現了特殊的多樣性；與儒家文學的一脈相承大相逕庭。但是，如果我們能撇開許多枝葉問題不談，卻也不難從這些作品中歸納出一點共同性，足以反映道家思想給文學作品帶來些什麼。

第一、文學不再負擔教化的重任；文學觀念因此漸趨明晰，純文學得到發展的機運。

第二、個人的意志受到重視；文學的目的不再陷於狹隘的載道一途；而成為發抒作者情感，表達作者意念的最佳工具，自由浪漫的文風因而大盛。

第三、道家沒有尊經宗聖的主張，因此在文學上，無論技巧，形式或體裁，都沒有復古的趨勢。

第四、文字的表現上，或平實，或浮誇，沒有一定規律可循；但卻都不以綺麗為貴，不以雕琢為高，崇尚自然的美。

第五、就作品的內容說，多寫山水，也好涉及神仙幻境。

## 第二節　道家思想與先秦兩漢文學

在先秦時期，北方文學的總集——《詩經》，曾經為儒家尚用的文學觀，作了鋪路的工作。南方文學的總集——《楚辭》，也為道家浪漫的文學觀，開闢出另一片天地。《楚辭》有名的作者，如屈原、如宋玉，都不是道家的崇信者；只因為他們是楚人，他們的作品，無論在風格上、內容上、言辭上，都深受南方地域性的影響，所以和發源於楚的道家思想，有了相當的關聯。《楚辭》的代表作者是屈原，我們不妨拿他的作品來和道家的經典——《老子》、《莊子》作一比較。

首先，他們在思想上，有十足的相通之處。日人小柳司氣太曾詳論這一點說：「屈原〈遠遊〉云：『曰：道可受兮，不可傳；其小無內兮，其大無垠，無滑而魂兮，彼將自然。』與《莊子．大宗師》：『道可傳而不可受。』相通。又曰：『載營魄而登霞兮。』與《老子》：『載營魄抱一，能無離乎？』相通。〈漁父〉辭云：『聖人不凝滯於物，而能與世推移。』與《老子》：『和光同塵。』相通。」（見〈文化史上所見之古代楚國〉）

其次，他們在風格、意境上，也極為相似。《史記》讚美屈原的〈離騷〉說：「其稱文小而其指極大，舉類邇而見義遠。……濯淖汙泥之中，蟬蛻於濁穢，以浮游塵埃之外，不獲世之滋垢，皭然泥而不滓者也。」這幾句話，如果用來稱揚那在思想上「與時推移，應物變化」，在文字上「指約而易操，事少而功多」的老子；在精神上「上與造物者遊，而下與外死生、無終始者為友」，在言論上「洸洋自恣以適己，故自王公大人不能器之」的莊子，不也非常恰當嗎？

至於他們所表現的形式與內容，更有甚為一致的地方。我們看屈原的〈天問〉：「遂古之初，誰傳道之？上下未形，何由考之？冥昭瞢闇，誰能極之？馮翼惟像，何以識之？明明闇闇，惟時何為？陰陽三合，何本何化？」再看《莊子．天運》：「天其運乎？地其處乎？日月其爭於所乎？孰主張是？孰維綱是？孰居無事推而行是？意者其有機緘而不得已邪？意者其運轉而不能自止邪？」其豐富的想像、懷疑的精神、緊迫的語氣、問句的形式，都具有相當程度的共同性。

總之，屈、宋之徒雖然與道家沒有直接的關係，但因為同受楚風影響，在文辭上閃耀著一片虛幻與神祕的光芒，更兼有奔放的熱情，又善用象徵的手法，遂開中國浪漫文學的源流。楚辭所表現的特色，所以會與道家思想的文學觀不謀而合，原不是偶然的啊！

整個漢朝，不管是政治還是文學，都或明或暗或隱或顯的受道家思想所支配。西漢初年，天下方定，漢政府藉放任無為的黃老之術來息養百姓；流風所及，當時文壇也為抒情浪漫的楚辭遺韻所籠罩。賈誼的〈弔屈原賦〉和嚴忌的〈哀時命〉等，正是屈、宋的嫡系子裔。漢武帝罷黜百家，在政治學術上形成儒家獨尊的局面，然而武帝好神仙，成帝喜煉丹，公認的經學大師董仲舒，更以陰陽之說作儒家之用；凡此種種，都離正統的儒家漸遠，而距雜揉了陰陽方術的道家漸近；表面上衰頹了的道家勢力，其實正雄踞於幕後指導者的地位；時勢所趨，當時流行的賦體，也免不了外儒內道起來。司馬相如的作品，在儒家心目中完全符合詩人諷諫的旨意，但是他的〈大人賦〉卻有使人飄飄作神仙之想的力量。著名的〈長門賦〉更完全採用了楚辭的形式、內容與情調。王褒的〈洞簫賦〉、〈九懷〉固然是楚辭的擬作，揚雄的〈廣騷〉、〈畔牢愁〉更乾脆步趨在屈原〈離騷〉之後。漢末國勢日衰，民生日窘，道家思想也由黃老的刑名與無為，蛻變成老莊的全身與隱退，再度予政治、社會、文學以直接的影響。連嚴奉儒家禮法的張衡，也迎合這個轉變的機運。他的〈歸田賦〉，啟後代高人隱士的田園山水文學；〈髑髏賦〉、〈思玄賦〉開魏晉談玄論道的哲理文學，文壇上又呈現著一片浪漫文學的活潑生機。

「賦」這一類貴族文學，所給予讀者的，多半只是一堆虛華的辭藻；平民文學才能真正展示出當代的社會狀態與民眾心理。漢的平民文學，要以樂府與古詩為代表。樂府是村夫村婦的歌唱，所以總離不了男女感情的吟詠與現實生活的傾訴。但漢樂府裡已經有了「……歡日尚少，戚日苦多；何以忘憂，彈箏酒歌。淮南八公，要道不煩；參駕天龍，遊戲雲端。」（〈善哉行〉）這種追求及時行樂與神仙長生術的詩篇。古詩為知識程度較高的士大夫階層作品，他們對人生的探討也比較深入而廣泛。著名的「古詩十九首」裡，多的是「人生天地間，忽如遠行客。斗酒相娛樂，聊厚不為薄」、「人生忽如寄，壽無金石固。萬歲更相送，聖賢莫能度」、「晝短苦夜長，何不秉燭遊？為樂當及時，何能待來茲」一類的句子，楊朱享樂主義的色彩，在這裡渲染得格外明麗，道家思想顯然已成為社會上一般人的普遍人生觀了。

兩漢尊儒，然而在諸子文學中，卻前有劉安的《淮南鴻烈》，後有王充的《論衡》，極力為道家思想張目。這兩本書的可貴，一方面由於能獨樹旗幟，自成一家言，另一方面更為兩漢道家思想的變遷，提供了極為明顯的軌跡。

《淮南子》的中心思想，在崇尚虛無自然、追求與道合一，倒很能體會老莊清靜無欲的本意。但它的內容卻至為駁雜，不僅涉及儒、法、陰陽各家思想，並且摻進了天文、曆法、甚至民間的種種神怪傳說。道家思想與陰陽五行摻雜混攪的徵象，在這裡是顯而易見的了。

東漢盛行災異讖緯，使得秉賦懷疑精神的王充至為不滿。他在《論衡》一書裡，極力推崇順乎自然的道家思想。「賢之純者，黃老是也。……無心於為，而物自化，無意於生，而物自成。」又極力闢除迷信虛妄的災異和五行，對於「人君以政動天，天動氣以應之」的說法，大肆攻擊。由於他的努力，陰陽家散布在兩漢學術思想界的氛霧終告廓清，虛無曠達的玄學，得著了粉墨登場的機會，到了三國兩晉，於是又成道家思想的天下了。

## 第三節　道家思想與魏晉南北朝文學

建安時代，就各方面來說，都是一個過渡的、混亂的時代。在政治上，名屬漢朝，實權卻落在曹氏手中；在學術上，儒家的勢力日趨衰退，道家的思想方興未艾；佛家的學說正在萌芽階段。在文學上，寫實的風格並沒有完全消失，浪漫的色彩卻已經加速發展，唯美文學的胎兒，也開始有了孕育的徵兆。

當時的寫實作品，有名的如王粲的〈七哀詩〉、陳琳的〈飲馬長城窟行〉、曹操的〈苦寒行〉；都能確實反映出社會離亂與民生痛苦的慘狀。講求辭藻華美的句子，如曹植〈贈徐幹〉的「驚風飄白日，忽然歸西山」；〈贈丁儀〉的「凝霜依玉除，清風飄飛閣」。王粲〈從軍〉詩的「萑蒲竟廣澤，葭葦夾長流」。雜詩的「曲池揚素波，列樹敷丹榮」。近開太康浮豔風尚，遠啟南北朝唯美思潮。然而，寫實文學畢竟已近尾聲，唯美文學才不過剛有小小的漣漪，要論魏文學的重點，不能不歸諸浪漫文學了。

然而，社會的動盪、戰爭的蠭起，使得民間呈現一片黯淡。亂世的生命並不比雞犬來得值錢，生死無常，富貴若夢，連一世之奸雄的曹孟德都忍不住喊出「對酒當歌，人生幾何？譬如朝露，去日苦多」的慨歎。於是，建安文士只好求助於無為遁世的道家思想。他們談玄說理，藉以作自我慰藉，像曹植的〈玄暢賦〉、〈釋愁文〉、〈髑髏說〉一類的辭賦詩文，一時紛紛出籠。他們又追求虛無的神仙境界，藉以寄託自己苦悶的情懷。曹操的〈氣出唱〉、〈秋胡行〉；曹植的〈遊仙〉、〈升天行〉；王粲、陳琳的〈神女賦〉等，為魏晉的遊仙文學，打開了一個雲霧繚繞的大門。

兩晉的老莊思想，因為得到佛學的輔佐，氣燄更盛。當時的文學家們因為過著天災人禍接連而起的日子，他們的感情是衝突而矛盾的；有時正經而嚴肅的敘述老莊哲理，有時又誇大而荒誕的描繪神仙幻境，有時安分守己的願意退隱於田園，有時又難以克制的追求荒淫享樂。這些錯綜複雜的表現，使得兩晉文學的浪漫色彩更深，自由氣息更濃。

如果把兩晉文學分成幾個階段來探討，最早登臺的是「詩雜仙心」的正始時期。文學在這個階段，表現的手法由寫實變為象徵；表現的內容由抒情變為說理。所以阮籍的〈詠懷詩〉至今晦澀難明，嵇康的四言詩也有流於訐直的弊病。其次是太康時期，三張、兩潘、二陸的作品都徒負虛名；只有筆力雄健的左思，或寄意於山水，或寓情於時序，或借古人以抒志，或借古事以詠懷，使浪漫文學能夠維持一個相當的水準。接著是永嘉時期，鍾嶸的《詩品》評論這個時期的文風說：「永嘉時，貴黃老，尚虛談，於時篇什，理過其辭，淡乎寡味。爰及江表，微波尚傳。孫綽、許詢、桓、庾諸公，詩皆平典似道德論。」在這個時期，雖然有劉琨以清剛著稱，有郭璞以豔逸見譽，但是大勢所趨，東晉的文壇，因為玄理詩的風行，漸漸平淡而沉寂了。道家的哲理，一再被枯燥的重複著，《老子》的含蓄淵雅、《莊子》的警靈活潑，一點兒也看不見了。

就在這一片平淡中，就在這一片沉寂中，陶淵明的田園詩章掀起了浪漫文學的高潮；黯淡失色的東晉文壇，終於在瀕臨結束的時候，發出了萬丈光芒。陶淵明的思想，並非純然屬於道家的。他在〈讀山海經〉裡說：「精衛銜微木，將以填滄海；刑天舞干戚，猛志故常在。」在〈詠荊軻〉裡說：「惜哉劍術疏，奇功遂不成。其人雖已沒，千載有餘情。」一股掩飾不住的濟世熱誠，真是呼之欲出。他又在〈感士不遇賦〉裡批評當時的士風說：「自真風告逝，大偽斯興，閭閻懈廉退之節，市朝驅易進之心。」儒家所提倡的名節操守，無異正是他臧否人物的標準。等到年紀漸漸大了，心境也日趨於平靜，對本來就淡泊的名利與榮辱，連想也不去想了。每天喝喝酒，看看《山海經》，到東籬採幾朵菊花，在南山種幾株豆苗；雖然夏日常飢，寒夜無被，仍然逍遙自得的徜徉在山水田園之間，一點悔意也沒有。這種生活，這種逸趣，都一天比一天的接近道家境界。朱熹說：「淵明之辭甚高，其旨出於莊老。」確是的論。

陶淵明的詩文，沒有正始時期的隱晦，沒有太康時期的浮豔，沒有永嘉時期的乏味；他集合了魏晉兩代文學的優點，把浪漫文學領入一個絕高的境界。後代的隱逸詩人，或寫田園，或描山水，都只能模擬到他的一面；那種風華清靡的格調，純任自然的天性，卻是獨步千古，沒有人能仿傚得了的。

魏晉的文學批評家們，如寫《典論・論文》的曹丕、寫〈文賦〉的陸機、寫《抱朴子》的葛洪，都深受道家影響。曹丕是「慕通達」的君王，一心嚮往道家的清靜無為。陸機雖然服膺儒術，卻也是當時清談的中心人物之一。葛洪是道教徒，對研探老莊哲理更有極高的造詣。這些人論評文學，自然能超脫儒家尚用的文學觀，不但把文章的地位提高到與德行並重的程度，而且更進一步的注意到文章的形式美。〈文賦〉裡說：「其會意也尚巧，其遣言也貴妍；暨音聲之迭代，若五色之相宣。」文學開始被當作藝術品來製作與欣賞了。東漢王充已經有「齊古今」的主張，這種觀念反映到文學上，首先有陸機的反模擬，隨後有葛洪的文章進化論；質樸的古文不再被尊為典式，當代的美文，漸漸獲得較高的評價。

到這個時候，所有留存在純文學路途上的障礙物都已逐一掃清。等佛學興盛、轉讀風行，聲律之說更助長了唯美文風的氣燄，文學的浪潮便順理成章的向純文學發展了。如果只看南北朝文學的內容，不管是雕琢的山水文學，還是色情的宮體文學，似乎都和道家思想發生不了關聯；但是，推究起唯美文學興盛的原因來，道家思想的清路之勞，是功不可沒的。

## 第四節　道家思想與唐以後的文學

唐代以道教為國教，奉老子為教主，正是道家思想謀求極力擴展的大好機會。可惜固有的儒家思想，在古文家大力鼓吹之下，漸有復甦之勢。新傳進來的佛學，經過魏晉南北朝長時期的宣揚，也羽翼已成。在這種情勢下，道家始終無法取得獨擅當時的地位。唐代的哲學界固屬三教合流，文學界也保持著互為消長的局面；浪漫文學、社會文學、唯美文學都先後領導過唐代文壇。

道家本身的思想，到唐朝也已發生了變化。老莊的自然主義，受到佛教禪宗的影響，有更趨於虛無、更不重視現實的傾向。魏晉以來的清談，就是這種趨勢的明顯表現。哲學思想的改變，往往會在文學作品上留下些蛛絲馬跡。就拿唐詩來說，浪漫詩派的作品，像王維、孟浩然的田園詩；像岑參、高適的邊塞詩；雖然在風格情調上截然不同，但卻同樣不重雕琢與不提現實社會，不以雕章琢句與恪守規律為能事。這本是浪漫文學的特色之一，而絕口不談現實問題，也成為唐代浪漫文學的共同性。我們明白了這一點，自然不會企圖在集浪漫文學之大成的李白筆下，看到「朱門任傾奪，赤族迭罹殃；國馬竭粟豆，官雞輸稻粱」（杜甫〈壯遊〉）；「四海無閒田，農夫猶餓死」（李紳〈憫農〉詩）這樣的句子。

宋代理學，抑制了純文學的生機。只有新出的詞，還保留了活潑浪漫的氣象。北宋的詞，前期不脫南唐流韻，拘於溫婉的情調與綺豔的內容；後期又過分重視格律，典雅與刻畫的氣味太濃。真正豪放飄逸，能達到浪漫文學最高境界的，該是「詩人詞」的創作者蘇軾。蘇軾的詞，不受聲律拘束，不受格調限制；興之所至，可以摹山水、可以寫田園、可以談哲理、可以詠史事；真是豪放傑出，不可方物。後人仿傚他的詞，總不能像他那樣隨心所欲。其主要關鍵，在於性格與人生觀的各異。蘇軾雖然是古文大家歐陽脩的高足，居於唐宋八大家之一；但是他論文，主張「如行雲流水，初無定質，但常行於所當行，常止於不可不止；文理自然，姿態橫生。」這正合莊子重在神遇，不泥跡象的態度。他寫的前、後〈赤壁賦〉，一派奇情逸致，其胸懷的空闊、境界的高遠，更可舉《南華經》相比況。他的達觀，他的灑脫，處處說明了道家思想給予他的影響。唯其有這種豪放曠達的人生觀，才會造就這種豪放曠達的風格，原是勉強不來的。

南宋的詞壇，辛棄疾直承蘇軾的風格。蘇軾的「詞詩」，到他手裡進一步成為「詞論」。蘇軾的曠達俊逸，到他手裡進一步成為雄奇高潔。蘇軾的橫放傑出，到他手裡進一步成為嘻笑怒罵皆成文章。蘇軾在詞體上表現的浪漫精神，雖一度為格律派的詞風所壓抑，但終在辛棄疾的筆下復活；且得到百尺竿頭，更進一步的成效。辛棄疾晚年漸近陶淵明，他在〈水龍吟〉裡自謂：「老來曾識淵明，夢中一覺參差是。」比他更早參差是陶淵明的，是朱敦儒一派詞人。他們晦光遁跡、寄情山水，作品中一片清淡高遠的格調；他們詞中表現的全真保身的思想，使得所含道家色彩，比蘇辛一派更為具體、更為濃厚。

元代讀書人的地位，空前低微，一般文人多少都有些落拓失意的感覺。功名既不可期，有的便沉迷在風月場中，縱情於聲色之娛，如關漢卿是。有的律己甚嚴，且時時不忘故宮禾黍之悲，如白樸是。而絕大多數的人，都帶著一點道家消極的退隱思想；一面讚賞老莊，一面親近淵明，其中最著名的是馬致遠。他自號東籬，便已表露了悠然見南山的意境，又常常愛說些「高枕上夢隨蝶去了」（〈清江引野興〉），「本是個懶散人，又無甚經濟才，歸去來」（〈四塊玉 恬退〉）之類的話。寫景是蕭瑟的「枯藤老樹昏鴉」（〈天淨沙 秋思〉）。抒意是灰黯的「禾黍高低六代宮，楸梧遠近千官塚，一場惡夢」（〈撥不斷〉）。其他如「掛冠棄官」的張養浩，「棄微名去來心快哉」的貫雲石，「十年心事付琵琶」的張可久，「批風抹月四十年」的喬吉，都不能超脫這個範圍。道家隱逸思想對文學作品產生的影響，似乎沒有比元代散曲表現得更廣泛更明顯的了。

元、明、清盛行的戲劇和小說，形式較其他的文體複雜，篇幅也較其他的文體為長，在一齣戲劇或一本小說裡，所承受的哲學思想與所表現的哲學觀念，幾乎不可能是專屬一家的。把每齣戲劇、每本小說拿出來分析它哪一部分要表現哪種思想或為哪種思想所影響，在這裡是沒有必要的事。倒是一些道釋劇和神怪小說，至少就內容來說，是敘述道家人物的故事。但是仔細辨認一下，這些人物與其說是屬於道家，無寧說是屬於道教；而它們所表現的思想，與其說是偏於道家的虛靜隱逸，無寧說更偏於佛家的因果報應了。

# 第四章 佛教經典與中國文學創作

## 第一節 佛教之中國化

魏晉以後，儒、道、佛鼎足而三，成為中國哲學思潮的主流。其中以孔孟為主的儒家和以老莊為主的道家，都是屬於中國固有的思想體系；唯獨佛學，乃是由印度傳入的外來哲理。中國歷史上自秦以來，便不斷有與外邦交通來往的記載，其間由國外所傳進的思想觀念，宗教信仰，自然不在少數，但對中國哲學與文藝能產生莫大影響的，除佛教外，真還絕無僅有。佛教以一印度宗教的身分，在中國思想界能取得如此地位，主要原因倒不在於它本身的色彩如何神祕，本身的哲理如何深邃，而是由於它在傳入中國後，雖然還穿著印度的袈裟，拿著印度的鉢盂，卻參著中國意識的禪，唱著中國意識的偈；真正做到中國化的緣故。所以這個源於印度的宗教，必待一變而為中國的佛教，再變而為中國的佛學，才獲得三分天下有其一的成就，原也不是一蹴可幾的。

漢明帝永平年間，佛教正式傳入中土。當時的思想界，正外尊儒術，內行道法；然而所謂的儒、道，其實都已變質成為陰陽讖緯，神仙方術之流。民間固然是迷信鬼神，連皇家貴族也免不了尊圖讖，奉占候。佛教為迎合當時的好尚，便引進了小乘的禪觀與修行，來和神仙方術互通聲氣。當時所譯的佛經，如《安般守意》，大、小《十二門》，《禪行法想》等，都教人禪定之法，其原理與方士的吐納行氣同，其目的又與神仙家的養氣求仙同。而當時來傳教的名眾，如摩騰、安世高、康會等，更個個精通法術，一有機會便與道士鬥法，吸引民眾的注意力。佛教所以使用這些手段，一方面在利用方術的氣燄以奠定自己的勢力，另一方面又藉壓倒對方的機會以擴展自己的範圍。經過這種雙管齊下的努力，佛教終於在中國民間打下了基礎。但小乘的禪法和道教的方術相結合，漸漸失去印度宗教的本色，雜揉了中國道教的面貌。

民間的勢力已具，佛教更上求進入知識階層。當時正逢魏晉清談盛行之際，士大夫莫不以能探究老莊玄旨為高。老莊玄學崇虛尚無，佛教便乘機大力推介以性空為體的大乘般若思想；因為兩者都以「無」為立論的中心，自然一拍即合。於是名士藉佛理申論老莊，名僧藉玄學闡釋佛意；彼此互通款曲，相得益彰。所以當時翻譯的佛經多用道家術語，名僧如支道林，慧遠等人，也莫不為清談能手。般若思想至此與老莊玄旨密切融合，佛教的宗教色彩漸淡，哲理意味漸濃，終於由東漢迷信的「佛教」，一變而為魏晉深邃的「佛學」，正式植根於中國的土壤，成為中國的產物了。

唐韓愈以承繼儒家道統自任，他的學生李翱卻篤信佛學。由於李翱作媒介，儒家思想中漸漸雜入佛家哲理。宋明時理學大盛，理學的中心思想固然以儒學為主，道、佛的成分也不可謂不多。道學家們表面排佛，實際上也大量的援佛入儒。至於當時的僧徒，更好論《中庸》。智圓自號中庸子，契嵩作〈中庸解〉，儒佛合流的跡象，更明顯易見了。

佛學在傳入中國後，先與道家思想接觸，成為玄學化的禪宗。又與儒家思想接觸，混成道學家手中的理學。這些複雜與依附的關係，使我們很難從佛學本身歸納出它對文學有什麼獨特的見解。那些僧徒們所參的禪有太濃的道家氣習，所唱的偈又沾染了不少儒家色彩；倒是他們那一身衣鉢，洋溢著十足的異國風味，給予我們不少啟示：佛教對中國文學的最大影響，應該是它所帶來的異國文學的情調吧！

佛經雖然是宣揚佛教教義的經典，但由於它是印度人的作品，當然也具備了印度文學的特色。佛經的翻譯，可以畫分為兩個時期：東晉以前，佛經初譯，還停留在小品的階段；為了遷就中土的趣味，往往有失真的弊病，內容不太可靠。東晉以後，因為兼通華文梵語的人很多，所以譯出的經文都能暢達宏麗而不失原意，對於梵文原有的形式也能儘量保留，有名的《金剛經》、《維摩詰經》都是這一時期的譯品。鳩摩羅什翻譯《法華經》，連韻文的偈也附譯在後面。僧侶們為了傳教的需要，大量翻譯佛經，而中國的文士卻在佛經裡看到了教義以外的東西。他們領略到梵音婉轉的美妙，學習到散韻夾雜的方法，更因為佛經故事所表現的想像力，大開眼界。中國的文學，因此而開拓了新的天地。

說到這裡，我們要特別注意兩件事：首先，予中國文學以直接影響的，是佛教，是佛經，並不是佛學；所以產生的效果乃在文學形式的改變，不同於儒、道思想那樣表現在文學的內容上。這一章的章目特別標明「佛教經典與中國文學創作」，卻不沿襲前面兩章用「釋家思想」，便是這個緣故。其次，直接影響文學的雖是佛教與佛經，但使它們能產生如此影響力的，卻是佛學。正因為佛學中國化了，才使得佛教能長久的立足於中土，才使得佛經會普遍地受國人注意。我們在分析佛教與佛經對中國文學的影響以前，一定先要了解佛教中國化成佛學的經過，就是這個道理。

## 第二節　輕重有節的梵音

中國是一個好詩的民族，先秦時代的《詩經》與漢劉向輯的《楚辭》，是中國很早便有了的兩本偉大的詩歌總集。而流行於民間的各式歌謠，更是多不勝數。節奏與韻律是詩必具備的基本條件，好詩的中國人自然不會忽略這一點。但是我們對韻律與節奏的要求，僅止於自然和諧而已，從來沒有哪個作家刻意講求過鍛鍊音律。陸機在〈文賦〉裡提到：「暨音聲之迭代，若五色之相宣。」是文學家注意到作品音律美的先聲。魏晉時，李登作《聲類》，呂靜著《韻集》，分判清濁，辨別宮羽，已經對聲韻學作了較深入的研究，但是這種工作究竟還只有少數人從事，並沒有引起一般人的注意。

南北朝時，佛經轉讀的風氣很盛，轉讀本是印度僧侶誦經的方法，對音調的輕重與節奏的準確要求得非常嚴格。宋、齊的沙門為了便於宣揚佛教，詠讀佛經，便把轉讀搬到中土來應用。梵音辨聲極精細，讀起經來真是「動韻則流靡弗窮，張喉則變態無盡」；餘音繞樑，三日不絕，大得中土人士的讚歎。但是漢語卻不能用來讀梵文，慧皎在《高僧傳》裡曾就此加以說明：「梵音重複，漢語單奇。若用梵音以詠漢語，則聲繁而偈迫；若用漢曲以詠梵文，則韻短而辭長。」這個現象受到大家的重視，竟陵王蕭子良首先大會沙門，考文審音，以造經唄新聲；沈約、周顒等人更嚴別音律，創「五字之中音韻悉異，兩句之內角徵不同」的永明體；中國的文學因而有了一番新貌。

這些聲律論的開創者中，以沈約的成就最大。他細察漢語，定平上去入為四聲。《梁書・沈約傳》裡說他：「撰《四聲譜》，以為在昔詞人，累千載而不寤，而獨得胸衿，窮其妙旨，自謂入神之作。」證諸四聲之說對後代文學的影響，倒也不是誇大之辭。四聲之外，沈約對詩文中音律的配合，也極考求。他主張：「欲使宮羽相變，低昂錯節，若前有浮聲，則後須切響。一簡之內，音韻盡殊；兩句之中，輕重悉異。妙達此旨，始可言文。」更提出平頭、上尾、蜂腰、鶴膝，大韻、小韻、正紐、旁紐八病，以為作文寫詩的大忌。

聲病的限制，加上當時的雕琢風尚，造成了專門講求文學形式美與技巧美的唯美文風。我們看文學史上幾個唯美思潮興盛的時代，唐末的詩壇也好，宋末的詞壇也好，無不特別注重審音與協律。佛經的轉讀啟發了南北朝的聲律論，聲律論的興起又掀動了唯美文學，其間關係的密切，真是不容忽視。

## 第三節　散韻夾雜的形式

唐以前，中國文學的體裁，一直保持著非常單純的形式。文章歸文章，詩歌歸詩歌，從來不相混雜。佛經卻不如此，往往一段經文夾著一首偈語。經文或駢或散，總是文章的形式，偈語卻是短短的幾句韻文，用來重述經文所表達的意念。因為偈語的體裁較短，又多合樂可歌，易於記誦，佛經的作者因而常將經義濃縮在偈語裡，俾便流傳，偈語也就在佛經中取得了不可或缺的地位。

佛教徒為了講述佛道、宣唱法理，有導師唱導的制度。唱導的內容，不外佛經中的故事，所以導文在形式上還保留了佛經散韻夾雜的方式。唱導的對象，卻有貴族階層與一般民眾的不同；對貴族講唱時，文辭要華麗、語句要典雅；對平民講唱時，卻不得不力求淺顯易解，佛經因此而進入通俗化的階段。唱導的目的，主要在感動人心，以宣揚佛理，導師為求達到這個效果，當然刻意描述，百般模擬。慧皎在《高僧傳》中形容過唱導的情形：「談無常則令心形戰慄，語地獄則怖淚交零，徵昔因則如見往業，覈當果則已示來報，談怡樂則情抱暢悅，敘哀戚則灑淚含酸。」可想而知，當日的導文，在故事內容上必然十分曲折，在情感表現上必然十分誇大，使得佛經在通俗化之後，又呈現了故事化的傾向。

這種保持了佛經散韻夾雜的形式，而又趨向於通俗化與故事化的導文，演變到後來，便是淹沒已久，直到二十世紀初年才被人從敦煌發現的「變文」。

唱導的制度，東晉始有，南北朝時方為風行，變文的源起當然更在其後了。〈降魔變文序〉上說：「伏惟我大唐漢朝聖主，開元、天寶聖文神武應道皇帝陛下，化越千古，聲超百王，……」大概是玄宗時代的作品；《唐摭言》和《太平廣記》裡也都記載有唐人提到變文的事，想來變文起於唐大約是不錯的。變文由導文演變而來，導文又源於佛經，所以初期的變文多半都演述佛事，像《維摩詰經變文》，本於《維摩詰經》，《降魔變文》，本於《賢愚經》，最流行的《大目乾連冥間救母變文》，講唱的也是佛教故事。到了後來，由於變文有講有唱、擅描寫、長記述，頗受民眾喜愛，一些非佛教的故事，漸漸也利用變文的形式流傳起來。於是變文的作者，由導師變為俗講僧，連一般文士也有參與寫作的。變文的內容，也由佛教故事擴大到史事驢聞無所不寫，《列國傳變文》寫伍子胥故事、《明妃變文》寫昭君故事、《西征記》寫中外的戰爭，都已經脫離了佛教的範圍。

宋真宗時，講唱變文被明令禁止，變文本身的聲勢遂漸消竭。但是它散韻夾雜的形式，唱白兼用的手法，卻給予後代文學極大的影響。流行於民間的寶卷、彈詞一類通俗文學，固然是變文的嫡系直傳，就是戲劇和小說，也從變文受到不少的啟示。

宋代的小說，以平話為主，說話人或說佛事、或說合生、或講史書、或說小說，與僧徒們講唱變文的性質，並無二致；所用的話本，雖都是白話文體，但常常摻雜了大量的詩詞，所以又有「詩話」、「詞話」的稱謂，甚至於還有夾進一整段純粹駢文的。這種體裁，很明顯的是由變文蛻化出來。連話本裡「欲知後事如何，且聽下回分解」的格式，也早在《明妃變文》上卷卷末的「上卷立鋪畢，此入下卷」便見端倪。後來的章回小說，更是詩詞歌賦無所不含，散韻混雜的形式運用得更為廣泛了。

中國的戲曲，到唐朝還保持著滑稽戲與歌舞戲兩種形式。直到宋朝，才有講唱戲的產生。這種講唱交雜的結構，也脫胎於號稱「講唱文」的敦煌變文。承繼變文的軌跡最明顯的，是鼓子詞和諸宮調。鼓子詞以散文和歌曲交雜組合而成，現今流傳的趙令時的〈商調蝶戀花〉，便將元稹〈會真記〉的原文分成十段，作為「散文」部分，再填十闋〈商調蝶戀花〉，分別繫於各段散文之後，用以歌唱故事，作用與佛經中的偈十分相當。諸宮調的歌唱部分，更進一步連絡各宮調中的各曲調來吟詠一事，格局是更為複雜了。元代的雜劇，唱辭之外還有賓白，這種唱白兼用的創舉，使中國的戲劇，向前跨了大大的一步。唱辭固屬變文中韻文部分的流衍，道白又何嘗不是受到變文中說講部分的啟示呢。

佛經韻散並用的形式，經過變文的強調與渲染，為中國文學體裁，輸入了新的血液。

## 第四節　因果意識與幻想能力

佛教初傳時，為了迎合當時流行於民間的迷信心理，曾著力宣介輪迴轉世之說。西天樂土的明淨、無常地獄的淒慘，經過變文與變相的加意刻畫，已經鮮明的烙印於民眾腦海，因果報應和神鬼顯露的故事，也大量為小說戲劇所採用。

劉宋王琰的《冥祥記》、隋顏之推的《冤魂志》是這一類作品的早期代表。宋代的話本，寫人事多夾鬼神，《大唐三藏取經詩話》更拿玄奘取經的故事作為題材，成為吳承恩《西遊記》的藍本。我們在《西遊記》裡看到的輪迴之說，所謂：「行善的升化仙道，盡忠的超生貴道，行孝的再生福道，公平的還生人道，積德的轉生富道，惡毒的沉淪鬼道。」還只是作者所欲表達的思想之一。到蒲松齡的《醒世姻緣傳》，更用全力鋪述一個因果報應的故事。故事的內容非常簡單：寫主人翁晁源曾射死一隻狐，又逼害髮妻計氏，使她自縊而死。等到輪迴再世後，晁源託生為狄希陳，死狐與計氏託生為他的妻妾，對他百般虐待，以報前冤。幸而得到高僧胡無翳的指點，念了一萬遍《金剛經》，倚仗佛法，才真懺罪消災。全書的主要思想，乃在證因果、崇佛法，簡直可算是傳播釋教的輔佐教材了。清朝的許多筆記小說，像蒲松齡的《聊齋誌異》、袁枚的《子不語》（又名《新齊諧》）、管世灝的《影談》、紀昀的《閱微草堂筆記》等，都不能超脫談神說鬼的範圍。一直到科學昌明的今天，許多以「夜譚」、「誌異」標名的札記式小說，還存留著佛教的因果意識與輪迴觀念。

崇尚平實是中華民族的特性之一，因為秉賦了這種特性，我們的作家，抒情時以含蓄為高，寫景時又不離眼下的景色，文字更力求精鍊簡潔，所以作品裡很少帶有什麼想像的成分。唐朝白居易在〈長恨歌〉裡寫了兩句「上窮碧落下黃泉，兩處茫茫皆不見」，張祜便戲以「目蓮變」稱呼它，可見幻想與誇張，原不是中國文學的本色。佛教文學恰恰相反，他們能為一點點小事，就激起千萬捲波浪。在他們心中，單單這個世界，便千奇百怪，無所不包，再加上一層一層無盡的天，一層一層無盡的地，真不知有多少可寫的材料。所以佛經的故事，動輒千萬言，上天入地，變化萬窮。平實的中國文學，在相形之下，真是瞠乎其後無能及之了。

佛教文學豐富的想像力，把中國的文學家領進一個新的天地。受過佛教洗禮的文學作品，和佛經傳入前的文學作品，表現了顯著不同的特質。同是敘事詩，模擬梵唄的民歌〈董永傳〉、〈季布歌〉便充滿幻想，古詩〈孔雀東南飛〉、〈木蘭辭〉卻多實際生活上的瑣事。兩者的境界，完全相異。同是神怪小說，《西遊記》、《封神榜》顯得靈動活潑，《穆天子傳》、《山海經》等，就使人覺得過分刻板了。再舉一個更為具體的例子，同是描繪仙人降臨的情形，《漢武帝內傳》是這樣寫的：

> 到夜二更後，忽見西南如白雲起，鬱然直來，逕趨宮庭，須臾轉近。聞雲中簫鼓之聲，人馬之響。半食頃，王母至也。縣投殿前，有似鳥集，或駕龍虎，或乘白麟，或乘白鶴，或乘仙車，或乘天馬，群仙數千，光耀庭宇。

《維摩詰經變文．持世菩薩卷》卻是另一番景況：

> 波旬自乃前行，魔女一時從後。擎樂器者，喧喧奏曲，響聒青霄；爇香火者，澹澹煙飛，氤氳碧落。競作奢衣美貌，各申窈窕儀容。擎鮮花者，共花色無殊；捧珍珠者，共珍珠不異。琵琶絃上，韻合春鶯；簫笛管中，聲吟鳴鳳。杖敲羯鼓，如抛碎玉於盤中；手弄秦箏，似排雁行於絃上。輕輕絲竹，太常之美韻莫偕；浩浩唱歌，胡部之豈能比對。妖容轉盛，豔質更豐，一群群若四色花敷，一隊隊似五雲秀麗。盤旋碧落，宛轉青霄，遠看時意散心驚，近睹者魂飛目斷。從天降下，若天花亂雨於乾坤；初出魔宮，似仙娥芬霏於宇宙。

看了上面兩段作品，我們只要稍作比較，便不難發現，印度文學的浪漫精神，在這裡產生了什麼樣的影響。

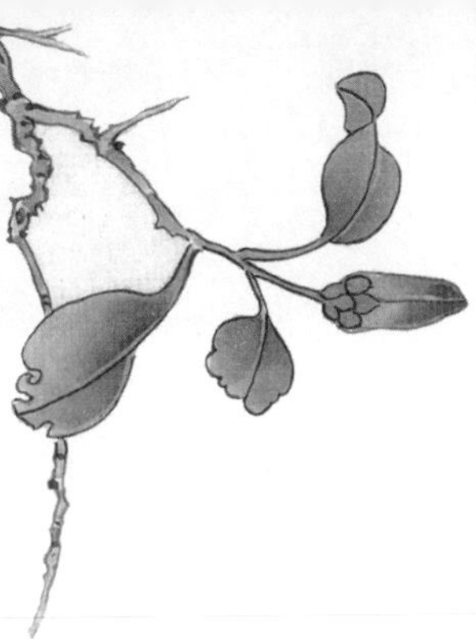

# 第二編 詩歌詞曲論

關關雎鳩，在河之洲。窈窕淑女，君子好逑。
參差荇菜，左右流之。窈窕淑女，寤寐求之。
求之不得，寤寐思服。悠哉悠哉，輾轉反側。
參差荇菜，左右采之。窈窕淑女，琴瑟友之。
參差荇菜，左右芼之。窈窕淑女，鐘鼓樂之。

# 第一章　詩歌詞曲的演變

## 第一節　古體詩的變遷

魏晉時文尚雕琢，齊梁時奢言聲律，劉勰在《文心雕龍・麗辭》裡倡四對（言對、事對、正對、反對）之說，唐初上官儀更擴展成六對與八對；這種種風尚，促成了絕句與律詩的形成。絕、律詩無論字句、平仄、押韻都有一定的限制，跟以前的詩體截然不同，所以號稱「近體詩」。在絕、律以前的、不受各種限制的詩，便相對的被稱為「古體詩」了。如果用這個標準來衡量古體詩的話，四言的《詩經》也好，兮字餘聲的楚辭也好，可歌的樂府也好、不入樂的古詩也好，都應該包括在它的範圍之內。這些古體詩，雖然形式不同，作者各異，表現的意趣也極少相似，但在它們的血脈裡，仍然可以尋覓出一些承續與演變的痕跡。

《詩經》是一部偉大的詩歌總集，它在中國文學史與民族史上的地位，將在後面專章討論，這裡僅提出有關章句字數和押韻協律的情形，藉此探求《詩經》對後代詩歌的影響究竟如何。

《詩經》計三百零五篇，每篇章數（即現在所稱之段數）並不一致：像〈周頌・清廟〉，便只有一章，近體詩中的絕句，詞曲中的小令，都出於此。〈大雅・桑柔〉長達十六章，《楚辭》中〈九歌〉、〈九章〉大概源本在這裡。各章的句數固不相同，各句的字數也差異很大。《詩經》大抵四言為主，但也有少到一字一句，像〈緇衣〉的「敝！」；多到九字一句，像〈昊天有成命〉的「二后受之成王不敢康」。其間雜言相間，錯落有致，開後代歌謠、樂府、古詩的先河。

《詩經》中各篇押韻的方式，也有很大的不同。顧炎武在《日知錄・卷二十一・古詩用韻之法》裡，曾加以分析歸納，倒很值得參考。他說：

古詩用韻之法，大約有三：首句、次句連用韻，隔第三句而於第四句用韻者，〈關雎〉之首章是也。凡漢以下詩及唐人律詩之首句用韻者，源於此。一起即隔句用韻者，〈卷耳〉之首章是也。凡漢以下詩及唐人律詩之首句不用韻者，源於此。自首至末，句句用韻者，若〈考槃〉、〈清人〉、〈還〉、〈著〉、〈十畝之間〉、〈月出〉、〈素冠〉諸篇，又如〈卷耳〉之二章、三章、四章，〈車攻〉之一章、二章、三章、七章，〈長發〉之一章、二章、三章、四章、五章是也。凡漢以下詩，若魏文帝〈燕歌行〉之類源於此。

這三種方式僅是《詩經》中最常用的押韻方式而已，其他種類繁多的變格轉韻，並沒有包括進去。因此，無論就章句、字數或用韻來說，稱《詩經》為中國詩歌的胎育者，是可以當之無愧的。

《詩經》是中國北方民族的產物；其中〈周南〉與〈召南〉較偏於南方，大約是今日漢水流域一帶的作品，許多耳熟能詳的詩句，像「關關雎鳩，在河之洲；窈窕淑女，君子好逑」（〈關雎〉），像「桃之夭夭，灼灼其華；之子于歸，宜其室家」（〈桃夭〉），都是二〈南〉中的篇什。孔子對二〈南〉極為推崇，曾向伯魚說：「女為〈周南〉、〈召南〉矣乎？人而不為〈周南〉、〈召南〉，其猶正牆面而立也與！」（《論語．陽貨》）可見當時文風已由北方漸漸被及南方，而且已經有了很好的成果。

二〈南〉雖是南方文學的先聲，可是它的形式、體制、風格都還和《詩經》中其他篇章無異。到《論語．微子》中記載的「接輿歌」：「鳳兮！鳳兮！何德之衰？往者不可諫，來者猶可追。已而！已而！今之從政者殆而！」《孟子．離婁上》中記載的「孺子歌」：「滄浪之水清兮，可以濯我纓；滄浪之水濁兮，可以濯我足。」南方的詩歌才漸漸超脫《詩經》的範圍，樹立了自己的風範。

春秋以後，北方文壇上，詩歌的地位已經被散文所取代。第一流的詩人與第一流的詩篇，都產生在南方的大國——楚，而「書楚語、作楚聲、記楚地、名楚物」（〈翼騷序〉）的楚辭，便是南方詩歌作品的代表成績。宋林艾軒說過：「江、漢之域，詩一變而為楚辭，屈原為之唱。」楚辭獨特的風格與形式，都在屈原的手裡宣告成立。就體制來說，他打破了《詩經》四言為主的觀念，給予詩體更多的自由，直接孕育了弘博典麗的漢賦，間接為激宕遒勁的樂府催生。就技巧來說，他把《詩經》中的比興手法，發展到極致的地步。草木鳥獸、風雲雷電都被擬人化了，此其一；「善鳥香草，以配忠貞；惡禽臭物，以比讒佞。」（王逸〈離騷序〉）此其二；後代騷人墨客受此影響，或寄情於物，或託物以諷，像張衡〈四愁〉詩，以美人喻君子；像曹植的〈吁嗟〉詩，藉飄蓬自傷身世，都是受了這種比興法的啟示。就意境來說，他上天下地的大膽幻想，也為中國詩歌開出浪漫一派。在佛經傳入中土以前，中國文學作品中最具不羈想像力的，文推《南華》，詩唯楚辭；都是不爭之論。

漢賦承繼了楚辭的正統，可惜賦體非詩非文、是一種介乎詩文之間、難以歸類的文體。我們只能在討論楚辭時，附帶介紹它，它在中國的詩史上，並不能取得正式的地位。純就詩歌來論，續接於楚辭之後的，應該是樂府與古詩。

漢初樂府，很明顯的受楚辭的影響。西楚霸王項羽在窮途末路時，悲嘯：「力拔山兮氣蓋世，時不利兮騅不逝。騅不逝兮可奈何，虞兮虞兮奈若何！」漢高祖劉邦在衣錦榮歸時，高歌：「大風起兮雲飛揚，威加海內兮歸故鄉，安得猛士兮守四方？」都是樂府詩的先聲，也都不脫楚辭飾韻。漢朝樂府的形式非常複雜，字數有定言也有雜言。胡應麟說：「余歷考漢、魏、六朝、唐人詩有三言、四言、五言、六言、七言、雜言、近體、排律、絕句；樂府皆備有之。」（《詩藪》）所以唐詩和宋詞的淵源，都可以往上推溯到樂府。樂府詩的名稱，更是形形色色，或稱「歌」、或稱「行」、或稱「引」、或稱「弄」……，這些名目，且多為後代詩詞所沿用。

合樂可歌，本是樂府詩的必要條件；而漢代的樂府，大多還能合乎這個標準。但是演變到後來，有只襲用樂府舊題，卻不能入樂的；如傅玄的〈豔歌行〉、陸機的〈猛虎行〉。有名為樂府，其實不但不能入樂，連題目也非樂府舊有；像白居易的「新樂府」、元稹的「新題樂府」。樂府詩到了這個時候，和徒歌的雅俗之詩，便沒有什麼分別了。

樂府是流行於民間的詩歌，所以能直接反映出民眾的愛憎與哀樂。漢代君王好大喜功、窮兵黷武，老百姓不堪征戰徭役之苦，所以有〈戰城南〉、〈十五從軍征〉等作。

戰城南，死郭北，野死不葬烏可食。為我謂烏：「且為客豪，野死諒不葬，腐肉安能去子逃！」水深激激，蒲葦冥冥，梟騎戰鬥死，駑馬徘徊鳴。梁築室，何以南？何以北？禾黍不穫君何食？願為忠臣安可得？思子良臣，良臣誠可思。朝行出攻，暮不夜歸。（〈戰城南〉）

十五從軍征，八十始得歸。道逢鄉里人，家中有阿誰？遙望是君家，松柏冢纍纍。兔從狗竇入，雉從樑上飛。中庭生旅穀，井上生旅葵。烹穀持作飯，采葵持作羹。羹飯一時熟，不知貽阿誰？出門東向望，淚落沾我衣。（〈十五從軍征〉）

戰禍連年，加上賦斂苛重，使得人民生活極為困苦，所以有〈婦病行〉、〈東門行〉等作。

婦病連年累歲，傳呼丈人前一言。當言未及得言，不知淚下一何翩翩：「屬累君，兩三孤子。莫使我兒飢且寒！有過慎莫笪笞！行當折搖，思復念之。」亂曰：抱時無衣，襦復無裡。閉門塞牖舍，孤兒到市。道逢親交，泣坐不能起。從乞求與孤買餌，對交啼泣，淚不可止：「我欲不傷悲，不能

已。」探懷中錢持授。交入門，見孤兒啼索其母抱。徘徊空舍中：「行復爾耳，棄置勿復道。」（〈婦病行〉）

出東門，不顧歸；來入門，悵欲悲。盎中無斗米儲，還視架上無懸衣。拔劍東門去，舍中兒母牽衣啼：「他家但願富貴，賤妾與君共餔糜。上用滄浪天故，下當用此黃口兒！」「今非，咄！行！吾去為遲！白髮時下難久居。」（〈東門行〉）

這種社會背景，造成了退隱求仙與及時行樂的風氣，所以有〈步出夏門行〉與〈怨詩行〉之作。

邪徑過空廬，好人常獨居。卒得神仙道，上與天相扶。過謁王父母，乃在太山隅。離天四五里，道逢赤松俱。攬轡為我御，將吾上天遊。天上何所有？歷歷種白榆。桂樹夾道生，青龍對伏趺。（〈步出夏門行〉）

天德悠且長，人命一何促？百年未幾時，奄若風吹燭。嘉賓難再遇，人命不可續。齊度遊四方，各繫太山錄。人間樂未央，忽然歸東嶽。當須盪中情，遊心恣所欲。（〈怨詩行〉）

當然，謳歌愛情與婚姻的詩篇是樂府民歌中必不可少的，像〈有所思〉、〈上邪〉、〈白頭吟〉都是其中佳作。

有所思，乃在大海南。何用問遺君？雙珠玳瑁簪，用玉紹繚之。聞君有他心，拉雜摧燒之。摧燒之，當風揚其灰。從今以往，勿復相思，相思與君絕。雞鳴狗吠，兄嫂當知之。妃呼豨！秋風肅肅晨風颸，東方須臾高知之。（〈有所思〉）

上邪！我欲與君相知，長命無絕衰。山無陵；江水為竭；冬雷震震夏雨雪；天地合，乃敢與君絕。

〈上邪〉

皚如山上雪，皎若雲間月。聞君有兩意，故來相決絕。今日斗酒會，明旦溝水頭。躞蹀御溝上，溝水東西流。淒淒復淒淒，嫁娶不須啼。願得一心人，白頭不相離。竹竿何嫋嫋，魚尾何簁簁。男兒重意氣，何用錢刀為？〈白頭吟〉

而最著盛名的，當然要推那首敘事長詩〈孔雀東南飛〉了。

南北朝的樂府，南方多婉媚之姿；像〈子夜四時歌〉，便是典型的代表作。南方樂府，好用廋詞；如「合散無黃蓮，此事復何苦」〈讀曲歌〉，以黃蓮之苦隱射相思之苦；「霧露隱芙蓉，見蓮不分明」〈子夜歌〉，以芙蓉之音代夫容之意；都屬此類。北方多剛健之氣，一曲〈敕勒歌〉：「敕勒川，陰山下，天似穹廬，籠罩四野。天蒼蒼，野茫茫，風吹草低見牛羊。」讀之不覺渾樸莽蒼之氣，逼人而來。至於〈木蘭辭〉，更與〈焦仲卿妻〉前後相輝映，稱為中國樂府詩中的雙璧。

當市井閭巷正謳唱樂府歌謠時，士大夫階級卻在吟詠不披管絃的五、七言雜詩。漢初流行的樂府歌謠中，幾乎很少看到五言的句子。只有李延年歌：「北方有佳人，絕世而獨立。一顧傾人城；再顧傾人國。寧不知傾城與傾國，佳人難再得。」才稍稍具備了五言的雛形。但是東漢的樂府，便多五言詩句了。由此看來，士大夫手中的古詩，要比民間的樂府晚出，形式上多少也受樂府的影響與感染。到了魏晉，樂府文士化與古詩民歌化的趨向益見顯著，等到樂府不再以入樂為限，古詩與樂府的區分也便泯滅難辨了。

四言詩缺乏變化，雜言詩又容易流於粗率，詩體演變成五、七言，原是很自然的趨勢。這種進步，一方面在語句上保留了迴轉周旋的餘地，一方面在意境上增添了發揮擴展的憑藉；古詩的地位，因此確立。漢朝古詩，其特點在平實與純真，不故作奇僻的想法，也沒有驚險的字句，已經脫去了《詩經》的古奧與漢賦的華貴，又還未沾染到六朝的雕琢惡習，全以自然樸質見勝。魏晉以後，雖有仿作，可惜都風味盡失，最多得其形貌而已。

「古詩十九首」、「蘇李贈答詩」都是五言古詩中的佼佼者，可惜創作時代不可考；或云西漢，或主東漢，五言詩體正式成立的時間，也因而淆亂不清了。但是東漢班固的〈詠史〉詩，已經純粹是五言的形式；五言詩的完成，無論如何是不會晚過東漢的。七言詩的成長比五言詩要遲；相傳武帝時的「柏梁聯句」為七言之祖。但因一方面這首詩本身的真偽便成問題，二方面「聯句」的遊戲意味太重，所以這個說法很多人不予承認。兩漢雖不乏七言作品，像武帝的〈秋風辭〉、張衡的〈四愁〉詩；可惜都夾有「兮」字補襯，未能跳出楚辭的範圍。五言古詩全盛的魏晉時代，魏文帝曹丕寫了一首〈燕歌行〉，七言詩體才算宣告正式成立。以後鮑照作〈行路難〉十八首，也多用七言。然而南北朝只能算是七言詩的醞釀期；真正的成就，還有待於唐朝詩人的努力。

## 第二節　近體詩的形成

從兩漢不加藻飾、麗趣天成的古詩，到唐朝字句受限，韻律定格的近體詩，其轉變關鍵，乃在六朝。六朝人寫詩好雕章琢句，造成當時文人爭鶩華藻的風氣，這是原因之一。到了沈約等人創四聲八病之說，詩體愈加趨於精密，這是原因之二。後來劉勰立四對的名目，對偶的習尚因之大盛，這是原因之三。就因為這三種原因，近體詩得以形成。

近體詩包括絕句，律詩與排律；它們的淵源，遠的可以追溯到漢朝樂府，近的也能在南北朝詩歌裡找到源頭。

五言絕句起始最早。漢朝古詩〈枯魚過河泣〉：「枯魚過河泣，何時悔復及？作書與魴鱮，相教慎出入。」古歌：「高田種小麥，終久不成穗。男兒在他鄉，焉得不憔悴？」都已是五言四句的形式。徐陵在編《玉臺新詠》時，選錄了「藁砧今何在？山上復有山；何當大刀頭？破鏡飛上天。」等四首詩，便直稱之為古絕句了。

南朝小樂府中五言四句的更多；雖然格律不合，五絕的形式卻已定型。當時一般文士，像謝靈運、鮑照等，也都有類似的作品；數量雖不多，但是技巧的進步卻很顯著了。

永明是五絕成熟的時期，王融的〈自君之出矣〉：「自君之出矣，金爐香不燃。思君如明燭，中宵空自煎。」已經雋美可誦了。謝脁的〈玉階怨〉：「夕殿下珠簾，流螢飛復息。長夜縫羅衣，思君此何極。」沈德潛許為「竟是唐人絕句，在唐人中最上者。」五言絕句胚胎於兩漢，到了齊、梁算是正式完成了。

七言詩從曹丕作〈燕歌行〉後，到鮑照的〈行路難〉才再行出現。但是四句體的小詩卻一直沒有創作者。劉宋湯惠休有一首〈秋思引〉：「秋寒依依風過河，白露瀟瀟洞庭波。思君末光光已滅，眇眇悲望如思何。」七言四句的形式已具，可惜技巧和內容都不甚好。梁武帝時，試作之人漸多，才逐漸有進步。梁簡文帝作〈夜望單飛雁〉：「天霜河白夜星稀，一雁聲嘶何處歸，早知半路應相失，不如從來本獨飛。」音律和諧，開七言絕句的先聲。蕭子顯的〈烏棲曲〉：「芳樹歸飛聚儔匹，猶有殘光半山日。莫憚褰裳不相求，漢皋遊女習風流。」無名氏的〈送別〉詩：「楊柳青青著地垂，楊花漫漫攪天飛。柳條折盡花飛盡，借問行人歸不歸？」都具七絕的規模，七言絕句遂繼五言之後興起。

到了唐朝，唐人所作絕句更多，且都可入樂。王昌齡、高適、王之煥「旗亭畫壁」的故事，便是絕好的證明。唐人又好稱絕句為樂府，像李白的〈清平調〉三首，正是三篇七言絕句。王維的〈渭城曲〉，也是七絕而名樂府的。唐人絕句，實保留了樂府遺意。

律詩除強調平仄外，還講求對偶；形式比絕句更嚴整，技巧比絕句更繁雜；所以完成的時代也比絕句挪後了。劉宋謝莊的〈侍東耕〉，〈侍宴蒜山〉，是最早具五律粗胚的律詩。永明時聲律論起，競作的人便越來越多了。謝朓的〈同謝諮議銅雀臺〉詩：「繐幃飄井幹，罇酒若平生。鬱鬱西陵樹，詎聞歌吹聲。芳襟染淚跡，嬋娟空復情。玉座猶寂寞，況酒妾身輕。」但這首律詩，除形式外，去五律的格律尚遠。沈約的〈詠青苔〉，全首八句皆同一韻，前六句更兩兩相對，則已近於五律的趣味。范雲的〈巫山高〉：「巫山高不極，白日隱光輝；靄靄朝雲去，冥冥暮雨歸。巖懸獸無跡，林暗鳥疑飛；枕席竟誰薦，相望徒依依。」雖然平仄不能盡合，但是中間二聯對仗工整，無論形式格律，都比謝朓的〈銅雀臺〉詩要更進一步。

及至梁、陳，五律的作者更多，技巧也更為成熟。我們隨意舉一首陰鏗的〈晚出新亭〉來看：「大江一浩蕩，離悲足幾重。潮落猶如蓋，雲昏不作峰，遠戍唯聞鼓，寒山但見松。九十方稱半，歸途詎有蹤。」平仄、韻腳、對偶、修辭，都接近唐律的風格了。

梁簡文帝作〈春情曲〉，一首八句，除最末二句為五言外，其他六句都是七言，對後來七言八句的形式，頗具啟發作用。庾信的樂府詩〈烏夜啼〉：「促柱繁絃非〈子夜〉，歌聲舞態異〈前溪〉。御史府前何處宿，洛陽城頭那得棲。彈琴蜀郡卓家女，織錦秦川竇氏妻。詎不自驚長落淚，到頭啼烏恆夜啼。」格調雖然不類律體，畢竟完成了七律的形式。隋煬帝作〈江都宮樂歌〉：「揚州舊處可淹留，臺榭高明復好遊；風亭芳樹迎早夏，長臯麥隴送餘秋；淥潭桂檝浮青雀，果下金鞍駕紫騮；綠觴素蟻流霞飲，長袖清歌樂戲州。」平仄對偶都有顯著進步，可稱為唐人七律的先聲。

五七言律詩雖然到隋已經有了相當的成績，可是要論到藝術上的成就與造詣，還得靠唐朝幾個詩人的推展與創作。唐初的宮廷詩人上官儀，創立了「六對」與「八對」的對句法門，正式規畫了作律詩時對偶的定法，對於律詩的發展，貢獻極大。初唐四傑的律詩雖然並沒有多麼高的藝術價值，但是由於他們的大量製作，律詩的地位被重視了，律詩的音調韻律也有了某種程度的進步；最難能可貴的，是律詩在他們手裡，已經擺脫了六朝的風格，表現出唐朝獨有的韻味。我們試舉一首王勃的〈送杜少府之任蜀州〉作為代表：「城闕輔三秦，烽煙望五津；與君離別意，同是宦遊人；海內存知己，天涯若比鄰；無為在歧路，兒女共沾巾。」

因此，我們說：律詩經過齊梁以來無數詩人的製作與推動，形式是早就確立了。而上官儀的「六對」、「八對」，更使律詩的規格益加嚴密。初唐四傑的努力，復賦予律詩獨特的格調；律體於是到了宣告成熟的階段。沈佺期與宋之問幸運的秉承了這個機運，成為五、七言律詩的完成者；他們所寫的律詩，約句準篇，為律詩體制，立下了一定的標準。如沈佺期的〈雜詩〉：

聞道黃龍戍，頻年不解兵。可憐閨裡月，長在漢家營。少婦今春意，良人昨夜情。誰能將旗鼓，一為取龍城？

又如宋之問的〈和趙員外桂陽橋遇佳人〉：

江雨朝飛浥細塵，陽橋花柳不勝春。金鞍白馬來從趙，玉面紅妝本姓秦。妒女猶憐鏡中髮，侍兒堪感路旁人。蕩舟為樂非吾事，自歎空閨夢寐頻。

排律是律詩的前身，是古詩過渡到律體的橋梁。因為講求對仗，所以稱為「排」，因為格調與律詩相同，所以稱為「律」，只是聲韻的限制沒有律詩那麼嚴格，句數也不以八句為度。沈約的〈早發定山〉，江總的〈閨怨〉詩，分別為五、七言排律之濫觴。陳懋仁《文章緣起》說：「排律因於顏延之、謝瞻諸人；唐興始為專體。」其實排律只不過在唐初時興盛過一陣，盛唐杜甫、中唐元、白或偶一為之，以後便極少見了。後人寫排律，都用在頌贊、應酬一類文字中，所以排律詩很少有什麼精采的作品。我們姑且舉幾首作為參考，對這種詩體便不再加以深入的探討了。

戚戚苦無悰，攜手共行樂。尋夢陟累榭，隨山落菌閣。遠樹曖阡阡，生煙紛漠漠。魚戲新荷動，鳥散餘花落，不對芳春酒，還望青山郭。（謝朓〈游東田〉）

日落滄江晚，停橈問土風。城臨巴子國，臺沒漢王宮。荒服仍周甸，深山尚禹功。巖懸青壁斷，地險碧流通。古木生雲際，歸帆出霧中。川途去無限，客思坐何窮？（陳子昂〈白帝城懷古〉）

煙渚雲帆處處通，飄然舟似入虛空。玉杯淺酌巡初匝，金管徐吹曲未終。黃夾纈林寒有葉，碧琉璃水淨無風。避旗飛鷺翩翻白，驚鼓跳魚潑刺紅。澗雪壓多松偃蹇，巖泉滴久石玲瓏。書為故事留湖上，吟作新詩寄浙東。軍府威容從道盛，江山氣色定知同。報君一事君應羨，五宿澄波皓月中。（白居易〈泛太湖書事寄微之〉）

## 第三節　詞的萌芽與成長

詞的性質，原與詩相同，所以我們往往稱詞為「詩餘」。但是他們在形式上，畢竟不盡相似。詩的形式偏於整齊，雖偶有雜言，也不過是偶一為之的自然安排，絕沒有刻意形成一種固定的規律。但是詞就不同了，一闋之中，各句字數往往不一，韻律的轉換與字句的長短，都有一定的規格。詞在外形上所以會產生這種變化，主要是受了音樂的影響。

詩體因為音樂而改變形式的例子，遠在漢朝就有了。為了配合樂譜的曲折變化，平整的詩句不得不加上所謂的「和聲」或「泛聲」；就成了像〈上留田行〉這樣的情形：

居世一何不同，上留田。富人食稻與粱，上留田。貧子食糟與糠，上留田。祿命懸在蒼天，上留田。

今爾歎惜，將欲誰怨？上留田。

「上留田」三字，在這裡毫無意義可言；它唯一的用途，乃在作唱歌時的和聲而已。到了南朝，有人將無意義的和聲變為有意義的和辭，更依照樂譜，製成了規律的長短體；其中最具代表性的，便是〈江南弄〉。〈江南弄〉的作者很多，現在只要將他們的作品作一比較，便不難發現其間的體裁和字句的一致性。

眾花雜色滿上林，舒芳耀綠垂輕陰，連手蹀躞舞春心；舞春心，臨歲腴，中人望，獨踟躕。（梁武帝）

枝中水上春併歸，長楊掃地桃花飛，清風吹人光照衣；光照衣，景將夕，擲黃金，留上客。（梁簡文帝）

楊柳垂地燕差池，緘情忍思落容儀，絃傷曲怨心自知；心自知，人不見，動羅裙，拂珠殿。（沈約）

梁啟超在〈詞的起源〉裡談到〈江南弄〉說：「凡屬於〈江南弄〉之調，皆以七字三句、三字四句組織成篇。七字三句，句句押韻；三字四句，隔句押韻；第四句即覆疊第三句之末三字，如〈憶秦娥〉第二句末三字『秦樓月』也。似此嚴格的一字一句，按譜填詞，實與唐末之倚聲新詞無異。」由此看來，我們如果說詞體萌芽於南北朝，似乎也不為過。

孟棨《本事詩》中錄了兩闋唐初的〈迴波樂〉詞，前者是優人所歌，後者為沈佺期撰詞。

迴波，爾時栲栳，怕婦也是大好，外邊只有裴談，內中無過李老。

迴波，爾似佺期，流向嶺外生歸，身名已蒙齒錄，袍笏未復牙緋。

它們用韻的方法、字句的長短，都完全相同，可見〈迴波樂〉詞的曲調已經定型了，無論優人也好、文士也好，唱寫〈迴波樂〉時，都不過是按曲填詞罷了。只是當時文人做這種填詞工作的不多，像沈佺期填這闋〈迴波樂〉，便出於一種遊戲態度，只注意到曲的可唱性，對於詞的修飾與內容，是完全忽略了的。

文士們雖然不屑於「依曲拍為句」，可是樂府教坊和民間的歌者卻不能因此就不唱詩了。文士們的作品既然平整難唱，他們只得就音樂的需要，私自加添或增長詩句了。

因此，文士寫的詩和歌者唱的樂府，取材雖同，形式往往不一；這種情形，漢唐都有，下面各舉一組例子，以資比較。

生年不滿百，常懷千歲憂。晝短苦夜長，何不秉燭遊？為樂當及時，何能待來茲！愚者愛惜費，但為後世嗤。仙人王子喬，難可與等期。（古詩）

出西門，步念之：今日不作樂，當待何時？

夫為樂，為樂當及時；何能坐愁怫鬱，當復待來茲？

飲醇酒，炙肥牛，請呼心所歡，可用解愁憂。

人生不滿百，常懷千歲憂；晝短苦夜長，何不秉燭遊？

自非仙人王子喬，計會壽命難與期。自非仙人王子喬，計會壽命難與期。

人壽非金石，年命安可期？貪財愛惜費，但為後世嗤。（〈西門行〉）

渭城朝雨浥輕塵，客舍青青柳色新。勸君更盡一杯酒，西出陽關無故人。（王維〈渭城曲〉）

渭城朝雨，一霎浥輕塵。

更灑遍客舍青青，弄柔凝，千縷柳色新；更灑遍客舍青青，千縷柳色新。

休煩惱！勸君更盡一杯酒，人生會少；自古功名富貴有定分，莫遣容儀瘦損。

休煩惱！勸君更盡一杯酒，只恐怕西出陽關，舊遊如夢，眼前無故人！只恐怕西出陽關，眼前無故人！（〈陽關三疊〉詞）

就藝術造詣來論，各組的後一首都不如前一首；這一方面是因為後者又要遷就原作，又要配合音樂，難免有些牽強感；一方面也因為改作的多半是些伶人歌者，他們本身的修養便不深，筆下的表現自然也就淺俗了。

唐玄宗作〈好時光〉，原句是：

寶髻宜宮樣，臉嫩體紅香；眉黛不須畫，天教入鬢長。莫倚傾國貌，嫁取有情郎；彼此當年少，莫負好時光。（見劉毓盤《詞史》）

樂工在演唱時，稍稍加入了幾個和聲襯字，便成一闋絕好的長短句：

寶髻偏宜宮樣，蓮臉嫩，體紅香；眉黛不須張敞畫，天教入鬢長。莫倚傾國貌，嫁取箇有情郎；彼此當年少，莫負好時光。

增補以後的〈好時光〉，能具有音樂的效能，又兼顧到作品的修飾美與完整性，比起前面的例子，要進步得多了。但是「偏」、「蓮」、「張敞」、「箇」等字，畢竟還是和聲襯字，這種增補的方法，也只是一時權宜；詞體的正式成立，還要等文士們親自依曲拍為長短句才行。

中唐以後，文人填詞的風尚漸漸興起了。幾個當時流行的詞調，如〈漁父〉、〈調笑令〉、〈憶江南〉等，作者都很多。

樂是風波釣是閒，草堂松檜已勝攀；太湖水，洞庭山，狂風浪起且須還。（張松齡〈漁父〉）

西塞山前白鷺飛，桃花流水鱖魚肥；青箬笠，綠蓑衣，斜風細雨不須歸。（張志和〈漁父〉）

胡馬，胡馬，遠放燕支山下；跑沙跑雪獨嘶，東望西望路迷。迷路，迷路，邊草無窮日暮。（韋應物〈調笑令〉）

邊草，邊草，邊草盡來兵老；山南山北雪晴，千里萬里月明。明月，明月，胡笳一聲愁絕。（戴叔倫〈調笑令〉）

春去也，共惜豔陽年。猶有桃花流水上，無辭竹葉醉尊前，唯待見青天。（劉禹錫〈憶江南〉）

江南好，風景舊曾諳。日出江花紅勝火，春來江水綠如藍，能不憶江南？（白居易〈憶江南〉）

〈調笑令〉屢用疊句，繁聲促節，急迫高昂，與〈漁父〉等絕不相類，想必出自胡樂。音樂對詞的影響，在這裡是顯而易見的。楊慎《詞品》說：「唐詞多緣題所賦。」我們看〈漁父〉多寫放浪生活；〈調笑令〉多敘邊塞愁苦；〈憶江南〉多描風情景致；緣題賦詞的話確是不錯的。

劉禹錫作〈憶江南〉時，曾自注：「和樂天春詞，依〈憶江南〉曲拍為句。」到這段時間，詞的外在形式與製作方法，都已經脫離詩而獨立了。但是細察當時的作品，無論意境或修辭，都還在詩的範圍之內，詞人也多由詩人兼差。比起詞來，他們更重視自己的詩篇。偶而填詞，也很少收入正式的詩文集中。詞體這時雖是正式成立了，但是詞在文學上的地位，卻還沒有被正式承認。

晚唐的溫庭筠是第一個全力填詞的人，他的《金荃》和《握蘭》，也是詞最早的專集。藉著傑出的才華與浪漫的天性，他為詞開拓了一個新的天地，詞因此而得到了獨立的生命，從詩的附庸地位蔚成大國。唐詩雖在溫氏的手裡作一結束，詞的發展卻可拭目以待了。

五代詞風與溫詞的格調非常接近；宋詞卻另闢蹊徑，獨樹一幟。王國維評馮正中的詞時，曾說過這麼一句話：「正中詞雖不失五代風格，而堂廡特大，開北宋一代風氣。」（《人間詞話》）「堂廡特大」四個字，正是宋詞異於晚唐和五代詞的地方；所以會產生這種差異，與詞人填詞的動機不同很有關係。胡適說：「填詞有三個動機：一、樂曲有調而無詞，文人作歌詞填進去，使此調更容易流行。二、樂曲本已有了歌詞，但作於不通文藝的伶人、倡女，其詞不佳，不能滿人意，於是文人給他另作新詞，使美調得美詞，而流行更久遠。三、詞盛行之後，長短句的體裁漸得文人的公認，成為一種新詩體，於是文人常用長短句體作新詞。形式是詞，其實只是一種借用詞調的新體詩。這種詞未必不可唱，但作者並不注重歌唱。」晚唐五代的詞人，填詞的動機不外一、二兩項，所以格調不高，境界不深；兩宋詞人態度便自不同，他們以「新體詩」的眼光來看詞，作品的成就當然是那些「花間派」的詞所難以比擬的。

大抵說來，六朝是詞體的萌芽期，中唐是詞體的完成期。晚唐以後，詞脫離詩的範圍，獨立成新興文體。其後經過南唐、五代、兩宋無數詞人的努力，詞的體裁日繁，內容日豐、音律日密、修辭日美，終於在中國詩史上占有了重要的地位。然而詞的製作越精細典麗，與一般民眾便隔離得越遠，終究免不了漸漸僵化，漸漸失去生命力，最後不得不把它的地位移交給新起的曲了。

## 第四節　曲的產生與發展

「曲」這個名詞，在中國文學史上，由來已久。漢朝用以稱樂譜：像「大曲」、「鼓吹曲」、「雜曲」等是。宋朝用以指詞，《復齋漫錄》載晁補之論詞說：「世言柳耆卿曲俗，非也。」《朱子語類》說：「古樂府只是詩，中間卻添了許多泛聲，後人怕失了那泛聲，逐一添個實字，遂成長短句，今曲子便是。」所謂的「曲」、「曲子」，都指的是詞。元曲興起後，曲的涵義有了極大的變化：它與樂譜的關係漸告疏遠，成為另一種文體的代名。它與詞的關係結束，成為元朝新興詩體的專名。「曲」所代表的意義，終於被確定了。

曲包含了散曲和劇曲兩部分。劇曲屬於戲劇範圍，在這裡暫且不論；現在所要談的，乃是在詩史上代詞而起的散曲。

詞在兩宋文壇上，曾經綻放得那樣絢麗，搖曳得那樣嬌媚，何以一到元朝，便不得不將這片文學天地拱手讓給散曲了呢？分析散曲產生的背景，可以歸納出下面幾大原因。

**㈠文體本身的演變**　王國維在談到宋詞替代唐詩興起的原因時，以為「文體通行既久，染指遂多，自成習套。豪傑之士，亦難於其中自出新意，故遁而作他體，以自解脫。」（《人間詞話》）其實詞之所以衰敝，曲之所以代興，這只是一個主要原因。詞從中唐以後，經過無數文人的創作，到宋朝時已經達到巔峰狀態。論豪放則無過於東坡、稼軒；論清婉則無過於易安、少游；論性情後主以血淚為書；論典麗夢窗飾七寶樓臺。至於格律的嚴整，更前有周邦彥、後有姜白石，都能為一代宗師。在這種情形下，有心獨創一家風格的作者，自然會捨棄詞而尋覓別的寄託，詞的花朵因而萎謝，曲的幼苗從此茁生。這是就文體的發展而論。再就文體的實用性來看，詞當初因為通俗，因為宜歌，所以呈現了一股蓬蓬勃勃的生命力；但其後由於文人們刻意琢句鍊字、協律創調，詞的生命力便漸漸老化了，詞意以晦澀為貴，一般人連看都看不懂，更不要說填寫了。而音律更力求精嚴，一般人連唱都唱不出來，更不要說譜調了。但是賣唱的歌妓不能因此就不再歌唱，市井小民的心聲也亟於尋求發洩，詞既然不能合用，天真純樸不加修飾的曲，便乘勢流行起來。於是民眾口裡唱的是曲，文人筆下寫的也是曲；曲詞的興衰隆替，正是文學新陳代謝的自然結果。

**㈡胡樂傳入的影響**　詞、曲流行的主因，都在於合樂可歌；音樂與詞曲的關係，當然非常密切。唐人填詞，寫民間曲調的〈漁歌子〉，一派閒散淡泊；寫胡夷歌樂的〈調笑令〉，便激昂淒怨了。體制雖同是詞，只因樂曲有別，意境風格便迥然不同；音樂對文詞的影響，由此可見一斑。北宋滅於金，南宋亡於元；胡樂跟著外族的鐵騎大量輸入中國。箏、纂、琵琶、胡琴、渾不似等等新的樂器相繼出現，彈奏出來的樂曲自亦不同。一時殺伐之聲、暴戾之氣，充塞中原。這些新進樂曲的節拍，既不同於詞的婉轉閒緩，所填詞句的格調，自然更不類詞的嬌柔清逸；到這個時候，舊調自然是不合乎當時樂器的彈奏了，舊詞也不合乎當時樂譜的演唱了；於是新聲新句的散曲，乃應運而起，成為詩壇主流。王世貞有一段話，把音樂改變與詞曲更遞的關係，交代得非常清楚。他說：「宋未有曲也。自金、元而後，半皆涼州豪嘈之音，詞不能按，乃為新聲以媚之。而一時諸君，如馬東籬、貫酸齋、王實甫、關漢卿、張小山、喬夢符、鄭德輝、宮大用、白仁甫輩，咸富有才情，兼善音律，遂擅一代之長；所謂宋詞元曲，信不妄也。」（《藝苑卮言》）

## ㈢政治因素的刺激

蒙古以遊牧民族入主中原，對於學術文化的輕視本在意料之中。他們廢除科舉制度，把讀書人的品位貶置在平民之下。文人的社會地位既然如此低落，冀求通達的希望自然完全斷絕了；因此只好遯跡於聲色場所，為倡伶歌妓寫些淺俗的歌辭，藉以謀生。貴族化的詞因不合倡妓的需求，純樸的曲遂成為文人們競寫的對象。曲得了這批文人的效力，自然立刻風行起來，這是政治對曲的第一個影響。元朝的君臣只知騎射，不解風流，典麗婉約的詞，他們完全無法欣賞，豪放不羈的曲，才正對他們的胃口。於是一般阿諛之士，為了逢迎主子的好尚，紛紛棄詞從曲，曲的地位遂被提高到詞的上面，這是政治對曲的第二個影響。元代對漢人極盡苛酷的能事，漢人被壓制、被束縛、被輕視、被虐待，自然滿腔悲憤，冀求一吐為快。這種情緒，如用含蓄的詞來表現，究竟不如用白描的曲來得痛快淋漓，因此，曲在元朝因而特盛。元代如此，明清亦然；像馮惟敏的〈呂純陽三界一覽〉，藉鬼罵人；歸莊的〈萬古愁〉曲，弔古傷今；都用散曲而不用詩詞，這是政治對曲的第三個影響。

散曲又可分為北曲與南曲兩類。北曲雖流行於元朝，實肇始於宋、金。宋熙寧、元豐年間，澤州孔三傳創諸宮調，可惜所有的作品都亡佚了。現在就留存下來的金人諸宮調、像《董西廂》、《劉知遠》等來看，它們的彈唱部分，已經與詞分家，具備了曲的形體。金朝的一些作家如元好問、楊果、商挺等人，也都不乏北曲作品。總之，曲到金末，除了格律未臻嚴密外，已經到了即將成熟的階段。元人後來根據諸宮調的殘餘，就流用的正宮、中呂、南呂、仙呂、黃鍾、大石、雙調、商調、越調外，復增列小石、般涉、商腳三調舊名，總計共有十三調。北曲的體制，至此宣告完成。

南曲的萌芽並不晚於北曲。當金人南侵，把胡樂大量帶入中原，孕育了北曲的胚胎時，南遷的中原人士，也把詞帶到南方，和當地的民間歌調相結合，造成了南曲的雛形。但是在南宋文壇上，詞的地位這時還沒有衰退，而金元又是北曲的天下，這種類似地方小調的曲體，於是便一直淹沒無聞。因此到了明朝初年，作家們的創作，仍以北曲為主。但嘈雜的北音終不能適合「南耳」；有心的曲師，便著意改革南曲，除去它平直無意致的弊病，希望能取北曲而代之。其中最有成就的，乃是崑山的魏良輔。余懷在《寄暢園聞歌記》裡說他：「鏤心南曲，足跡不下樓十年。……轉喉押調，度為新聲，疾徐高下清濁之數，一依本宮，取字齒脣間，跌換巧掇，恆以深邈助其淒淚。」因此，崑腔一出，北曲盡廢；明清兩代，遂成南曲的天下了。

就用語來說，北曲多采胡語，南曲夾雜兩宋俗言。就風格來說，北曲以豪放雄勁為尚，南曲以端謹雅麗為宗。就所用樂器來說，北曲以琵琶為主；南曲以鼓板為主。就音樂性來說，「凡曲北字多而調促，促外見筋；南字少而調緩，緩處見眼。北則辭情多而聲情少；南則辭情少而聲情多。北力在絃；南力在板。北宜和歌；南宜獨奏。北氣易粗；南氣易弱。……」南北曲的差異，大抵如此。

元人散曲皆為北曲，前期以豪放自然見長；關漢卿、馬致遠、白樸等名家之作品，都通俗直率，保持了元曲的真貌。後期偏於婉約清麗，張可久、喬吉等人，騷雅蘊藉，漸漸走上講求格律的唯美之路。倒是劉致創立了散曲中的社會文學，風格獨特，頗值一提。

明代散曲以崑腔為分野；崑腔流行以前，盛行北曲，作品風格猶承繼元人法度，其中最傑出者，當推寫《海浮山堂詞稿》的馮惟敏。崑腔問世，南曲因而大興；梁辰魚、沈璟是當時曲壇盟主。梁重視文辭，沈拘於音律；因此使曲子的生氣喪失不少。幸而晚明施紹莘，兼長南詞北曲，能擺脫兩家束縛，為明朝散曲，大放異彩。

散曲到了清代已由盛而衰。朱彝尊、厲鶚以詞人筆法寫曲，號稱「詞人之曲」；趙慶熹《香消酒醒曲》有施紹莘的風格，號稱「曲人之曲」。曲的發展到此已至極限。至於鄭燮、徐大椿的道情，前所未見，可說是曲中的一支生力軍了。

# 第二章　詩經與楚辭的比較

## 第一節　含蓄蘊藉的詩經

先秦時人談到《詩經》時，稱它作《詩》或《詩三百》。戰國末年，由於儒家的推崇，才加上「經」的尊號。其實，無論從文學、史學，甚至社會學、語言學的觀點來看，它都無愧於「經」的稱呼。就文學價值來說，《詩經》是中國最古的詩歌總集，也是中國純文學的始祖。就史學價值來說，這本書收集了由商、周到春秋中期，將近五百多年的詩篇；因此，這五百年來的興亡治亂，也就鮮明而真實的被記載在這些詩篇裡了。就社會學的價值來說，《詩經》的內容，包含了民間歌謠、士大夫作品及宗廟祭神的頌辭；當時的社會情狀與各階層的風俗習慣，都可在此書中一覽無餘。就語言學的價值來說，《詩經》各篇所產生的地區，包括甘肅、陝西、山東、河南、湖北各省；凡是周人的勢力範圍，幾乎沒有遺漏的。這些作品，當然都保存了當地的方言俗語。更因為詩是韻文的緣故，從它的韻腳上，對當時的讀音，也不難歸納出一個概括的情形。不管從那一個腳度來看，研究《詩經》，可說是一件極有價值，極有意義的工作。

除去〈南陔〉、〈白華〉、〈華黍〉、〈由庚〉、〈崇丘〉、〈由儀〉六篇有聲無辭的笙詩之外，《詩經》共三百零五篇。《史記・孔子世家》裡記載說：「古詩三千餘篇，及至孔子去其重，取可施於禮義者，三百五篇。」這個說法，爭論的人很多；有人甚至以為《詩》原來就是三百篇。但是要說歷時五百多年，地區遍及黃河流域，居然只有三百篇詩，未免嫌太少了點。加以《論語》裡孔子曾自稱：「吾自衛返魯，然後《樂》正，雅頌各得其所。」很以正詩樂的事為重，所以太史公所說「古詩三千餘篇」，雖不盡可信；孔子刪詩的事實，倒很可能不假。

《詩經》論體制，可分風、雅、頌三類。論技巧，包括賦、比、興三法。論內容，則不外宗教詩、社會詩與抒情詩。我們現在就試從這幾方面，對《詩經》作較深入的探討。

「風」是民間的歌謠；包括〈周南〉、〈召南〉、〈邶〉、〈鄘〉、〈衛〉、〈王〉、〈鄭〉、〈齊〉、〈魏〉、〈唐〉、〈秦〉、〈陳〉、〈檜〉、〈曹〉、〈豳〉十五國風。其中〈周南〉、〈召南〉二十五篇為正風，其他十三國風一百三十五篇為變風。大抵正風較平和，變風較偏激。現各舉其第一首於後。

關關雎鳩，在河之洲。窈窕淑女，君子好逑。參差荇菜，左右流之。窈窕淑女，寤寐求之。求之不得，寤寐思服。悠哉悠哉，輾轉反側。參差荇菜，左右采之。窈窕淑女，琴瑟友之。參差荇菜，左右芼之。窈窕淑女，鍾鼓樂之。（〈周南·關雎〉）

汎彼柏舟，亦汎其流。耿耿不寐，如有隱憂。微我無酒，以敖以遊。我心匪鑒，不可以茹。亦有兄弟，不可以據。薄言往愬，逢彼之怒……（〈邶風·柏舟〉）

「雅」是朝廷的正樂，屬於士大夫文藝。〈大雅〉三十一篇，多寫朝會之樂，述先王之德；〈小雅〉七十四篇，多寫燕享之樂，敘歡欣之情。

文王在上，於昭于天。周雖舊邦，其命維新。有周不顯，帝命不時。文王陟降，在帝左右。亹亹文王，令聞不已。陳錫哉周，侯文王孫子。文王孫子，本支百世。凡周之士，不顯亦世……（〈大雅·文王〉）

呦呦鹿鳴，食野之苹；我有嘉賓，鼓瑟吹笙；吹笙鼓簧，承筐是將；人之好我，示我周行。呦呦鹿

鳴，食野之蒿。我有嘉賓，德音孔昭；視民不恌，君子是則是傚；我有旨酒，嘉賓式燕以敖……（〈小雅・鹿鳴〉）

「頌」是宗廟舞曲，由宮廷文學家與音樂家共同創作，所以非常典雅。包括〈周頌〉三十一篇，〈魯頌〉四篇，〈商頌〉五篇，共計四十篇。它的內容，不外祭祀鬼神，歌頌祖先美德。

於穆清廟，肅雝顯相。濟濟多士，秉文之德，對越在天。駿奔走在廟，不顯不承？無射於人斯。（〈周頌・清廟〉）

談到《詩經》的寫作技巧，一般論者都贊同「賦、比、興，《詩》之用」（孔穎達《毛詩正義》）的說法。朱熹曾經為賦、比、興下過定義。他說：「賦者，直揭其命，直敘其事，如〈葛覃〉、〈卷耳〉之類是也。比者，以彼物比此物，如〈螽斯〉、〈綠衣〉之類是也。興者，先言他物，以引起所詠之辭，如〈關雎〉、〈兔罝〉之類是也。」

如果把朱熹所舉的例子，各拿一首出來，作一分析比較，對賦、比、興的區分，就更易瞭解了。

采采卷耳，不盈傾筐。嗟我懷人，寘彼周行……（〈周南・卷耳〉）

這首詩敘述一位採摘卷耳菜的婦人，思念她離家遠行的丈夫；因為想到他在外行役的種種困苦，便滿懷愁緒，連淺淺的一籮筐也摘不滿了。全篇平鋪直述，坦言心志，既不假付託，又不借比擬，正是現在修辭學中所謂的「直敘法」或「白描法」。後代樂府裡有「提籠忘採葉，昨夜夢漁陽」的詩句，無論意境或技巧，都脫胎於此。這種直陳其事的方法，便是「賦」體。

綠兮衣兮，綠衣黃裡。心之憂矣，曷維其已？綠兮衣兮，綠衣黃裳。心之憂矣，曷維其亡……（〈邶風·綠衣〉）

〈詩大序〉說：「〈綠衣〉，衛莊姜傷己也。妾上僭，夫人失位，而作是詩也。」全篇文字，僅歎息雜色的綠越居上位，正色的黃反而委屈的不被重視。沒有一個字涉及莊姜的事，但是莊姜失位與賤妾僭越的意思，卻已含寓其中。俗話說「指桑罵槐」便是這種方法的運用；在修辭學上稱作「比喻法」或「象徵法」。國人尚含蓄，所以後代運用這種技巧寫詩的極多，像朱慶餘的〈近試上張籍水部〉：「洞房昨夜停紅燭，待曉堂前拜舅姑。妝罷低聲問夫婿：『畫眉深淺入時無？』」作者分明想探問自己的文章考試時是否合宜，卻不著痕跡的藉新娘畫眉來作暗示，讓讀的人自己去玩味體會，這便是典型的「比」了。

至於「興」，乃是觸景生情的寫法。詩人看到草木的榮枯，鳥獸的生息，風雲的變幻，因而聯想到人事，前為比，後為賦，故稱「半比半賦法」，又稱「聯想法」。像前面舉過的〈關雎〉篇，便是因聽到河邊雎鳩的關關鳴叫聲，而聯想到男女情愛問題。〈飲馬長城窟行〉的「青青河畔草，綿綿思遠道。遠道不可思，宿昔夢見之」，「古詩十九首」的「青青陵上柏，磊磊澗中石。人生天地間，忽如遠行客」，都是這種託起外觀、引發內情的「興」體。

總之，賦尚直陳，重在鋪述；比取譬喻，辭較委婉；興則託事於物，言辭閃爍，用意最為晦澀。詩人們或用其中一端，或數法混用，為後世作者，開啟了無數法門。

宗教詩是《詩經》中最早的作品，三〈頌〉與〈雅〉的祭祀詩，都屬於這一類。在這一段時期中，神權思想還沒有消退，宗法制度已經開始確立，所以宗教詩裡混雜了對上天的敬畏和追頌祖先美德的兩種色彩；像前面舉過的〈清廟〉，便是讚美文王的作品。神權思想演變為人本思想之後，宗教詩的範圍也由酬神與祭祖擴大到人事上，於是歌詠宴享與田獵的樂章，記載英雄事跡的史詩，都相繼出現。如：「我車既工，我馬既同。四牡龐龐，駕言徂東。」（〈小雅．車攻〉）描繪出一幅壯觀的行獵圖。「湛湛露斯，匪陽不晞。厭厭夜飲，不醉無歸。」（〈小雅．湛露〉）正是宴飲中賓主盡歡的寫照。而〈大雅．生民〉寫后稷，〈公劉〉寫公劉，〈緜〉寫古公亶父，〈皇矣〉寫文王，〈大明〉寫武王；周朝一部開國史，幾乎全都在《詩經》裡。而這些後起的詩篇，比起初期的宗教詩，不但性質改變了，便是寫作的技巧，也有長足的進步。

西周的人民，過了幾百年安居樂業的日子，直到西周末年，由於犬戎的入侵，才打破了這種和平與寧靜。平王東遷，周朝宗室的勢力被諸侯分割，宗法制度崩潰，經濟結構改變，人民的生活因而起了激烈的變動。天子的尊嚴與權威受到懷疑，而宴享田獵已經是過往的陳跡，民族英雄的豐功偉業，也不能對雜亂的現實社會作任何改進，詩人們的筆於是轉而走向社會寫實的路線。在變風變雅中那些社會詩裡，我們可以看到當日民眾的生活狀況，聽到當日民眾的心靈呼聲。

采薇采薇，薇亦作止。曰歸曰歸，歲亦莫止。靡室靡家，玁狁之故。不遑啟居，玁狁之故……昔我往矣，楊柳依依。今我來思，雨雪霏霏。行道遲遲，載渴載飢。我心傷悲，莫知我哀。（〈小雅．采薇〉）

碩鼠碩鼠，無食我黍。三歲貫女，莫我肯顧。逝將去女，適彼樂土。樂土樂土，爰得我所……（〈魏風．碩鼠〉）

有兔爰爰，雉離于羅。我生之初，尚無為；我生之後，逢此百罹。尚寐無吪！有兔爰爰，雉離于罦。我生之初，尚無造；我生之後，逢此百憂。尚寐無覺……（〈王風．兔爰〉）

戰亂使人民流離失所；貪吏的暴斂，使他們的生活更為困苦。老百姓在這種環境下，萬般無奈的發出了消極逃避的悲吟，當時的種種情狀，都在這些詩篇中被忠實地記載下來。文學至此負起了反映社會民生的重要使命；而白居易、元稹等人，所以盛讚《詩經》具有美刺功能，也都因為這些社會詩的緣故。

然而《詩經》中最美麗、最動人、最成功的作品，既不是雍容的宗教詩，也不是嚴肅的社會詩；卻是流行於民間的戀歌。十五〈國風〉中，多半都是這些男女相詠的抒情作品，〈小雅〉裡偶爾也夾雜了一些。它們深摯懇切、婉曲嬌媚，可算是三百篇中最精采的部分。隨意舉幾首出來，都像圓珠圭璧一般，令人愛不釋手。

> 子惠思我，褰裳涉溱；子不我思，豈無他人？狂童之狂也且！子惠思我，褰裳涉洧；子不我思，豈無他士？狂童之狂也且！（〈鄭風・褰裳〉）

> 「雞既鳴矣！朝既盈矣！」「匪雞則鳴，蒼蠅之聲。」「東方明矣！朝既昌矣！」「匪東方則明，月出之光。」「蟲飛薨薨，甘與子同夢。會且歸矣，無庶予子憎。」（〈齊風・雞鳴〉）

> 月出皎兮，佼人僚兮；舒窈糾兮，勞心悄兮！月出皓兮，佼人懰兮；舒懮受兮，勞心慅兮！月出照兮，佼人燎兮；舒夭紹兮，勞心慘兮！（〈秦風・月出〉）

> 將仲子兮，無踰我里，無折我樹杞；豈敢愛之，畏我父母；仲可懷也，父母之言亦可畏也。將仲子兮，無踰我牆，無折我樹桑；豈敢愛之，畏我諸兄；仲可懷也，諸兄之言亦可畏也。將仲子兮，無踰我園，無折我樹檀；豈敢愛之，畏人之多言；仲可懷也，人之多言亦可畏也。（〈鄭風・將仲子〉）

〈褰裳〉坦率，〈雞鳴〉鮮活，〈月出〉清雅，〈將仲子〉細膩，都各具特色。《詩經》中抒情詩的多采多姿，由此可見。

《詩經》對後代文學影響極大；它的章法句法、用韻換韻，是後世一切韻文的藍本。這在本編第一章

第一節中，就作過簡明的介紹了。至於它的造句用語、命意遣詞，更是後代作者模擬仿傚的對象。傅隸樸在《中國韻文概論》裡，曾就此舉出一些例子如下：

〈碩人〉一章「河水洋洋，北流活活，施罛濊濊，鱣鮪發發，葭菼揭揭，庶姜孽孽……」逐句用疊字，便是古詩十九首「青青河畔草，鬱鬱園中柳，盈盈樓上女，皎皎當窗牖，娥娥紅粉妝，纖纖出素手……」之所本。

〈車攻〉的「蕭蕭馬鳴，悠悠旆旌」是王籍詩「蟬噪林逾靜，鳥鳴山更幽」二句意境之所從出；與杜甫詩「落日照大旗，馬鳴風蕭蕭」二句字面之所本。

〈天保〉一章的層疊句法：「天保定爾，以莫不興，如山如阜，如岡如陵，如川之方至……」便是賀鑄〈青玉案〉詞中「試問閒愁都幾許？一川煙草，滿城飛絮，梅子黃時雨」句法之所本。

他如〈大雅・下武〉一章的銜尾體式「下武維周，……王配于京。王配于京……成王之孚。成王之孚，……孝思維則。……」是曹子建〈贈白馬王彪〉詩、顏延之〈秋胡行〉轆轤體的先導。〈小雅・無羊〉的「……爾羊來思，其腳濈濈；爾牛來思，其耳濕濕。或降于阿，或飲于池，或寢或訛。……」極妍盡態，描繪如畫，韓愈的〈畫記〉、蘇軾的〈韓幹畫馬贊〉，都胎息於此。

由此可見，是動人的聲律、比興的技巧、蘊藉的風格、簡純的手法，建立了《詩經》在中國文學史上的崇高地位。

## 第二節　幽憂窮蹙的楚辭

《詩經》以後，詩歌獨盛於南方的楚國。由於風土、人情、習尚及音樂的影響，楚國的詩歌表現了與

《詩經》完全不同的風格；代表這種風格的作品總集，便是《楚辭》。

「楚辭」這個名稱，漢初已有。首見於《史記・張湯傳》：「買臣以楚辭與助俱幸。」但是以「楚辭」為書名，卻始於西漢末年劉向的編纂。在劉向所輯的《楚辭》中，除了屈原、宋玉、景差等楚人的作品外，連西漢賈誼、淮南小山、東方朔、嚴忌、王褒和他自己所作的賦，也一併收了進去。王逸著《楚辭章句》，又加上一篇自作的〈九思〉。到朱熹的《楚辭集注》，從周荀況到宋呂大臨的作品，全都包括在裡面；楚辭的真貌全失，它的精神也被破壞殆盡了。

關於「楚辭」的名義，宋黃伯思曾在〈翼騷序〉中加以申述。他說：「屈宋諸騷，皆書楚語、作楚聲、記楚地、名楚物，故謂之『楚辭』。若『些、只、羌、誶、蹇、紛、侘傺』者，楚語也；悲壯頓挫、或韻或否者，楚聲也；沅、湘、江、澧、修門、夏首者，楚地也；蘭、茝、荃、藥、蕙、若、芷、蘅者，楚物也。」唯有合於這種標準的作品，才能真正算是作為戰國時代南方文學代表的楚辭。所以在這裡，我們只論楚國的作品，漢以後各家，只好略而不談了。

《楚辭》中最早而最有價值的作品，要算〈九歌〉。〈九歌〉是楚人祭神的宗教歌舞；它是否出於屈原的手筆，迄今尚無定論。但是〈九歌〉文辭優美，與一般民間的作品絕不相類；所以朱熹以為原是「荊蠻陋俗，辭既鄙俚，而其陰陽人鬼之間，又不能無褻慢荒淫之雜。原既放逐，見而感之，故頗為更定其辭，去其泰甚。」（《楚辭集注》）這種「〈九歌〉本為舊辭，後經屈原改寫」的說法，倒很得一般人的贊同。

〈九歌〉共計十一篇；包括了〈東皇太一〉、〈雲中君〉、〈湘君〉、〈湘夫人〉、〈大司命〉、〈少司命〉、〈東君〉、〈河伯〉、〈山鬼〉、〈國殤〉和〈禮魂〉。但也有人併〈湘君〉、〈湘夫人〉為一篇；又以〈禮魂〉為各篇亂辭，因而成九篇之數，以合〈九歌〉之名。〈九歌〉的特色，在於它多采多姿的情調。〈東皇太一〉、〈雲中君〉、〈東君〉分別寫上帝、雲神與日神，所以文句莊嚴、辭意典雅；主壽夭的〈大司命〉，氣氛陰沉；主災祥的〈少司命〉，語調明朗。〈湘君〉、〈湘夫人〉與〈河伯〉，則筆調𣚬昵。朱熹所謂「陰陽人鬼之間，又不能無褻慢荒淫之雜。」可能就是指這幾篇。〈山鬼〉一片陰森之氣；〈國殤〉滿腔慷慨之情；真是各有各的意境，各有各的情味，跟《楚辭》其他篇章一貫的「幽憂窮蹙、怨慕淒涼」風格絕不相同。它多采的情調、豐富的想像、神秘的氣氛、美麗的辭句，不但增加了《楚辭》的光芒，更為中國的浪漫文學，作好了奠基的工作。〈九歌〉篇幅甚長，此處只能節錄一些，以見一般。

秋蘭兮青青，綠葉兮紫莖。滿堂兮美人，忽獨與余兮目成。入不言兮出不辭，乘回風兮載雲旗。悲莫悲兮生別離，樂莫樂兮新相知。（〈少司命〉）

九嶷繽兮並迎，靈之來兮如雲。捐余袂兮江中，遺余褋兮醴浦。搴汀洲兮杜若，將以遺兮遠者。時不可兮驟得，聊逍遙兮容與。（〈湘夫人〉）

君思我兮不得閒，山中人兮芳杜若；飲石泉兮蔭松柏，君思我兮然疑作。靁填填兮雨冥冥，猨啾啾兮又夜鳴，風颯颯兮木蕭蕭，思公子兮徒離憂。（〈山鬼〉）

操吳戈兮被犀甲，車錯轂兮短兵接；旌蔽日兮敵若雲，天交墜兮士爭先……出不入兮往不反，平原忽兮路超遠；帶長劍兮挾秦弓，首身離兮心不懲。誠既勇兮又以武，終剛強兮不可凌；身既死兮神以靈，子魂魄兮為鬼雄。（〈國殤〉）

我們在前面也舉過《詩經》裡的一些宗教詩；兩相比較起來，南北文學風格的差異，真是不可以道里計了。

〈離騷〉是《楚辭》中最偉大的作品，也是中國文學史上第一首敘事長詩。全詩可以分為兩段；前一段是屈原生平的自述，從「帝高陽之苗裔兮，朕皇考曰伯庸」開始，先列陳自己的家世，交代自己的出生與名字；然後敘述自己的德行、操守與報效國君的赤心。「扈江離與辟芷兮，紉秋蘭以為佩。」這種人格，是何等的高潔！「忽奔走以先後兮，及前王之踵武。」忠君報國的心志，又是何等的急切！偏偏王的前後，盡是一些小人。「眾女嫉余之娥眉兮，謠諑謂余以善淫。」滿腔忠貞既不為君王所知，又不願跟著流俗「背繩墨以追曲兮，競周容以為度。」於是心中矛盾，一會兒想以身殉國：「伏清白以死直。」一會兒又想辭官歸隱：「退將復脩吾初服。」而女嬃所告誡他的：「汝何博謇而好脩兮，紛獨有此姱節？……世並舉而好朋兮，夫何煢獨而不予聽？」更增加了他無所適從的心理衝突。第一大段到此便告結束。

這一長段的敘述，如果讓北方那些平實詩人來寫，可能費不了多少筆墨，內容也會單純得多。但是在屈原的手裡，因為用了許多美麗的文字，便渲染出一片繽紛的色彩。南方文學所特有的情味，因此而顯露無遺。《詩經》中的比興法，被擴大而普遍的運用了。香花芳草比擬賢君良臣的例子，在這裡真是多得俯手可拾。

後一段是作者的幻想與寓言，已經脫離了現實生活，完全藉歷史故事與神話傳說來寄託心意。他在「濟沅湘以南征兮，就重華而敶詞」之後，便雲遊四方，朝發蒼梧、夕至縣圃，飲馬咸池，總轡扶桑，真是上天下地，極盡幻想之能事。接著他先後求婚於宓妃、有娀之佚女、有虞之二姚，都因為受到挫折，未能完成好事，唯有發出「閨中既以邃遠兮，哲王又不寤」的概歎而已。後代許多以美人比君王的詩文，出處便在這裡。最後不得已，只好占卜於靈氛，問禱於巫咸，但是靈氛的話他不能盡信，巫咸的回答，他也不能全用；我們的詩人於是徬徨猶疑良久，才決定了「歷吉日乎吾將行」！但是「陟皇之赫戲兮，忽臨睨夫舊鄉；僕夫悲余馬懷兮，蜷局顧而不行。」眷戀故國的情懷，終於拉住他已跨出的腳步！這一段到此也告結束。

說到這裡，我們已清楚的看見一顆苦悶的心靈，幾經掙扎與追求，終免不了失敗與幻滅的打擊。屈原憑藉他豐富的想像力與奇偉譎詭的筆調，作了最生動的描述，使我們在千百年後的今天，仍然能感覺到他的呼吸，觸知他的脈搏。劉勰在《文心雕龍・辨騷》裡讚頌他說：「驚才風逸，壯志煙高。山川無極，情理實勞。金相玉質，豔溢錙毫。」可說是的論。

〈離騷〉的結尾是一段亂辭：「已矣哉！國無人莫我知兮，又何懷乎故都？既莫足與為美政兮，吾將從彭咸之所居。」就內容而言，亂辭綜述全篇大意，有畫龍點睛之效，成為後代賦家沿用的公式。就形式言，保存了楚大琴曲末尾以清唱終曲的特徵。在後代樂府和大曲裡，也都有形跡可覓，而論贊體的產生，更以這類亂辭為濫觴。

歷代文人，對〈離騷〉都很推崇。太史公在《史記・屈原賈生列傳》中，曾引用淮南王劉安的話說：「〈國風〉好色而不淫，〈小雅〉怨悱而不亂；若〈離騷〉者可謂兼之矣。」已經把〈離騷〉的地位，擡得和〈風〉、〈雅〉等高了。《楚辭》中稱〈離騷〉為經，這個「經」字，或以為劉安所加，或以為劉向所加；但無論是誰所加，不外是表示崇敬的意思；不料卻因此而引起了一些爭論。首先是班固的發難，他在〈離騷序〉裡對屈原頗有微詞：「屈原露才揚己，競乎危國群小之間，以離讒賊，……忿懟不容，沉江而死，亦貶絜狂狷景行之士。多稱崑崙冥婚宓妃虛無之語，皆非法度之政，經義所載，謂之兼詩〈風〉〈雅〉，而與日月爭光，過矣！」可是王逸作〈楚辭章句敘〉，立刻為屈原辯護，把屈原投江而死的故事，與伯夷叔齊餓死首陽相提並論；並以為詩人怨主刺上，孔子猶論為大雅，屈原優游婉順的詞章，更不該被視作是露才揚己了。此外，他對〈離騷〉稱經的事，也予以大力支持：「夫〈離騷〉之文，依託五經以立義焉：『帝高陽之苗裔』，則『厥初生民惟為姜嫄』也；『紉秋蘭以為佩』，則『將翱將翔，佩玉瓊琚』也；『夕攬洲之宿莽』，則《易》『潛龍勿用』也；『駟玉虬而乘鷖』，則『時乘六龍以御天』也；『就重華而敶詞』，則《尚書》咎繇之謀謨也；『登崑崙而涉流沙』，則〈禹貢〉之敷土也。」之後，劉勰又折中兩家之說，由〈離騷〉中分別歸納出其同於〈風〉、〈雅〉的四事，和異於經典的四事，以為「論其典誥則如彼，語其夸誕則如此。故知《楚辭》者，體憲於三代，而風雜於戰國；乃〈雅〉、〈頌〉之博徒，而詞賦之英傑也！」這段波折，可說是中國早期文壇上的一場筆墨官司。其實各家的評論，都本於儒家實用文學觀的立場，所以很難有公正的批判。如果單就純文學的觀點來看，〈離騷〉乃是中國浪漫派文學的圭臬，與《詩經》在社會派文學上所占的地位完全相同，對於「經」的稱呼，實在是當之無愧的。

〈離騷〉只是屈原前半生的自傳。至於他下半生的行跡，還要到〈九章〉裡尋找。〈九章〉共計九篇，各篇著作的時間很難論定，大抵〈惜誦〉最先，〈思美人〉、〈抽思〉次之，〈涉江〉、〈橘頌〉、〈悲回風〉、〈惜往日〉、〈哀郢〉、〈懷沙〉則是後期的作品了。它們多半寫於屈原被放逐以後，修辭上質樸而少潤色，跟〈離騷〉的文采斑斕顯然不同，但是所表現的忠於君國的主題，怨慕淒涼的情調，卻並無二致。

此外，〈天問〉和〈卜居〉、〈漁父〉是幾篇較特出的作品。它們是不是屈原所作，在此不必深究。值得注意的，倒是它們與眾不同的體例。〈天問〉是《楚辭》中僅有的四字句作品，文中對於自然現象、神話傳說、歷史故事都深表懷疑。全篇共提出一百七十二問，首問天文，次問地理，終問人事，言辭咄咄逼人，與其說是作者有所問於天，倒不如說他根本否定了天的存在。〈天問〉的體裁筆法，與《莊子・天運》篇非常神似，很可以代表當時流行楚國的某種哲學思想。

〈卜居〉和〈漁父〉可以說是姊妹作；兩者都以「屈原既放」這句話開頭，又都以不答為答作結束。它們所採的問答結構，很給後代賦體帶來一些啟示。尤其是〈漁父〉的全篇散行與用韻的自由，乃為宋人文賦之所本。歐陽脩的〈秋聲賦〉，蘇軾的前、後〈赤壁賦〉，可說都是它的仿作。

自古論《楚辭》者，都以屈、宋並稱。宋是指稍後於屈原的宋玉。他的著作，根據《漢書・藝文志》的記載，有十六篇之多。但是現存的，只有十四篇，分別選載在《楚辭章句》、《昭明文選》、《古文苑》、《全上古文》裡，而且泰半又都是後人的偽作，只有〈九辯〉一篇，還算得到多數人的公認，認為是出於宋玉的手筆。

《史記・屈原賈生列傳》提到宋玉時，說他好辭，以賦見稱，且「祖屈原之從容辭令」。他實在是屈原浪漫文學的繼承人。他的〈九辯〉，上承屈騷遺緒，下開漢賦先河。僅此一篇文章，也足以使他在文學史上不朽了。

照王逸的說法，〈九辯〉也是一篇述志的作品。但是它所表現的情調，卻與屈原諸作大不相同。比較起來，〈天問〉怨天，〈離騷〉尤人；屈原的各篇作品，都充滿了一股掩抑不住的怨悱忿懟之情；〈九辯〉的感情卻要含蓄得多，也平和得多；對於自己的不為君王所用，他雖「欲寂寞而絕端兮」，卻又「竊不敢忘初之厚德」。對於時俗的混濁淆亂，他也只求自安而已，所謂「諒無怨於天下兮，心焉取此怵惕」。屈、宋的作品所以會如此異趣，跟他們的出身大有關係。〈離騷〉一開始便鄭重的提出：「帝高陽之苗裔兮，朕皇考曰伯庸。」可見屈原對他的這分家世非常重視；他既與楚同姓，楚的國運自然與他休戚相關。一旦讒佞當道，忠貞見疏，便悲憤無端，而「願依彭咸之遺則」了。宋玉卻不過是一介「去鄉離家」的「貧士」；功名無成與他最切身的關係，乃是「蹇充倔而無端兮，泊莽莽而無垠；無衣裘以御冬兮，恐溘死不得見乎陽春」。兩人寫作的動機本不相同，感情的表達自然有別了。所以我們在屈原的作品裡還看得到憂時憂民的、近於儒家的思想，宋玉的作品，卻更趨於個人化與藝術化了。

漢賦尚堆砌；這種習氣，在〈九辯〉中便已現其端倪。在第一段裡，宋玉為了表現哀怨，連用「蕭瑟」、「憭慄」、「泬寥」、「寂寥」、「憯淒」、「愴怳」、「懭悢」、「忺廩」、「廓落」、「惆悵」、「寂漠」、「淹留」；這麼多悲涼的字眼來刻意描繪，終使〈九辯〉成為楚辭過渡到漢賦的橋樑。

## 第三節　詩經與楚辭的同異

中國古代的文化重心，偏於黃河流域。南方諸民族，一直被視為文化落後的蠻夷之邦。但是到了戰國時代，向有荊蠻之稱的楚，居然產生了楚辭那樣出色的文學作品，使人不能不驚訝，不能不詫異；難道屈原真的是一無依傍的天才作家，楚辭真的是前無所承的南國奇葩嗎？

其實，只要仔細研究一下先秦的歷史，便不難發現，南方文化的產生，實與中原文化有極深厚的淵源。《論語・微子》有：「亞飯干適楚」的記載。亞飯干是商的樂師，因為不堪紂王的淫亂，帶著樂器投奔楚國。中原的雅樂，勢必在這個時候隨著亞飯干傳入南方。殷商滅亡之後，承祀殷的宋最臨近楚國，殷商文化由此流入楚國也是很自然的事。這麼說來，北方的周和南方的楚，都同是商文化的繼承者了。《詩經》有〈周南〉、〈召南〉兩篇；〈詩大序〉解釋「南」的意義，說：「南，言化自北而南也。」這裡所謂的「南」，乃指周封於江漢一帶的宗室。春秋以後，楚勢陡強；楚莊王更號為五霸之一。漢陽諸姬，先後為楚所併吞；他們所受的王道教化，自然也就被楚所吸收了。周的文化，至此正式溶入楚的血脈。上面所說，都是無形的文化匯流經過；而表現得最為具體的，還是《詩經》的南傳。孔子曾說：「誦《詩》三百，授之以政，不達；使於四方，不能專對；雖多，亦奚以為！」《詩經》的篇什，在春秋時代，已經成為政治應對上所不可或缺的辭令。翻開《左傳》，我們會發現，從宣公以後，便不斷有楚國君臣引用《詩經》談話的記載。可見春秋晚期，《詩經》已經是楚國貴族階層所熟知的讀物了。楚人熟誦《詩經》的章句，他們的作品，自然也會受到《詩經》的潛移默化。《文心雕龍・辨騷》以為屈原軒翥詩人之後，劉安〈離騷傳〉更讚美〈離騷〉情兼〈風〉、〈雅〉之美，楚辭之蛻變於《詩經》，實為不爭的事實。

楚國文化的內涵既淵源於中原，楚國的中堅作家屈原、宋玉等人，又深受《詩經》洗禮，因此，楚辭必然受到《詩經》的影響，而表現出若干與《詩經》相似的地方。歸納起來，兩者的相同處，約有下列諸項。

**㈠都能配合音樂與舞蹈**　《墨子·公孟》有「儒者誦《詩三百》，絃《詩三百》，歌《詩三百》，舞《詩三百》」的記載。《詩》的能誦、能歌、能舞是很明顯的。孔子自己也說：「吾自衛反魯，然後《樂》正，雅頌各得其所。」《詩經》與《樂經》原是二而一、一而二的。頌者容也，頌的本身便有偏於舞容的趨勢。而由〈小雅·賓之初筵〉的「籥舞笙鼓，樂既和奏……舍其坐遷，屢舞僊僊」；〈陳風·東門之枌〉的「子仲之子，婆娑其下……不績其麻，市也婆娑」；更可以看出當日載歌載舞的情狀。詩、樂、舞的合一，實為《詩經》特色之一。

《楚辭》各篇，或有「亂」、或有「少歌」、或有「倡」，都是樂節的名稱，想必是可歌的。《隋書·經籍志》上，記載著隋僧道騫「善讀楚辭，能為楚聲」。讀楚辭而為楚聲，楚辭的可以為歌，是很顯然的了。〈九歌·東皇太一〉：「揚枹兮拊鼓，疏緩節兮安歌。」〈東君〉：「展詩兮會舞，應律兮合節。」都是樂舞配合的記載。

總之，《詩經》和楚辭的初期作品，都以宗教詩為主；那些祭神與娛賓的詩篇，必然同樣的保留著與歌舞合一的上古歌謠形式；所不相同的，只是音調的徐疾飛沉，舞姿的形態動作有別而已。但是兩書中的晚期篇什，像《詩經》中的變雅、《楚辭》裡的〈漁父〉，都漸漸脫離了音樂與舞蹈的束縛，成為獨立的文學作品。

**㈡所習用的語助詞多相同**　談到楚辭，很多人都會立刻聯想到「兮」字餘聲。從前面所舉的一些例子來看，「兮」字在楚辭裡已經用得非常整齊而普遍了。就是漢初楚辭式的賦體與詩歌，如賈誼的〈惜誓〉、淮南小山的〈招隱士〉、漢高祖的〈大風歌〉、漢武帝的〈秋風辭〉，又何嘗不帶著「兮」字呢？因此，一般人往往把「兮」字看作是楚辭特有的語助詞，其實，《詩經》也常用「兮」字。在〈周南〉、〈召南〉產生於江、漢一帶的詩篇中，固然屢見，他如〈邶風・擊鼓〉：「于嗟闊兮，不我活兮；于嗟洵兮，不我信兮。」〈衛風・伯兮〉：「伯兮朅兮，邦之桀兮。」〈鄭風・緇衣〉：「緇衣之宜兮，敝，予又改為兮。適子之館兮，還，予授子之粲兮。」或用多、或用少、或整齊、或參差，都是很顯明的例證。

再如楚辭中常用的「也」字：「忍而不能舍也」、「夫唯靈脩之故也」等，見〈離騷〉。「羌不可保也」、「有招禍之道也」等，見〈惜誦〉。在《詩經》中也是處處可見，此處沒有舉例的必要了。

倒是「些」字，只見於楚辭，不見於《詩經》。但是《詩經》裡卻有一個類似的字，可以代替「些」，那就是「思」字。

像設君室，靜閒安些。高堂邃宇，檻層軒些。
層召累榭，臨高山些。綱戶朱綴，刻方連些。（〈招魂〉）
南有喬木，不可休思。漢有遊女，不可求思。
漢之廣矣，不可泳思。江之永矣，不可方思。（〈周南・漢廣〉）

看了上面的例子，便可知道：無論就排列的位置或用法來說，「些」和「思」是完全相同的。

總之，《詩經》和楚辭都好用語助詞，而且所用的語助詞也多半相同。這種特色，在以後的詩詞歌曲裡，卻很少看到了。

㈢**都具有六義**　所謂六義，便是風、雅、頌、賦、比、興。風、雅、頌是詩之體，賦、比、興是詩之用。「《詩》有六義存焉」原是大家所公認的事實。楚辭雖然沒有這樣明顯的畫分，其實它的體類與作法，也都暗合六義。

《文心雕龍・辨騷》說：「故其〈離騷〉陳堯舜之耿介，稱湯武之祗敬，典誥之體也；譏桀紂之猖披，傷羿澆之顛隕，規諷之旨也；虬龍以喻君子，雲蜺以譬讒邪，比興之義也；每一顧而掩涕，歎君門之九重，忠怨之辭也；觀茲四事，同於風雅者也。」〈頌贊〉篇又說：「頌主告神，義必純美……及三閭〈橘頌〉，情采芬芳，比類寓意，又覃及細物矣。」這兩段話，把楚辭情兼風雅頌的性質，已經介紹得非常清楚了。楚辭文辭鋪張，意態揚厲，正是賦體本色，而它的「善鳥香草以配忠貞，惡禽臭物以比讒佞；靈脩美人以媲於君，宓妃佚女以譬賢臣；虬龍鸞鳳以託君子，飄風雲霓以為小人」（王逸〈離騷序〉），不就是運用比興手法嗎？我們說楚辭暗合六義，由此可證。

《詩經》與楚辭固然不乏相同之處，但因為創作的時間、空間、人物各不相同，在風格上顯示出極大的差異。《詩經》作於征伐時代，所以多勇武豪壯之聲；楚辭作於混亂時代，所以多怨慕哀切之情。《詩經》以黃河流域為中心，當地氣候寒冷，水乾土澀，民生較艱苦；所以內容偏重於實際生活與現實社會。楚辭以長江流域為中心，當地土壤肥美，物產富饒，人民無凍餒之虞，所以有閒情逸致騁懷於幽渺的神仙境界。《詩經》多半出自平民之手，文字不假雕琢，而以質樸取勝；楚辭的作者多為貴族，所以崇尚典雅，修辭以華麗見長。兩書所含蘊的思想與發抒的感情既如此不同，文辭篇局上當然也各具特色，我們不妨予以分點討論。

### ㈠字句的不同

《詩經》每句的字數，雖然由一言到九言無所不具，但畢竟以四言為主，而且排列得相當整齊。楚辭則以六、七言為主；他如四言、五言、八言、九言也間或出現，參差排列、長短各殊。四言詩的字數少，所以一句只能包含一個意念，字句的安排也很難有什麼變化；六、七言便不同了，往往一句中有好幾層涵義，字句的安排上也頗見巧思，像「吉日兮辰良」（〈九歌〉）這一句，顛倒了「良辰」一辭，語勢便覺矯健得多。後來韓愈「春與猿飲兮，秋鶴與飛」這類相錯成文的句法，便胎化於此。

## ㈡修辭的不同

《詩經》好用重字。「灼灼狀桃花之鮮，依依盡楊柳之貌，杲杲為日出之容，瀌瀌擬雨雪之狀，喈喈逐黃鳥之聲，喓喓學草蟲之韻」（《文心雕龍・物色》），真是不勝枚舉。楚辭則不然，除了宋玉在〈九辯〉末段，為了增加聲律美和文字美，刻意用上十二次疊字之外，觸目所見，多為複詞，所以狀山色用「嵯峨」，寫草木用「葳蕤」，言地則「崢嶸」，言天則「寥廓」，與《詩經》的作風大為不同了。重字給人厚重樸質的感覺，複詞給人婉約整飾的印象。揚雄《法言・吾子》說：「詩人之賦麗以則，辭人之賦麗以淫。」他所謂的則、淫之別，大概在此。

《詩經》除重字外，還好用疊句。像〈召南・江有汜〉：「江有汜，之子歸，不我以。不我以，其後也悔。……不我與。不我與，……不我過。不我過，……。」〈鄘風・相鼠〉：「相鼠有皮，人而無儀。人而無儀，不死何為？……人而無止。人而無止，……人而無禮。人而無禮，……。」都是用疊句加強語氣、承啟語意的例子。楚辭中少有疊句的出現，駢詞偶語倒極常見。像「屈心而抑志兮，忍尤而攘詬」（〈離騷〉），是句中詞的對仗。「前望舒使先驅兮，後飛廉使奔屬」（〈離騷〉），是上下兩句的對仗。而「世人皆濁，何不淈其泥而揚其波？眾人皆醉，何不餔其糟而歠其釃？」（〈漁父〉），更是隔句相對了。後代詩文的成對，固然起源於這裡，四六駢文的格局，更肇端於斯。

其實，就修辭來說，楚辭不僅在語詞與文句上用功夫，就是一個單字的使用也不放鬆。〈九章・涉江〉中有這麼一段：「與前世而皆然兮，吾又何怨乎今之人？余將董道而不豫兮，固將重昏而終身。」朱熹以為「此篇余吾並用，詳其文意，余平而吾倨也。」只因平、倨不同，所以一用「余」，一用「吾」；這種用字法，在《詩經》中是不容易找到的。

## ㈢佈局的不同

《詩經》一篇分為數章，章與章之間的用語及涵義多半重複。〈豳風・東山〉諸章前半全同，後半始異；〈邶風・北門〉諸章前半各異，後半全同；〈召南・騶虞〉「彼茁者葭，壹發五豝。于嗟乎，騶虞！彼茁者蓬，壹發五豵。于嗟乎，騶虞！」前後兩章更只有兩字之差。《詩經》中的一般篇什，都這樣反覆敘述、重疊吟誦；這種結構與組織，從好處說，非常平實率直，具有民歌的淳厚風味；從壞處看，就不免要嫌刻板單調了。

《楚辭》沒有章節的分畫，〈九歌〉、〈九章〉中之各篇都自具首尾，被後人合為一卷，並不是一篇中又分九段的。楚辭的佈局手法，也不同於《詩經》的反覆漸進；它像一條東流到海的河川，有時候左環右曲，一波三折；有時候驚濤拍岸，波瀾起伏；有時候豪情萬丈，直瀉千里；比起《詩經》的平實來，它要圓活得多、靈巧得多。

### ㈣用韻的不同

《詩經》時代，不僅沒有韻書，連「韻」的名稱也沒有；所以其中各篇的韻腳，不像近體詩那麼嚴謹；但是它卻能合於當時口語的韻律，讀起來很有一種聲調美與節奏感。楚辭也押韻，只因為篇幅比較長，換韻的情形比較多，予人的韻律感也就沒有《詩經》來得明顯。像〈漁父〉中間的散文對話一段，韻更在若有若無之間，文的成分增加了，詩的趣味就相對的被沖淡了。如果說賦是介於詩文間的一種文學體裁，那麼楚辭便是介於詩與賦之間了。

### ㈤取材的不同

《詩經》是北方的作品；北方的土地比較貧瘠，氣候比較寒冷，老百姓求生不易，他們對現實生活特別敏感，也特別重視。他們的祭祀詩，求神是為了「率時農夫，播厥百穀。駿發爾私，終三十里。亦服爾耕，十千維耦。」（〈周頌・噫嘻〉）謝神是為了「豐年多黍多稌，亦有高廩，萬億及秭。」（〈周頌・豐年〉）他們心目中的偉人，都是些栽種糧食，能「實方實苞……實穎實栗」的農業專家。甚至於連定情的時候，也用的是「木桃」、「木李」，北國詩人的務實精神，在他們詩篇的取材上，真是表露無遺了。

南方的民俗就不同了，他們住在魚米之鄉，從來無虞生活的匱乏；雲煙繚繞的高山和一望無盡的川澤，更引發了他們對神仙幻境的好奇與幻想，加上神秘悅耳的巫音，造成南方民族浪漫與迷信的特色。所以「民以食為天」、「使民以時」那些儒家的學說是他們聽不入耳的；只有「玄之又玄，眾妙之門」的《老子》，「鵬之背，不知其幾千里也；怒而飛，其翼若垂天之雲」的《莊子》，才能受到他們的歡迎。

在這種環境與背景下所產生的楚辭，取材上自然與《詩經》大相逕庭。他們的祭祀詩，對象是些山妖水神。而妖也好、神也好，又都被人格化了；居然也嚐到相思的苦楚、離別的辛酸，充滿了一片疑真似幻的浪漫色彩。而以神女宓妃為對象，以伏羲氏的賢臣蹇脩為媒人，以佩帶為信物，更不是那些寫「野有死麕，白茅包之；有女懷春，吉士誘之」的詩人所能想像得到。

**㈥情致的不同** 《詩經》是征伐時代的產物，所以每多慷慨激昂之音。加上北地是一望無際的平原，民性剛直，原缺少婉約嫵媚的氣質。頌是宗廟舞曲，當然典雅莊重；正風正雅秉承王道教化，倒也不失溫柔敦厚的旨趣。至於變風變雅，出於政教衰頹、風俗敗壞的亂世，便更覺激厲偏宕了。楚辭是混亂世代的產物，充滿一股怨慕淒涼之音。而南方的明山秀水，又為它增添一些悱惻纏綿的色彩。同樣是諷勸時政，《詩經》忍不住憤慨的喊出：「已焉哉！天實為之，謂之何哉！」(〈邶風・北門〉)「逝將去女，適彼樂土！」(〈魏風・碩鼠〉) 楚辭卻悲憫的說著：「阽余身而危死兮，覽余初其猶未悔。」(〈離騷〉)「欲高飛而遠集兮，君罔謂汝何之；欲橫奔而失路兮，堅志而不忍。」(〈惜誦〉)大抵北方詩人雖有知其不可而為之的襟懷，然而正因為知其不可為而為，所以免不了憤世嫉俗、口出怨言。南國辭客則一心存君興國，根本沒有想到可為與不可為的問題；所以那種眷戀君國，死而後已的情致，也不是變風變雅的作者所可企及的。

## 第四節　漢賦及其流變

顧炎武曾說：「《三百篇》不能不降而為楚辭，楚辭不能不降而為漢賦，勢也。」賦是一種非詩非文、亦詩亦文，介乎詩文之間的文體。無論把它硬性歸入詩的系統或文的範圍，似乎都不甚恰當。但是它在中國文學史上，又具有相當的地位和價值，當然不能一筆抹煞。既然由《詩經》而楚辭、而漢賦，很有點一脈相承的意味，我們也只好把它作一簡略的介紹。

漢賦雖源於楚辭，但也頗受短賦的影響。短賦創於荀子，今存〈禮〉、〈知〉、〈雲〉、〈蠶〉、〈箴〉五賦。都體制短小，局緊機圓，表面上鋪狀物形，實際上演繹事理，開漢賦中詠物賦（如鄒陽的〈酒賦〉）與說理賦（如揚雄的〈太玄〉）的先河；而問答諧隱的體制，迴環自釋的布局，更為賦別創一格。後來東方朔的〈答客難〉，班固的〈答賓戲〉等等，可說都受五賦的影響。摯虞〈文章流別論〉說：「前世為賦者，有孫卿，屈原，有古詩之義。」蕭統〈文選序〉說：「荀宋表之於前，賈馬繼之於末。」儼然把屈騷與荀賦並列為漢賦的兩大源始。但如果就漢賦所包含的抒情、詠物、說理三類來看，屈騷僅是抒情賦的鼻祖，荀賦卻兼創詠物、說理賦兩種。是以短賦的藝術價值雖不如楚辭，然而它對漢賦的影響，卻是不小。

> 有物於此，儳儳兮其狀，屢化如神，功被天下，為萬世文；禮樂以成，貴賤以分，養老長幼，待之而後存；名號不美，與暴為鄰，功立而身廢，事成而家敗，棄其耆老，收其後世，人屬所利，飛鳥所害，臣愚不識，請占之五泰。」五泰占之曰：「此夫身女好而頭馬首者與？屢化而不壽者與？善壯而拙老者與？有父母而無牝牡者與？冬伏而夏游，食桑而吐絲，前亂而後治，夏生而惡暑，喜濕而惡雨，蛹以為母，蛾以為父，三俯三起，事乃大已，夫是之謂蠶理。（〈蠶賦〉）

比起楚辭來，荀賦是更近於文的。它的內容極理智，玩味起來，沒有什麼詩的感情；它的筆法散行化，誦讀起來，也沒有什麼詩的韻律；這種連節奏感都很少的文體，想必是不能合樂，不能絃歌的，漢賦之與音樂脫幅，因緣於此。

屈騷和荀賦既為賦體播下了種子，強盛而富裕的漢帝國，便成了賦的溫床。大漢初期，因為政府提倡黃老思想，抒情浪漫的屈宋文學受到一般人的喜愛。當時有名的文人，都寫楚辭式的賦；像賈誼的〈哀時命〉，淮南小山的〈招隱士〉、東方朔的〈七諫〉等，都被王逸收到《楚辭章句》中，因此各篇的情調，也就可想而知了。但在這段時間裡，有兩篇很值得注意的賦：一是賈誼的〈鵩鳥賦〉，一是枚乘的〈七發〉。〈鵩鳥賦〉已經擺脫了楚辭的羈絆，在形式上不用夾「兮」字的文句，在體制上完全是散行問答，可算是荀卿說理賦的繼承者。〈七發〉講究辭采的雕琢，內容的誇大，文句的堆砌，所以離鋪陳揚厲的漢賦似乎更近一步。有人把漢初一段時間稱為漢賦的形成期或醞釀期，與這兩篇賦，不無關係。

武、宣、昭、元，這四個時代，是漢帝國國勢最強的時代；也是漢賦的全盛時期。在這四個時期中，黃老之治已經成為過去，當時是儒術獨尊的局面，所以以諷諭與宣德為標榜的賦體遂乘勢而大行。那些好大喜功的帝王，對這類歌功頌德，富麗堂皇的文體，當然非常激賞。因此，司馬相如乃以〈上林賦〉見重於武帝。宣帝時的王褒，成帝時的揚雄，也都因長於作賦而入仕。

全盛期的賦和形成期的賦，顯然有極大的差別。在漢初的賦裡，還很能覺察到楚辭所殘留的影響。就是賈誼的〈鵩鳥賦〉，也不脫荀賦的樸實。然而武帝以後的賦，卻塑造了一個誇張的形式。像司馬相如的〈子虛賦〉，單寫一個雲夢，便用了不少氣力。

> 其山則盤紆岪鬱，隆崇嵂崒，岑崟參差，日月蔽虧，交錯糾紛，上干青雲；罷池陂陀，下屬江河。其土則丹青赭堊，雌黃白坿，錫碧金銀；眾色炫燿，照爛龍鱗。其石則赤玉玫瑰，琳瑉昆吾；瑊玏玄厲，碝石碔砆。其東則……。其西則……。其北則……其上則……。其下則……。

後來寫地形的作家，無不仿照這種格式。像班固的〈兩都賦〉，張衡的〈二京賦〉，都極誇飾與鋪陳的能事。

這種賦的另一特點，是辭藻的堆砌。我們看司馬相如在〈上林賦〉裡是怎樣描寫山川。

> 蕩蕩乎八川分流，相背而異態。……汩乎混流，順阿而下，赴隘陿之口，觸穹石，激堆埼，沸乎暴怒，洶湧彭湃，滭弗宓汩，偪側泌瀄，橫流逆折，轉騰潎洌，滂濞沆溉，穹隆雲橈，宛潬膠盭，踰波趨浥，涖涖下瀨，批巖衝擁，奔揚滯沛，臨坻注壑，瀺灂霣墜，沉沉隱隱，砰磅訇磕，潏潏淈淈，湁潗鼎沸，馳波跳沫，汩急漂疾……於是乎崇山矗矗，巃嵸崔巍，深林巨木，嶄巖嵾嵳，九嵕巀嶭，南山峨峨，巖陁甗錡，摧崣崛崎，振溪通谷，蹇產溝瀆，谽呀豁閜，阜陵別隝，崴磈嵔廆，丘虛堀礨，隱轔鬱壘，登降施靡……。

賦體的完成，既然需要重疊這麼多詰屈聱牙的奇文怪字，對於當時作家都精通小學的現象，也就無足為奇了。這種文字，既無內容，又缺感情；就文學的價值而言，當然不如漢初賈誼的〈弔屈原〉、〈鵩鳥〉那些有感而發的賦。但是論漢賦的正統，畢竟還要以司馬相如、枚皋、王褒所作的這些賦為代表。摯虞在〈文章流別論〉裡說：「假象過大，則與類相遠；逸辭過壯，則與事相違；辯言過理，則與義相失；麗靡過美，則與情相悖。」漢賦的特色與缺點，都在這裡了。

賦的體制與格調，發展到全盛期已經定型；因此，西漢末年的作家們只能在既定的型態裡，仿作前人的篇章。這種模擬的風氣，一直延續到東漢中葉。其間有名的作品，像西漢揚雄的〈甘泉〉、〈羽獵〉，便模仿司馬相如的〈子虛〉、〈上林〉；東漢班固的〈兩都賦〉，也沒有超脫司馬相如兩賦的範圍。只是漢賦到了揚雄、班固手裡辭藻更加穠麗、內容更加空洞；與社會民眾的距離，亦更加遙遠；完全成為不折不扣的，沒有生命的古典宮廷文學了。

東漢末年，政局的紊亂與民生的痛苦，在在都不容許作家們沉迷於以往那種虛有其表的空中樓閣裡。於是張衡的〈髑髏賦〉，首開魏晉六朝文學的玄風。他的〈歸田賦〉，更是後世田園文學的先聲。趙壹的〈刺世疾邪賦〉，揭發了當時當政者的醜行；悲天憫人，長歌當哭。他如蔡邕的〈述行賦〉，禰衡的〈鸚鵡賦〉，也都是短小精悍，有感情、有寄託的作品，在這些篇章裡，我們看到了漢賦轉變的契機。

因為由於這一轉變，才使賦體沒有在漢朝及身而絕。魏晉以後，它雖然不再是文學創作的主流，可是其餘波流衍，直到宋明兩朝，還未衰亡。

魏晉南北朝，由於唯美文學的影響，盛行俳賦。俳賦的特點是篇幅短小，而題材擴大。論造句則尚「駢麗俳比」；論遣辭則貴「平淺通用」。我們讀這個時期的賦，已能品味出一些詩的情韻。像曹植的〈洛神賦〉、王粲的〈登樓賦〉、孫綽的〈天台山賦〉、陶潛的〈歸去來辭〉、鮑照的〈蕪城賦〉、江淹的〈恨賦〉、〈別賦〉、庾信的〈哀江南賦〉；篇篇都擲地有聲。

隋唐是聲律興起和盛行的時代；因此，當時的賦也以諧平仄、精對偶為工，號稱律賦。當時的政府以此取士，限韻定格，對外形的要求極為嚴苛，內在的情感，行文的氣勢，反而不予重視。所以隋唐兩代，在這方面很少有出色的作品。如果一定要探討律賦在文學史上的地位，那麼唯一能勉強稱作它的貢獻的，便是為明朝的八股文開路。八股文對靈性的束縛，一向為大家所熟知；因此律賦的價值，也就可想而知。

只是到了宋朝，宋人一改隋唐拘於格律的作法，而以散文的方式作賦。宋人的賦，遠法屈原的〈卜居〉和〈漁父〉，內容以說理為主。因為很像有韻的散文，所以稱作「散賦」或「文賦」。歐陽脩的〈秋聲賦〉，蘇東坡的前、後〈赤壁賦〉，是大家公認的文賦代表作。

明清兩代，八股文盛行，文賦因此一變而為股賦。股賦作法既煩瑣，格又卑下；賦的活力，到此終於衰竭；賦的生命，到此也就結束了。

# 第三章 唐詩的光芒與價值

## 第一節 唐詩興盛的背景

經過魏晉南北朝幾代的混亂，到了唐朝，終於又重歸一統。在中國歷史上，唐是唯一能與強盛的漢帝國比肩的朝代。疆域的遼闊，武功的彪炳，政教的通和固不必論，就是文學上的成就，唐朝也有長於漢朝的地方。唐代文壇所以能有如此輝煌的成績，與唐代的「一統」局面不無關係。當然，這裡所謂的「一統」，並不單單指政治上的一統而言。

首先，就哲學思想來說，唐便是一個兼容並蓄的時代。唐君姓李，遂定以李耳為教主的道教為國教。道教的盛行自在不言中，道家思想也因此瀰漫全國。至於儒家思想，早在隋代便有南北合流的趨勢；及至唐皇尊經，復以諸經正義頒行全國；於是沉寂已久的儒家思想，遂在「日月經天，江河行地」的美譽下，又重新活躍起來。佛教經過魏晉南北朝的禪化之後，已經成為中華文化的一部分；加以它在唐朝盛行的情形，並不亞於道教，於是三教並行，彼此間的激盪與影響自然在所難免。而由於儒家思想的感染，道家遂有以「功成」為濟世，以「身退」為高蹈的「功名」觀念。佛家也因此偏重積極的救世濟民，輕忽消極的私人解脫。至於一些大儒，在功業顯赫之餘，亦往往轉以佛、道為依皈。唐代的思想界，遂像一片波濤起伏的大海，充實豐盈而又變幻多端。在這種環境中所產生的文學作品，自然是多采多姿的了。

其次，就民族特性來說，唐更是一個綜合南北的朝代。五胡亂華以來，胡人徙居北方一帶，他們的血統與文化也因而摻雜進來，成為中華民族的新分子。這些人秉賦貞剛，天性豪邁，一派直率伉爽之氣，與江左的清綺婉麗、溫柔敦厚，全然不同。在南北朝的時候，由於南北對壘，涇渭分明，縱然有所接觸，也只是局部小規模的進行。到了唐朝，四海歸一，華胡雜處；北方的剛健與南方的柔美，因而融成一種煥然一新的氣質。這種特殊的氣質，表現在文學作品上，自然就呈現出一種前所未有的瑰麗色彩。

不僅如此，唐更是中外藝術文化急遽交匯的時代。王維詩：「九天閶闔開宮殿，萬國衣冠拜冕旒。」（〈和賈至舍人早朝大明宮之作〉）把唐帝國的強盛，寫得十分生動而傳神。當時唐的版圖既廣，國勢又強，與外國的接觸也極為頻繁。胡樂、胡曲，乃至各種繪畫、雕塑、工藝、建築，也無不大量輸入中土；唐人眼中所見，耳中所聞，盡是些糅合了異國情調的新奇事物；他們手中所寫的，自然極盡聲色之美，為前人所不能及了。

具有這樣一個思想、藝術及民族風格交流激盪的時代背景，必然會產生光輝耀目的偉大文學作品，這原是無庸贅言的。令人奇怪的是，唐代文學作品，何以不是辭，不是賦，而獨獨是詩呢？〈全唐詩序〉對這個問題，倒有一個很合理的解釋：「蓋唐當開國之初，即用聲律取士。聚天下才智英傑之彥，悉從事於六藝之學，以為進身之階，則習之者固已專且勤矣。而又堂階之唱和，友朋之贈處，與夫登臨讌集之即事感懷，勞人遷客之逐物寓興，一舉而託之於詩，雖窮達殊途，而以言乎攄寫性情，則其致一也。」唐代君王的提倡風雅與以詩取士，遂使唐詩得以緣時興起，獨擅文壇。正所謂「上有好者，下必有甚焉」。

然而唐詩與《詩經》的四言詩，漢朝的樂府詩、古詩並不相同。就體裁來說，唐詩有它自己的新生命。四言詩與五言古詩這時已經老化衰頹了；七言古詩與五七言絕律，才是唐詩的代表。就風格來說，唐詩有它自己的特色；建安風骨，造就了唐詩的遒勁；兩晉境界，造就了唐詩的高妙；宋齊藻飾，造就了唐詩的雅麗；齊梁聲病，造就了唐詩的諧美；梁陳宮體，造就了唐詩的細膩。因此我們說：唐詩乃是集歷代詩歌的菁華，而出之以嶄新的面貌。

由唐詩產生的背景與其本身的內涵來看，它之所以興盛，絕不是偶然的。經過無數的鍛鍊，經過無數的熔合，經過無數的締造，才使唐詩具有鑠古耀今的萬丈光芒，獲得承先啟後的關鍵地位。在唐詩之前的，無論《詩經》、楚辭、漢賦、古詩、樂府，莫不成為它的養分與資源。在唐詩之後的，無論宋詞、元曲、明清的戲劇、小說，也無不受到它的籠罩與影響。在中國文學史上，唐詩的地位和價值，是絕不容許被忽視的。

歷來為唐詩分期者，多從高棅《唐詩品彙》；把唐詩分為初、盛、中、晚四個時期。初期是從高祖至睿宗的九十餘年；作家包括四傑（王勃、楊炯、盧照鄰、駱賓王）、沈佺期、宋之問、陳子昂、張九齡、王績、寒山諸人。盛唐是從玄宗至肅宗的五十餘年，作家包括王維、孟浩然、李白、杜甫、高適、岑參、王昌齡、王之渙等人。中唐是從代宗至敬宗的六十餘年，作家包括韋應物、柳宗元、韓愈、孟郊、賈島、李賀、白居易、元稹等人。晚唐是從文帝至哀帝的八十餘年，作家包括李商隱、杜牧、溫庭筠等人。這種分法，雖然頗能反映唐詩的時代性，但由於作家生卒年月的犬牙交錯、作風的承遞演變，所以難免有牽強呆板之弊，因此不如以風格分類為宜。唐詩的作者，據清康熙時編成的《全唐詩》所錄，共達二千二百餘家，本書當然無法一一論列。我們且按浪漫、寫實、唯美三大派別，舉些代表作家與代表作品，作一簡單的說明介紹。

## 第二節　浪漫詩派

初唐的宮廷詩人，繼承南朝餘緒，所作失之華靡；民間詩人，又多為僧道者流，好藉詩說理，易流於平淡寡味。結束初唐詩壇，轉變唐詩作風的關鍵人物，乃是陳子昂。

子昂論詩，反對「彩麗競繁」的唯美習尚，以「骨端氣翔，音情頓挫」為高。他的作品，也確實能把握這個原則。

感陽春兮生碧草之油油，懷宇宙以傷遠，望高臺而寫憂；遲美人兮不見，恐青歲之遂遒。……頗一見而道意，結眾芳之綢繆。曷余情之蕩漾，矚青雲以增愁；悵三山之飛鶴，憶海上之白鷗。（〈春臺引〉）

前不見古人，後不見來者；念天地之悠悠，獨愴然而涕下！（〈登幽州臺歌〉）

至於他那三十八首有名的〈感遇詩〉，或詠史、或抒懷、或感歎、或悲吟，風格各異，情采煥發，這種直抒襟懷的個人自由主義，開啟了有唐浪漫一派的詩風。

唐朝的浪漫詩派，大別可為三類：一是疏淡恬靜、摹山寫水的田園詩派；一是雄渾豪放，好寫塞外風光的邊塞詩派；一是放蕩不羈，難以拘限的集大成者——李白。

唐朝田園詩的作者，無不受晉陶淵明的啟發與影響。只因為各人的偏向不同，所以成就也不相類。幾個知名的作家，王維以清腴擅場，孟浩然以閒遠見長，儲光羲得真樸之質，韋應物得沖和之態；即如柳宗元的峻潔，也是一時之選。

王維在少年時代便得意於宦途，功名富貴對於曾經顯赫一時的他，不再有任何吸引力。晚年皈依佛教，更造成他意境上的空靈與生活上的閒適。這種心情，反映在他的畫上，是一片蕭疏清淡的水墨；反映在他的詩上，是一片不食人間煙火的超然。他的傑作，是一些描寫田園山水的五言詩。

空山不見人，但聞人語響。返景入森林，復照青苔上。（〈鹿柴〉）

木末芙蓉花，山中發紅萼。澗戶寂無人，紛紛開且落。（〈辛夷塢〉）

人閒桂花落，夜靜春山空。月出驚山鳥，時鳴春澗中。〈鳥鳴澗〉

空山新雨後，天氣晚來秋。明月松間照，清泉石上流。竹喧歸浣女，蓮動下漁舟。隨意春芳歇，王孫自可留。〈山居秋暝〉

清川帶長薄，車馬去閒閒。流水如有意，暮禽相與還。荒城臨古渡，落日滿秋山。迢遞嵩高下，歸來且閉關。〈歸嵩山作〉

言入黃花川，每逐青谿水。隨山將萬轉，趣途無百里。聲喧亂石中，色靜深松裡。漾漾汎菱荇，澄澄映葭葦。我心素已閒，清川澹如此。請留盤石上，垂釣將已矣。〈青谿〉

由這些毫無斧鑿痕跡的五言絕句、律詩與古詩裡，很能反映出一個「晚年唯好靜，萬事不關心」的老翁心境與他「行到水窮處，坐看雲起時」的生活情趣。道家全真養性的哲學和佛家退隱禪悟的主張，對他所產生的影響，是非常明顯的。

在詩史上，王、孟往往並稱，號為唐朝自然派詩人的兩大代表。其實，孟浩然的作品，無論意境或情調，都與王維有一段距離。同是描山寫水，王維的恬靜與淡泊，在孟詩裡，卻變成塵俗與雜亂了。我們且看孟浩然的〈臨洞庭上張丞相〉：

八月湖水平，涵虛混太清。氣蒸雲夢澤，波撼岳陽城。欲濟無舟楫，端居恥聖明。坐觀垂釣者，徒有羨魚情。

對於功名利祿的熱衷，正是孟浩然不能超脫的主要因素。然而不論他如何努力追求，終免不了「不才明主棄，多病故人疏」的境遇；不得不怏怏回到隱居了四十多年的鹿門山去。他當時的心情，在〈留別王維〉一首詩裡表露得很明白。

寂寂竟何待，朝朝空自歸。欲尋芳草去，惜與故人違。當路誰相假，知音世所稀。只應守寂寞，還掩故園扉。

然而「欲尋芳草去」畢竟不是他的本來意願，「故園扉」也掩不住他的寂寞心境；懷著這麼些憤懣與嗟怨，田園與山水在他眼中，自然不像王維所感覺的那樣清幽空淡了。

儲光羲以描寫農家生活見長，文筆質樸純真，毫無雕琢痕跡；又多寫田園生活的快樂面，所以筆調清閒。

梧桐蔭我門，薜荔網我屋。迢迢兩夫婦，朝出暮還宿。稼穡既自種，牛羊還自牧。日旰懶耕鋤，登高望川陸。空山足禽獸，墟落多喬木。白馬誰家兒？聯翩相馳逐。（〈田家雜興〉）

其他如號稱「五言雙璧」的劉長卿與韋應物，一閒淡一瀟遠，都得道家精神的真髓。柳宗元的山水詩，刻畫細緻，與他的散文一樣出色。

空洲夕煙斂，望月秋江裡，歷歷沙上人，月中孤渡水。（劉長卿〈江中對月〉）

今朝郡齋冷，忽念山中客；澗底束荊薪，歸來煮白石。欲持一瓢酒，遠慰風雨夕；落葉滿空山，何處尋行跡。（韋應物〈寄全椒山中道士〉）

千山鳥飛絕，萬徑人蹤滅；孤舟簑笠翁，獨釣寒江雪。（柳宗元〈江雪〉）

雄渾豪放的邊塞派，不但在風格內容上與清雅的田園派不同，便是擅長的詩體，也有差異。田園山水詩多以五言為主，且多為絕律一類的近體詩；邊塞詩卻多用歌行，那些長短無拘的詩句，配上他們豪邁奔放的筆調，直把那蒼莽的沙漠風光與壯觀的戰爭景象，鮮活生動的呈現在讀者面前。這一派的詩人，要以岑參，高適為典型代表。

君不見走馬川行雪海邊，平沙莽莽黃入天！輪臺九月風夜吼，一川碎石大如斗，隨風滿地石亂走。匈奴草黃馬正肥，金山西見煙塵飛，漢家大將西出師，將軍金甲夜不脫，半夜軍行戈相撥，風頭如刀面如割。馬毛帶雪汗氣蒸，五花連錢旋作冰；幕中草檄硯水凝，虜騎聞之應膽懾；料知短兵不敢接，軍師西門佇獻捷。（岑參〈走馬川奉送封大夫出師西征〉）

邯鄲城南游俠子，自矜生長邯鄲裡；千場縱博家仍富，幾度報仇身不死。宅中歌笑日紛紛，門外車馬如雲屯；未知肝膽向誰是？令人卻憶平原君。君不見今日交態薄，黃金用盡還疏索，以茲感歎辭舊遊，更於時事無所求，且與少年飲美酒，往來射獵西山頭。（高適〈邯鄲少年行〉）

岑參、高適的詩，在內容風格上所以與王維等人的作品有很大的差異，各人生活環境的不同固是一大原因，而胡樂所給予岑、高的影響，卻也是不容忽視的。

此外，王昌齡與王之渙等人的詩風，也與岑、高相近。二王長於七言絕句，所作樂府較少；不過他們的七絕也都合樂可歌。關於他們的詩，《集異記》裡有一段饒富趣味性的故事。

之渙與王昌齡、高適共詣旗亭，有梨園伶官十人會飲，三人擁爐以觀。俄有妙妓四輩奏樂，皆當時名部。三人私相約曰：「我輩各擅詩名，不定甲乙，今諸伶所謳，以詩多者為優。」

初謳昌齡詩：「寒雨連江夜入吳，平明送客楚山孤。洛陽親友如相問，一片冰心在玉壺。」

次謳適詩：「開篋淚沾臆，見君前日書。夜臺何寂寞，疑是子雲居。」又次復謳昌齡詩：「奉帚平明金殿開，且將團扇共徘徊。玉顏不及寒鴉色，猶帶昭陽日影來。」之渙指諸妓中最佳者曰：「待此子所唱，如非我詩，終身退席矣。」次至雙鬟發聲，果謳「黃河遠上」云云。（黃河遠上白雲間，一片孤城萬仞山，羌笛何須怨楊柳，春風不度玉門關。）因大諧笑。

這就是傳為美談的「旗亭畫壁」了。王昌齡的「奉帚平明」，王之渙的「黃河遠上」，都是唐人七絕的傑作，他們的風格，由這兩首詩中，也可知其大概了。

悠閒的山水詩人也好，雄勁的邊塞詩人也好，在他們的詩裡，都同樣看不到現實社會生活的影子。他們或清吟、或長嘯，卻都離不開個人的自我範圍。這也是我們所以將這兩種情調截然不同的類型同併於浪漫詩派的原因了。而將這種自由浪漫的作風發揮到極致，且能兼澹遠與雄偉兩派之長的，卻是俊逸豪邁、氣勢縱橫的「天上謫仙人」李白。

在中國文學史上，很難找出第二個人，像李白那樣具有多方面才情，表現多方面的特性；任才使氣，不受規律的約束，而所成作品，又無不精美絕倫。

他擅作樂府歌行，其小品如〈長相思〉、〈玉階怨〉、〈採蓮曲〉、〈清平調〉等，亦十分精美。

長相思，在長安，絡緯秋啼金井闌，微霜淒淒簟色寒，孤燈不明思欲絕，捲帷望月空長歎，美人如花隔雲端。上有青冥之長天，下有綠水之波瀾；天長路遠魂飛苦，夢魂不到關山難。長相思，摧心肝！（〈長相思〉）

玉階生白露，夜久侵羅襪，卻下水晶簾，玲瓏望秋月。（〈玉階怨〉）

然而真正「筆落驚風雨，詩成泣鬼神」的，還要推那些長篇鉅製的〈將進酒〉、〈梁甫吟〉、〈蜀道難〉、〈遠別離〉、〈夢遊天姥吟留別〉等，寄思幽妙，音節悲壯，讀之如天風海雨逼人，真正是淩空蹈厲，飛揚拔扈。

> 君不見黃河之水天上來，奔流到海不復回。君不見高堂明鏡悲白髮，朝如青絲暮成雪。人生得意須盡歡，莫使金樽空對月。天生我材必有用，千金散盡還復來。烹羊宰牛且為樂，會須一飲三百杯。岑夫子，丹丘生，將進酒，杯莫停。與君歌一曲，請君為我傾耳聽：鐘鼓饌玉不足貴，但願長醉不復醒。古來聖賢皆寂寞，唯有飲者留其名。陳王昔時宴平樂，斗酒十千恣讙謔。主人何為言少錢？徑須沽取對君酌。五花馬，千金裘，呼兒將出換美酒，與爾同銷萬古愁。（〈將進酒〉）

樂府詩字句的長短不受限制，音韻的變換又可隨心所欲，當然最能表現李白那種天馬行空的情思與筆勢。但是他的絕句與律詩，也都堪稱神品。

> 天下傷心處，勞勞送客亭，春風知別苦，不遣柳條青。（〈勞勞亭〉）
>
> 朝辭白帝彩雲間，千里江陵一日還，兩岸猿聲啼不住，輕舟已過萬重山。（〈早發白帝城〉）
>
> 江城如畫裡，山晚望晴空。兩水夾明鏡，雙橋落彩虹。人煙寒橘柚，秋色老梧桐。誰念北樓上，臨風懷謝公。（〈秋登宣城謝朓北樓〉）

李白的才情固然不限於一體，性格更不拘於一家。他有酒徒的頹廢與消極：「處世若大夢，胡為勞其生？所以終日醉，頹然臥前楹。」「百年三萬六千日，一日須傾三百杯」。卻又不失濟世極物的古道熱腸：「〈大雅〉久不作，吾衰竟誰陳？」「白日不照吾精誠，杞國無事憂天傾。」他十分熱衷於功名的追求，寫過〈與韓荊州書〉、〈上安州裴長史書〉那樣干祿的文章，卻又嚮往「客有鶴上仙，飛飛凌太清」的神仙境界與「桃花流水窅然去，別有天地非人間」的隱逸生活。他一方面讚美戰爭，主張「橫行負勇氣，一戰淨妖氛」；一方面又詛咒戰爭，認為「乃知兵者是凶器，聖人不得已而用之」。他有「燕山雪花大如席，片片吹落軒轅臺。黃河捧土尚可塞，北風雨雪恨難裁」那樣誇大雄放的意趣，也有「眾鳥高飛盡，孤雲獨去閒。相看兩不厭，只有敬亭山」那樣高遠清淨的胸懷。當人們正在為他「何年是歸日，雨淚下孤舟」、「舉頭望明月，低頭思故鄉」的句子而黯然神傷時，他自己卻已經陶醉在「蘭陵美酒鬱金香，玉碗盛來琥珀光；但使主人能醉客，不知何處是他鄉」。

就是這些矛盾的性格，迥異的情調與變動的感情，交織成李白特有的浪漫色彩。孔子曾經以龍來讚美老子說：「鳥，吾知其能飛；魚，吾知其能游；獸，吾知其能走。走者可以為網，游者可以為綸，飛者可以為矰。至於龍，吾不能知其乘風雲而上天。」李白，其猶詩中之龍耶！

## 第三節　社會詩派

天寶年間的安史之亂，是唐朝由盛而衰的轉捩點。這麼一次大的動亂，對社會民生的影響，是可想而知的。但是在浪漫詩人的作品裡，我們卻找不到什麼有關的反映，王維有一首「萬戶傷心生野煙，百官何日再朝天？秋槐葉落空宮裡，凝碧池頭奏管絃」，不過是個人感懷的發抒而已。李白〈古風〉的「恍惚與之去，駕鴻凌紫冥，俯視洛陽川，茫茫走胡兵，流血塗野草，豺狼盡冠纓」更帶著疑真似幻的意味，不足以言寫實。我們要在唐詩裡尋找有關這一段的史實，還得求之於作品有「詩史」之稱的杜甫。

杜甫與李白齊名，世人譽之為「詩聖」。他的作品，與李白完全不同，就風格說，李詩有飄逸之美，杜詩富沉鬱之雄；就筆勢說，李詩御氣順行，杜詩著意創鑄，前人評李為「力不著紙」、杜為「力透紙背」，倒是很貼切的比喻。造成他們作品差異的原因固然很多，最主要的卻是各人思想上的不同。李白深受道家縱樂主義的影響，很少著眼於民生疾苦的問題，而完全騁思於自我理想境界。所作的詩篇，自然產生令人飄飄欲仙的效果。杜甫卻是一個儒家思想的實踐者，原就有以天下為己任的胸襟，社會的動亂，更激發他憂國憂民的情懷，讀他的作品會覺得「欷歔欲絕」（王世貞語），也就不足為奇了。

杜甫不像韓愈那樣，口口聲聲「非三代兩漢之書不敢觀，非聖人之志不敢存」；也不像白居易那樣高唱著「文章合為時而著，歌詩合為事而作」。然而由他詩中所自然流露出來的儒者胸襟與心懷，卻不是韓、白所能及的。

對國家，他始終抱著滿腔熱誠，從來沒有表露過頹喪與絕望。在〈奉贈韋左函文二十二韻〉裡，表露了「致君堯舜上，再使風俗淳」的志向；在〈自京赴奉先縣詠懷五百字〉中，更以古賢臣自況：「杜陵一布衣，老大意轉拙；許身一何愚，自比稷與契」安史之亂後，他遍歷各地，目睹百姓生活的種種苦況，但是他對國事仍然存著一線希望。「劍外忽傳收薊北，初聞涕淚滿衣裳；卻看妻子愁何在，漫卷詩書喜欲狂。白日放歌須縱酒，青春作伴好還鄉；即從巴峽穿巫峽，便下襄陽向洛陽」。那種喜極而涕零的感情，多麼鮮明生動！如果不是對故土眷戀深重，怎麼會有這麼深切純真的表現？他晚年多懷古之作，有名的〈八陣圖〉：「功蓋三分國，名成八陣圖，江流石不轉，遺恨失吞吳。」對諸葛亮的功業，十分追慕。事實上，孔明為國「鞠躬盡瘁，死而後已」的精神，正是杜甫的平生志向。

對朋友，他總是熱愛著，毫無一點嫉恨或埋怨。他的〈飲中八仙歌〉，對那八個浪跡縱酒的，與他完全不類的朋友，顯露出近於驕寵的情意；相傳李白作過「飯顆山前逢杜甫，頭戴笠子日卓午。借問別來太瘦生，總謂從前作詩苦」的詩來嘲謔他，然而在他的集子裡，對李白過人的才情與坎坷的遭遇，卻總表示著傾倒與同情。有些詩句，像「落月滿屋梁，猶疑照顏色」、「江東日暮雲，渭北青天樹」，已經成了今日詠誦朋友交誼的典故。他在〈送鄭十八虔〉的小序裡有「闕為面別，情見於詩」兩句話，杜甫對朋友，真是常常情見於詩的。

其實，他何止對朋友如此，就在自己最困窘最失意的時候，他仍然以天下蒼生為念。我們且看那首傳誦一時的〈茅屋為秋風所破歌〉：

八月秋高風怒號，捲我屋上三重茅，茅飛渡江灑江郊，高者挂罥長林梢，下者飄轉沉塘坳。南村群童欺我老無力，忍能對面為盜賊，公然抱茅入竹去，脣焦口燥呼不得，歸來倚杖自歎息。俄頃風定雲墨色，秋天漠漠向昏黑。布衾多年冷似鐵，嬌兒惡臥踏裡裂。床床屋漏無乾處，兩腳如麻未斷絕。自經喪亂少睡眠，長夜沾濕何由徹？安得廣廈千萬間，大庇天下寒士俱歡顏。風雨不動安如山。嗚呼！何時眼前突兀見此屋？吾廬獨破受凍死亦足。

堯舜「一夫不獲，若己推而納諸溝中」的民胞物與的胸襟，在這首詩裡不經意地流露出來。正由於它的不經意，越發顯出杜甫以儒家自許，自稱「乾坤一腐儒」、「儒生老無成」，並非矯揉做作，他實在是一個極堅定的儒家思想者與實踐者。

杜甫思想中的儒家成分既如此濃厚，儒家的文學觀對他必然有某種程度的影響。我們雖然沒有看到他對文學或詩學發表什麼具體的理論，但是他本身的作品卻顯然遠離當時風行一時的浪漫詩風，而偏向於社會生活與當時事實的記錄。在安史亂前，他已經有了「朱門酒肉臭，路有凍死骨」（〈自京赴奉先縣詠懷五百字〉）這一類表現現實的詩句，而〈兵車行〉寫戰事、傜役所加諸百姓的禍患，〈麗人行〉寫楊家姐妹的驕寵，更是當時傑作。

車轔轔，馬蕭蕭，行人弓箭各在腰。爺孃妻子走相送，塵埃不見咸陽橋。牽衣頓足攔道哭，哭聲直上干雲霄。道傍過者問行人，行人但云：「點行頻。或從十五北防河，便至四十西營田；去時里正與裹頭，歸來頭白還戍邊。邊庭流血成海水，武皇開邊意未已。君不聞漢家山東二百州，千村萬落生荊杞！縱有健婦把鋤犁，禾生隴畝無東西。況復秦兵耐苦戰，被驅不異犬與雞。長者雖有問，役夫敢申恨？且如今年冬，未休關西卒；縣官急索租，租稅從何出？信知生男惡，反是生女好；生女猶是嫁比鄰，生男埋沒隨百草。」君不見青海頭，古來白骨無人收，新鬼煩冤舊鬼哭，天陰雨溼聲啾啾！（〈兵車行〉）

安史亂起，他的記實詩更多，這些詩多以樂府體寫成，岑、高、李白手裡的樂府，到了杜甫筆下，又換一副新貌，後來元稹、白居易的新樂府，便自此出。在這些被視作史詩的作品中，最具代表性的是三吏（〈新安吏〉、〈潼關吏〉、〈石壕吏〉）和三別（〈新婚別〉、〈垂老別〉、〈無家別〉）。

暮投石壕村，有吏夜捉人。老翁踰牆走，老婦出門看。吏呼一何怒，婦啼一何苦。聽婦前致詞：「三男鄴城戍；一男附書至，二男新戰死；存者且偷生，死者長已矣！室中更無人，唯有乳下孫；有孫母未去，出入無完裙。老嫗力雖衰，請從吏夜歸；急應河陽役，猶得備晨炊。」夜久語聲絕，如聞泣幽咽。天明登前途，獨與老翁別。（〈石壕吏〉）

兔絲附蓬麻，引蔓故不長；嫁女與征夫，不如棄路旁。結髮為妻子，席不煖君床；暮婚晨告別，無乃太匆忙！君行雖不遠，守邊赴河陽；妾身未分明，何以拜姑嫜？父母養我時，日夜令我藏；生女有所歸，雞狗亦得將。君今往死地，沉痛迫中腸；誓欲隨君去，形勢反蒼黃。勿為新婚念，努力事戎行；婦人在軍中，兵氣恐不揚。自嗟貧家女，久致羅襦裳，羅襦不復施，對君洗紅妝。仰視百鳥

飛，大小必雙翔；人事多錯迕，與君永相望。〈新婚別〉）

發乎情而止乎忠孝，是杜甫詩的一大特色，有些人用它們來比擬「怨悱而不亂」的〈小雅〉，倒也不無幾分道理。

杜甫晚年的作品，頗注重藝術技巧的講求，他自己也承認「老去漸於詩律細」，像「細雨魚兒出，風輕燕子斜」、「五更鼓角聲悲壯，三峽星河影動搖」這些句子，無論音律或對仗，顯然都經過刻意的錘鍊和琢磨。然而杜甫在唐代詩壇上的主要貢獻，並非由於這類無懈可擊的句子而已，最重要的乃是：他掀起了有唐一代社會寫實的詩風。

承繼杜甫寫實作風的，在其同時，有善用方言寫詩的顧況。他的〈囝〉，是一篇少有的方言詩，雖用已經過時的四言體，卻流暢鮮活，一點沒有僵硬的感覺。

囝生閩方。閩吏得之，乃絕其陽；為臧為獲，致金滿屋；為髡為鉗，如視草木。「天道無知，我罹其毒；神道無知，彼受其福」。郎罷別囝：「吾悔生汝。及汝既生，人勸不舉；不從人言，果獲是苦。」囝別郎罷，心摧血下：「隔地絕天，及至黃泉，不得在郎罷前。」（閩人子為囝，父為郎罷。）

在杜甫之後的，像戴叔倫的〈苦哉行〉、〈女耕田行〉，張籍的〈築城詞〉、〈山農詞〉，都是描寫民生苦疾，反映社會實況的作品。

乳燕入巢筍成竹，誰家二女種新穀？無人無牛不及犁，持刀斫地翻作泥。自言家貧母年老，長兄從軍未娶嫂。去年災疫牛囤空，截絹買刀都市中。頭巾掩面畏人識，以刀代牛誰與同？姊妹相攜心正苦，不見路人唯見土。疏通畦隴防亂苗，整頓溝塍待時雨。日正南崗下餉歸，可憐朝雉擾驚飛，東

鄰西舍花發盡，共惜餘芳淚滿衣。（戴叔倫〈女耕田行〉）

老農家貧在山住，耕種山田三四畝，苗疏稅多不得食，輸入官倉化為土。歲暮鋤犁傍空室，呼兒登山收橡實。西江賈客珠萬斛，船中養犬長食肉。（張籍〈山農詞〉）

唐詩中的寫實一派，因為這些人的努力，得以久傳不衰。及至白居易、元稹等人的新樂府出，社會詩派算是臻至極盛了。

在元、白眼中，文學乃是為社會而存在的。它的價值，並非決定於藝術上的成就如何，而全看對社會有否助益。白居易很讚美張籍的詩，理由是：「風雅比興外，未嘗著空文。」他也崇拜杜甫，但對杜甫的詩卻薄有微言，只因為在杜詩中「〈新安吏〉、〈石壕吏〉、〈潼關吏〉、〈塞蘆子〉、〈留花門〉之章，『朱門酒肉臭，路有凍死骨』之句，亦不過十三四」。元、白衡量詩歌的標準，由此可見。當時唐朝文壇，正是古文運動的浪潮洶湧澎湃之際，提倡復古的散文家們，動輒論王道、講教化，元、白對詩所持的看法，未嘗不是受了這種文學實用論的影響。

白居易曾自分其詩為四類：諷諭、閒適、感傷、雜律。以他的論詩標準來說，自然對諷諭一類最為重視。這類詩中，又以〈秦中吟〉十首與〈新樂府〉五十首最具代表性。他在〈新樂府〉的自序裡說：「其辭質而徑，欲見之者易喻也；其言直而切，欲聞之者深誡也；其事覈而實，使采之者傳信也；其體順而肆，可以播於樂章歌曲也。總而言之，為君、為臣、為民、為物、為事而作，不為文而作也。」對這五十首〈新樂府〉，顯然寄望極高。如果全然從純文學的觀點來看，白居易的諷諭詩並不能得到太好的評價，但是其中也有幾首非常感人的詩篇，像新樂府裡的〈新豐折臂翁〉、〈秦中吟〉裡的〈買花〉，敘事寫情，都很能扣人心弦。

新豐老翁八十八，頭鬢眉鬚皆似雪，玄孫扶向店前行，左臂憑肩右臂折。問翁：『臂折來幾年？』兼問：『致折何因緣？』翁云：『貫屬新豐縣，生逢聖代無征戰，慣聽梨園歌管聲，不識旗槍與弓劍。無何天寶大徵兵，戶有三丁點一丁；點得驅將何處去？五月萬里雲南行。聞道雲南有瀘水，椒花落時瘴煙起；大軍徒涉水如湯，未過十人二三死。村南村北哭聲哀，兒別爺孃夫別妻；皆云前後征蠻者，千萬人行無一回。是時翁年二十四，兵部牒中有名字；夜深不敢使人知，偷將大石鎚折臂；張弓簸旗俱不堪，從茲始免征雲南。骨碎筋傷非不苦，且圖揀退歸鄉土；此臂折來六十年，一肢雖廢一身全；至今風雨陰寒夜，直到天明痛不眠。痛不眠，終不悔，且喜老身今獨在，不然當時瀘水頭，身死魂飛骨不收，應作雲南望鄉鬼，萬人塚上哭呦呦。』老人言，君聽取，君不聞開元宰相宋開府，不賞邊功防黷武！又不聞天寶宰相楊國忠，欲求恩幸立邊功；邊功未立生人怨，請問新豐折臂翁。（〈新豐折臂翁〉）

帝城春欲暮，喧喧車馬度，共道牡丹時，相隨買花去。貴賤無常價，酬直看花數，灼灼百朵紅，戔戔五束素。上張幄幕庇，旁織笆籬護，水灑復泥封，移來色如故。家家習為俗，人人迷不悟。有一田舍翁，偶來買花處；低頭獨長歎，此歎無人喻：一叢深色花，十戶中人賦。（〈買花〉）

元稹是白居易的知音與唱和者。他出自寒門，對民生疾苦最為關切，有和李紳的新題樂府十二首、和劉猛及李餘的樂府古題十九首，完全與白居易的新樂府同一面貌。他的〈田家詞〉，很為人所稱引：

牛吒吒，田确确；旱塊敲牛蹄趵趵，種得倉珠顆穀。六十年來兵簇簇，日月食糧車轆轆；一日官軍收海服，驅牛駕車食牛肉；歸來攸得牛兩腳，重鑄鋤犁作斤斸。姑春婦擔去輸官，輸官不足歸賣屋；願官早勝讎早覆！農死有兒牛有犢，誓不遺官軍糧不足！（〈田家詞〉）

社會詩的理論，到元、白正式確立；社會詩的作品，到元、白更為豐富；然而社會詩的氣數，也從元、白開始，遭到盛極而衰的命運，這在元、白當時，便已有若干跡象可尋了。

首先，最為元稹、白居易所重視的諷諭詩，在當時並未受到社會大眾的普遍讚揚，也沒有給後代文學留下太多影響。倒是「天長地久有時盡，此恨綿綿無盡期」的〈長恨歌〉，「同是天涯淪落人，相逢何必曾相識」的〈琵琶行〉，被爭誦一時，成為白居易諸作中最風行者。而元稹的〈會真記〉一文，更是後代無數小說與戲劇的藍本。這兩位社會詩派的大將，卻因一些閒情與傷感之作而獲盛名，寫實詩不為時人所愛重，就此一點便可知消息。

其次，社會詩派的作者，到了晚年，多半不再以反映現實為作詩的重點，而有趨於恬適的傾向。「老去漸於詩律細」的杜甫是如此，隱居茅山的顧況也是如此；元稹卒時五十餘歲，還不能斷言他暮年的傾向，可是老去的白居易，卻「栖心釋梵，浪跡老莊」，把「惟歌生民病，願得天子知」的志向，拋到九霄雲外。社會詩便在這種後勁不繼的情形下，漸告衰竭。

還有一件很耐人尋味的事，便是「元白」與「劉白」的先後並稱。白居易的詩有兩大特性：一是社會性，一是通俗性；元稹詩較整鍊，讀起來有點艱澀，他與白居易齊名，乃是偏重於二人詩中社會性的相同。劉禹錫好模擬民歌，所作多半是「楊柳青青江水平，聞郎江上唱歌聲；東邊日出西邊雨，道是無晴卻有晴。」（〈竹枝詞〉）這一類口語化的作品。劉、白的齊名，無疑是建立在通俗化上的。由「元白」而「劉白」，當代詩風中社會性漸漸消失的現象，隱約可見。

## 第四節　唯美詩派

就作詩的技巧來說，中唐詩壇可分為兩大派：一是以白居易為首的平淺通俗派；一是韓愈領導的艱澀險僻派。韓派的詩人，一味用奇字，押奇韻，造奇語，真是字字推敲，句句鍛鍊，大有「語不驚人死不休」的氣勢，所以有（孟）郊寒（賈）島瘦，盧（仝）奇馬（異）怪的說法，其中又以韓愈為此派佼佼者。

韓愈的詩，用字奇特，造句拗怪，與一般人作詩大不相同。他的集中除了〈左遷至藍關示侄孫湘〉、〈山石〉幾首詩，稱得上情韻幽絕，音調流暢之外，都是一些「劌目鉥心，鉤章棘句」的作品。像〈符讀書城南〉的「乃一龍一豬」，〈送區弘南歸〉的「子去矣時若發機」，句法或上一下四，或上三下四，極不平常；像〈南山〉：「或連若相從，或蹙若相鬥，或妥若弭伏，或妥若驚雊，或散若瓦解，或赴若輻湊，或翩若船遊，或決若馬驟……」連用五十多個「或」字，堆砌有如漢賦。像〈嗟哉董生行〉：「壽州屬縣有安豐，唐貞元時縣人董生召南，隱居行義於其中。……嗟哉！董生朝出耕，夜歸讀古人書，盡日不得息，或山而樵，或水而魚。」簡直就是押韻的散文了。

韓愈之所以如此作詩，原意極可能是為了反對濃豔與對偶，但是他有意斧鑿捶打的結果，造成了時人講求刻鏤的風氣，到錦囊集句的李賀出來，挾韓派之技巧，塗冷豔之顏色，遂開晚唐唯美詩派的先河。這種演變，對古文大家韓愈來說，自然是當初所料想不到的。

相傳李賀作詩的方法，非常特殊；他每天清晨必騎弱馬出遊，叫個小奚奴背著錦囊跟在後頭，在路上一有佳句，立刻寫好投入囊中，日暮回家後，再把一天所得湊足成篇；他的母親鄭太夫人常常叫婢女察看錦囊，如果囊中詩句很多，就又憐又恨的說：「是兒要嘔出心，乃已耳！」

他這種「嘔心」的方式，與賈島的「推敲」何異？所以就作詩的態度來說，他跟韓派詩人同屬「高天厚地一詩囚」的類型；然而若就詩的風格情韻來說，他卻迥異於韓派的「寒瘦」，而以幽細纖巧取勝。李商隱作〈李賀小傳〉，對他推崇備至。杜牧評論他的詩，更竭盡稱揚之能事，所謂「雲煙綿聯，不足為其態也；水之迢迢，不足為其情也；春之盎盎，不足為其和也；秋之明潔，不足為其格也；……時花美女，不足為其色也；荒國陊殿，梗莽丘隴，不足為其恨怨悲愁也……」

我們看他那些奇麗清冷的詩句：「女媧鍊石補天處，石破天驚逗秋雨」（〈李憑箜篌引〉），「衰蘭送客咸陽道，天若有情天亦老」（〈金銅仙人辭漢歌〉），「一編香絲雲撒地，玉釵落處無聲膩」（〈美人梳頭歌〉），真是當得起杜牧的讚美，而無愧色。

承繼李賀詩中的情態，且予以發揚光大，造成晚唐唯美詩風高潮的，是李商隱、溫庭筠與杜牧。他們的詩，不同於社會詩派的重視民間疾苦，也不同於浪漫詩的純真率直；只有浪漫香豔的愛情故事，嫵媚妖冶的美人體態，才是他們吟詠的對象。而文字的美麗、音調的流暢、色彩的明豔，便是他們共同追求的目標了。

李、溫、杜三人的優劣，《峴傭說詩》曾作過比較與批判：「義山七律得於少陵者深，故穠豔之中，時常沉鬱，如〈重有感〉、〈籌筆驛〉等篇，氣足神定，直登其堂，入其室矣。飛卿華而不實，牧之俊而不雄，皆非此公敵手。」儼然以李商隱為三人之首了。

事實上，三人之中，也確以李的功力最深，〈重有感〉與〈籌筆驛〉固然被公認是深得老杜神髓之作，其他篇章中，也不乏高雅深遠的著作，我們舉五、七律各一首為例：

本以高難飽，徒勞恨費聲；五更疏欲斷，一樹碧無情。薄宦梗猶泛，故園蕪已平；煩君最相警，我亦舉家清。（〈蟬〉）

海外徒聞更九州，他生未卜此生休；空聞虎旅傳宵柝，無復雞人報曉籌。此日六軍同駐馬，當時七夕笑牽牛；如何四紀為天子，不及盧家有莫愁。（〈馬嵬〉）

但是他作品中最多的，還是那些晦澀難解的「無題詩」。所謂「無題詩」，實在是情詩的代名詞，李商隱的戀愛對象，多半是尼姑、宮妃，甚至官宦人家的姬妾。這些女子的特殊身分，不容許他作明顯的表白，然而纏綿悱惻的感情，又使他抑制不住的急欲傾吐，遂產生了這些曖昧不明的無題詩。至於以詩中頭二字為題，題目與詩的內容毫不相干的作品，也應歸於這一類。這些詩細膩香豔，恍惚迷離，宋初劉筠、楊億、錢惟演等人倡西崑體，以李商隱為宗，走的便是這種路子。

錦瑟無端五十絃，一絃一柱思華年。莊生曉夢迷蝴蝶，望帝春心託杜鵑。滄海月明珠有淚，藍田日暖玉生煙。此情可待成追憶，只是當時已惘然。（〈錦瑟〉）

相見時難別亦難，東風無力百花殘。春蠶到死絲方盡，蠟炬成灰淚始乾。曉鏡但愁雲鬢改，夜吟應覺月光寒。蓬山此去無多路，青鳥殷勤為探看。（〈無題〉）

杜牧的詩也以冶豔著稱，然而與李商隱比起來，他的色彩是要清淡得多了。杜擅長用絕句寫宮體、寫豔情。那些精緻雋永的小小篇什，頗有一股小家碧玉的清麗韻味：

落魄江湖載酒行，楚腰纖細掌中輕，十年一覺揚州夢，贏得青樓薄倖名。（〈遣懷〉）

娉娉嫋嫋十三餘，豆蔻梢頭二月初，春風十里揚州路，捲上珠簾總不如。（〈贈別〉）

多情卻似總無情，唯覺尊前笑不成，蠟燭有心還惜別，替人垂淚到天明。（〈贈別〉）

史書上稱杜牧剛直有奇節，敢論列大事。或許就因為這種秉性，使得他的詩在綺羅鉛粉之外，也有些豪邁沉鬱的情致，像〈登樂遊原〉、〈赤壁〉、〈泊秦淮〉，都借古諷今，別有懷抱，不能一概以冶豔視之。

長空澹澹孤鳥沒，萬古銷沉向此中，看取漢家何事業？五陵無樹起秋風。（〈登樂遊原〉）

折戟沉沙鐵未銷，自將磨洗認前朝。東風不與周郎便，銅雀春深鎖二喬。〈赤壁〉

煙籠寒水月籠沙，夜泊秦淮近酒家。商女不知亡國恨，隔江猶唱後庭花。〈泊秦淮〉

溫庭筠才思敏捷，據說他入試時押官韻作賦，手叉八次而八韻已成，所以有「溫八叉」之名。《舊唐書·文苑》說他「士行塵雜」，無論就詩品或人品來看，他跟李商隱並稱「溫李」，倒是很恰當的。我們不妨舉幾首他的詩來品味一番：

孤燈伴殘夢，楚國在天涯，月落子規歇，滿庭山杏花。〈碧澗驛曉思〉

冰簟銀床夢不成，碧天如水夜雲輕，雁聲遠過瀟湘去，十二樓中月自明。〈瑤瑟怨〉

至於其他的〈錦城曲〉、〈曉仙謠〉、〈照影曲〉、〈舞衣曲〉、〈織錦謠〉、〈夜宴謠〉等等，單看題目，便夠令人覺得錦繡斑斕了。然而真正能代表他「畫屏金鷓鴣」的濃豔色彩的，並不是詩，而要推收集在《握蘭集》與《金荃集》裡的那些短詞。溫飛卿一手為唐朝詩壇作了落幕的工作，一手又揭開了五代兩宋詞壇的序幕，成為詩詞過渡期的關鍵人物。晚唐的唯美文風，也就經由他的媒介，由詩壇跨越到詞壇了。

# 第四章　宋詞元曲的透視

## 第一節　花間與南唐

詞的起源雖然可以上推至樂府（就音樂性言），甚至遠溯到《詩經》（就形式言），然而詞體的確立，還在唐朝。盛唐李白的〈菩薩蠻〉與〈憶秦娥〉，有百代詞曲之祖的尊稱。各家選詞，往往將此兩調錄於書首，以為詞首。

簫聲咽，秦娥夢斷秦樓月，秦樓月，年年柳色，灞陵傷別。　樂遊原上清秋節，咸陽古道音塵絕，音塵絕，西風殘照，漢家陵闕。（〈憶秦娥〉）

平林漠漠煙如織，寒山一帶傷心碧，瞑色入高樓，有人樓上愁。　玉階空佇立，宿鳥歸飛急，何處是歸程？長亭連短亭。（〈菩薩蠻〉）

這兩闋詞，氣象雄渾、意境高遠，確是不可多得的佳構。但是它們並沒有被收錄在李白集中，〈菩薩蠻〉曲是否盛唐時已有，也還有待考證，所謂「詞中鼻祖」的說法，也就只有存疑了。

盛唐末期與中唐，填詞者漸多。像前面談到的張志和、戴叔倫、韋應物、白居易、劉禹錫等人，都是以詩名家，而兼作小詞的。因此，在這一段時期中，填詞乃是詩人的餘技，並沒有受到特別重視。直到溫庭筠專力作詞，詞才算脫離了詩的範圍而另立門戶。由晚唐到宋初，正是詞為自己地位奠基的階段，我們研究這個時候的詞，就像看到一葉新芽，漸漸的抽枝發條，一朵朵待放的蓓蕾，洋溢著新生的活力。

五代詞的中心，一在西蜀，一在南唐。西蜀詞人好寫色情，與溫庭筠的詞風極接近，趙崇祚選錄《花間集》時，便以溫庭筠為首，加上皇甫松、韋莊、薛昭蘊、牛嶠、張泌、毛文錫、牛希濟、歐陽炯、和凝、顧敻、孫光憲、魏承班、鹿虔扆、閻選、尹鶚、毛熙震、李珣等共十八人的詞，都為十卷五百首。這十八人中，除溫氏外，或屬蜀籍、或旅仕於蜀，所以「花間派」這一名詞，即是指晚唐與西蜀的詞風而言。

周濟介《存齋雜著》裡，曾以嚴妝美婦喻溫飛卿之詞，以淡妝美婦喻韋莊之詞。花間派正可分此二型：一是溫氏綺羅香澤的濃豔型，一是韋氏淨爽清麗的淡雅型。

溫庭筠是把晚唐唯美文風帶進詞壇裡的人。他在詩中所表現的是「持麝成塵香不滅，拗蓮作寸絲難絕」（〈達摩支曲〉）的悱惻纏綿，「紅珠斗帳櫻桃熟，金尾屏風孔雀閒」（〈偶遊〉）的富麗堂皇；這種色彩，在詞的表現上顯得更為濃郁，完全是一副濃妝豔抹、珠光寶氣的貴婦人打扮了。《唐書》說他「能逐絃吹之音，為惻豔之詞」。他的《握蘭集》與《金荃集》，一取其香、一取其軟以命名；這「惻豔香軟」四字，是以表明溫詞的特色了。

柳絲長，春雨細，花外漏聲迢遞。驚塞雁，起城烏，畫屏金鷓鴣。　香霧薄，透簾幕，惆悵謝家池閣。紅燭背，繡簾垂，夢長君不知。（〈更漏子〉）

小山重疊金明滅，鬢雲欲度香腮雪。懶起畫蛾眉，弄妝梳洗遲。　照花前後鏡，花面交相映。新貼繡羅襦，雙雙金鷓鴣。（〈菩薩蠻〉）

韋莊由晚唐而入蜀，就時代而論是要較晚於溫庭筠的。他在詩壇上也頗有建樹，〈秦婦吟〉寫黃巢犯闕之事，有「內庫燒為錦繡灰，天街踏盡公卿骨」的句子，是繼杜甫、白居易諸作之後，極富社會寫實性的一篇樂府。但是唐末是唯美文風特盛的時期，五代君臣的奢靡習尚，更不容許社會文學的存在；因此我們的「〈秦婦吟〉秀才」，終於隨著大勢所趨，逐波浮沉，在他的《浣花詞》裡，便完全表現著浪漫風流的情調，連一點寫實派的影子也沒有了。

就遣詞來說，韋莊善用白描法填詞，與溫飛卿的堆金砌玉自是不同；就命意來說，韋莊因為用情較真摯，所以只需淡淡幾筆，便覺婉轉動人。溫庭筠卻混跡於聲色場中，所得的情是虛的，所獲的意是假的，不得不藉濃麗的色彩來虛張聲勢。溫、韋兩型所以不同的原因，大抵在此。

昨夜夜半，枕上分明夢見；語多時，依舊桃花面，頻低柳葉眉。　半羞還半喜，欲去又依依。覺來知是夢，不勝悲。（〈女冠子〉）

人人盡說江南好，遊人只合江南老；春水碧於天，畫船聽雨眠。　壚邊人似月，皓腕凝霜雪；未老莫還鄉，還鄉須斷腸。（〈菩薩蠻〉）

春日遊，杏花吹滿頭。陌上誰家年少足風流？妾擬將身嫁與，一生休。縱被無情棄，不能羞。（〈思帝鄉〉）

花間派諸人的作風雖然有濃豔與淡雅兩型之分，但是他們抒寫相思、描繪色情的格調卻是一致的。蜀主王衍有一闋〈醉妝詞〉：「者邊走，那邊走，只是尋花柳。那邊走，者邊走，莫厭金杯酒。」西蜀的詞人們，無論跟著溫飛卿這邊走，或隨著韋端己那邊走，都不外是尋尋花，問問柳，喝喝金杯酒而已。我們想在五代詞中，找到一點不同於花間情味的作品，還要看南唐君臣的手筆了。

南唐詞因為乏人編纂的緣故，留傳下來的並不多。有名的作家，也不過中主、後主與馮正中等三數人而已。就量來說，南唐未及西蜀，但若就質來論，西蜀就不逮南唐遠甚了。

南唐中主李璟的詞，現在僅存四首，以〈攤破浣溪紗〉最為著名。

菡萏香銷翠葉殘，西風愁起綠波間，還與韶光共憔悴，不堪看。　細雨夢回雞塞遠，小樓吹徹玉笙寒，多少淚珠何限恨，倚闌干。

歷代論詞者，都給予此詞極高的評價。王安石對「細雨夢回雞塞遠，小樓吹徹玉笙寒」一聯最為激賞。王國維更以為「菡萏香銷翠葉殘，西風愁起綠波間」，大有眾芳蕪穢，美人遲暮之感。當時馮延巳以詞名家，時人爭誦他的「風乍起，吹皺一池春水」句，相傳李璟曾經戲問馮說：「『吹皺一池春水』，干卿底事？」馮立刻回答：「未若陛下『小樓吹徹玉笙寒』特高妙也。」李璟為之大樂；可見中主對這闋詞，也頗引為自豪的。

在政治舞臺上，李璟是君，馮正中是臣；但是在詞史上，李璟對後世的影響，卻遠不及馮正中。馮正中的詞，韻逸調新，平淺自然，正像被風吹皺的一池春水，波光粼粼，意趣天成，一點沒有花間的造作氣。王國維《人間詞話》裡說：「正中詞雖不失五代風格，而堂廡特大，開北宋一代風氣。」北宋晏殊、歐陽脩、晏幾道、賀鑄等人，無不仿傚他的風格，與花間詞風只反映在柳永俳詞上比起來，馮的影響是更為深遠的。

誰道閒情拋棄久？每到春來，惆悵還依舊。日日花前常病酒，不辭鏡裡朱顏瘦。　河畔青蕪堤上柳，為問新愁，何事年年有？獨立小橋風滿袖，平林新月人歸後。（〈鵲踏枝〉）

風乍起，吹皺一池春水；閒引鴛鴦香徑裡，手挼紅杏蕊。　鬥鴨闌干獨倚，碧玉搔頭斜墜；終日望君君不至，舉頭聞鵲喜。（〈謁金門〉）

馮正中仕南唐，為李璟之相，因為熱衷名利，又恃才傲物，頗為時人所嫉。但是他的詞卻含蓄蘊藉、言淺情深，很合詩人溫柔敦厚之旨，所以境界自高，造詣自深，非花間豔俗望塵能及。

李後主承繼君位，他的詞風以降宋為轉捩點。降宋以前，所作風流灑脫，雖香豔而不失純真，雖華麗而不失清新。像他為大周后寫的〈一斛珠〉，為小周后寫的〈菩薩蠻〉，都是豔詞，卻教人只覺得生動鮮活，一點也沒有纖俗輕薄的弊病。

晚妝初過，沉檀輕注些兒個。向人微露丁香顆，一曲清歌，暫引櫻桃破。　羅袖浥殘殷色可。杯深旋被香醪涴。繡床斜凭嬌無那，爛嚼紅茸，笑向檀郎唾。（〈一斛珠〉）

花明月暗籠輕霧，今宵好向郎邊去。剗襪步香階，手提金縷鞋。　畫堂南畔見，一向偎人顫；奴為出來難，教君恣意憐。（〈菩薩蠻〉）

大周后的病逝，使他的詩詞在華豔溫婉外，增添了蕭索黯澹之氣，「誰料花前後，娥眉卻不全」（〈梅花〉）、「轉燭飄蓬一夢歸，欲尋陳跡悵人非」（〈浣溪沙〉）這種「剪不斷、理還亂」的死別滋味，顯然已經改變了後主詞中的輕巧與歡樂。但是「依舊竹聲新月似當年」的情懷，不過是悼念過去的歡樂而已；「故國不堪回首月明中」，才是王國維所謂的「以血書者」。所以後主詞風的真正轉變，還要從降宋之後算起。

江南江北舊家鄉，三十年來夢一場；吳苑宮闈今冷落，廣陵臺殿已荒涼。雲籠遠岫愁千片，雨打歸舟淚萬行；兄弟四人三百口，不堪閒坐細思量。（〈渡中江望石城泣下〉）

這位倉皇辭廟的亡國之君，至此嚐到了「夢一場」的滋味。從這首〈泣下〉之後，他那用來「日夕洗面」的淚，便再也沒有停過了。

多少淚，斷臉復橫頤。心事莫將和淚說，鳳笙休向淚時吹，腸斷更無疑。（〈望江南〉）

人生愁恨何能免？銷魂獨我情何限！故國夢重歸，覺來雙淚垂。高樓誰與上？長記秋晴望。往事已成空，還如一夢中。（〈子夜歌〉）

他那重歸故國的夢，也一再重複出現。

簾外雨潺潺，春意闌珊，羅衾不耐五更寒。夢裡不知身是客，一晌貪歡。　獨自莫凭闌，無限江山；別時容易見時難。流水落花春去也，天上人間。（〈浪淘沙〉）

閒夢遠，南國正芳春：船上管絃江面綠，滿城飛絮混輕塵，忙殺看花人。（〈望江南〉）

多少恨，昨夜夢魂中：還似舊時遊上苑，車如流水馬如龍，花月正春風。（〈望江南〉）

然而夢畢竟是虛幻的，江南那段繁華的日子，永遠追不回來了！寫「一行珠簾閒不捲」的李後主，望著天上月華，只能「想得玉樓瑤殿影，空照秦淮。」這真叫他情何以堪！人何以堪！物質的貧乏，精神的壓迫，終使他填出那闋招來殺身之禍的千古絕唱〈虞美人〉。

春花秋月何時了？往事知多少？小樓昨夜又東風，故國不堪回首月明中。　雕闌玉砌應猶在，只是朱顏改。問君能有幾多愁？恰似一江春水向東流。

後主詞的特色，一在白描，一在直述。我們很難從他的詞章中，找出什麼雕琢與堆砌的痕跡；也很難找到什麼隱喻或比興的手法，他把感情，全都赤裸裸，直條條的呈現在讀者面前，那種純真質樸的美，使你無法不感動，不接受，不追隨。人人都說：「南朝天子多無福，不作詞臣作帝王。」然而在政治上失敗了的李後主，在詞壇上卻雄踞帝王之位，把詞提昇到一個前所未有的境界。這種功力與造詣，是無人能及的。

花間詞因為促碎，遠不及南唐詞來得高妙。而南唐詞人中，以影響深遠論，無過於馮正中；以造境高遠論，又無過於李重光。由晚唐至五代，詞壇形色，大致如此。

## 第二節　兩宋詞人與作品

中國文學史上，幾乎每個時代都有它自己的特色文學。在漢朝是賦，在唐朝是詩，在宋朝，便是詞。詞經過晚唐五代的孕育與發展，到了宋朝，真是花團錦簇，美不勝收。北宋與南宋的詞風，固自不同，便是南北宋本身，也派系各別，錯綜複雜，要把一段多采多姿，包含了作家與作品的宋詞史，濃縮在一節中介紹完，並不是一件很簡單的事。為求清楚明白起見，我們打破了傳統以時代分界的方法，純就作者填詞的態度來分類，把宋詞分為歌者的詞、詩人的詞與匠人的詞三大類。這種分類方法，胡適在他的〈詞選序〉裡，便曾運用過了；但是我們所分的類型，雖與胡氏大致相同，在取捨的標準上，卻是略有出入的。

詞原本於民間，唱於優伶娼妓的口中，與音樂有不可分的關係。晏殊稱詞為「曲子」，李清照稱詞為「小歌詞」，陸游稱詞為「倚聲」，可見詞實在包含了文辭與樂譜雙重內容。由晚唐到五代，音樂一直是詞的靈魂。宋朝以後，也有許多詞人，很注意到音律問題，以協律為填詞的重要條件，這些人的詞，我們稱為歌者的詞。因為作風的不同，歌者詞中又可分為三派：婉約派，通俗派，格律派。

婉約派的代表作家，是宋初的晏殊、歐陽脩和晏幾道。他們的風格，婉約風流、溫和清麗，兼有花間與南唐之長；他們的形式，不脫小令的範圍，少有長篇；他們的境界，嚴格說來，晏殊、歐陽脩皆近於馮正中，而一得其雍容，一得其清逸。晏幾道則近於李後主，有沉鬱淒涼之概。然而事實上，因為性格表現的不十分明顯，他們作品的情調往往極為相似。我們如果把《珠玉詞》（晏殊作）、《六一詞》（歐陽脩作）、《小山詞》（晏幾道作）打散了混合起來，再要分辨哪一篇是誰作的，可就十分困難了。

> 一曲新詞酒一杯，去年天氣舊亭臺，夕陽西下幾時回？　無可奈何花落去，似曾相識燕歸來，小園香徑獨徘徊。（晏殊〈浣溪沙〉）
>
> 檻菊愁煙蘭泣露，羅幕輕寒，燕子雙飛去。明月不諳離別苦，斜光到曉穿朱戶。　昨夜西風凋碧樹，獨上高樓，望斷天涯路。欲寄彩箋無尺素，山長水闊知何處？（晏殊〈蝶戀花〉）
>
> 今日北池遊，漾漾輕舟。波光瀲灩柳條柔。如此春來春又去，白了人頭。　好妓好歌喉，不醉難休。勸君滿滿酌金甌。縱使花前常病酒，也是風流。（歐陽脩〈浪淘沙〉）
>
> 群芳過後西湖好；狼藉殘紅，飛絮濛濛，垂柳闌干盡日風。　笙歌散盡遊人去，始覺春空。垂下簾櫳，雙燕歸來細雨中。（歐陽脩〈采桑子〉）
>
> 醉別西樓醒不記，春夢秋雲，聚散真容易。斜月半窗還少睡，畫屏閒展吳山翠。　衣上酒痕詩裡字，點點行行，總是淒涼意。紅燭自憐無好計，夜寒空替人垂淚。（晏幾道〈蝶戀花〉）
>
> 夢後樓臺高鎖，酒醒簾幕低垂。去年春恨卻來時，落花人獨立，微雨燕雙飛。　記得小蘋初見，兩重心字羅衣。琵琶絃上說相思，當時明月在，曾照彩雲歸。（晏幾道〈臨江仙〉）

通俗派的代表者是柳永。李清照批評他：「雖協音律，而詞語塵下。」這正是柳詞的兩大特色。因為他協音律，所謂「凡有井水處，即能歌柳詞」，柳詞的可歌性是很明顯的，所以把它歸之於歌者的詞。又因為他詞語塵下，和含蓄蘊藉的歐詞絕不相類，所以又別為通俗一類。

無論就詞體或詞風來說，柳永都應稱作宋詞的一個轉變關鍵。從晚唐到宋初，詞人多填小令，中調已不多見，至於長調，更是寥寥可數。從以三影——「雲破月來花弄影」、「柳徑無人、墜輕絮無影」、「嬌柔懶起，簾押捲花影」，與三中——「心中事」、「眼中淚」、「意中人」得名的張先起，才開始有意從事慢詞的創作，到柳永的《樂章集》，全以長調為主題，所謂「慢」、所謂「引」，才開始大量啟用。

作品的風格與作家的生活環境很有關係。柳永寫過一首〈鶴沖天〉的詞，很坦率的說出了自己平日的浪漫行徑：

黃金榜上，偶失龍頭望；明代暫遺賢，如何向？未遂風雲便，爭不恣狂蕩？何須論得喪，才子詞人，自是白衣卿相。　煙花巷陌，依約丹青屏障；幸有意中人，堪尋訪。且恁偎紅依翠，風流事、平生暢！青春都一晌，忍把浮名，換作淺斟低唱。

這種煙花巷陌中偎紅依翠的生活，造成了他粗淺俚俗的特殊作風。柳詞的得失，盡在此四字。因為粗淺俚俗，所以能收「一時動聽，散播四方」的效果；也因為粗淺俚俗，所以詞境不高，很受當時士大夫所鄙薄。

柳永的人品雖不為士人所齒，但是當時詞人受他影響的卻不少；像秦觀〈滿庭芳〉的「銷魂當此際，香囊暗解，羅帶輕分」，〈迎春樂〉的「怎得花香深處，作個蜂兒抱」，就近於柳詞的淺近。像黃庭堅〈江城子〉的「有分看伊，無分共伊宿」，〈千秋歲〉的「歡極嬌無力，玉軟花欹墜。……奴奴睡，奴奴睡也奴奴睡。」俚俗鄙陋處，竟更超過柳永。

然而，與柳永同時的有蘇軾的豪放，在柳永之後的有周邦彥的精整。這兩位大詞人，像兩個高聳的壁壘一樣，扼阻了柳詞通俗風氣的蔓延，所以後來的詞家中，並沒有柳永精神的直接繼承人。倒是由詞體蛻變出的曲，很受柳風影響。《蕙風詞話》中說：「《樂章集》為金元已還樂語所自出，……董解元所為詞，於屯田（柳永世號柳屯田）有沆瀣之合。」我們便就這沆瀣之處，舉一些例子：

且恁相偎倚，未消得憐我，多才多藝。願奶奶，蘭心蕙性，枕前言下，表余深意。為盟誓，今生斷不孤鴛被。（〈玉女搖仙珮〉）

當日相逢，便有憐才深意。歌筵罷偶同鴛被。別來光景，看看經歲。昨夜裡方把舊歡重繼。　曉月將沉，征驂已備，愁腸亂又還分袂。良辰好景，恨浮名牽繫，無分得與你恣情濃睡。（〈殢人嬌〉）

他如「須與放下殘針線，脫羅衫恣情無限」、「酒力漸濃春思蕩，鴛鴦繡被翻紅浪」、「留取帳前燈，時時待看伊嬌面」這些句子，更是元初散曲中淺語俗詞的先聲。

不過柳永的作品中，也有幾闋詞，雖用平淺自然的語句，卻能盡洗粗俗卑陋的習氣，而達到情真意深的境界，標樹出較高一層的風格。這些詞，尤以〈雨霖鈴〉和〈八聲甘州〉最為出色。

寒蟬淒切，對長亭晚，驟雨初歇。都門帳飲無緒，方留戀處，蘭舟催發。執手相看淚眼，竟無語凝咽。念去去，千里煙波，暮靄沉沉楚天闊。　多情自古傷離別，更那堪，冷落清秋節。今宵酒醒何處？楊柳岸，曉風殘月。此去經年，應是良辰好景虛設。便縱有千種風情，更與何人說？（〈雨霖鈴〉）

對瀟瀟暮雨灑江天，一番洗清秋。漸霜風淒緊，關河冷落，殘照當樓。是處紅衰翠減，苒苒物華休。唯有長江水，無語東流。　不忍登高臨遠，望故鄉渺邈，歸思難收，歎年來蹤跡，何事苦淹留？想佳人、妝樓凝望，誤幾回，天際識歸舟；爭知我，倚闌干處，正恁凝愁。（〈八聲甘州〉）

格律派，則由秦觀開其緒，周邦彥擴其境，姜夔總其成。

秦觀是蘇門四學士之一，他的《淮海詞》承受晚唐以來各家影響，表現出多方面的風格與旨趣。他近柳永的地方，前面已經提過了，但是他又能藉晏、歐的婉約來補柳詞的淺俗，像「水邊燈火漸人行，天外一鉤殘月帶三星」（〈南歌子〉）便含蓄蘊藉，比柳詞高雅許多。再如「郴江幸自繞郴山，為誰流下瀟湘去」（〈踏莎行〉）頗得蘇軾的疏宕。「自在飛花輕似夢，無邊絲雨細如愁，寶簾閒掛小銀鉤」（〈浣溪沙〉）頗得南唐的輕柔。總之，《淮海詞》集諸家之長，音和句鍊、工整流麗，是格律派的開啟者。然而他雖揉合了各家作風，卻不能開創出自己的天地，這個缺失，也成為後代格律詩人所一直不能逃脫的弊病。

繼承秦觀，使格律派得以發揚光大的，在北宋有周邦彥，在南宋有姜夔。周、姜相似的地方很多：他們都能審音創調。周邦彥曾任職大晟府，討論古音、審定古調，下字用韻都有一定的法度。姜白石更自製新譜，改正舊曲，留下「自製新詞韻最嬌，小紅輕唱我吹簫」的一段風流佳話。他們又都好鍊句、善用典，像周邦彥〈蝶戀花〉「雨肥梅子」，乃用杜甫「紅綻雨肥梅」的詩句。〈夜遊宮〉「橋上酸風射眸子」，乃用李賀「東關酸風射眸子」的詩句。再如姜白石的〈暗香〉與〈疏影〉，便全用一些梅花與美人的典故了。

少游雖不能超脫前人範疇，卻還得鎔諸家之長而不失雅正；美成雖喜歡鎔化古人字句，也還能不露鉤勒痕跡；白石雖過於用典，終因為人品高潔，在意境上不給人卑賤感。但是後來文人學周、姜的，有些才情不足，有些格調卑下，一味堆砌的結果，終於演變成匠人的詞了。王國維認為周邦彥「創調之才多，創意之才少」，真是一語道出了格律派諸人的長短。正因為他們創調之才多，所以能成格律派之大家；也正因為他們創意之才少，所以成為匠人詞的先鋒。

在宋朝的眾多「歌者」內，還有一位極傑出的詞人，脫胎於三派之中，而又能超然於三派之外。她便是李格非之女，趙明誠之妻，詞史上一顆熠熠閃亮的明星——易安居士李清照。

李清照的詞極婉約，〈一剪梅〉的「此情無計可消除，纔下眉頭，又上心頭」、〈孤雁兒〉的「小風疏雨蕭蕭地，又催下千行淚。吹簫人去玉樓空，腸斷與誰同倚？一枝折得，人間天上，沒個人堪寄」清麗處直逼晏、歐，而淡淨疏爽，又不是婉約派所能範圍的了。

王灼《碧雞漫志》裡提到她時，說：「易安居士……，作長短句，能曲折盡人意，輕巧尖新，恣態百出；閭巷荒淫之語，肆意落筆。自古搢紳之家，能文婦女，未見如此無顧籍也。」這種批評，頗近於北宋詞人之談柳永。就手法技巧來說，清照擅長白描，好用平淺字句，確與柳永相近；然而就詞品來說，她的「香冷金猊，被翻紅浪」（〈鳳凰臺上憶吹簫〉）；「斜偎寶鴨襯香腮，眼波才動被人猜」（〈浣溪沙〉），跟柳永的「無分得與你恣情濃睡」比起來，誠所謂雅鄭之分，藝術與色情之別，相去真不可以道里計！她又重音律、擅鍊字句，很近於秦、周的格律派。像「簾捲西風，人比黃花瘦」的瘦字，像「守著窗兒，獨自怎生得黑」的黑字，像〈聲聲慢〉裡「尋尋覓覓，冷冷清清，淒淒慘慘戚戚」的十四個疊字，都值「一字千金」；可是看起來卻十分平淡，好像不經心的放在那兒，一點都沒有斧鑿過、錘鍊過的痕跡。單就這一點來說，已是秦、周所不能及了。加上李詞能開創自己的意境，鑄造自己的詞句，樹立自己的風格，更不是格律派所能限制得住的。

沈去矜說：「男中李後主，女中李易安，極是當行本色。」她的詞也正與後主一樣，可分前後兩期：前期熱情浪漫，天真風趣；我們看她的〈減字木蘭花〉：

> 賣花擔上，買得一枝春欲放。淚點輕勻，猶帶彤霞曉露痕。　怕郎猜到：奴面不如花面好；雲鬢斜簪，徒要教郎並比看。

再看她的〈采桑子〉：

> 晚來一陣風兼雨，洗盡炎光。理罷笙簧，卻對菱花淡淡妝。　絳綃縷盡冰肌瑩，雪膩酥香。笑語檀

郎：「今夜紗櫥枕簟涼。」

其中表現的爛漫繾綣之情，絕不遜於後主〈一斛珠〉中韻致。後來遭喪夫之痛，悲愴淒厲，哀婉動人，像〈聲聲慢〉、〈武陵春〉等，大似後主作〈浪淘沙〉、〈虞美人〉一般光景。

尋尋覓覓，冷冷清清，淒淒慘慘戚戚。乍暖還寒時候，最難將息。三杯兩盞淡酒，怎敵他、晚來風急？雁過也，正傷心，卻是舊時相識。　滿地黃花堆積，憔悴損、如今有誰堪摘？守著窗兒，獨自怎生得黑！梧桐更兼細雨，到黃昏，點點滴滴，這次第，怎一個愁字了得！（〈聲聲慢〉）

風住塵香花已盡，日晚倦梳頭；物是人非事事休，欲語淚先流。　聞說雙溪春尚好，也擬泛輕舟；只恐雙溪舴艋舟，載不動、許多愁。（〈武陵春〉）

詩人詞的代表作家，北宋是蘇軾，南宋是辛棄疾。他們與歌者詞的作家們，最大的分別在於對聲律的態度不同。歌者們把音樂視作詞的生命，要求協音、要求調律，總以能唱為原則；蘇辛等人，對曲譜卻絕不講求，他們並非不懂音樂；拿蘇軾來說，陸游《渭南文集》中便有他自歌〈古陽關〉的記載，《鐵圍山叢話》裡也稱歌者表緺曾唱他的〈水調歌頭〉，只因為他們豪邁俊逸、橫放傑出，一方面本性便不喜剪裁以就聲律，一方面曲子也束縛不住他們那「天風海雨」的氣勢。〈詩大序〉說：「詩者，志之所之也。」而詞到了蘇辛手裡，也成了言志的工具。根據這一點，所以我們稱這一類的詞作詩人詞。

詩莊詞媚，這莊與媚兩個字，自來被看作是詩與詞的分界。王國維讚美五代的三大詞家說：「溫飛卿之詞，句秀也；韋端己之詞，骨秀也；李重光之詞，神秀也。」從晚唐到宋初，詞風便始終沒有超出過這個秀字。蘇軾卻一舉打破了「媚」與「秀」的藩籬，把詞昇華到一個更高的意境。在他筆下，詞的內容不再局限於女人與情愛的描寫。自此以後，無論山水、人物、史實、時事，只要是能用詩文描敘的，便也能藉詞體來填寫。詞的韻致，也不再局限於娉娉嫋嫋、弱不禁風的女兒情態。胡致堂說：「詞曲至東坡，一洗綺羅薌澤之態，擺脫綢繆宛轉之度，使人登高望遠，舉首高歌，逸懷浩氣，超乎塵垢之外；於是花間為皂隸，耆卿為輿臺矣。」宋朝詞風，因而轉變了方向。

我們通常都喜歡用「豪放」兩字來形容蘇軾，其實就詞來說，他的風格並不僅僅豪放而已。〈念奴嬌〉固然要關西大漢執銅琵琶、鐵綽板來唱，〈洞仙歌〉又何嘗不能由十七八歲女郎輕敲紅牙板，漫聲低吟呢？再如〈江城子〉的淒怨、〈卜算子〉的空靈、〈水調歌頭〉的清雋，都分別代表他作風的一格。

大江東去，浪淘盡千古風流人物。故壘西邊，人道是：三國周郎赤壁。亂石崩雲，驚濤裂岸，捲起千堆雪。江山如畫，一時多少豪傑！　遙想公瑾當年，小喬初嫁了，雄姿英發。羽扇綸巾，談笑間，檣櫓灰飛煙滅。故國神游，多情應笑我早生華髮。人生如夢，一尊還酹江月。（〈念奴嬌〉）

冰肌玉骨，自清涼無汗。水殿風來暗香滿。繡簾開，一點明月窺人，人未寢，欹枕釵橫鬢亂。　起來攜素手，庭戶無聲，時見疏星渡河漢。試問夜如何？夜已三更，金波淡，玉繩低轉。但屈指，西風幾時來，又不道流年，暗中偷換。（〈洞仙歌〉）

十年生死兩茫茫，不思量，自難忘。千里孤墳，無處話淒涼。縱使相逢應不識，塵滿面，鬢如霜。　夜來幽夢忽還鄉。小軒窗，正梳妝。相顧無言，唯有淚千行。料得年年腸斷處，明月夜，短松岡。（〈江城子〉）

缺月掛疏桐，漏斷人初靜，時見幽人獨往來，縹緲孤鴻影。　驚起卻回頭，有恨無人省，揀盡寒枝

不肯棲，寂寞沙洲冷。〈卜算子〉

明月幾時有？把酒問青天。不知天上宮闕，今夕是何年？我欲乘風歸去，唯恐瓊樓玉宇，高處不勝寒。起舞弄清影，何似在人間！ 轉朱閣，低綺戶，照無眠。不應有恨，何事長向別時圓？人有悲歡離合，月有陰晴圓缺，此事古難全。但願人長久，千里共嬋娟。〈水調歌頭〉

由這些例子，我們可以看出，蘇詞的特色，乃在俊逸；真正當得起豪放二字的，應推南宋辛棄疾。辛詞是蘇詞的繼承者與光大者，然而二者之間卻也有不同。如果以武喻文的話，蘇詞如隱居深山的俠客，低吟長嘯，固然超出塵外，駁劍而舞，更能收發自如；辛詞則如學萬人敵的將軍，長鞭一揮，便見千軍萬馬，奔騰而來。高明《中國文學》上說：「蘇詞曠，而辛詞豪；蘇詞氣體高，而辛詞魄力大。」的是確論。

宋人以東坡為「詞詩」，以稼軒為「詞論」，因為東坡好以詩為詞，而稼軒更以文為詞，他那闋有名的〈賀新郎〉，便是最好代表。

甚矣吾衰矣！悵平生、交遊零落，只今餘幾。白髮空垂三千丈，一笑人間萬事。問何物，能令公喜？我見青山多嫵媚，料青山、見我應如是。情與貌，略相似。 一尊搔首東窗裡，想淵明、〈停雲〉詩就，此時風味。江左沉酣求名者，豈識濁醪妙理。回首叫：雲飛風起！不恨古人吾不見，恨古人，不見吾狂耳。知我者，二三子。

蘇、辛的詞，如此雄奇奔放、縱橫跌宕，當然不是那些以婉約為詞格正宗的人所能接受的。陳無己《後山詩話》批評蘇詞謂：「如教坊雷大使舞，雖極天下之工，要非本色。」，劉體仁《七頌堂詞繹》也說辛詞：「非詞家本色」。然而蘇辛的某些詞，雖不同於他人的婉媚嬌柔，卻都能「極天下之工」，在藝術上達到某一種境界。我們純就文學的立場來看，蘇、辛詞的氣象與造詣，確實有他人不可及之處，又何必拘泥於「本色當行」的要求呢？

不過詩人詞也有詩人詞的缺點：它容易流於枯瘠。像蘇軾的〈減字木蘭花〉：「賢哉令尹，三仕已之無喜慍。我獨何人？猶把虛名玷搢紳。不如歸去，二頃良田無覓處。歸去來兮，待有良田是幾時？」也容易流於粗野。像辛棄疾的〈沁園春〉：「杯，汝前來！老子今朝點檢形骸，……」蘇軾氣體高逸，辛棄疾魄力雄偉，所以他們作品中有枯瘠粗野之病的畢竟只是少數。後人學蘇、辛的，無論才情、學養、心胸，都遠不及他們，詩人詞便漸漸衰竭了。拿劉過的〈沁園春〉來說：

斗酒彘肩，風雨渡江，豈不快哉！被香山居士，約林和靖，與坡仙老，駕勒吾回。坡謂：「西湖正如西子，濃抹淡妝臨照臺。」二公者，皆掉頭不顧，只管傳杯。白言：「天竺去來。圖畫裡崢嶸樓閣開。愛縱橫二澗，東西水繞；兩峰南北，高下雲堆。」逋曰：「不然。暗香浮動，不若孤山先訪梅。須晴去，訪稼軒未晚，且此徘徊。」

這種詞，就體裁來說，完全與文賦無異；就情調來說，一點蘊藉的美也沒有；詩人詞因而遭受到唯美文派的反動。

南宋唯美文派，遠法周邦彥，近宗姜白石，好雕琢而才情不夠，講音律卻學養不足，所填之詞，匠人氣味極重，是我們所謂的「匠人詞」。

雕章琢句的習尚，在格律派中便已常見。周邦彥為了避俗，啟用代字。〈解語花〉裡的名句「桂華流瓦」，用「桂華」來代月字。南宋用代字更多，一時蔚為風氣，竟有人主張「……如說桃，不可直說破桃，須用紅雨、劉郎等字；如詠柳，不可直說破柳，須用章臺、灞岸等字；……方見妙處。」（沈伯時《樂府指迷》）

這種態度作出來的詞，怎麼會不帶匠俗之氣呢？白石為了工雅，好用典故，代表作〈暗香〉與〈疏影〉，就分別用何遜和昭君的故實，雖然清麗有餘，終令人覺得沒有什麼情味。唯美派的詞人，極力仿傚他的用典技巧，遂造成王國維所謂「霧裡看花，終隔一層」的弊病。

周、姜都是音樂素養極高的人，他們著重音律，但還沒有什麼為音律而犧牲內容的惡劣作法。匠人詞就不同了，張樞填〈惜花春〉，有一句「瑣窗深」，因為「深」字不協音，一改為「幽」，再改為「明」；聲律是妥帖了，然而他要表達的意義，究竟是「幽」，還是「明」呢？楊澤民〈解連環〉有一句「一年自成落」，大家都看不懂，原來他為了韻腳的緣故，硬把「落成」顛倒成「成落」。填詞填到這種地步，還講什麼意境與情韻呢？

好雕琢、拘聲律，使南宋詞人們的作品，像一盆塑膠花，看起來非常漂亮，高高低低也插得蠻有韻致，可惜缺少了生命，別說永遠列不進名花譜中，便是比起路旁一株在微風中搖曳的小花，也要相形遜色啊！

匠人詞的代表作家，有「好用偷字」的史達祖（著有《梅溪詞》）、「七寶樓臺，拆之不成片斷」的吳文英（著有《夢窗詞》）、「立意不高，取韻不遠」的周密（著有《草窗詞》）、「薄有才情，未窺雅操」的蔣捷（著有《竹山詞》）、「磨礱雕琢、裝頭作腳」的張炎（著有《山中白雲詞》）等人。這一派的作家雖多，他們的作品，卻正如王國維所謂的：「面目不同，同歸於鄉愿而已。」宋詞的氣運，便在這些鄉愿的詞匠手裡，作了結束。

## 第三節　散曲與詞的同異

王世貞說：「自元金入主中國，所用胡樂，嘈雜淒緊，緩急之間，詞不能按，乃更為新聲以媚之。」所謂的新聲，便是我們現在要談的元代散曲。

元散曲，又稱北曲。在中國詩史上，它是宋詞的繼起者；然而無論在形式上、或風格上，它都與詞有似同實異的地方。我們想探討北曲的情貌，便不妨將它與詞的同異，作一比較。

就形式來說，詞與曲都是長短句。在《詩經》、樂府、甚至唐朝的古詩歌行裡，都不乏長短參差的句法，然而那只是詩人們一時興起，順手而成的作品，並沒有一定的規律可資遵循。詞、曲就不同了，同一個詞牌或同一個曲譜，在甲的手裡，字數是三、三、七、五的排列方式；到了乙的手裡，絕不會變成三、七、三、五。我們可以這麼說：詞和曲的形式，乃是一種極具整齊性的不整齊。因為單從詞、曲本身來看，它們的句法似乎參差而凌亂；但是拿同一詞牌曲譜的作品來看，顯然是格式規律而嚴謹的。

就聲律來說，詞、曲與音樂的關係都非常密切。漢樂府和唐絕句都是合樂可歌的，但那畢竟只是詩中的一部分而已。不像詞、曲，詞有詞律、曲有曲譜，一板一眼，完全按照規定，一絲也馬虎不得。

至於體制方面，曲有套曲和小令之別。套曲一體，為詞體所不具備。但是小令中，曲的「尋常小令」，猶詞的「小令」。曲的「摘調」，猶詞的「摘遍」。曲的「帶過曲」，猶詞的「闋」。曲的「集曲」，猶詞的「犯」與「攤破」。再如技巧方面，無論詞、曲，凡是字數相等而又前後相連的句子，便須採用對仗方式；……諸如此類，都是詞曲相同的地方。

然而，詞與曲畢竟是不一樣的，它們之間的差異點，要比相同的地方，來得更多、更大。

在形式上，詞、曲雖然都是長短句，可是其中仍然有所不同：

(1)在句法的長短上，曲要比詞更具變化性。曲中短的句子有一、兩字的，像施紹莘的〈駐雲飛〉：「㰤！那裡有神來？」的「㰤」字。像張可久的〈朝天子〉：「罷手，去休，已落在淵明後。」的「罷手」、「去休」。長的句子有二、三十個字的，像關漢卿的「我卻是蒸不爛煮不熟搥不扁炒不爆響噹噹一粒銅豌豆，誰教你子弟們鑽入他鋤不斷砍不下解不開頓不脫慢騰騰千層錦套頭」。後面一句，便長達二十九個字。短句的生動靈巧，長句的鋪陳纏綿，都賦予曲特殊的情味，這種情形，在詞裡是看不到的。

(2)曲有襯字，詞沒有。無論詞牌或曲牌，每句的字數都有一定的限制，作者不能隨意改變。但是曲中卻可加「襯」字。加襯字的好處，一方面使填曲的人得到伸縮迴旋的方便，一方面使曲的聲調變得婉轉和諧，而最大的作用，乃在於使曲文更口語化、更通俗、更活潑。我們節取張養浩〈十二月帶過堯民歌〉裡的一段為例：

從跳出功名火坑，來到這花月蓬瀛，守著這良田數頃，看一會雨種煙耕，到大來心頭不驚，每日家直睡到天明。

大字是正文，小字是襯字。試想一想，如果把這些襯字去掉，該是多麼枯燥，多麼無趣！曲因為有襯字，所以表達意念時，能給人活生生赤裸裸的感覺；詞因為沒有襯字，所以不能不藉典麗含蓄的文字，來避免刻板乾澀的弊病。襯字的有無，對詞曲的影響是很大的。

(3)曲多用疊字，詞少用。李清照詞〈聲聲慢〉裡，連用了十四個疊字，一直為歷來談詩論詞的人所津津樂道。這幾疊字用得好，固然是眾人讚賞的原因之一，而詞中少見疊字，多少也造成大家物以稀為貴的心理。曲裡卻常用疊字，像《董西廂》裡〈瑞蓮兒〉：「衰草淒淒一徑通，丹楓索索滿林紅，平生跡跡無定著，如斷蓬，聽塞鴻，啞啞的飛過暮雲重。」再像張可久的〈人月圓〉：「桐陰淡淡，荷香冉冉，桂影團團。」顧君澤的〈醉高歌帶過紅繡鞋〉：「漾金波碧甃粼粼，蕩金縷垂楊隱隱。」都是累用疊字的例子。至於疊字複詞，更是多見。楊夫人〈雁兒落帶過得勝令〉，便沒有一句不用疊字複詞的。

俺也曾嬌滴滴徘徊在蘭馨房；俺也曾香馥馥綢繆在鮫綃帳；俺也曾顫巍巍擎在他手掌兒中；俺也

意懸懸閣在心窩兒上。誰承望：忽剌剌金彈打鴛鴦，支楞楞瑤琴別鳳凰。我這裡冷清清獨守鶯花寨，他那裡笑吟吟相和魚水鄉。難當！小賤才假鶯鶯的嬌模樣；休忙！老虔婆惡狠狠做一場。

這支帶過曲，既香豔又潑辣，極盡繪影繪聲的能事，它所以能給人如此俏皮活潑的感覺，主要便靠那些疊字複詞。要是把那些疊字複詞全部換掉，真不知要減色多少！

再就音韻來說，詞和曲都是入樂的，但是它們所用的曲譜彼此各異，押韻的方法也互相不同。

(1)詞只論平仄四聲；曲還要兼顧清濁陰陽。

(2)詞可以中途換韻；曲卻要一韻到底。

從上面這兩點來看，似乎曲調的用韻比詞要更嚴密些；但是曲在押韻時也有它寬鬆的一面，那便是我們現在要討論的第三點。

(3)詞除非換韻，否則便要通首押平、或通首押仄；曲卻可以平上去互押（曲無入聲）。三聲互押，不但放寬了韻腳的限制，而且使曲增加高低抑揚的旋律美與節奏感。我們試讀張可久的〈小桃紅〉：

滿庭落葉響哀蟬，秋入生綃扇；池上芙蓉錦成片，雨餘天，倚欄只欠如花面；詩題翠箋，香銷金串，羅帳又孤眠。

作為韻腳的「蟬」、「扇」、「片」、「天」、「面」、「箋」、「眠」等字，或平或仄，在聲韻上頗有搖曳生姿的美感。任中敏《散曲概論》說：「凡韻語中一經平上去互叶，讀之便覺低昂婉轉，十分曲合語吻，亦即十分曲達情語，此亦為他長短句所不及，而獨讓之與金元之曲者。」這也是詞曲大不相同的地方。

三就遣詞造句來看，詞講求典麗雅正，曲則主平淺通俗。因為主通俗，所以多用方言俚語，像楊果的

〈仙呂賺尾〉：「見一個黑出律的漁翁鬢似霜」。「黑出律」便是北方土語。董解元的《西廂記》：「那鶻鴒渌老兒，難道不清雅」。「鶻鴒渌老」一語，更是俚俗。因為主平淺，所以都用些不加修飾的白話，跟詞的刻意求美、求雋永又自不同。我們拿秦觀的詞〈南歌子〉和貫雲石的〈紅繡鞋〉比較一下：

玉漏迢迢盡，銀潢淡淡横；夢回宿酒未全醒，已被鄰雞催起怕天明。　臂上妝猶在，襟間淚尚盈；水邊燈火斷人行，天外一鉤殘月帶三星。（秦觀〈南歌子〉）

挨著靠著，雲窗同坐；看著笑著，月枕雙歌；聽著數著，怕著愁著，早四更過。四更過，情未足；情未足，夜如梭；天哪！更閏一更，妨甚麼？（貫雲石〈紅繡鞋〉）

同樣是怕與情人別離的作品，秦詞就像畫上的王嬙西施，美則極美，可惜可望而不可即。貫曲卻如東鄰之處子，不但熱情如火，而且就活生生地站在你身邊。詞、曲之不同，正在這裡。

曲也用典，像鄧玉賓的〈叨叨令〉裡，便用了不少。

一個空皮囊包裹著千重氣，一個乾骷髏頂戴著十分罪，為兒女使盡了拖刀計，為家私費盡了擔山力；您省的也麼哥，您省的也麼哥，這一箇長生道理何人會。

「拖刀計」用關公俘黃忠故事，「擔山力」用愚公移山故事。這些典故，都很俚俗，是詩詞中絕不用的，卻能在散曲中看見。詞貴雅，曲貴俗，這又是一個例證。

對於曲的遣詞造句之法，黃用星說得最好：「曲之體無他，不過八字盡之。曰：『少引聖籍，多發天然』而已。」

最後再談命意。詞意境高雅，重在含蓄，要「意在言外」，要「不著一字，盡得風流」。曲卻語意尖刻，重在奔放，要寸縷畢現，一無遮攔，要嘻笑怒罵皆成文章。只要能達到聲色盡俱的目的，誇大虛誕也好，潑辣淫媟也好，都不在顧忌之內。李白詩裡有一句「白髮三千丈」，便被人指作異想天開；但王和卿詠大蝴蝶的〈醉中天〉卻更誇大、更荒唐。

掙破莊周夢，兩翅駕東風。三百座名園一采一個空。誰道風流種，諕殺尋芳的蜜蜂。輕輕飛動，把賣花人搧過橋東。

無可否認的，這支曲子的精采處，出色處，正是它的誇大與荒唐。這種立意、手法與技巧，都是詩詞所不曾有的。

再看曲的潑辣淫媟。柳永的詞裡，因為多「脫羅衫恣情無限」、「無分得與你恣情濃睡」這類句子，所以有詞語「塵下」的惡評。黃庭堅寫「奴奴睡，奴奴睡也奴奴睡」；法秀道人就說他是「筆墨勸淫，應墮犁舌地獄」。這樣「塵下」、「勸淫」的作品，在詞裡雖不多見，在散曲中，卻有青出於藍、冰寒於水的表現。關漢卿有一套曲，寫男女幽會之事，可謂典型代表作：

〈雙調新水令〉 楚臺雲雨會巫峽，赴昨宵約來的佳期話。樓頭棲燕子，庭院已聞鴉。料想他家，收針黹晚妝罷。

〈喬牌兒〉 款將花徑踏，獨立在紗窗下，顫欽欽把不定心頭怕，不敢將小名兒呼咱，則索等候他。

〈雁兒落〉 怕別人瞧見咱，掩映在酴醾架。等多時不見來，則索獨立在花陰下。

〈掛搭鉤〉 等候多時不見他，這的是約下佳期話。莫不是貪睡人兒忘了那，伏塚在藍橋下？意懊惱恰待將他罵。聽得呀的開門，驀見如花。

〈豆葉黃〉 髻挽烏雲，蟬鬢堆鴉，粉膩酥胸，臉襯紅霞，嬝娜腰肢更喜洽，堪羡堪誇。比月裡嫦娥，媚媚孜孜，那更淨達。

〈七弟兄〉 我這裡覓他、喚他。哎！女孩兒，果然道色膽天來大。懷抱裡摟抱著俏冤家，搵香腮悄語低低話。

〈梅花酒〉 兩情濃，興轉佳；地權為床榻，月高燒銀蠟。夜深沉，人靜悄，低低的問如花，終是個女兒家。

〈收江南〉 好風吹綻牡丹花，半合兒揉損絳裙紗，冷丁丁舌尖上送香茶。都不到半霎，森森一向遍身麻。

〈尾〉 整烏雲欲把金蓮屧，扭回身再說些兒話，你明夜個早些兒來，我等聽著芭蕉葉兒上打。

臧晉叔〈元曲選序〉裡，談到曲的好處，乃在「能使人快者掀髯，憤者扼腕，悲者掩泣，羨者神飛」。我們前面所談的幾點，諸如句法極盡長短變化之能事、音調曲合語吻、造句遣詞多用俚語方言、命意奔放無餘，不但是曲與詞的分別處，也是曲本身的當行處！

## 第四節 元曲作家與作品

元朝國祚雖短，元曲卻可分前後二期。像任何一種新興文學一樣，前期的作品表現了十足曲的本色。溷跡風塵的關漢卿、以遺民自居的白樸、浪蕩江湖的馬致遠，他們的作品，都是那樣直率，那樣通俗，那樣純樸；我們前面所談的曲的特色，在他們筆下表現得非常明顯。

如果拿詞人來比曲家的話，以柳永比關漢卿，是最恰當不過了。柳永一輩子過著倚紅偎翠的生活；關漢卿也一直同優伶娼妓混在一起。他在套曲〈不伏老〉、〈南呂一枝花〉裡，表白自己的生活與行為，寫得比柳永的〈鶴沖天〉還要坦率。

我玩的是梁園月，飲的是東京酒，賞的是洛陽花，扳的是章臺柳。我也會吟詩、會篆籀、會品竹；我也會唱〈鷓鴣〉、舞垂手；會打圍，會蹴踘、會圍棋、會雙陸。你便是落了我牙、歪了我口、瘸了我腿、折了我手，天與我這幾般兒症候，尚兀自不肯休。只除是閻王親令喚，神鬼自來勾，三魂歸地府，七魄喪冥幽，那其間不向這煙花路上走。

像他這樣慣走煙花路的風流浪子，寫豔情自然深刻細膩、駕輕就熟啦！像我們在上一節所引錄的那一套套曲，便是出自他的手筆。

不過，關漢卿也有與柳永不同的地方。柳永多諛詞，像〈送征衣〉：「願巍巍，寶歷鴻基，齊天地遙長。」便是對皇帝的頌詞。《後山詩話》裡，又記他獻〈醉蓬萊〉詞的事，可見柳永對名利還是非常熱衷的。所謂「忍把浮名，換了淺斟低唱」，只不過是失意時，酸葡萄心理的表現而已。但關漢卿卻不同了；他在〈四塊玉〉裡寫道：「南畝耕，東山臥，世態人情經歷多。閒將往事思量過：賢的是他，愚的是我，爭甚麼！」完全一副勘破名繮利鎖的態度與意緒，所以他雖然在仕宦途上很不得意，作品中卻很少有什麼牢騷和氣憤。就這方面來講，關的人品還要比柳高上一籌哩！

白樸字仁甫，因為自幼受元遺山薰陶，在文學素養上奠定了良好的基礎；在思想上也跟從元遺山，自以為是金的遺民，始終不曾入仕元朝。這樣一個嚴正莊重的人，作風自然和關的風流浪漫不同；他的曲，特色在清、在俊。

天淡雲開，列長空數行征雁。御園中夏景初殘，柳添黃、荷減翠、秋蓮脫瓣。坐近幽蘭，噴清香玉簪花綻。（〈粉蝶兒〉）

長醉後妨何礙？不醒時有甚思？糟醃兩個功名字，醅渰千古興亡事，麴埋萬丈虹霓志。不達時皆笑屈原非，但知音盡說陶潛是。（〈寄生草〉）

便是寫情，也不近於昵狎。

輕拈斑管書心事，細摺銀箋寫恨詞。可憐不慣害相思，則被你箇「肯」字兒，拖逗我許多時。（〈陽春曲〉）

白樸的作品，雖然端謹，可是還沒有沾染上雕琢的陋習；所以就元朝初期的曲來說，他仍是頗具代表性的。不過他寫景細密、寫情雅致，對後期的曲風，多少帶了些啟發性。

唐詩，到李白而集浪漫派之大成。宋詞，在蘇軾的手裡擴大了描寫的範圍。在元曲作家裡，想要找一個與李、蘇地位相當的人，便非馬致遠莫屬了。由於馬的努力，曲的範圍因而擴大，曲的意境因而提高；曲在文學史上的地位，也因此而得以確立。馬致遠的作品，具有多方面的風格與特性：有極豪放的，像〈撥不斷〉。也有極婉媚的，像套曲〈惜春〉裡的〈梁州〉。

布衣中，問英雄，王圖霸業成何用？禾黍高低六代宮，楸梧遠近千官塚，一場惡夢。（〈撥不斷〉）

齊臻臻珠圍翠繞，冷清清綠暗紅疏。但合眼夢裡尋春去：春光堪畫、春景堪圖、春心狂蕩、春夢何如？……（〈梁州〉）

此外，又有極雋雅的，像〈壽陽曲〉。也有極俚俗的，像〈落梅風〉。

寒煙細，古寺清，近黃昏禮佛人靜。順西風晚鐘三四聲，怎生教老僧禪定。（〈壽陽曲〉）

從別後，音信絕，薄情種害殺人也。逢一個見一個因話說，不由你耳輪兒不熱。（〈落梅風〉）

他還寫有極詼諧的作品，像〈借馬〉一套，寫個視錢如命的人，被人商借一馬；雖然卻不過情面，勉強答應，到底心中萬般不願。臨行的時候，再三叮嚀：「不騎啊，西棚下涼處栓；騎時節揀地平處騎。將青青嫩草頻頻的餵；歇時節肚帶鬆鬆放。怕坐的困，尿包兒欵欵移。覷覷著鞍和轡，牢踏著寶鐙，前口兒休提。」寫吝者的神情心思，真是入木三分。

但是他的作品，成就最高，傳誦最廣的，還推小令〈天淨沙〉，與套曲〈秋思〉、〈夜行船〉。王國維謂〈天淨沙〉「純是天籟」。周德清以〈夜行船〉為「元人之冠」。單這兩首散曲，便足使馬致遠不朽了。

枯藤老樹昏鴉；小橋流水人家。古道西風瘦馬；夕陽西下，斷腸人在天涯。（〈天淨沙〉）

蛩吟一覺纔寧貼，雞鳴萬事無休歇；爭名利何年是徹？密匝匝蟻排兵，亂紛紛蜂釀蜜，鬧攘攘蠅爭血。裴公綠野堂，陶令白蓮社；愛秋來那些？和露摘黃花，帶霜烹紫蟹，煮酒燒紅葉。人生有限杯，幾度登高節？囑付俺頑童記者：便北海探吾來，道：「東籬睡了也。」（〈秋思〉的〈離亭宴帶歇指煞〉）

愛美本是人的天性，文學藝術又以求美為依歸；所以詩也好、詞也好、文章也好，在本色美發揮殆盡之後，總有些文人起來，把這些文體帶上形式美的路子。後期的元曲，也逃不出這個公式，陷入格律古典派的老套，失去了初期的天真率直，而以清麗華豔見長，字句比較雕琢，對仗也力求工穩。這一期的代表作家，不再是北方的豪放之士，而是一些江南才子式的南方名士，如張可久與喬吉之流。

張可久字小山，作風騷雅蘊藉，很為時人所重。李開先極力推崇他的散套〈南呂一枝花〉，以為「小山此曲，古今絕唱，世獨重馬東籬〈夜行船〉，人生有幸有不幸耳。」我們試舉其中一段來看：

> 鶯穿残楊柳枝，蟲蠹損薔薇刺，蝶扇乾芍藥粉，蜂蹙斷海棠枝，怕近花時。白日傷心事，清宵有夢思，間阻了洛浦神仙，沒亂煞蘇州刺史。

句子雖很美，韻調也很高，但是跟馬致遠的〈秋思〉、〈夜行船〉比起來，總覺得有斧鑿的痕跡，略損於自然美。

因為講騷雅、求蘊藉，小山的作品，總是詩情、詞情的成分濃些；曲情的成分反而少了。「雪冷誰家店，山深何處鐘」（〈梧葉兒〉），「疏星淡月秋千院，愁雲恨雨芙蓉面」（〈塞鴻秋〉）。這些句子，都像極了律詩中的佳構。至於〈人月圓〉，更完全是詞中小令的風味。

> 萋萋芳草春雲亂，愁在夕陽中。短亭別酒；平湖畫舫；垂柳驕驄。一聲啼鳥，一番夜雨，一陣東風。佳人何在？門掩残紅。

但他也有些俚俗語的作品，像〈醉太平〉。

> 人皆嫌命窮，誰不見錢親？水晶丸入麵糊盆，才黏黏便滾。文章糊了盛錢囤，門庭改作迷魂陣，清廉貶入睡餛飩；葫蘆提倒穩。

用語雖然平淺，對仗卻很工整，看起來仍然不失張可久的一貫作風。

喬吉，字夢符，與張可久齊名。但是喬、張的作風卻不盡相同，張完全以「騷雅」為正宗，喬則是雅俗並用。比較起來，張曲蘊藉，喬曲卻放肆得多。

喬吉清麗的作品，並不亞於小山。最好的例子，像他的〈水仙子〉：

風吹絲雨噀窗紗，苔和酥泥葬落花。捲雲鉤月簾初掛，玉釵香徑滑。燕藏春銜向誰家？鶯老羞尋伴，蜂寒懶報衙，啼殺饑雅。

但是他奇俗的作品，卻是《小山集》中所沒有的。像他的另一支〈水仙子〉：

眼前花怎得接連枝？眉上鎖新教配鑰匙，描筆兒鉤銷了傷春事，悶葫蘆咬斷線兒，錦鴛鴦別對了箇雌雄，野蜂兒難尋覓，蠍虎兒甘害死，蠶蛹兒別罷了相思。

清厲樊榭評他的曲，說：「出奇而不失之於怪，用俗而不失之於文」；便是指他的這一類作品而言。

元以後的曲，就像唐以後的詩、宋以後的詞一樣，都已經皮毛落盡，不復本來面目。明代崑曲興起以後，南曲特盛，也算是散曲史上的一大改變。但是明人乃以戲劇見長，南曲特色，也多半表現在傳奇上。明代的散曲作家，前有馮惟敏，著有《海浮山堂詞稿》；後有施紹莘，著有《花影集》；都堪稱一代大家。可惜此時曲在唯美派文學家手裡，已漸漸僵化；大勢所趨，不是一、二人的力量所能挽回。我們談曲，終要以元曲為正宗，明代散曲的情形，只在這裡作一略述，不再另節贅言了。

# 第三編 文章論

昔者莊周夢為胡蝶，栩栩然胡蝶也，自喻適志與，不知周也。俄然覺，則蘧蘧然周也。不知周之夢為胡蝶與？胡蝶之夢為周與？

# 第一章　中國文章的演變

## 第一節　文章的義界

一般文學的分類，大別之，不外散文、詩歌、小說、戲劇四種。我們在這裡所稱的「文章」，便相當於上述的「散文」一類。那麼，為什麼不直稱散文而要拐彎抹腳的稱作文章呢？主要因為，在中國文學體裁上，有「駢文」這麼一體；論形式，它與詩及詩的衍生文學不相同；論性質，它又與小說、戲劇不相類；而追溯它的來源，卻與唐宋時人所稱的「古文」同一胎息。「古文」又稱「散文」，為了避免古今「散文」的混淆，所以我們特別選了「文章」這一詞，其用意，便在涵蓋中國文學史上所謂的「散文」與「駢文」兩種體裁。

散文與駢文，在運詞遣句的技巧上，是有相當差距的。駢文講究聲韻，講究對偶，偏重於形式美的追求；散文卻不在聲韻對偶上用工夫，它運用單句奇筆，以質樸為能事。如果拿建築物來譬喻的話，駢文是雕欄玉柱，金碧輝煌；散文是竹籬茅舍，逸趣天成。但是雕欄玉柱也好，竹籬茅舍也好，卻都離不了供人居住之一途，也都是由樹巢、山穴逐漸演變而來；駢文與散文的關係，亦復如此。

先秦的文章，並沒有駢散之分。古人對「韻」的觀念，並不十分明晰；即使是詩歌的創作，對韻的要求也並不十分嚴苛，這在《詩經》的許多篇什裡，便可以得到明證。所以上古的人寫文章，絕沒有刻意用韻的痕跡；但是為了求在時間上與空間上流傳得更為長遠，也不免有一些合於自然韻律的句子出現。又因為古代用以書寫的文具，遠不如今日那麼方便，所以古人的文章，但求簡明達意，文辭的修飾與堆砌，是無暇顧及的；不過為了便於記誦和加深印象，偶而也用一些對偶的句子。那些不叶韻的、簡明達意的部分，便是後代散文的始祖；至於合於自然韻律的、相對成偶的部分，就成了後代駢文的先聲。我們說駢文與散文的胎息相同，乃是從這個觀點出發的。

兩漢以後，駢文與散文間已漸漸有分道揚鑣的趨勢；一些以儒者自居的文人，喊出了藉文章以「貫道」、「明道」、「載道」的口號。然而，所謂的「道」，究竟是什麼呢？他們認為：儒家的道，表現在四書五經上。四書五經多半是先秦作品，具有非常濃厚的古樸氣息，這些文章，便都成了他們作文的典範。加上孔子說：「辭達而已矣。」又說：「修辭立其誠。」這些話，更使得他們高舉著「復古」的旗幟，振振有詞的反對以美文為標榜的駢體文。文學史上有名的唐宋古文運動，便是在這種情形下產生的。

然而首先在駢文和散文間畫下一道界線的，卻並不是古文家，而是講求聲律美與辭藻美的魏晉六朝那些美文作者。六朝時候，由於佛經及梵語的傳入，中國文人對文章的聲調和韻律，第一次予以正式重視：「若前有浮聲，則後須切響。一簡之內，音韻盡殊；兩句之中，輕重悉異。」這種種說法，成為當時人作文必守的規律。加上魏晉文章，原來就有駢儷的趨勢，六朝人好雕飾藻繪，對文章句法的排比對偶更加重視，所謂「駢四儷六，錦心繡口」的文章形式與風格，到這時已經成為風尚。駢文的作家們既然如此著重格律之美，淳質無華的散文，在他們眼中是不能算為「文」的。梁昭明太子編輯《文選》，定下了「事出於沉思，義歸乎翰藻」的標準，把經、史、子類的文章摒於「文」外；劉勰著《文心雕龍》，提到當時的文學觀念說：「今之常言，有文有筆，以為無韻者筆也，有韻者文也」（〈總術〉）。文筆之說，終使得駢文與散文形成了對立分行的勢態。

古文家尊崇儒術，以道統的承繼者自居，視駢文為文章之末流。有趣的是，美文家們也認為自己是孔學的嫡傳。《昭明文選》雖然不錄經書，可是蕭統在〈文選序〉裡，卻對六經大加推崇。他說：「姬公之籍，孔父之書，與日月俱懸，鬼神爭奧，孝敬之准式，人倫之師友……。」《文心雕龍》的篇目排比，更是〈原道〉第一、〈徵聖〉第二、〈宗經〉第三；劉勰為文應當以道為本、以聖為師、以經為體的主張，在此昭然若揭。到了清朝的阮元父子，竟然更進一步的藉孔子來斥責古文家。阮元說：「為文章者，不務協音以成韻，修辭以達遠，使人易誦易記，而唯以單行之語，縱橫恣肆，動輒千言萬字，不知此乃古人所謂直言之言，論難之語，非言之有文也，非孔子之所謂文也。」他以為孔子對「文」的看法，正表現在〈文言〉一篇的寫作技巧上。「〈文言〉數百字，幾於句句用韻。孔子於此，發明乾坤之蘊，詮釋四德之名，幾費修辭之意，冀達意外之言。要使遠近易誦，古今易傳，公卿學士皆能記誦。以通天地萬物，以警國家身心。不但多用韻，抑且多用偶。……凡偶皆文也。於物兩色相偶而交錯之，乃得名為文，文即象其形也。然則千古之文，莫大於孔子之言易。孔子以用韻比偶之法錯綜其言，而自名曰文，何後人必欲反孔子之道，而自命曰文，且尊之曰古也！」（以上見阮元〈文言說〉）在阮元意下，孔子的〈文言〉，即是萬世文章之祖，奇偶相生、音韻相和的四六駢文，自然就成了文章的正統！

其實，駢文與散文本就同承一祖，只不過在技巧上稍有差異而已。正統之爭，適足以表白它們間的血緣性。斤斤於單句或拘泥於偶語，都不可能寫出什麼好文章。劉開在〈與王子卿太守論文書〉裡說：「駢中無散，則氣壅而難疏；散中無駢，則辭孤而易瘠。兩者但可相成，不能偏廢。」明白了駢散二者但可相成，不能偏廢的道理，便不難了解，我們為什麼要併散文與駢文在「文章」一個綱目下敘述了。

因之，這裡所談的「文章」，既不從駢文家的意見，把經、史、子摒於門外；也不從散文家的看法，把純文學的美文貶於一旁。只要在形式上不同於詩、賦、詞、曲，在性質上有別於小說、戲劇，而又具有文學價值的，都在我們的論述之列。

## 第二節　駢散合轍期

先秦兩漢的文章，並沒有駢散之分；因此這一段時期，我們就稱它作駢散合轍期。當時的人作文，淳質渾厚，全然不以駢散為意。正因為不把駢散放在心上，所以雖然不講求對仗，卻也不以偶句為嫌；雖然不講求協音，卻也不以韻語為疵。用字遣句，完全順乎自然，令人但覺其文字的樸茂，氣勢的雄渾，絲毫沒有刀砍斧鑿，矯揉做作的痕跡。

由於社會的變遷及事實的需要，文章在東周以後，代詩歌而興，成為文壇重鎮。春秋戰國時期，這種新興文學，無論在記載史實上或表達哲理上，都已經為後代散文樹立了典型。到秦漢兩世，文風雄闊典重，也有極為可觀的成就。不過，有關先秦兩漢文章的文學價值，我們將於下一章中專題討論；在這一節裡，單舉一些例子，說明當時文章駢散合轍的情形。

先看文句排比的奇偶方面。上古文章，由於工具簡單，書寫困難，所以多單句直陳，言簡意賅；但是比偶的句子，也常錯雜其間。關於這種情形，劉勰在《文心雕龍‧麗辭》裡，有很好的說明。

> 夫心生文辭，運裁百慮，高下相須，自然成對。唐虞之世，辭未極文，而臯陶贊云：「罪疑惟輕，功疑惟重。」益陳謨云：「滿招損，謙受益。」豈營麗辭，率然對爾。

這種「豈營麗辭，率然對爾」的態度，不獨《尚書》而已，先秦諸作，莫不如此。

清阮元推崇《易經‧文言》為千古文章之祖，像「同聲相應，同氣相求；水流濕，火就燥；雲從龍，風從虎。」這些句子，確實對偶工整。再如《易經‧繫辭下》中的：「日往則月來，月往則日來；日月相推，而明生焉。寒往則暑來，暑往則寒來；寒暑相推，而歲成焉。往者屈也，來者信也；屈信相感，而利生焉。」這種句型，也必然給後世駢體文極大的啟示。

他如《周禮．考工記》的「厚脣弇口，出目短耳。」句內對又兼句外對。《禮記．曲禮上》的「鸚鵡能言，不離飛鳥；猩猩能言，不離禽獸。」雖不工穩，倒也率直。《左傳》的「天而既厭周德矣，吾其能與許爭乎？」字面整贍，更是流水對的濫觴。

諸子文學中，也不乏駢偶的例子。像《論語．八佾》：「爾愛其羊，我愛其禮。」《老子》五十八章：「福兮禍兮之所倚，禍兮福兮之所伏。」《孟子．公孫丑上》：「飢者易為食，渴者易為飲。」《管子．牧民》：「倉廩實則知禮節，衣食足則知榮辱。」這類句法，都是信筆所至，自然渾成的對偶。

秦代兩世而亡，國祚短促，因此文學創作不多。在文章方面，值得一提的是李斯的〈諫逐客書〉。這篇作品，在氣勢上還不失兩周的渾重，在文字上卻已具駢體的雛形。我們看他這一小段：

> 今陛下致昆山之玉，有和隨之寶，垂明月之珠，服太阿之劍，乘纖離之馬，建翠鳳之旗，樹靈鼉之鼓。此數寶者，秦不生一焉，而陛下悅之，何也？必秦國所生然後可，則夜光之璧不飾朝廷，犀象之器不為玩好，鄭衛之女不充後宮，駿良駃騠不實外廄，江南金錫不為用，西蜀丹青不為采……。

其誇張瑰麗之處，足可視作漢賦的先聲。姚鼐輯《古文辭類纂》，李兆洛輯《駢體文鈔》，都選錄了這篇文章。古代駢散不分的情狀，固由此可見；後世駢散分途的跡象，也從此顯現。

駢散分離的現象，在漢代較為顯著；但是當時文人行文，仍然沒有存心用偶或居意為散。太史公的《史記》，被後人尊為散文的宗祖，卻也有「德厚者位尊，祿重者寵榮」（《史記．禮書》）這一類對仗工整的句子。王充反對雕飾，但是受東漢文風的影響，他的《論衡》裡也無意間用了些偶語，像〈實知〉篇裡的「臣弒君，子弒父；仁如顏淵，孝如曾參；勇如賁、育，辯如賜、予；聖人能見之乎？」不過這些句子都透著一股樸拙味，和六朝駢文之變化無端，究竟有所不同。

再看語詞字句的韻調方面。古人對字音的析辨，原本不很精密；《詩經》各篇的用韻便極為寬緩，對文章的節奏，當然更少苛求。不過為了傳播與記憶的方便，古代政令與訓誡多用韻語。《論語・堯曰》篇裡堯命舜所說的：「咨！爾舜！天之曆數在爾躬，允執其中，四海困窮，天祿永終。」《尚書・洪範》裡箕子對周武王所說的：「無偏無陂，遵王之義；無有作好，遵王之道；無有作惡，遵王之路；無偏無黨，王道蕩蕩；無黨無偏，王道平平；無反無側，王道正直。」都是極典型的例子。

為了達到勸誡世情，警惕人心的效果，卜筮爻辭裡也常見叶韻的詞語。像《易經・艮》的卦辭：「艮其背，不獲其身，行其庭，不見其人。」像《左傳》僖公四年所引的卜爻：「專之渝，攘公之羭，一薰一蕕，十年尚猶有臭。」也是如此。

《左傳》哀公九年有一段記載：「(宋公伐鄭) 晉趙鞅卜救鄭，遇水適火，占諸史趙、史墨、史龜。史龜曰：『是謂沈陽，可以興兵，利以伐姜，不利子商。伐齊則可，敵宋不吉。』」

我們注意到，「利以伐姜，不利子商」這兩句話裡，用姜代替了齊，用商代替了宋。一方面因為姜、商二字，可以和上面的陽字叶韻，讀起來音律順暢；另一方面也可以避免和下面的齊、宋重複。由此看來，古人作文，真能不假雕鑿而巧思自見。

子書裡的韻語也不少，我們隨意舉幾個例子：

《老子》第十二章：「五色令人目盲，五音令人耳聾，五味令人口爽，馳畋獵令人心發狂。」

《孟子・梁惠王下》：「方命虐民，飲食若流；流連荒亡，為諸侯憂。」

《荀子・成相篇》：「禹有功，抑下鴻，辟除民害逐共工，北決九河，通十二渚，疏三江。」

《戰國策・秦策一》蘇秦語：「舌敝耳聾，不見成功。」

總之，先秦兩漢的文章，雖然被後代古文家視為散文楷模，但是在這些作品裡，偶句和韻語仍然屢見不鮮。在當時作者的眼中字句的奇偶和韻否，不過是表情達意的工具而已，只要能夠完成表情達意的目的，對於使用的工具，該用哪一種就用哪一種，並不拘泥執著。由於這種態度，使得他們的作品，富有純樸生動的美，不是後代滯泥於駢文或散文之分的作家所能望其項背。

## 第三節 駢文特盛期

蘇軾在〈潮州韓文公廟碑〉這篇文章裡，推崇韓愈「文起八代之衰」；然而古文家認為文風衰頹的「八代」，卻正是駢文的黃金時代，它們包括了東漢、魏、晉、宋、齊、梁、陳、隋。

一直到東漢初年，文章仍然走著駢散不分的路子。換句話說，駢文和散文的種子，是在同樣的環境與條件下被培育著。可是到了漢末，駢文卻脫穎而出，不但發芽，茁壯，而且還開出一朵朵璀璨的奇葩，它的發育狀況，顯然遠超過散文。所以會形成這種情勢，與當時的社會環境及文學的本身發展，都不無關係。

東漢末年，政治局勢非常紊亂。宦官與內戚爭權，把朝政擾得烏煙瘴氣；黨錮之禍，更使得國家元氣大傷；而群雄割據，甚至演變到挾天子以令諸侯的態勢。國基動搖，固有的哲學思想便面臨考驗，於是重權謀的曹操掌權，就推行法家思想；尚無為的曹丕執政，就採用道家思想；維繫大漢傳統的哲學思想，簡直蕩然不存。漢自武帝罷黜百家後，便打著獨尊儒術的旗幟；其實這個時期的儒家，已經雜揉了墨家、法家、道家乃至陰陽家的思想，形成所謂的「新儒學」，不復其本來面目。但是當「新儒學」隨著漢朝國勢而衰微不振的時候，真正的儒家思想，卻也被一網打盡了。於是儒家以原道、宗經為正統，以諷諭教化為目的，以順禮合義為標準的文學觀，不再受到文人的重視。文學已經擺脫了社會實用的使命，準備換上一副新的面貌。

不管誰爭到權，誰奪到勢，戰爭給老百姓帶來的，只有饑饉與瘟疫。生命像草芥一樣低賤，像蜉蝣一樣朝不保夕；人們不得不抓住點什麼，來保護自己脆弱無助的心靈。於是清靜無為的老莊思想，便成了他們逃避現實的樂土。佛教所講的「因果」，更使他們比較能夠安心承受現世的痛苦。而「輪迴」的說法，尤能使他們在絕望中獲得一絲希望。因此老莊和佛學，終於在東漢末年，代儒學而大盛。崇尚自然與本質的道家思想，掃清了人們心裡殘留的一點禮教觀念，自由與浪漫的思想，遂得以侵入文學領域。至於想像豐富、辭藻瑰麗的佛經，不但擴大了文學家的眼界與思路，更引發他們追求美的興趣。到梵文所帶來的聲韻觀念，在文學界激起軒然大波的時候，情調浪漫、字句華美、聲調鏗鏘的駢文，便從「文章」中獨立出來，成為當時文壇的正聲。

東漢建安時代，曹氏父子（操、丕、植）總領騷壇；建安七子（孔融、陳琳、王粲、徐幹、阮瑀、應瑒、劉楨）齊足並馳，都是當時文壇的佼佼者。他們的文章，雖然還不像後來的「四六體」那樣具備規律與形式，但駢體的氣息已經非常濃厚了。魏廢帝正始年間，竹林七賢（阮籍、嵇康、山濤、阮咸、向秀、劉伶、王戎）裡的阮籍、嵇康，文章清逸，也足為當代範式。我們舉阮籍〈詣蔣公〉一文來看：

> 籍死罪死罪。伏惟明公以含一之德，據上臺之位，群英翹首，俊賢抗足。開府之日，人人自以為掾屬；辟書始下，下走為首。子夏處西河之上，而文侯擁篲；鄒子居黍谷之陰，而昭王陪乘。夫布衣窮居韋帶之士，王公大人所以屈體而下之者，為道存也。籍無鄒卜之德，而有其陋，猥見採擢，無以稱當。方將耕於東皋之陽，輸黍稷之稅，以避當途者之路，負薪疲病，足力不強，補吏之召，非

所克堪，乞迴謬恩，以光清舉。

這篇短文，氣體清逸，雖然對偶的形式已見，但只覺其信手拈來，一點沒有矯揉做作的痕跡。漢魏文章的風格，多半如此。

晉朝以後，駢風益盛。當時名家，有所謂三張（載、協、亢）、二陸（機、雲）、兩潘（岳、尼）、一左（思）。他們作文，都走著「其會意也尚巧，其遣辭也貴妍，暨音聲之迭代，若五色之相宣」（陸機〈文賦〉）的路子；形成了「魏晉淺而綺」（《文心雕龍・通變》）的文風。

像秦淮河畔香豔的金粉一樣，六朝駢文，也有點濃得化不開的味道。豐富的內容，精巧的形式、悅耳的聲調，駢文的美風靡了六朝文士，於是駢文運用的範圍更加廣泛了：寫景的如蕭統的〈錦帶書・十二月啟林鐘六月〉，言情的如劉令嫺的〈祭夫徐敬業〉文，談名說理的如裴頠的〈崇有論〉、范縝的〈神滅論〉；談論文學的像鍾嶸的《詩品》、劉彥和的《文心雕龍》；評議典制的像袁準、束皙等人論禮制的文章；甚至諷笑譏刺如孔稚圭的〈北山移文〉；勸敵歸降如丘遲的〈與陳伯之書〉，都是用駢體寫成，是非常出色的駢文作品。

六朝駢文，在徐陵、庾信手裡，到了顛峰狀態。庾信有一篇〈為梁上黃侯世子與婦書〉：

> 昔仙人道引，尚刻三秋；神女將梳，猶期九日。未有龍飛劍匣，鶴別琴臺，莫不銜怨而心悲，聞猿而下淚。人非新市，何處尋家？別異邯鄲，那應知路。想鏡中看影，當不含啼；欄外將花，居然俱笑。分杯帳裡，卻扇床前，故是不思，何時能憶？當學海神，逐潮風而往來；勿如織女，待填河而相見。

這封書與前面所舉阮籍的〈詣蔣公〉比起來，文句對偶已經非常整齊，典籍故實也用得比較多。格式更嚴謹，辭藻更美麗，六朝駢文與魏晉駢文，顯然是有所不同了。

隨著唯美文學的興盛，漢魏六朝人對文學的觀念也日漸明晰。魏曹丕的《典論・論文》、晉陸機的〈文賦〉、梁劉勰的《文心雕龍》等著作，無論對文學創作的評論或文學理論的建設，都有極卓越的貢獻。由於他們的努力，促使文學加速趨向藝術化與纖麗化，這一段時期所以會成為中國純文學的黃金時代，他們的功勞不可忽視。

在駢文獨盛期，像諸葛亮的〈出師表〉、王羲之的〈蘭亭詩序〉、酈道元的《水經注》這些不拘駢散的文章，真如吉光片羽一樣不可多得。直到唐宋兩次轟轟烈烈的古文運動之後，散文的氣勢才重新振作起來。駢文在以後的時間裡，雖然更進一步的形成極為格式化的「四六體」，繼續不斷的發展了下去；但是由於散文的備受重視，它在文壇上唯我獨尊的局面，再也沒有重現過了。

## 第四節　古文復興期

天底下任何事物，都逃不了盛極而衰的程式，所以日中則昃，月盈則虧。文學的演進亦復如是；風行一時的駢文，隨著六朝的結束，也面臨了衰頹的命運。

駢文的發展所以會受到打擊，六朝文士要負大部分的責任。我們在比較魏晉駢文的時候，已經指出了駢文日益格律化、藻麗化的傾向，到宋、齊、梁、陳那些南朝文學家的手裡，他們更苦心孤詣的在雕琢文飾上下功夫；駢文漸漸變為徒具華美的外表而缺乏真實感情的文件，加以南朝君臣多貪女色，駢文成了他們描寫肉體與色情的工具，格調更加柔靡卑俗，引起了一般人士的不滿，散文運動因之而起。

針對駢文在技巧上過分雕琢的弊病，散文家特別標榜先秦質樸的古文，口口聲聲喊著「復古」的口號。

不過，前面已經分析過，古文本身實含蘊駢體與散體兩種因子，散文家們顯然側重於其中的散文成分；所以他們的古文運動，絕不是單純的復古而已。

針對駢文在內容上過分淫靡的缺失，散文家們特別強調文學的社會實用功能。儒家的文學觀是重實用的，散文家便自附於儒家門下，儼然以道統的承繼者自居。然而，仔細玩味他們文章中所表現的思想體系與行文氣勢，卻不是儒家思想所能完全涵蓋的了。

總之，「先秦古文」與「儒家思想」，只不過是散文家藉以攻擊駢文的兩大利器而已；實際上，他們正走著一條前人所不曾走的途徑。所以，唐宋的古文運動，與其說是文學復古，毋寧把它視作文學革命要來得更恰當、更正確。

古文運動是中國文學史上的大事。就時間來說，從隋朝末年到清代，一直不斷的進行著；就成效來說，使散文得以與稱霸文壇八代之久的駢文相抗衡。這麼一件聲勢浩大的功業，自然不是少數人的成就。然而推行最力而又最負盛名的，卻是有「唐宋八大家」之稱的韓愈、柳宗元、歐陽脩、王安石、曾鞏、蘇洵、蘇軾和蘇轍。論披荊斬棘的開路工作，唐朝的韓、柳最具汗馬功勞；論文學的造詣與成就，宋代的歐陽、王、曾和三蘇，還要更勝一籌。

明朝的前後七子，也力主「復古」。不同的是，唐宋復古，實際上乃是革新；明代復古，卻全然是模仿了。前後七子的文章，完全剽竊秦漢皮毛，鉤章棘句，毫無情味可言。我們且看看領袖前七子的李夢陽，所寫的詩集自序：

> 李子曰：曹縣蓋有王叔武云。其言曰：夫詩者，天地自然之音也。今途咢而巷謳，勞呻而康吟，一唱而群和者，其真也。斯之謂風也。……李子曰：嗟，異哉！有是乎？予嘗聆民間音矣，其曲胡，

> 其思淫，其聲哀，其調靡靡。是金、元之樂也，奚其真？

這一類詰屈聱牙，仿古人之貌而遺古人之神的作品，把明代文壇弄得死氣沉沉。倒是晚明的小品文，雖然雜用俳諧調笑的句子，在正統古文家的眼裡不登大雅之堂，卻總算為當時的文學天地，保持了一抹綠意。

清朝的散文，以桐城派為重鎮。桐城派講義法，重規矩，宗法太史公，而以韓文與歐文為寫作範本。清朝幾個古文大家，像方望溪、劉海峰、姚姬傳，都是桐城派的主將。加上陽湖惲子居的旁援，湘鄉曾國藩的後繼，清代的散文，確乎是有聲有色的。

古文運動的最大收穫，是重使文學趨於社會化和實用化。平淺質樸的散文，代替了貴族色彩極濃厚的駢文，個人主義和浪漫思潮都已成為過去，文學再度負起了反映社會和指導人生的使命。這種轉變，不僅形之於文章，也形之於詩歌，元（稹）白（居易）所推行的社會詩所以能獲致成功，泰半得力於唐代的古文運動。

但是唐宋古文家辛苦得來的這點成果，卻在明代古文家的手裡喪失了。明代講究「文必秦漢，詩必盛唐」，他們拿著古人的作品句模字擬，刻意把辭語弄得非常艱澀；結果，不但損害了文章的和諧美，連它表情達意的功效也一併抹殺。而為人垢病的「貴古賤今」的文學觀，更由此深植在文人心裡。

散文與駢文本來是各有優劣，無分軒輊的；然而若就講述故事說，散文運用起來，顯然要比駢文靈活得多；所以散文的興起，間接促成了傳奇的勃興。中國小說的正式成立，應該從傳奇算起；由這一個角度看，古文運動對於小說，倒也頗有貢獻。

不過，由於古文家極力推崇「載道」的古文，相形之下，不是用來直接「載道」的戲劇小說，就成了備受輕視的末技小道。所以直到今天，還有許多人把戲劇、小說、甚至於詩歌，看作是娛樂消遣的玩藝兒；從來沒有想到，它們居然也是文學，也是藝術。這種錯覺的產生，古文運動確實難辭其咎。

我們稱唐以後的這一段時期為古文復興期，而不稱它為古文獨盛期；因為在古文復興的同時，駢文也有長足的進展，與古文形成並轡爭驅的局勢。

初唐四傑承襲了六朝文風，都能寫很華美的駢文。王勃的「落霞與孤鶩齊飛，秋水共長天一色」（〈秋日登洪府滕王閣餞別序〉）；駱賓王的「入門見嫉，娥眉不肯讓人；掩袖工讒，狐媚偏能惑主」（〈為徐敬業討武曌檄〉），到今天還傳誦不已。

唐德宗時候，出現了駢文史上的奇材——陸贄。他的作品，無論是指陳形勢的議論或策畫大計的奏章，全都用駢文寫成；文筆清瑩，氣勢澎湃，絲毫不因為對偶而影響行文的流暢。所以他的《翰苑集》，成為後代許多文人習作駢文的範本。

唐末的李商隱，宋初的西崑體，都喜作四六文。宋代幾個古文大家，像歐陽脩、蘇軾等人，也能寫得一手好駢文。元明時期，駢文較為衰頹；到了清朝，才又興盛起來。清代的駢文，盛清號稱八大家（邵齊燾、袁枚、吳錫麒、洪亮吉、孫星衍、孔廣森、劉星煒、曾燠）；晚清號稱十大家。然而還以汪中的樸茂、洪亮吉的清麗、王闓運的老成，張之洞的遒勁，最為絕勝。

# 第二章　秦漢文章的特色

## 第一節　文章的勃興

春秋以前，詩歌獨盛；一部《詩經》，便幾乎囊括了那段時間的全部文學作品。對於感情樸質、環境單純的先民來說，詩歌已經足夠宣洩他們的情志，表達他們的意見，敘述他們的遭遇，所以在「手之舞之、足之蹈之」之餘，他們並不感覺，除了詩歌以外，還需要什麼其他的文體。

春秋之後，局勢起了極大的變化；支配政治的封建制度和維繫社會的宗法制度，同時崩潰。這種改變，影響到文學上的，乃是詩歌的衰頹，所謂「詩亡，然後春秋作」。其實，代詩而興的，並不僅止於春秋而已，純由文學演變的過程來看，我們不妨說：「詩亡，然後文章作。」

無論就哪一方面來說，春秋戰國都是一個極混亂的時代。列國相征伐，爾詐我虞的結果，使民風為之一變；曲淳樸而至狡黠，甚至發生了「子弒父、臣弒君」這類不為中國傳統道德所接受的慘事。負責記言記事的史官們，於是便挺身而出，有的追記下古代聖王賢君的言語號令，希望作為後代帝王施政行教的範本，《尚書》便很可能是在這種情形下產生的。有的對當時事跡予以詳載實錄，著意於褒貶獎誅，冀圖使當政的人知所警惕。這類作品，當以《春秋》為典型。《尚書》與《春秋》，很明顯的不屬於詩歌體裁；實際上，這麼繁雜深重的責任，也不是短小單純的詩體所能承荷；詩歌的地位，由此而為歷史所取代。

但是，政治的紛紜與道德的淪喪，卻不是歷史家們靠一枝筆能整頓得好的。為了解除民生疾苦，許多有政治理想與抱負的人，也紛紛站了出來。積極的，像主張博愛非攻的墨子；消極的，像主張小國寡民的老子；以至於主張仁義治國的，像孔子、孟子；主張嚴刑峻法的，像商鞅、韓非；講究名位禮數的，有名家；以豐衣足食為重的，有農家。這些人，本身不一定在政壇上有多大的影響，因此，不得不借重美麗的辭藻、生動的比喻，來打動人心，以擴展自己的影響力。這種需求，絕不能藉精簡平直的詩體獲得滿足；詩歌的地位，在這方面不得不為哲理文所取代。

但是，事實上也沒有一種文學體裁，是毫無根由，憑空而成的。就拿歷史文來說吧，它跟敘事詩便有極親密的血緣關係。雖然《詩經》裡，敘事詩的成分極少，但是我們不能因此便認為古代沒有敘事的史詩。章太炎在〈正名新議〉裡有這麼一段話說：

> 古者文學未興，口耳之傳，漸則忘失，綴以韻文，斯便吟詠而易記憶。意者倉沮以前，亦直有詩史而已；下及勳、華，簡篇已具，故帝典雖多有韻，而文句參差，恣其修段，與詩殊流矣。

章氏以為，古代確有以詩體記載歷史的作品，只不過「其體廢於史官」而已。我們如果換一個角度來看，史官筆下的歷史，正是古代那些史詩文章化的結果。

其實，不僅歷史文有敘事詩作基礎；便是哲理文，也可以在詩歌中找到蛻變的痕跡。詩歌的來源，絕大多數固然是沿襲抒情的歌謠，卻也有一部分承續了深含哲理的諺語。這些諺語，既能變而為箴、銘一類的格言詩，也未嘗不可散文化成後代的哲理文。又〈詩大序〉上說：「發乎情，止乎禮義。」又說：「詩者志之所之也。」可見《詩經》中的詩篇，除了抒情之外，也不乏言志的作品。志也可以解釋為知，《禮記・緇衣》注便有「志猶知也」這麼一個說法。這些言志而又偏重於知的詩篇，便極可能是孕育哲理文的溫床。

總之，先秦文章並不是突然間產生的；它的興起，自有其文學演進的背景。就句法來說，文章乃是詩歌的散體化。字句拉長了，措辭也格外切近於口語；就技巧來說，文章採用了詩歌賦、比、興的作法，再加以擴大和混合。因為這些條件，文章要比詩歌更宜於記錄事實、表達思想，而且看來更生動，更通暢，終於取代詩歌的地位，成為先秦文壇的生力軍。

先秦文章，由於剛剛成形的緣故，幾乎沒有章法可言。結構很紊亂，辭藻也不華美，跟歷代任何時期的文章比起來，它都顯得十分拙重。但是在思想的表現上，它卻展示了多樣的情趣。推究其所以如此，由於作者下筆時沒有刻意行駢或用散的存心，表達的意見便不致受到文字的拘束。這固然是原因之一，而主要卻在於三代那段時期，思想體系還沒固定成型；因此當時作者的思想方式與範圍，自然與後世作者的持重性及系統化有所不同了！

關於後面這一點，在這裡要稍加說明：由於唐宋古文家們，一方面標榜先秦文章，一方面又高喊「文以載道」，而且特別指明了，他們所謂的「道」，乃是「堯以是傳之舜，舜以是傳之孔子，孔子傳之孟軻」的道。因此很容易使人產生：「先秦文章所表達的中心思想，就是儒家思想」的錯覺。其實，先秦諸子固然不限於儒家一端，便是後代儒家視作經典的五經，也並不純粹是儒家學說。我們只要看孔子曾經「刪《詩》《書》、定《禮》《樂》」這件事，便不難了解，《詩》《書》《禮》《樂》必有不合於儒家思想的地方，才有經過孔子刪定的必要。孟子也說過：「天下之言，不歸楊則歸墨。」(《孟子·滕文公下》)，楊墨之學既是當時的顯學，儒家在先秦時期顯然還沒有取得領導地位。因此，我們在研討先秦文章之特色時，絕不可以只拿儒家的文學觀作為依據和標準，這是必須要先辨明的。

兩漢文章實是先秦文章的延長，它的哲理文雖然不如先秦諸子那樣光燦奪目，但是在歷史的寫作方面，不但保存了前人的質樸之美，而且結構更嚴謹，筆觸更生動，太史公行文的義法，甚至一直影響到清朝桐城派的文章。漢朝文學以賦和樂府詩見長，但是真正使它獲得不朽生命的，還要首推《史記》這本歷史書。

## 第二節　歷史文學

當一個人提起筆來，他的目的，籠統一點說，不外是想表達內在的感念或記敘外在的事情。詩歌很能滿足前一項要求，這是中外皆然的。至於記敘外在事情，中國文學家把他們這一方面的才能和精力，完全寄託在歷史文學上。因為民族性偏重實際的緣故，對於人群社會中所發生的事實，要比對虛幻縹渺的神話故事重視得多；因此中國的歷史文學，發源甚早，相傳大禹治水時所得到的「洛書」，便是記載先賢之言的歷史文學。由於歷代記敘撰寫史書的學者們，都有很好的文學素養，就拿歷代正史來說，寫《史記》的司馬遷、寫《漢書》的班固、寫《宋書》的沈約、寫《新唐書》、《新五代史》的歐陽脩，寫《元史》的宋濂……等等，無不是當代首屈一指的大文豪。這些人寫歷史，絕不是平鋪直述，把史實交代過去就好，他們在資料的取捨、敘事的先後、層次的安排、字句的運遣上，都煞費心機，下了不少的功夫。如此產生的作品，不但可以當作歷史來研讀，也大可以當作文學作品來欣賞。所謂「文史不分家」，就是這個原因。不過，雖說是文史不分家，我們在這裡探討先秦兩漢的歷史文學，卻是從文學觀點立論，不是站在史學立場分析的。

前人書中常常提到：「左史記言，右史記事，言為《尚書》，事為《春秋》」。我們講先秦的歷史文學，不妨從《尚書》、《春秋》開始。

《尚書》是一本記載帝王言論的書，類似今天的總統文告集。它的年代和真偽，我們撇開不談，單就內容來講，這本書顯得相當古奧，不是一般人能夠讀得通的。今天的總統文告，我們人人都能了解，為什麼性質相似的《尚書》，卻這般艱澀難讀呢？推究起來，不外有兩個原因：一是因為當時書寫工具不發達，為了少寫幾個字，所以文句上儘量求簡鍊。二是因為其目的在通告民眾，所以文辭非常口語化，使用相當於今天的白話文。但是經過年代的變遷，流行在社會上的口語也發生了變化；前人用的習慣語，現代的人已經看不懂了。

這兩點原因比較起來，後面一點還更重要些。不要說我們現在的人不容易讀通《尚書》，早在漢朝，揚雄便已經有「〈虞〉、〈夏〉之書渾渾爾，〈商書〉灝灝爾，〈周書〉噩噩爾」之歎（見《法言．問神》）。韓愈在〈進學解〉裡也說：「周誥殷盤，詰屈聱牙。」我們試舉一段〈康誥〉來看：

> 王若曰：「孟侯，朕其弟，小子封。惟乃丕顯考文王，克明德慎罰，不敢侮鰥寡。庸庸、祗祗、威威、顯民。用肇造我區夏；越我一二邦，以修我西土。惟時怙，冒聞于上帝，帝休。天乃大命文王，殪戎殷，誕受厥命。越厥邦厥民，惟時敘。乃寡兄勖，肆汝小子封，在茲東土。」

這一段話，當日必是平淺通俗，容易知曉的；現在讀起來，可真讓人覺得詰屈聱牙了。

《尚書》不過「記言」而已，真正列敘史實的，是《春秋》。孔子自己說：「知我者，其惟《春秋》乎！罪我者，其惟《春秋》乎！」可見他制作這部書時，態度是非常嚴肅的。孟子更進一步的闡明孔子作《春秋》的目的：「世衰道微，邪說暴行有作。臣弒其君者有之，子弒其父者有之。孔子懼，作《春秋》。《春秋》，天子之事也。」所以素來人們研究《春秋》，都著重在微言大義上，對於它所記載的史事，倒很少加以探討。我們純就文學觀點來看，這部書實在是過分簡單了些。拿隱公元年的記載來說：

> 元年，春王正月。三月，公及邾儀父盟于蔑。夏五月，鄭伯克段於鄢。秋七月，天王使宰咺來歸惠公仲子之賵。九月，及宋人盟于宿。冬十二月，祭伯來；公子益師卒。

一年六件大事，都濃縮在這區區六十一個字裡，可真是做到了惜墨如金的地步。

解釋《春秋》經文的，有《公羊》、《穀梁》、《左氏》三傳。《公羊傳》訓釋字義，《穀梁傳》闡述義理，都沒有什麼太大的文學價值。倒是《左傳》，描寫細膩，敘事生動，就文學技巧來講，不知比《尚書》、《春秋》乃至《公》、《穀》二傳高出多少倍。莊公十二年的傳文裡，寫到兩個大力士：

> 秋，宋萬弒閔公于蒙澤，遇仇牧于門，批而殺之。
>
> 冬十月，……南宮萬奔陳，以乘車輦其母，一日而至。宋人……亦請南宮萬于陳，以賂；陳人使婦人飲之酒，而以犀革裹之，比及宋，手足皆見。

能反手一掌就把人殺了，這種人的力氣有多大，也就可想而知。宋國和陳國相去二百六十里之遠，南宮萬背著母親和相當沉重的車子，居然一天就走完全程；犀牛皮是何等堅實的東西，他的手和足竟能穿皮而出，力量之大，真是令人驚駭。《左傳》寫這兩件事，沒有用到一個「力」字，宋萬和南宮萬的力勁，卻已躍然紙上。後來太史公寫《史記》，便常運用這種手法。

左丘明除了《左傳》外，還著有《國語》一書。這本書寫得也還不錯，但是論氣勢的奔放與文字的流利，卻比不上時代稍晚的《戰國策》了。《戰國策》是先秦諸國記載時事的文章，漢朝時，劉向曾加以排比整理，並為之作序，認為是「戰國時游士，輔所用之國，為之策謀」的書。裡面的文章，饒富縱橫家詐譎詭異的趣味。

> 趙且伐燕。蘇代為燕謂惠王曰：「今者臣來，過易水，蚌方出曝，而鷸啄其肉。蚌合而拑其喙。鷸

曰：『今日不雨，明日不雨，必有死蚌。』蚌亦謂鷸曰：『今日不出，明日不出，即有死鷸。』兩者不肯相舍，漁者得而并禽之。今趙且伐燕，燕趙久相支，以弊大眾，臣恐強秦之為漁父也。故願王之熟計之也。」惠王曰：「善！」乃止。

像這樣的譬喻，真是平淺生動，很能表現戰國時一般辯士的機智和口才。有許多至今仍然沿用的成語及典故，諸如「畫蛇添足」、「狐假虎威」等等，都出自本書。先秦的歷史文學，到《左傳》、《戰國策》出現，可說是頗有成績了。

在文學史上，西漢兩司馬並稱。實際上，司馬遷對文學的貢獻，要比司馬相如大得多。相如不過寫了幾篇荒誕不實、虛浮無徵的賦；司馬遷卻完成一本曠古未有的鉅製——《史記》。《史記》計有本紀十二、年表十、書八、世家三十、列傳七十，共百三十篇，五十二萬六千五百字。它不但確立了正史的體裁，而且是文學史上最早有章法的文章。我們細細玩味太史公的行文，前面有伏筆，後面一定有回應；固然沒有贅言，所有該提的，也都能涓滴不漏。尤其值得稱道的，是他筆下所表現的氣勢，直如長江大河，浩瀚而磅礴；《左傳》、《戰國策》和它一比，就不免相形見拙了。《史記》不但是漢朝最了不起的敘事文，便是自古到今，也沒有一本歷史書能和它相比。

和《史記》並稱的，是東漢班固的《漢書》。《漢書》也稱得上史書中的佼佼者，但是比起《史記》，卻要遜色得多。我們單拿人物的刻畫來說，讀《史記》，就覺得那些千百年前的英雄豪傑，一個個都活生生的躍然紙上，好像現實中的人物。但是讀《漢書》，那些人便都穿上古裝，又回到千百年前的時代，不過是你在歷史書上讀到的，曾經活過，而今早已死了的人罷了。

在這裡，我們選《史記·項羽本紀》裡的一段，試加欣賞。

項王軍壁垓下，兵少食盡，漢軍及諸侯兵圍之數重。夜聞漢軍四面皆楚歌。項王乃大驚曰：「漢皆已得楚乎？是何楚人之多也！」項王則夜起，飲帳中。有美人名虞，常幸從；駿馬名騅，常騎之。於是項王乃悲歌慷慨，自為詩曰：「力拔山兮氣蓋世，時不利兮騅不逝。騅不逝兮可奈何！虞兮虞兮奈若何？」歌數闋，美人和之。項王泣數行下，左右皆泣，莫能仰視。於是項王乃上馬騎，……乃有二十八騎，漢騎追者數千人。項王自度不得脫，謂其騎曰：「吾起兵至今，八歲矣！身七十餘戰，所當者破，所擊者服，未嘗敗北，遂霸有天下。然今卒困於此，此天之亡我，非戰之罪也。今日固決死，願為諸君決戰，必三勝之；為諸君潰圍、斬將、刈旗；令諸君知天亡我，非戰之罪也。」……於是項王大呼馳下，漢軍皆披靡，遂斬漢一將。是時赤泉侯為騎將，追項王，項王瞋目叱之，赤泉侯人馬俱驚，辟易數里。……項王乃馳，復斬漢一都尉，殺數十百人，復聚其騎，亡其兩騎耳。乃謂其騎曰：「何如？」騎皆伏曰：「如大王言。」……項王笑曰：「天之亡我，我何渡為？且籍與江東子弟八千人，渡江而西，今無一人還，縱江東父兄憐而王我，我何面目見之？縱彼不言，籍獨不愧於心乎？」……乃令騎皆下馬步行，持短兵接戰，獨籍所殺漢軍數百人，項王身亦被十餘創。……乃自刎而死。

一個末路英雄的悲涼，在太史公簡樸的筆下，是那樣鮮明活躍的呈現在你面前，真是天地間一等的好文章。有人把《史記》歸入史學範疇內，完全摒棄於文學之外，這種態度，是我們不敢苟同的。

此外，像荀悅的《漢紀》、趙曄的《吳越春秋》、袁康的《越絕書》，都是敘事文的佳品。總之，先秦時期方始萌芽的歷史文學，到兩漢文人手裡，已經有了極為輝煌的成績。

## 第三節　哲理文學

從春秋到漢初，是中國哲學史上的黃金時代。當時哲學家們討論問題之多、範圍之廣，歷代無出其右者；而研究興趣之濃厚，氣象之蓬勃，更是盛況空前。所以有「子學時代」之稱。那段時期，哲理文學之鼎盛，可想而知。

《論語》是較早時期的作品，這由它平實的文字和對話的形式上，便可以看得出來。《老子》的完成時間也不會太晚，它用字遣詞的技巧以及全章的結構，比《論語》要進步些，但是各章的排比，仍然很雜亂，每一章的文字，也過分簡短；跟完整的文學作品比起來，還有一段距離。儒道兩家最具文學性的作品，乃是稍為晚出的《孟子》和《莊子》。

孟子是儒家的中堅分子。儒家學說講究平實，所以《論語》中所記孔子的言論，用的辭語都不過「達意」而已。但是孟子卻處在一個不容許他平實的時代，當時「楊朱、墨翟之言盈天下，天下之言不歸楊則歸墨」，逼使孟子不得不常常「禦人以口給」。也只有靠孟子那不平實的，咄咄逼人的言論，才能使平實的儒家思想，在爭奇鬥妍的諸子百家中，爭得一席之地。我們看孟子向梁惠王說「王何必曰利？」的義正辭嚴，批評梁襄王「望之不似人君」的尖酸刻薄，誘導齊宣王「寡人之疾」的委曲婉轉，抨擊楊墨「無父無君，是禽獸也」的淋漓盡致，為公孫丑講解「不動心」的深入淺出，在「齊人有一妻一妾」章裡描寫人性的刻畫入微，他運用文字的技巧，已經到了爐火純青的地步。

齊人有一妻一妾而處室者，其良人出，則必饜酒肉而後反；其妻問所與飲食者，則盡富貴也。其妻告其妾曰：「良人出，則必饜酒肉而後反。問其與飲食者，盡富貴也；而未嘗有顯者來。吾將瞷良人之所之也。」蚤起，施從良人之所之。遍國中無與立談者。卒之東郭墦間之祭者，乞其餘；不足，又顧而之他——此其為饜足之道也！其妻歸，告其妾曰：「良人者，所仰望而終身也。今若此！」與其妾訕其良人，而相泣於中庭。而良人未之知也，施施從外來，驕其妻妾。（《孟子・離婁下》）

這樣的構想，這樣的布局，看起來，連《戰國策》都不是它的敵手。

《莊子》又稱《南華經》，它的內七篇，系統性的表現了一套頗為完整的思想體系。在先秦諸作中，算是比較有組織的書了。莊子是宋國人，宋國位於柳媚花嬌的江南，處處是山光，處處是水色，跟一片平野的北國風景大不相同。所以莊子的筆調，也顯得分外活潑，分外靈巧，與北方學者的純實，各異其趣。這一點，在他的寓言裡，表現得特別明顯。

莊子好寓言，今傳《南華經》三十三章裡，沒有一章不是用寓言的。他的寓言，多半落想天外，很少用人間俗事。像〈逍遙遊〉裡的「北冥有魚，其名為鯤，鯤之大，不知其幾千里也。化而為鳥，其名為鵬，鵬之大，不知其幾千里也。」〈齊物論〉裡的「昔者莊周夢為胡蝶，栩栩然胡蝶也，自喻適志與，不知周也。俄然覺，則蘧蘧然周也。不知周之夢為胡蝶與？胡蝶之夢為周與？」〈人間世〉的「支離疏者，頤隱於臍，肩高於頂，會撮指天，五管在上，兩髀為脅。」〈大宗師〉的「浸假而化予之左臂以為雞，予因以求時夜；浸假而化予之右臂以為彈，予因以求鴞炙；浸假而化予之尻以為輪，以神為馬，予因以乘之，豈更駕哉？」這些怪誕的設想，奇異的譬喻，絕不是同時代的作家學人們夢想得到的，在《南華經》裡，卻俯拾皆是，不勝枚舉，使先秦文章，在平實之外，添一分異彩。莊子實在是中國浪漫文學的大宗師。

莊子思想的精華，多在《南華經》內篇，但是就文字的美來說，內篇是不及外篇的。外篇十五，像〈馬蹄〉、像〈秋水〉，都是極洗鍊、極優美的文章。

秋水時至，百川灌河，涇流之大，兩涘渚崖之間，不辨牛馬。於是焉，河伯欣然自喜，以天下之美，為盡在己。順流而東行，至於北海，東面而視，不見水端。於是焉，河伯始旋其面目，望洋向若而歎，曰：「野語有之曰：『聞道百，以為莫己若』者，我之謂也。且夫我嘗聞少仲尼之聞，而輕伯夷之義者，始吾弗信，今我睹子之難窮也。吾非至於子之門，則殆矣！吾長見笑於大方之家！」（《南華經・秋水》）

跟孟子同屬儒家，而獨樹「性惡」一幟的荀子，也有所著述。他的文章雖不像孟子那樣雄健而氣勢縱橫，但卻以條理整贍、體制綿密見長。其中〈成相篇〉是後代講唱文學的先聲，應該列入韻文範圍，在此略過不談。其他如〈勸學〉、〈不苟〉、〈正名〉等篇，闡述事理，都能層層轉進，流暢清晰，稱它為論說文的典範之作，一點也不為過。

君子曰：學不可以已。青，取之於藍，而勝於藍；冰，水為之，而寒於水。木直中繩，輮以為輪，其曲中規，雖有槁暴，不復挺者，輮使之然也。故木受繩則直；金就礪則利；君子博學而日參省乎己，則知明而行無過矣。故不登高山，不知天之高也；不臨深谿，不知地之厚也；不聞先王之遺言，不知學問之大也。干越夷貉之子，生而同聲，長而異俗，教使之然也。（《荀子・勸學篇》）

其他如《管子》為法令政治之書；《晏子》開奏疏諫議之體；而《韓非子》的鋒銳、《墨子》的警切、《列子》的詭誕、《孫子》的精廉，都各有所長；便是龐雜繁複的《呂氏春秋》，其間也頗有可觀之處。總之，在那個百家蠭起的時代，學人們的努力，不但使思想界得以大放異彩，也留下了許多不朽的文學著作。章學誠說：「周衰文弊，六藝道息，而諸子爭鳴。蓋至戰國而文章之變盡，至戰國而著述之事專，至戰國而後世之文體備。」（《文史通義．詩教》）這幾句話，確實很有道理。

跟多采多姿的先秦諸子比起來，兩漢的哲理文，顯然要黯淡得多了。西漢有賈誼的《新書》，陸賈的《新語》，原書多已亡佚不傳；董仲舒的《春秋繁露》，評論春秋事之得失，思想上雖以儒家為本，實際已雜陰陽五行之說，文字也不見有特別精采之處。當時較享盛名的書，是淮南王劉安招致賓客、方士們集體創作的《淮南子》。據說時人愛慕《淮南子》一書，到了「見則如獲拱璧，遂以千金敵字焉」的地步。這本書，由於作者眾多，所以和《呂氏春秋》一樣，顯得筆調很不一致，各篇的風格也不盡相同，談不上是什麼太好的作品；不過，它的內容偏向道家思想，書中又有很多地方談到神仙黃金之術，頗能投合當時君王貴族們的胃口。《淮南子》之所以名重一時，大概就是這個原因。

> 昔者馮夷大丙之御也，乘雲車，入雲蜺，游微霧。騖怳忽，歷遠彌高以極往，扶搖抮抱羊角而上。經紀山川，蹈騰昆侖，排閶闔，淪天門。末世之御，雖有輕車良馬，勁策利鍛，不能與之爭先。是故大丈夫恬然無思，澹然無慮，以天為蓋，以地為輿，四時為馬，陰陽為御，乘雲陵霄，與造化者具。（《淮南子．原道訓》）

東漢時，桓譚著《新論》，王符著《潛夫論》，牟融作《理惑論》，或評論時政的得失，或以儒家思想來介紹佛道，都各有其特定的目的，並沒有在文字上下什麼功夫。王充的《論衡》，是當時最受人注目的一本書。王充是懷疑派的大師，他在這本書裡評隲百家，破除俗說，有不少獨到的見解。後人談到《論衡》，多予好評，其中尤以闇光表，對它最為推崇。他說：

> 《論衡》上而天文，下而地理，中而人類，旁至動植，幽至鬼神，莫不窮纖極微，抉奧剔隱。筆瀧

漉而言溶瀉，如千葉寶蓮，層層開敷，而各有妙趣；如萬疊鯨浪，滾滾翻湧，而遞擅奇形。有子長之縱橫，而去其譎；有晉人之娟倩，而絀其虛；有唐人之華整，而芟其排；有宋人之名理，而削其腐。

我們細讀《論衡》，便不難發現，王充實在是一個才氣橫逸的人。《論衡》的文字並不美，王充自己便說：「充書不能純美。」實際上，他也不贊成文章求美，他認為：

夫養實者不育華，調行者不飾辭；……言姦辭簡，指趨妙遠；語甘文峭，意務淺小。（《論衡·自紀》）

所以《論衡》的長處，絕不能在運字遣詞的美妙上尋找，它的好，好在氣勢。全書八十四篇，每篇篇幅都相當長；但是找不到一點拖泥帶水的地方，讀起來只覺得轉接緊湊，一氣呵成，已經具有近體古文的格局了。因此，我們不妨把《論衡》視作兩漢古文轉變到唐宋古文中的一個橋樑。

比起同時代的歷史文學來，兩漢的哲理文學顯然嫌貧乏了些，單薄了些。子學時代所掀起的高潮早已結束，《淮南子》、《論衡》這些書，就像幾朵遲開的薔薇，它們無論綻放得多美，都沒有辦法把春天再拉回來。

## 第四節　奏議與書記

先秦兩漢還有不少寫得很好的奏議與書記。這些零零散散，各成單篇的文章，既不能歸入歷史文學，又不屬於哲理文學的範疇。但是它們一樣具有先秦兩漢文章的特色，我們不應該予以忽視。

唐虞和夏商周三代，賢臣諫君的說辭，多半都記載在《尚書》裡了，像〈皋陶謨〉、〈召誥〉、〈雒誥〉

等篇，就屬於這種性質。周以來臣子諫國諫君的言論，又散見於《左傳》、《國語》、《戰國策》以及各類子書中。這些書，我們在談歷史文學與哲理文學時，都分別討論過了，不必再特別提出來一一分述。

秦代奏議中，最有名的是李斯的〈諫逐客書〉和〈督責書〉，在談到文章的駢散問題時，我們曾拿它出來做過例子（見本編第一章第二節）。由於國祚短促，除了李斯，秦朝並沒有其他傑出的文學家；而除了李斯的這兩篇奏議和他在泰山、之罘、碣石、會稽那些壯偉的刻石文之外，有秦一代，幾乎是沒有文學作品可言的。

兩漢奏議，寫得好的非常多。賈山〈至言〉，是漢朝以書疏言事的創舉。這篇文章，姚鼐評它「雄肆之氣，噴薄橫出」。吳至父評它「文乃句句騰躍而出，語語有崩雲之勢」。全文很長，我們只引幾句如下：

> 秦皇帝居滅絕之中而不自知者，何也？天下莫敢告也。其所以莫敢告者何也？亡養老之義！亡輔弼之臣！亡進諫之士！縱恣行誅，退誹謗之人，殺直諫之士，是以道諛媮合苟容。比其德，則賢於堯舜；課其功，則賢於湯武。天下已潰，而莫之告也。

像這樣雄渾磅礴，一貫到底的氣勢，也只有在西漢文章中才能找到，東漢以後，便不多見了。

賈誼的奏議，也名重當時；他的〈陳政事疏〉，轉筆換氣都恰到好處，歸有光認為是「千古書疏之冠」。

劉向的奏議，像〈條災異封事〉、〈極諫外家封事〉等，溫純深潤，和賈山的陽剛之美，正成對比。

> 正臣進者，治之表也；正臣陷者，亂之機也。乘治亂之機，未知孰任，而災異數見，此臣所以寒心者也。夫乘權藉勢之人，子弟鱗集於朝，羽翼陰附者眾，輻輳于前，毀譽將必用以終乖離之咎，是以日月無光、雪霜夏殞、海水沸出、陵谷易處，列星失行，皆怨氣之所致也。……（〈條災異封事〉）

東漢奏議，少有佳者，倒是三國時候，諸葛亮的前後〈出師表〉，言簡意賅，一片至誠，雖說是蜀漢作品，氣勢之純謹，上追西漢；文筆之委婉，媲美劉向，是奏議文中的上品。

……臣本布衣，躬耕於南陽，苟全性命於亂世，不求聞達於諸侯。先帝不以臣卑鄙，猥自枉屈，三顧臣於草廬之中，諮臣以當世之事。由是感激，遂許先帝以驅馳。後值傾覆，受任於敗軍之際，奉命於危難之間，爾來二十有一年矣。……（〈前出師表〉）

書信這種文體，東周以前很少見，春秋戰國時才開始盛行。對於這一現象，劉勰在《文心雕龍．書記》裡有個非常合理的解釋：「三代政暇，文翰頗疏；春秋聘繁，書介彌盛。」他同時舉出「繞朝贈士會以策，子家與趙宣以書，巫臣之遺子反，子產之諫范宣」四篇，作春秋書信的代表。繞朝是否寫過信給士會，《左傳》上不見記載；巫臣寄給子反的信極短，不過三數句而已；倒是鄭子家寫給趙宣子的信，鄭子產寫給范宣子的信，全載於《左傳》。兩封信裡都屢次引用古諺和《詩經》，這大概是當時的一種風尚吧！

……夫令名，德之輿也；德，國家之基也。有基無壞，無亦是務乎！有德則樂，樂則能久。《詩》云：『樂只君子，邦家之基』，有令德也夫！『上帝臨汝，無貳爾心』，有令名也夫！恕思以明德，則令名載而行之，是以遠至邇安。毋寧使人謂子，子實生我，而謂子浚我以生乎！象有齒以焚其身，賄也。（《左傳》襄公二十四年）

戰國時的書信，氣勢為之一變，凌厲鋒銳代替了溫柔敦厚。像樂毅的〈報燕惠王書〉、魯仲連的〈遺燕將書〉，張儀的〈與楚相書〉，都是長篇大論，言辭之間，更咄咄逼人，與春秋的含蓄，大不相同。時代背景對文學的影響，在這裡是十分明顯的。秦朝末年，有一篇〈陳餘遺章邯書〉，篇幅雖短，語氣句法卻顯然承繼了戰國書信的餘緒：

白起為秦將，南征鄢郢，北阬馬服，攻城略地，不可勝計，而竟賜死；蒙恬為秦將，北逐戎人，開榆中地數千里，竟斬陽周。何者？功多不能盡封，因以法誅之。今將軍為秦將三歲矣，所亡失以十萬數；而諸侯並起，滋益多。彼趙高素諛日久，今事急，亦恐二世誅之，故欲以法誅將軍以塞責，使人更代將軍，以脫其禍。夫將軍居外久，多內隙，有功亦誅，無功亦誅。且天之亡秦，無愚智皆知之。今將軍內不能直諫，外為亡國將，孤特獨立，而欲常存，豈不哀哉！將軍何不還兵，與諸侯為從，約共攻秦，分王其地，南面稱孤。此孰與身伏鈇鑕，妻子為僇乎？

西漢書信，以情勝不以理勝，又是一變。最典型的是司馬遷的〈報任安書〉和楊惲的〈報孫會宗書〉。太史公的文筆，本來就以跌宕奇偉著稱，他在這封書信裡，發洩了鬱積已久的悲憤，氣勢更是可觀。方苞論〈報任安書〉，說它「如山之出雲，如水之赴壑，千態萬狀，變化於自然，由其氣之盛也。」真是形容得非常恰當。楊惲是司馬遷的外孫，他的〈報孫會宗書〉，承繼了外祖父的豪蕩，其中流露的怨懟之意，還有過之而無不及，辭氣激憤，甚至因此惹上了殺身之禍。

……夫人情所不能止者，聖人弗禁，故君父至尊親，送其終也，有時而既。臣之得罪，已三年矣！田家作苦，歲時伏臘，烹羊炰羔，斗酒自勞。家本秦也；能為秦聲。婦趙女也，雅善鼓瑟。奴婢歌者數人，酒後耳熱，仰天拊缶而呼烏烏，其詩曰：「田彼南山，蕪穢不治；種一頃豆，落而為萁。人生行樂耳，須富貴何時！」是日也，拂衣而喜，奮袖低昂，頓足起舞。誠淫荒無度，不知其不可也。……（〈報孫會宗書〉）

劉歆的〈移讓太常博士書〉，關係西漢今古文之爭，也是很重要的一篇書信文。言辭之間，冷峻嚴厲，跟司馬遷、楊惲的作品，又不相同了。

東漢書信，據說崔駰寫得最好，可惜他的作品多半都佚了，《全後漢文》四十五輯得〈與葛元甫書〉兩條，每條不過幾句，看不出什麼端倪。後代選家輯文，多收朱浮的〈為幽州牧責彭寵書〉。這篇文章雖然文辭還算曉暢，總嫌過分尖酸刻薄，跟西漢氣度，是不能相比的。

……匹夫媵母，尚能致命一飡；豈有身帶三綬，職典大邦，而不顧恩義，生心外叛者乎？伯通與吏民語，何以為顏？行步拜起，何以為容？坐臥念之，何以為心？引鏡窺影，何以施眉目？舉措建功，何以為人？……（〈為幽州牧責彭寵書〉）

# 第三章 古文運動與唐宋古文家

## 第一節 古文與駢文的消長

韓愈因為領導唐古文運動，所以有「文起八代之衰」的稱譽。八代，指的是從東漢到隋這一段時期。我們要了解唐代為什麼會發生那樣轟轟烈烈的古文運動，不妨先觀察觀察，唐以前的八代，文章到底是如何衰法？

兩漢文章，原是沒有駢體與散文之分的。不過東漢以後，文章的形式已經傾向於整齊華美。這種現象，尤以建安時期，最為顯著。

建安文學，上承兩漢，下啟六朝。三祖、陳王和建安七子，是當時的領導者。他們的作品，能夠流傳到今天的，多半是些詩篇，至於文章，倒並不多見。不過，就在這少數篇章裡，字句排比對偶的形式，已經很明顯了。我們看這些句子：

……高談娛心，哀箏順耳。馳騁北場，旅食南館。浮甘瓜於清泉，沉朱李於寒水。……（曹丕〈與朝歌令吳質書〉）

綠驥垂耳於林坰，鴻雀戢翼於汙池，……借翰於晨風，假足於六駮……（陳琳〈為曹洪與魏文帝書〉）

曹植和王粲，更是刻意追求辭句的修飾美。他們這種作風，雖然表現在詩與賦上的多，表現在文章上的少，但是已經把文學的風氣，漸漸引到唯美的路上。大勢所趨，三國以後的文章，再也沒有先秦兩漢時候的淳雅雄健之氣了。

魏晉文人，多半在詩賦上下功夫，從正始、太康到永嘉、義熙，詩風各期不同，文章方面卻沒有什麼改變。比較有名的幾篇，像李密的〈陳情表〉、嵇康的〈與山巨源絕交書〉、劉伶的〈酒德頌〉、王羲之的〈蘭亭詩序〉、劉琨的〈勸進表〉、陶淵明的〈五柳先生傳〉、〈歸去來辭〉，都還能情辭相稱，沒有什麼惡習。值得注意的是，在這些文章裡，字句的整齊化和對偶化格外明顯，可見當時作家對文章的形式，是非常重視的。陸機在〈文賦〉裡說的：「辭程才以效伎，意司契而為匠」、「其會意也尚巧，其遣言也貴妍」，想必不是他一個人的主張吧！再從內容來看，〈酒德頌〉追求及時行樂，〈蘭亭詩序〉寄情於山水，〈五柳先生傳〉表現避世的隱逸思想，魏晉文學，顯然已經漸漸離開現實社會，而趨向於個人浪漫。對主張「文以載道」的古文家們來說，這樣的文風，怎麼能不「衰」呢？

六朝時候，文人對純文學相當重視。當時論文的人，稱純文學為「文」，雜文學為「筆」，在「文」與「筆」之間畫出了界線。劉勰認為：「無韻者筆也，有韻者文也。」這種分法，雖然簡要，卻不夠詳盡。梁元帝在《金樓子・立言》篇裡，更進一步的給「文」、「筆」分別下了定義：「筆退則非謂成篇，進則不云取義，神其巧慧，筆端而已。至如文者，唯須綺縠紛披，宮徵靡曼，脣吻道會，情靈搖蕩。」

三國以來作家們對文字美的追求，使六朝文學，已經有了「綺縠紛披」的基礎。魏晉時流行的個人浪漫主義，又增加了六朝文學「情靈搖蕩」的風姿。而隨著佛教傳進來的梵文，更引起了當時文壇對聲律的重視，文人下筆時，莫不要求「宮徵靡曼，脣吻道會」。純文學的發展，到這時候終於掀起了高潮。

古代詩文中，用韻語的地方很多，可見古人並非完全不了解音聲對文學的重要，只不過沒有特別講求罷了。魏晉時期，文學家們開始刻意追求文章的美；除了形式美之外，他們也注意到聲調的美。《高僧傳・經師》論上提到曹植，就說他「深愛聲律」。我們看他作的情詩「遊魚潛綠水，翔鳥薄天飛；始出嚴霜結，今來白露晞」，音節那麼和諧，他在聲律上，必定是下過功夫的。晉陸機更在他的〈文賦〉裡特別提出「暨音聲之迭代，若五色之相宣」，可以算是聲律論的先驅了。

不過，這些人雖然注意到文章有重視聲律美的必要，但是對協調聲律的方法，還沒有歸納出一個很好的方法。真正把運用聲律的方法，具體整理出來的，是南齊時候的沈約。他主張，一篇好的文學作品，在聲調方面，至少應該做到「宮羽相變，低昂舛節」。其方法乃是：「若前有浮聲，則後須切響。一簡之內，音韻盡殊；兩句之中，輕重悉異。」（見《宋書・謝靈運傳》）他又提出了「四聲八病」，作為文人用韻的標準和規範，在他手裡，醞釀已久的聲律論算是全部完成了。

雕琢文辭的習尚和講究平仄的風氣，使六朝文學家們只注意到文學的藝術美，而忽略了它的實用價值。在後代古文家眼裡，這個時期的文章，「連篇累牘，不出月露之形；積案盈箱，唯是風雲之狀」（李諤〈論文章輕薄書〉），文章到了「言不及義」的地步，當然非改革不可，非重整不可！

平心而論，文學的最終目的，本是求美，六朝文士注重文章的形式美和聲調美，未嘗不是文學上的一種進步。可惜到了後來，形式美和聲調美被過分強調了，不管是文章，非要作駢四儷六的對句，非要斤斤計較於平仄相承，非要用濃麗的字眼，就像擦了過多的脂粉，即使是國色天香，也會被弄得庸俗不堪，那些沒有幾分姿色的，便更難以入目了。

對南朝的駢體文最先表示不滿的，並不是隋唐以後的古文家，早在與南朝同時的北朝，便已經有人倡導樸實的文章了。北方民族性情剛直，文學素養也差些，辭能達意就不錯了，很少會講求字面的雅麗和音調的和諧。他們並非沒有好作品，不過多半都長於氣勢，短於情致，像拓拔勰的〈應制賦銅鞮山松〉：

問松林：松林經幾冬？山川何如昔？風雲與古同？

悲壯豪邁，跟南朝的悱惻纏綿，完全異調了。

北朝初期的文風，雖然雄健的居多，但是時間久了，也未嘗不受南方影響。像北魏、北齊間有名的三個才子：溫子昇、邢邵、魏收的作品，都受齊梁影響，顏色華豔得很。陽休之、俊之兄弟也頗具齊梁風趣，史稱俊之「歌辭淫蕩」，南朝盛極一時的色情文學，顯然已經渡江北上了。

不過，北方的民風到底淳厚些，這種輕豔浮靡的文章，並不很受歡迎。顏之推的《顏氏家訓・文章》，曾經對當時文風的優劣，有一很婉轉的批評：

> 文章當以理致為心腎，氣調為筋骨，事義為皮膚，華麗為冠冕。今世相承，趨末棄本，率多浮豔。辭與理競，辭勝而理伏；事與才爭，事繁而才損。放逸者流宕而忘歸，穿鑿者補綴而不足。時俗如此……古人之文，宏材逸氣，體度風格，去今實遠；但緝綴疏樸，未為密致耳！今世音律諧靡，章句對偶，諱避精詳，賢於往昔多矣。宜以古之製裁為本，今之辭調為末，並須兩存，不可偏棄也。

他又說：

> 夫文章者，原出五經：詔命策檄，生於《書》者也；序述論議，生於《易》者也；歌詠賦頌，生於《詩》者也；祭祀哀誄，生於《禮》者也；書奏箴銘，生於《春秋》者也。

這種從五經裡追溯文章源起的論調，不正是後代古文家所一再主張的嗎？

北魏時代，蘇綽曾經模仿《尚書》的字句，寫了一篇〈大誥〉。北周建國以後，周文帝有心革除文壇上浮華的習尚，便大力推行蘇綽創始的這種模仿運動。可惜的是，先秦時代距離六朝實在太遙遠了，當年曾為人們所慣用的詞句，隨著年歲的消逝已經逐漸僵化，北朝的文人們目睹南朝像金粉一樣華麗迷人的辭采，早已眼花撩亂、目授神與，對蘇綽這種木乃伊般的文字，怎麼會感到興趣呢？所以當王褒、庾信這兩位大文學家由南方到了北方以後，北方文壇，立刻被他們筆下所表現的綺豔與繁富所風靡，除了駢文，北朝作家再也無暇顧及其他的文體了！

統一南北朝的隋，仍然是浪漫文學的樂園。煬帝好寫宮體，好用豔詞，這些矯揉做作，格調卑靡的作品，掀起了六朝美文的最後一次高潮。不過，駢文的氣燄雖是愈來愈盛，反對它的呼聲也愈來愈高。隋文帝時李諤曾經上書論正文體，對齊梁間的文字，作了極嚴苛的批評，最後奏請「請勒有令，普加搜訪，有如此者，具狀送臺」；造成北周文帝以後，由官方所推行的再一次文學改革運動。煬帝時，文中子王通講學於河汾之間，他雖然致力於儒家的經典，對六朝文體卻也頗為注意。《中說》論文裡記載了他對六朝文士的看法，大抵除了對顏延之、王儉、任昉少數幾個人以外，都沒有什麼好評。初唐許多文人名士都是他的學生，所以他那種「古之文也約以達，今之文也繁以塞」的貴古賤今的思想，對初唐文壇，必然是具有相當影響力的。

總之，從東漢時候便開始風行的浪漫文學，到了隋朝，就像一個呼嘯而來的浪頭，已經到達頂點。儘管聲勢顯赫，但隨時都有崩頹下來的可能；相反的，醞釀已久的古文運動，卻像一個蠢蠢欲動的火山，所差的只是一點觸機罷了。

接下來的唐代，是歷史上有名的太平盛世。王朝基業的穩定，使得君主掌握了絕大多數的權力。而忠君愛國的儒家思想，正適合這些君王的脾胃，所以儒家思想逐漸擡頭，文學風氣也因之流轉。以王道教化為目標的文學觀念漸漸明晰，而藉文學來明道、實用的需求，日趨迫切，古文運動的時機，真是十分成熟了。就在這時候，出了幾個卓越而具有煽動力的古文家，他們登高一呼，天下翕從，遂把古文運動，帶進了高潮。由於這些古文家的成就，和古文運動的成功，是如此密切地互為因果，以致我們很難分辨出，他們到底是創造時勢的英雄呢，還是時勢所創造出來的英雄？

## 第二節 唐代古文大家

唐代的古文運動，是經過長久的衝激與奮鬥才產生的。在東漢以來的八個朝代裡，駢文的勢力是如何的衝激著散文，而散文家又是如何從不同的角度反擊與奮鬥，上一節已經談論過了。在這一節裡，要就它的本身作一探討。當然，一個運動能夠成功的推行，絕不是一兩個人的功勞；不過，為了篇幅的限制及敘述的方便起見，我們不得不以幾個代表作家及他們的代表作品，作為敘述的線索。

像任何浪濤在平復前會激起美麗的浪花一樣，駢文在初唐也有著極為可觀的成績。《唐書·文藝傳》拿「麗服靚妝，燕歌趙舞」來形容當時的文章；文風的綺麗，由此可見。盛唐時候，張燕公和蘇許公的文章，是有名的大手筆，卻也不能超出駢儷的範圍。也許是暴風雨來臨前必有的平靜吧，反對的呼聲在這一段時期反而較為沉寂。陳子昂說過「文章道弊五百年矣」的驚句，可惜他的著眼點在詩歌而不在文章。此外，有盧藏用、富嘉謨、吳少微這些人，宗法經典，倒真正在古文上頭下了些功夫。不過，他們都是默默的播種者，既無意去影響別人，別人也沒有受他們什麼影響。直到開元、天寶之際，才出現了真正具有明確目標和創作才華的散文家——蕭穎士和李華。

蕭穎士和李華齊名，世號蕭、李。史書上記載他們的交往，有這麼一個故事：

> 華……因著〈弔古戰場文〉，極思研推，已成，汙為故書，雜置梵書之庋。他日與穎士讀之，稱：「工！」華問：「今誰可及？」穎士曰：「君加精思，便能至矣！」（《新唐書·文藝下》）

像他們這樣研讀古文、模仿古文，雖然沒有在文壇上掀起什麼狂濤巨浪，到底為唐代的文學潮流，指出一個新的方向。我們錄一小節李華的〈弔古戰場文〉，拿它比比初唐王勃、駱賓王等人的作品，在用字修辭方面，確實是大不相同了：

浩浩乎平沙無垠，敻不見人，河水縈帶，群山糾紛，黯兮慘悴，風悲日曛，蓬斷草枯，凜若霜晨，鳥飛不下，獸鋌亡群。亭長告余曰：「此古戰場也，常覆三軍。往往鬼哭，天陰則聞。」傷心哉！秦歟？漢歟？將近代歟？吾聞夫齊魏徭戍，荊韓召募，萬里奔走，連年暴露，沙草晨牧，河冰夜渡，地闊天長，不知歸路，寄身鋒刃，腷臆誰訴？……

時代與蕭、李相去不遠的柳冕，也是唐古文運動的一名先鋒。他雖然受了才力的限制，在創作上沒有出色的成績，但是古文運動所持的理論，卻是從他開始建立的。他在〈答徐州張尚書論文書〉裡說：

自成、康沒，頌聲寢，騷人作，淫麗興，文與教分而為二。教不足者強而為文，則不知君子之道；知君子之道者，則恥為文。文而知道，二者兼難，兼之者大君子之事：上之堯、舜、周、孔也；次之游、夏、孟、荀也；下之賈生、董仲舒也。

這種把文學與教化看作一件事、以堯、舜、周、孔為文學家正統的觀念，不正符合儒家尊聖宗經的論調，重視實用的主張嗎？不正是韓、柳倡言復古明道的先聲嗎？

蕭、李的才情、柳冕的理論，都沒有把古文運動帶到成功的路上；這個運動的完成，還要等待後出的韓愈。韓愈有兩大長處，為別人所不及：一是他的奮鬥精神，一是他的宣傳手腕，使他成為唐代古文運動的領導者。

為了確立散文的地位，韓愈對於駢體文，採取了作戰的姿勢，旁人的譏笑、排擠和抨擊，他都視若無睹，只一味勇往直前。他好以孟子自喻，他也確實具有孟子那種「捨我其誰」的自負和那股浩然之氣。李漢在〈昌黎先生集序〉裡談到時人對韓文的看法，說：「始而驚，中而笑且排，先生志益堅。其終，人亦翕然而隨之以定。」所以會有這種改變，正是受了他奮鬥精神的感召。他被貶潮州以後所上的〈謝恩表〉，所作的〈祭鱷魚文〉，很受人非議，認為是儒家思想的背叛者。這的確給他的品格帶來了汙點。不過，我們也不能因為這個汙點，便把他使人「翕然而隨之以定」的貢獻，給一筆抹殺掉。

至於他的宣傳手腕，更是傑出，在中國文學史上，可說是找不到第二個的。他極有辯才，又善於措辭，即使是向人謀求官職的信札，也能寫得不亢不卑，得人好感。對於宣傳自己，他更為擅長，自我標榜的作品很多。其中最具代表性的，莫過於〈進學解〉：

……先生口不絕吟於六藝之文，手不停披於百家之編；紀事者必提其要，纂言者必鉤其玄；貪多務得，細大不捐，焚膏油以繼晷，恆兀兀以窮年。先生之業，可謂勤矣！觝排異端，攘斥佛老；補苴罅漏，張皇幽眇；尋墜緒之茫茫，獨旁搜而遠紹；障百川而東之，迴狂瀾於既倒。先生之於儒，可謂有勞矣！沉浸醲郁，含英咀華；作為文章，其書滿家；上規姚姒，渾渾無涯；周誥殷盤，佶屈聱牙；《春秋》嚴謹，《左氏》浮誇；《易》奇而法，《詩》正而葩；下逮《莊》〈騷〉，太史所錄；子雲相如，同工異曲。先生之於文，可謂閎其中而肆其外矣！少始知學，勇於敢為；長通於方，左右具宜。先生之為人，可謂成矣！……

他的理想、抱負與主張，經過渲染的筆調，極具吸引性的呈現在這裡，使你不能不注意他、聽從他、追隨他。他誇耀自己「究窮於經傳、史傳、百家之說」，又以「非三代兩漢之書不敢觀，非聖人之志不敢存」來擡高自己的身價。他的文章，是那樣具有感染力，那樣熱情而刺激，在他身邊，遂自然而然的聚集了一批擁護者，蔚為一個勢力龐大的集團。蘇軾說他：「匹夫而為百世師，一言而為天下法。」在當時，他確實具有這麼大影響力。

然而，韓愈所領導的這個古文運動，是不是真正意圖把文章的體制和辭彙，完全復歸到先秦兩漢那個時代去呢？我們只看蘇綽仿傚《尚書》作的〈大誥〉，盡是「天生黎蒸，罔克自乂，上帝降鑒叡聖，植元后以乂之」、「爰自三五，以迄於茲，匪惟相劘，惟其救弊」這樣的句子；再看韓愈〈進學解〉之類的文章，什麼是模擬、什麼是創作，便判然分明了。

其實韓愈根本上就反對模擬。他雖然以道統的繼承人自居，也寫了不少〈原道〉、〈原毀〉這一類的文章來顯明儒道，但是在文學技巧上，他卻以創新為貴，時時不忘「惟陳言之務去」，又時時以「能自樹立不因循」自勉。李習之說他「公每以為……其所為文，未嘗效前人之言，而固與之並。」他自己也說：「吾不師今，不師古，不師難，不師易，不師多，不師少，唯師是爾。」他所大力推行的古文運動，實在是「託古改制」，並非一味復古而已！

在唐代古文運動中，能和韓愈齊名的，只有柳宗元。柳宗元也反六朝、主復古，只是言論沒有韓愈那樣激烈，氣勢也沒有韓文那樣雄健罷了。他擅寫小品文，尤其是遊記和寓言。他的遊記，清雋有味，學酈道元的《水經注》十分神似；他的寓言，不但涵義深刻，文筆也很雅致。崇拜韓愈的人雖然很多，但他文中的剛健雄渾之氣，卻不是力學可致的，模仿韓文的人，常生畫虎不成反類犬的弊病。但是學柳文，只要功夫到家，至不濟也能得「簡潔」兩字。所以柳宗元雖然個性孤介，不大跟人來往，卻還是很受時人推崇。

後代論文，有人以為韓不如柳，有人認為柳不勝韓。平心而論，講推動古文運動的功勞，當然以韓愈為大；論文章的造詣，韓以氣象取勝，才氣過人；柳以雋永見功，意味深遠。卻都各有所長，難分高下。

柳宗元摹寫山水，以「永州八記」作得最好。幾篇遊記，一線貫穿下來，卻沒有絲毫相似的地方，實在很不容易。我們錄他的〈鈷鉧潭記〉一篇如下：

鈷鉧潭在西山西。其始蓋冉水自南奔注，抵山石，屈折東流；其顛委勢峻，盪擊益暴，齧其涯，故旁廣而中深，畢至石乃止。流沫成輪，然後徐行。其清而平者且十畝，有樹環焉，有泉懸焉。其上有居者，以予之亟游也，一旦款門來告曰：「不勝官租私券之委積，既芟山而更居者，願以潭上田貿財以緩禍。」予樂而如其言。則崇其臺，延其檻；行其泉於高者墜之潭，有聲潨然，尤與中秋觀月為宜。於以見天之高、氣之迥。孰使予樂居夷而忘故土者，非茲潭也歟！

像這樣乾淨清爽的文章，跟六朝文的粉飾與雕砌，當然完全不同。我們看韓、柳的作品，就不難發現：唐代的古文運動，不但在理論上有所建樹，創作的成績也是斐然可觀的。

韓、柳的接棒者，多半是他們的朋友和弟子。這些人熱烈擁護師友的主張，而且遵行不渝。李翺、皇甫湜、樊宗師、劉禹錫是其中比較著名的。雖然他們的才氣不如韓、柳，沒有什麼傑出的成就，但是由於他們的努力，使得古文運動的影響更為廣泛深遠，甚至於在晚唐「三十六體」風行一時的情形下，散文的命脈仍然能不絕如縷的沿續下來。對於古文運動的推行，他們縱然沒什麼功勞，總算是有些苦勞的。

## 第三節　西崑體與反西崑

駢體文受到韓、柳等人的排擊，確實沉寂了好一陣子。不過它在文壇上風行了數百年之久，積習已深，就像百足之蟲一樣，雖死不僵，等晚唐唯美文風盛行，便又活躍起來。

統領晚唐風騷的，是李商隱、溫庭筠、段成式等人。李、溫、段三人都好用麗句豔詞，風格大抵類似，又都排行十六，因此有「三十六體」之稱。相傳李商隱作文時，把各種參考用書排滿了一桌子，拿這本書抄幾個纖麗的句子，拿那本書擷幾個奇巧的典故，連綴起來，就成一篇文章。大家認為，看他作文，便像看獺祭魚一樣。用這種方法寫文章，很容易產生辭藻典麗而內容貧瘠的流弊。所以「三十六體」盛行以後，文人競相爭寫「駢四儷六，錦心繡口」的文字，早把那明道、載道的話，一股腦兒抛到九霄雲外。

五代時，君臣荒淫的程度，與六朝不相上下。當時文章多半專門描寫貴族們尋歡作樂的種種情狀，色情性更重。文學離社會大眾越來越遠，諷勸教化的功能是一點兒也談不上了，這真是古文運動推展以來，最黑暗的一段時期。

晚唐文壇上所掀起的這股唯美風潮，經過五代文人的興波助瀾，到了宋初，終於產生兩宋文學史上有名的「西崑體」。宋朝雖然國勢不振，但是開國的那幾年，總還能維持一個四海承平的局面，算得上是盛世。這個時候，文人少不了要作些歌功頌德的文章，當時有楊億、劉筠，錢惟演三人，人稱「江東三虎」，特別擅長刀筆奏章一類的文字，筆下四平八穩，富麗堂皇，正迎合當時需要，遂風行天下，宋人四六，便由此開端。後來楊億把自己和劉筠、錢惟演、錢惟濟、李宗諤等十七人風格相近、互相應和的文章，輯作《西崑酬唱集》，「西崑體」的名稱，因此而起。

西崑文體，完全模仿李商隱，走的是雕琢粉飾的路子。楊、劉、錢諸人，因為才氣頗高，文辭雖然雕鏤，還不乏清新警辟的句子，所以有「並負懿文，尤精雅道；雕章麗句，膾炙人口」（見劉筠序）的稱譽。到了西崑末流，專用些奇僻的典故，艱澀的語句，格調漸趨卑下。更等而下之的，便竊取李商隱的句子，以為己有。一次在內宴時，優人打扮成李商隱的模樣，穿著被撕裂的衣服，告訴旁人說：「我被文士們剽竊成這個樣子！」大家前仰後俯，引為笑談。西崑體到這種地步，真是一無可取了。

總之，從唐末到宋初，可說是駢文的復甦期。多數作品，都是文人用來相「酬唱」的。他們挖空心思尋求美麗的辭采與和諧的音調，藉此在一應一答爭奇奪妍之時，誇耀自己的才情。這一段時期，無論是作者的態度或作品的內容，在「衰」的程度上，比起東漢到隋那八代來，實在是有過之而無不及的。

雖然這時駢文的氣燄，比八代還要高張，但是宋人反對駢文的力量，也比隋唐更為激烈。宋真宗曾經親下詔令，禁止文人寫作浮豔的篇什，這是「楊劉風采，聳動天下」以來，第一次受到的政治壓力。柳開、石介等人，又相繼予以有力的抨擊，他們慷慨陳辭，口誅筆伐，所表現的積極與熱誠，不是當初李諤、王通乃至柳冕等人所比得上的。

石介字守道，人稱徂徠先生。他深惡五代以來文格的卑靡，所以極力詆毀西崑體；曾作〈怪說〉一篇，痛斥楊億：

> 昔楊翰林欲以文章為宗於天下，憂天下未盡信己之道，於是盲天下人目，聾天下人耳。使天下人目盲，不見有周公、孔子、孟軻、揚雄、文中子、吏部之道；使天下人耳聾，不聞有周公、孔子、孟軻、揚雄、文中子、吏部之道。俟周公、孔子、孟軻、揚雄、文中子、吏部之道滅，乃發其盲，開其聾，使天下唯見己之道，唯聞己之道，莫知其佗。……周公、孔子、孟軻、揚雄、文中子、吏部之道，堯、舜、禹、湯、文、武之道也，三才九疇五常之道也。反厥常，則為怪矣！夫《書》則有〈堯〉、〈舜典〉、〈皋陶〉、〈益稷謨〉、〈禹貢〉、箕子之〈洪範〉；《詩》則有〈大〉、〈小雅〉、〈周頌〉、〈商頌〉、〈魯頌〉；《春秋》則有聖人之經；《易》則有文王之繇、周公之爻、夫子之〈十翼〉。今楊億窮妍極態，綴風月，弄花草，淫巧侈麗，浮華纂組，刓鎪聖人之經，破碎聖人之言，離析聖人之意，蠹傷聖人之道；使天下不為《書》之典、謨、〈禹貢〉、〈洪範〉，《詩》之雅、頌，《春秋》之經，《易》之繇、爻、〈十翼〉，而為楊億之窮妍極態，綴風月，弄花草，淫巧侈麗，浮華纂組，其為

怪大矣！

在〈與君貺學士書〉裡，又大肆攻訐楊氏：

自翰林楊公唱淫詞哇聲，變天下正音四十年，眩迷盲惑，天下瞶瞶晦晦，不聞有雅聲。嘗謂流俗益弊，斯文遂喪！

這些議論，一方面給予西崑體致命的一擊，一方面又擡出韓愈，作為崇拜及模仿的對象。至於後一點，他在〈尊韓〉一文裡，說得更加清楚：

孔子後，道屢廢塞，闢於孟子，而大明於吏部……孔子為聖人之至……吏部為賢人之至。不知更幾千萬億年復有孔子；不知更幾千百餘年復有吏部。孔子之《易》、《春秋》，自聖人來未有也；吏部〈原道〉、〈原人〉、〈原毀〉、〈行難〉、〈禹問〉、〈佛骨表〉、〈諍臣論〉，自諸子以來未有也。嗚呼，至矣！

這種尊韓的態度，並非僅見於石介一人，大抵當時思想近於儒家的知識分子，莫不如此。韓愈一生講的是學道與好文，所以在宋初人的眼中，斯文與道統的傳遞，便全靠韓氏了。柳開在〈應責〉裡固然亦表現了這種觀念：

吾之道，孔子、孟軻、揚雄、韓愈之道；吾之文，孔子、孟軻、揚雄、韓愈之文。

孫復的〈信道堂記〉也不外同樣的心理：

吾之所謂道者，堯、舜、禹、湯、文、武、周公、孔子之道也；孟軻、荀卿、揚雄、王通、韓愈之道也。

韓愈主張文與道並重，宋初的人尊韓，把他的這套理論都承繼了過來。就「文」一方面著眼的，便是宋古文運動的先聲，自不待言；就「道」一方面發揮的，像柳開〈上王學士第三書〉裡說的：

> 文章為道之筌也，筌可妄作乎？筌之不良，獲斯失矣。女惡容之厚於德，不惡德之厚於容也；文惡辭之華於理，不惡理之華於辭也。

這種議論，實在是後來理學家論文的先聲。

理學家沿承韓愈明道的說法，認為文章除了傳道之外，完全沒有其他的用處。演變到後來，竟把文章當作異端一般看待，連韓文也視作「倒學」的產物。所以宋明理學，雖為中國哲學史開一新紀元，但是對文學的貢獻，卻不過一些俚俗不文的語錄而已，跟先秦諸子的作品比起來，相去真不能以道里計。

不過，宋人反西崑，並非僅僅孕育宋明理學運動，同時也是宋人古文運動的開端。由於石介、柳開、尹洙等人的貶西崑、尊韓愈，使兩宋文士能掙脫唯美文風的束縛，注意到韓文的深厚雄博，進而致力於平淺清新的散體。宋代古文家雖然也講究「有道而能文」，但是他們的重點畢竟在文而不在道，歐陽脩〈答祖擇之書〉說：

> 學者當師經，師經必先求其意。意得則心定，心定則道純，道純則充於中者實，中充實則發為文者光輝。

由此看來，對古文家而言，道的充實僅僅為了求文的光輝，「道」成了手段，「文」才是真正的目的。

這跟道學家的觀念，相差得太遠。宋朝文有文統，道有道統；文道二統，由此分歧。

## 第四節　宋代古文大家

唐代以詩賦取士，所以詩學極盛；宋代以策論取士，所以文章特興。唐宋八大家裡，宋人占了六位，箇中消息，由此可知。

宋初寫古文的，大抵以柳開、穆修、王禹偁幾個人為最早。他們在西崑駢儷充塞文壇的時候，另樹一幟，專寫簡雅澹實的散文，孤介特立，可算是宋代古文運動的先鋒了。接柳、穆之棒的，是梅堯臣的閒適深遠和蘇舜欽的豪邁橫絕。梅、蘇都以詩見稱，文章雖也甚佳，在宋古文中之地位，也不過相當於唐李華之流而已。宋古文運動的巨擘，乃是稍後於二人的歐陽脩。

不論從環境、背景、地位、成就、影響，那一方面看，歐陽脩跟宋代散文壇的關係，與韓愈之在唐，非常相似。他們都處在駢文勢將衰竭的時代，身邊都有一批熱誠的擁護者。在政治界與學術界都有相當的地位，頗孚人望。都極具才氣，所作辭章，足以為後世典範。都是衛道之士，韓愈作〈原道〉，歐陽脩作〈本論〉，所持的論旨，大體相侔。在轉移風俗與改革文學方面，都有驚人的成績。歐陽脩雖然缺乏韓愈那種宣傳的本領，但是相傳他在主持國家考政的時候，凡是雕琢過甚的文章，一概不取；天下文風，因此一變。蘇軾序《六一居士集》，提到時人對歐陽脩的看法：「士無賢不肖，不謀而同曰：歐陽子，今之韓愈也。」這種說法，確實有他的道理。

歐陽脩的文章，從韓文入手，而又得力於《史記》。他操守純正，所以下筆十分敦厚醇雅，序跋雜記寫得尤其好；像〈瀧岡阡表〉、〈醉翁亭記〉、〈豐樂亭記〉、〈送徐無黨南歸序〉、乃至《五代史》裡的許多論傳，都是傳世之作。他作文的態度，非常嚴謹，據說他初寫〈醉翁亭記〉的時候，談到滁州四面有山，用了好幾十個字，經過一再修改，最後只剩下「環滁皆山也」五個字。後人論文字的鍛鍊，每每拿這件事來作例子。

歐陽脩不止是文章作得好，他最大的長處，還在於肯提攜後進。宋代寫古文的人很多，像范仲淹、宋祁、劉敞、司馬光等，都跟歐陽脩並世相先後。但是真正以古文名家的如曾鞏、王安石、三蘇這些人，卻都出自歐陽脩的門下。韓愈由於後繼乏力，所推行的古文運動也就與身俱寂；歐陽脩的承繼者就不同了，他們或是學養深厚，或是才氣橫溢，很有青出於藍的趨勢，為散文開闢了更大的天地。所以宋古文運動之後，散文終於成為文章的正體，駢文不得不退居於陪襯的地位了。

曾鞏是唐宋八大家裡，才氣比較弱的一個，但是他學術醇正，行文穩妥，所寫的文章，雖然不怎麼精采，倒也十分典雅。《朱子語類》說他「文字確實」，用「確實」兩字評他的文章，真是再貼切不過了。明清兩代，學曾文的很多，方望溪所領導的桐城派，便依仿他的規模。

曾鞏是儒士，所以為文重在確實；王安石的思想卻近於法家，不免以功利的眼光來衡量文章的價值。他認為：

> 所謂文者，務為有補於世而已矣；所謂辭者，猶器之有刻鏤繪畫也。誠使巧且華，不必適用；誠使適用，亦不必巧且華。要之以適用為本，以刻鏤繪畫為容而已。（〈上人書〉）

王安石既持這種態度來看文學，難怪會譏諷韓文是「可憐無補廢精神」了！他自己的天分極高，又執拗得不得了；這種性格，表現在文章上，造成了他所特有的峭拔瘦硬，即使是短短的篇幅，也會發出一股逼人的盛氣。像〈書刺客傳後〉，就是很好的代表：

曹沫將而亡人之城，又劫天下盟主，管仲因勿倍以市信，一時可也。予獨怪智伯國士豫讓，豈願不用其策耶？讓誠國士也，曾不能逆策三晉，救智伯之亡，一死區區，尚足校哉？其亦不欺其意者也。聶政售於嚴仲子；荊軻豢於燕太子丹。此兩人者，汙隱困約之時，自貴其身，不妄願知，亦曰有待焉。彼挾道德以待世者，何如哉？

老蘇蘇洵，大蘇蘇軾，小蘇蘇轍，父子三人，是四川有名的文士。三蘇雖然都受到歐陽脩的賞識和拔擢，但是他們對「文」，另有一套見解；跟韓、歐的論調有所差異。所以他們文章的氣局，就不同於歐陽公了。

蘇洵的文章，多半學《左傳》和《孟子》，深得兵家出奇制勝的要旨。他有一篇〈仲兄字文甫說〉：

且兄嘗見夫水之與風乎？油然而行，淵然而留，渟洄汪洋，滿而上浮者，是水也；而風實起之。蓬蓬然而發乎太空，不終日而行乎四方，蕩乎其無形，飄乎其遠來，既往而不知其跡之所存者，是風也；而水實行之。今夫風水之相遭乎大澤之陂也，紆餘委虵，蜿蜒淪漣，安而相推，怒而相凌，舒而如雲，蹙而如鱗，疾而如馳，徐而如緬，揖讓旋辟，相顧而不前，其繁如縠，其亂如霧，紛紜鬱擾，百里若一；汩乎順流，至乎滄海之濱，磅礴洶湧，號怒相軋，交橫綢繆，放乎空虛，掉乎無垠，橫流逆折，濆旋傾側，宛轉膠戾，回者如輪，縈者如帶，直者如燧，奔者如燄，跳者如鷺，躍者如鯉，殊狀異態，而風水之極觀備矣！故曰：「風行水上渙。」此亦天下之至文也。然而此二物者，豈有求乎文哉？無意乎相求，不期而相遭，而文生焉。

他用這樣雄奇激盪的文字來寫他對文學的看法，無論遣辭之意，都有其獨到之處。老蘇的特色，便在這裡了。

蘇老泉「不期而相遭，而文生焉」的觀念，對大小二蘇，影響很大。蘇軾說：

> 夫昔之為文者，非能為之為工，乃不能不為之為工也。山川之有雲霧，草木之有華實，充滿勃鬱，而見於外。夫雖欲無有，其可得耶？自少聞家君之論文，以為古之聖人有所不能自已而作者。故軾與弟轍為文至多，而未嘗敢有作文之意。（〈江行唱和集序〉）

所持的論點，便完全由老蘇處承接而來。韓愈學古文是為了「好其道」，所以他所標榜的文統，即是儒家的道統。蘇軾學古文的目標，卻是古人「有所不能自已而作」的文章，所以他一見《莊子》，便讚歎著說：「吾昔有見，口未能言，今見是書，得吾心矣。」錢謙益說他：「讀釋氏書，深悟實相，參之孔老，博辯無礙。」可見他得力於道釋的地方很多，並沒有把它們當作異端看待。對於儒家的文學觀，他也有不同於眾人的解釋：

> 孔子曰：「言之不文，行而不遠。」又曰：「辭，達而已矣。」夫言止於達意，即疑若不文。是大不然。求物之妙，如繫風捕影，能使是物了然於心者，蓋千萬人而不一遇也；而況能使了然於口與手者乎？是之謂辭達！辭至於能達，則文不可勝用矣。（〈答謝民師書〉）

蘇軾既然以這種態度作文，所以最能享受作文的樂趣。他自己說：「某平生無快意事。惟作文章，意之所到，則筆力曲折無不盡意。自謂世間樂事，無踰此者。」文人本色，不正應如此嗎？其實，他固然以作文章為樂事，便是我們讀他的文章，也未嘗不覺得快意。東坡才氣極高，學養又深，更難得的是胸襟開曠，氣象恢宏，所以境界也自不同，真如行雲流水一般，毫無沾滯。他的前、後〈赤壁賦〉是膾炙人口的；

〈刑賞忠厚論〉、〈潮州韓文公碑〉，都為人所樂於稱道。甚至〈喜雨亭記〉、〈超然臺記〉、〈放鶴亭記〉這些遊戲之事，也都筆墨高絕，有奇情逸緻，真可說是喜笑怒罵，皆成文章了。相傳歐陽脩看了他的文章，曾經對梅聖俞說：「吾當避此人出一頭地。」歐陽公賞文，真是法眼。

老蘇的筆勢，稱得上咄咄逼人；大蘇更是精光四射，鋒芒畢露；蘇轍卻靜潔淡泊，與父兄的格調不同。東坡曾經比較自家兄弟的不同，以為：

子由之文，詞理精確有不及吾；而體氣高妙，吾所不及。雖各欲以此自勉，而天資所短，終莫能脫。（〈書子由超然臺賦〉）

蘇轍既長於體氣，對於養氣一道，當然特別注意。他在〈上樞密韓太尉書〉裡談到文與氣，說：

轍生好為文，思之至深，以為文者氣之所形。然文不可以學而能，氣可以養而致。孟子曰：「我善養吾浩然之氣。」今觀其文章，寬厚宏博，充乎天地之間，稱其氣之小大。太史公行天下，周覽四海名山大川，與燕趙間豪俊交遊，故其文疏蕩，頗有奇氣。此二子者，豈嘗執筆學為如此之文哉？其氣充乎其中，而溢乎其貌，動乎其言，而見乎其文，而不自知也。

小蘇的風格儘管不類父兄，他那「文不可以學而能」、「見乎其文，而不自知」的理論，仍不脫老蘇論文的範疇。文學與道學的壁壘，到三蘇這裡，是越來越分明了。

經過唐古文家的開創，宋古文家的拓展，散文終於蓬勃的發展起來。在以後的元、明、清幾個朝代裡，散文或是獨霸一時，或是與駢文相頑頡，它的勢力始終是存在的。如果古文運動的目的，主要是為了確立散文的地位，那麼，它的結果是相當令人滿意的。

# 第四章　明清文章的概貌

## 第一節　明代的擬古運動

明代的駢文，幾乎毫無成績可言，值得談一談的，只有散文而已。比起唐宋散文的精采來，明文壇是相當黯淡的；但是，它的名目卻特多，什麼臺閣體、茶陵派、前七子、後七子、嘉靖八才子，乃至於前五子、後五子、續五子、末五子、廣五子、四十子等等。各派各體之間，或彼此攻訐，或互相標榜，營營擾擾，紛爭不已。其實，歸併起來，都不出「擬古」一囿，只在模擬的對象與程度上，稍有差別而已。

明代散文的擬古，可分崇秦漢與崇唐宋兩派。在芸芸眾「子」之中，我們選擇了李夢陽、何景明、李攀龍、王世貞四人代表秦漢派；王慎之、唐順中、茅坤、歸有光四人代表唐宋派；藉他們的文學理論與作品，探討一下兩派的異同和優劣。

洪武建國之初，因為有宋濂、劉基、方孝孺等人的創作，所以文壇還不乏昌明博大之音。成化以後，楊士奇、楊榮、楊溥「三楊」在位，臺閣體大行於世，是時文章，嘽緩冗沓，千篇一律，毫無生氣可言。茶陵派李東陽出，雖然有心改革，可惜欲振乏力，文壇仍然痿痺不堪。李夢陽、何景明就在這種沉悶的氣氛中，以擬古文學為號召，令人為之耳目一新。於是天下景從，把他們比作唐朝的「韓柳」，宋朝的「歐蘇」，共推為前七子之首。

何、李都長於作詩，他們的文學理論，也都半就詩發議論，對於文章，論著較少。李夢陽的「宋儒興而古之文廢」，何景明的「文靡於隋，韓力振之，然古文之法亡於韓。」這些片段的言談，便是他們「秦漢以後無文」一說的理論基礎。他們既確定了秦漢文章的價值，接著更進一步的倡言「文貴模擬」。何景明還能在擬古之中創點新意，李夢陽卻一味在模仿上下功夫，以為「今人摹臨古帖，不嫌大似，詩文何獨不然？」像這樣句摹字擬出來的文章，當然不會有什麼獨特的風格和情味。《四庫全書》批評他「故作聱牙，以艱深文其淺易。」我們前面舉過他一篇詩集自序，確實有詰屈聱牙、故作艱深的弊病。

前七子的文章，既然有此流弊，加上王慎中、唐順之等的反對，崇秦漢這一派的勢力，很消匿了一段時間；直到後七子出，才又燃熾起來。後七子的領袖，便是李攀龍、王世貞。

後七子認為，「文自西京，詩自天寶以下，俱無足觀。」他們的理論與主張，大致與前七子相同，只是態度更加猖狂偏激，作品更加虛偽做作。《明史・文苑傳》描寫後七子的情狀如下：

> 諸人多少年，才高氣銳，互相標榜，視當世無人，七才子之名播天下……（攀龍）謂文自西京，詩自天寶而下，俱無足觀。於本朝獨推李夢陽，諸子翕然和之，非是則詆為宋學。攀龍才思勁鷙，名最高，獨心重王世貞，天下並稱「王李」；又與李夢陽、何景明並稱「何李王李」。其為……文則聱牙戟口，讀者至不能終篇，好之者推為一代宗匠。（〈李攀龍傳〉）
>
> 世貞始與李攀龍狎，主文盟。攀龍沒，獨操柄二十年。才最高，地望最顯，聲華意氣，籠蓋海內；一時士大夫及山人、詞客、衲子、羽流，莫不奔走門下，片言褒賞，聲價驟起。其持論，文比西漢，詩必盛唐，大曆以後書勿讀。而藻飾太甚，晚年攻者漸起。（〈王世貞傳〉）

照這樣看來，王、李等人，簡直是文壇的惡棍。〈謝榛傳〉裡又提到：謝榛本為七子之長，李、王因為名聲漸盛，意聯合起來排擠謝榛，除名於七子之列，這更是惡形惡狀，醜態百出了。事實上，〈文苑傳〉批評他們的文章聱牙戟口，讀者不能終篇，並不為過，我們只看李攀龍的〈太華山記〉：

罅中穿如峽中，峽中銜如罅中。峽中之縭垂，罅中之縭倚，皆自級也。棧北得崖徑文。人仄行於穿手在決吻中，左右代相受。踵二分垂在外。足已茹則齧膝也；足已吐是以趾任身。北不至十步，崖乃東折，得路尺許於崖剡中。人並崖南行，耳如屬垣者二里。

像這樣折拗不通的文章，居然有人「好之」，有人「推為一代宗匠」，大概都是為了乞求「片言褒賞」，以能「聲價驟起」吧！明代文壇習氣之惡劣，由此可見。而崇秦漢派諸人文章的良窳，也就不必細說了。

反對前後七子的，雖然迭有其人，但是影響都不甚大。最先能造成風氣的，大概要推嘉靖八才子了。八才子以王慎中與唐順之名氣最大，他們早年都是崇秦漢一派，由於不滿何、李等人的掇摭割裂，加上領悟了歐陽脩等人作文的方法，所以文路一變，由崇秦漢而崇唐宋。在唐宋諸家裡，他們又最推崇曾鞏，以為「由西漢而下，莫盛於有宋慶曆嘉祐之間，而粲然自名其家者，南豐曾氏也。」（王慎中〈曾南豐文粹序〉）曾鞏的優點，既在於「折衷諸子之同異，會通於聖人之旨；以反溺去蔽而思出於道德，信乎能道其中之所欲言，而不醇不該之蔽亦已少矣。」（同上篇）唐宋派作文的要旨，也就取法於此了。

茅坤和歸有光比較晚出，都不在八才子之列。王、唐反對的目標是前七子，茅、歸攻擊的對象卻是後七子。茅坤選《唐宋八大家文鈔》，「八家」之名，由此而定，茅坤的名聲，也因此而大行。不過，就文章的成就和影響來說，他是遠不及歸有光的。

歸有光九歲就能寫文章，可惜屢試不第，到六十歲才中進士。當時正是王世貞主盟文壇，聲望十分顯赫，沒有人敢對王稍有微詞，只有歸有光，痛斥王是「庸妄臣子」。他在〈項思堯文集序〉裡說：

余謂文章天地之元氣，得之者其氣直與天地同流，雖彼之權足以榮辱毀譽於人，而不能以與於吾文章之事；而為文章者，亦不能自制其榮辱毀譽之機於己。

這種不畏權貴，不以當世毀譽為意的態度，正是明朝文壇所最缺少的。歸有光最擅於用平易的文字，表達豐腴的感情，也確實有他足以自負的地方。〈書齋銘〉、〈項脊軒志〉、〈吳山圖記〉等都澹遠有致，情韻深長。連王世貞晚年也不能不對他推服備至，曾讚其畫像說：

風行水上，渙為文章；風定波息，與水相忘。千載有公，繼韓、歐陽。予豈趨異，久而自傷。

秦漢派也好，唐宋派也好，都不脫擬古的範圍，照理說來，兩派的成就，頂多不過五十與百步之差而已。但是平心而論，唐宋一派的文章，清順可讀，比起秦漢派的艱澀，要好得太多。同是擬古，居然有這樣的差異，除了個人才情之外，一定有客觀的因素在內，這是我們所不能忽視的。

第一個客觀因素，是時間問題。明朝去秦漢太遠，辭彙和語法都起了相當大的變化；處在明朝這個時代，而硬要採用秦漢人的辭彙，模仿秦漢人的語法，作出來的文章，自然顯得僵硬刻板，毫無情味可言了。唐宋跟明朝相去的時間較短，語言的隔閡較少，所以在這方面，不致發生太大的困擾。

其次是秦漢文與唐宋文本身作法的不同。中國文章，從唐宋以後，有所謂抑揚、開闔、起伏、照應等等方法，所以八大家的文章，轉折頓挫都有法度。後人學唐宋文，只要揣摩到這個法度就像拿著規矩畫方圓一樣，不可能有太大的敗筆。秦漢文章卻是不見端倪，沒有繩墨可循的；所以明朝的人學秦漢文，多半都拿它的氣象當目標，偏偏氣象又不容易把握，只好從字面上著手，遂陷入前面提到的問題裡，無以自拔了。

第三個因素，跟文章的內容有關。唐宋派的作家極力推崇曾鞏，曾鞏走的儒家一路，是所謂的道德文章；因此這一派的人也多半在「道」字上著力，寫出來的作品，大都能言之有物。秦漢文的模仿者卻完全在形式上著眼，他們既學不到秦漢人的氣度，又拋棄了自己的意念，結果便只剩下了一堆莫知所云的文字了。

就由於這種因素的影響，秦漢派雖然把持了明代的散文壇，卻及身而滅，徒然留給後人一片譏評的口實。唐宋派卻不然；唐順之晚年筆意稍變，趨重於文章本色，遂啟晚明公安一派。歸有光得力於太史公和曾南豐，更開清朝桐城派的規模。

## 第二節　浪漫文學的興起

擬古的文章，即使作得再好，充其量也只是古人的影子，根本談不上什麼獨立的特色和風格。明朝的散文界既瀰漫著擬古風氣，遂把一個文章命脈，弄得奄奄一息，毫無生氣。到了晚明，由於浪漫主義興起，文壇上忽然奇蹟似的現出新貌，跟擬古的腐套完全不同，這種面目全新的文學作品，終於為明朝文壇帶來了遲到的春天。

浪漫主義之風吹過六朝，產生了六朝駢驪；吹過晚唐，產生唐人四六；吹過晚明，卻產生了小品文，浪漫主義和散文正式發生關聯，這是第一次。晚明小品，多半出於公安、竟陵兩派作家之手；但是浪漫主義的思潮，卻非始於他們。在他們之前，還另有先驅；其中最具代表性的人物，是王陽明、唐順之、李卓吾三人。

王陽明主張致良知，他的心學，可說就是個人自由主義。《傳習錄》裡有一段話非常重要：「夫學貴得之心。求之心而非也，雖其言之出於孔子，不敢以為是也。」只要不合於心，連孔子的話也不以為是；拿這種態度來作文章，秦漢文也好，唐宋文也好，當然是不會放在眼裡的。明代的文學思潮，一直被擬古主義緊緊束縛住了，全靠王陽明這種主張獨立自主的學說，才得以大大的喘一口氣。浪漫文風便乘著這個機會，掃進了文壇。

唐順之原是唐宋文派的主將，唐宋派的文章本來就比秦漢派多些生趣，何況他晚年文格稍轉，遂更趨於自然。他倡言文章本色論，認為秦漢文章之可貴，便在不失本色。〈答茅鹿門書〉裡這樣說：

秦漢以前，儒家有儒家本色，至如老莊家有老莊家本色，縱橫家有縱橫家本色，名家、墨家、陰陽家皆有本色。雖其為術也駁，而莫不皆有一段千古不可磨滅之見。是以老家必不肯勦儒家之說，縱橫家必不肯借墨家之談，各自其本色而鳴之為言。其所言者，其本色也，是以精光注焉，而其言遂不泯於世。

他這種本色論調，加上受王陽明心學的影響，遂完全超脫模擬，成為公安派浪漫文學的先驅；我們只看他晚年的文學觀，浪漫主義的意識已經極為濃厚了：

今有兩人，其一人心地超然，所謂具千古隻眼人也，即使未嘗操紙筆呻吟學為文章，但直據胸臆，信手寫出，如寫家書，雖或粗鹵，然絕無煙火酸餡習氣，便是宇宙間一樣絕好文章。其一人猶然塵中人也，雖其顓顓學為文章，其於所謂繩墨布置則盡是矣，然翻來覆去，不過是這幾句婆子舌頭語，索其所謂真精神與千古不可磨滅之見，絕無有也，則文雖工而不免為下格。（〈答茅鹿門書〉）

文章稍不自胸中流出，雖若不用別人一字一句，只是別人字句，差處只是別人的差，是處只是別人的是。……近來覺得詩文一事，只是直寫胸臆，如諺語所謂開口見喉嚨者，使後人讀之，如真見其面目，瑜瑕俱不容掩，所謂本色，此為上乘文字。（〈與洪方洲書〉）

後來公安派以「一段精光」為寫作的目標，以「瑜瑕俱不容掩」為寫作的態度，跟唐順之的理論，不無關係。

如果我們把公安派的浪漫文學，當作是對擬古文學的革命或戰爭來看，那麼，王陽明與唐順之都是遠因，李卓吾卻要算導火線了。

李卓吾是當時有名的怪人，出家做了和尚，卻不剃去鬢鬚；身上穿著儒生的衣服，卻又住在禪房裡；梁任公說他是酒肉和尚，似乎並不為過。他又是當時有名的狂人，遇到看得順眼的人，滑稽突梯，無所不說，無所不為；遇到看不順眼的人，能呆坐一天，連口都不開。這跟阮籍的青白眼，倒很有異曲同工之妙。像這樣一個「平生不愛屬人管」、「是非又大戾於昔人」的人，怎麼肯去模仿秦漢人的架式，承襲唐宋人的步履呢？

李卓吾走的是陽明心學一派，他由「致良知」蛻化出「求童心」；以為「失卻童心，便失卻真心；失卻真心，便失卻真人。」他的文學觀，原也是建立在童心上，所謂「天下之至文，未有不出於童心焉者。」〈童心說〉裡有一段話，闡述他自己對文學的見解，尤其深刻：

> 苟童心常存，則道理不行，聞見不立，無時不文，無人不文，無一樣創制體格文字而非文者。詩何必古選！文何必先秦！降而為六朝，變而為近體，又變而為傳奇，變而為院本，為雜劇，為《西廂曲》，為《水滸傳》，為今之舉子業，大賢言，聖人之道，皆古今至文，不可得而時勢先後論也。

仔細分析他們的見解和主張，不難發現有下列這幾個特殊趨勢：

**㈠認識了文學的時代性**　先秦有先秦的文學，六朝有六朝的文學，便是後來的近體、傳奇、院本、雜劇等等，也莫不是順應時代而產生的。不論什麼文體，只要能直寫胸臆，就是千古至文，絕不會因為時代的先後而有優劣的不同。這與古文運動所附帶造成貴古賤今的觀念，顯然是相左的。

**㈡反對模擬**　文章要直寫胸臆，才算可貴，一旦模仿別人，立刻失去了自己的本色。好也只是別人的好，差也只是別人的差，文章再工，也只能算下格。對於當時流行的擬古文學，這真是當頭棒喝。

**(三)要求內容充實**　言之有物，所謂「有一段千古不可磨滅之見」。要求本色新奇，不落他人窠臼，完全以真面目見人，「瑜瑕俱不容掩」。對於無病呻吟，陳腔濫調的作品，他們是不屑一顧的。

**(四)對純文學的重視**　小說、戲劇多半是作者「奪他人之酒杯，澆自己之壘塊」的產物，興起的時間又短，幾乎無前人舊套可落，因此很為他們所推崇。連民間歌謠，也因為率真的緣故，備受讚揚。對於這些一向被士大夫階級視作小道末技的純文學，他們給予了極高的評價。

到這個時候，浪漫文學的理論基礎可說已經初步完成了。留給公安派和竟陵派作家的最重要的工作，乃是如何利用他們的創作，來支持並鼓吹他們的理論。

公安派的三袁兄弟：袁宗道、袁宏道、袁中道，都是李卓吾的學生。他們把老師那種自由浪漫的精神，完全表現在文學創作上，所以作品極活脫，極天真。宏道曾經批評弟弟中道（字小修）說：

> 詩文……大都獨抒性靈，不拘格套，非從自己胸臆流出不肯下筆。有時情與景會，頃刻千言如水東注。其間有佳處，亦有疵處。佳處自不必言，即疵處亦多本色獨造語。然余則極喜其疵處；而所佳者，尚不能不以粉飾蹈襲為恨，以為未能盡脫近代文人氣習故也。（〈敘小修詩〉）

實際上，公安派的主張和公安體的特色，都在這段話裡表露無遺了。

公安派既以本色獨造為貴，所以常常率性而發，一空依傍，以三袁的才智和學力，盡可以嘻笑怒罵，皆成文章。可惜一些淺薄之徒，不了解他們標榜「獨抒性靈」的苦心孤詣，只學些鄙俚的語句，便以公安體自居，終至流弊叢生。對於這一點，三袁自己也未嘗不知，中道就說過：「至於一二學語者流，粗知趨向，又取先生（指宏道）偶爾率意之語，效顰學步，其究為俚語，為纖巧，為莽盪，譬之百花開而荊棘之花亦開，泉水流而糞壤之水亦流」（〈中郎先生全集序〉）。後代論文，推崇三袁的，把他們捧作文學革命的英雄；詆毀公安的，把他們貶作文教的罪人。這些評論，都未免太過偏激，倒是《四庫全書總目提要》裡，說得比較持平：

> 公安三袁又乘其弊而排抵之。三袁者……其詩文變板重為輕巧，變粉飾為本色，致天下耳目一新，又復靡然而從之。然七子猶根於學問，三袁則唯恃聰明。學七子者不過贗古，學三袁者乃至矜其小慧，破律而壞度。名為救七子之弊，而弊又甚焉。

其實，論公安三袁的功過，應該把三袁和公安體分開來看。在文壇那樣沉悶枯寂的時代，袁氏三兄弟能擺脫擬古的惡習，以輕巧本色的文字來新人耳目，這種貢獻，確實是不容忽略的；而他們對小說、戲劇乃至民間俗文學的重視，更是獨具隻眼，可說發前人所未發。但是，三袁文字所以可貴，完全因為他們能「獨抒胸臆，不落格套」，這種特色，一到「公安體」的手裡，立刻蕩然無存。《明史・文苑傳》說：「先是王、李之學盛行，袁氏兄弟獨心非之。……至宏道益矯以清新輕俊，學者多捨王、李而從之，目為公安體。」我們看時人對三袁「奉一言為準的」的情形，所謂公安體，只不過把模擬的對象，由秦漢、唐宋，變而為三袁罷了。這種結果，大概是袁氏始料所未及的。

公安末流的種種弊病，當然不出於三袁本意，但是他們身為晚明文壇盟主，對於文風趨於淺俗，多少要負一部分責任。後世詩學李白而流於輕浮、詞法辛棄疾而流於粗陋的人很多，卻沒有人指責李、辛是「破律壞度」的；袁氏之過，不在他們本身而在「公安體」，由此可知。

公安派之後又有竟陵派。竟陵鍾惺、譚友夏二人，都是袁中郎的仰慕者；就「不落格套」來說，竟陵派的理論實在與公安派無異，後人以為竟陵派即導源於公安，也不無幾分道理。鍾、譚比袁氏的時代較晚，對公安體的弊病看得非常清楚，為了不再蹈公安膚淺的覆轍，他們的詩文，都在「學」字上著力，以為只有取法古人，才能避免公安派「不根」的毛病。學古人之靈厚而不落古人之窠臼，遂成為竟陵派論文的中心主張。就因為這種「引古人之精神，以接後人之心目」的特殊見解，使竟陵諸家，能超出三袁，另樹一幟，成為浪漫文學的一支新力軍。

但是，竟陵派的理想雖高，成績卻不太好。竟陵末流固不待言，連鍾、譚本人，也不見得比他們極力想補救的公安體好到那裡去。有人以為這是廢學的緣故，真是大謬。竟陵的失敗，實在另有癥結：第一個毛病，出在鍾、譚自己身上。他們談說文理，都能面面俱到，圓滿無缺，可惜受了才力的限制，寫出來的東西，往往不能跟理論相配合。因此，他們從古文裡尋求古人的靈心，原來是為了矯公安之弊的，卻不慎走火入魔，變得「見日益僻，膽日益粗」，離他們所嚮往的「一情獨往，萬象俱開」的境界越來越遠了。第二個毛病，卻出在明代文人的風氣上。明代文人出奇的喜歡附和，前後七子時，他們一窩蜂的學秦漢文；唐順之、歸有光時，他們又一窩蜂的學唐宋文。這些人盲目的模仿一切流行的文體，對於產生這些文體的理論卻從不加以深究，模仿的結果，當然是精神去盡，只餘皮毛。公安體是這種風氣下的產物，公安派就是這種風氣的犧牲者；竟陵體也是這種風氣下的產物，竟陵派又何能倖免？今人論竟陵體，常說它生僻幽峭；這生僻幽峭，卻絕非竟陵派的本意！

公安、竟陵興起不久，明祚即亡；有人把亡國的這筆帳，記在公安、竟陵的頭上，從而諉過於浪漫主義，這真是無妄之災了。後代散文家，以公安過於淺俗，竟陵過於僻澀，視之為不登大雅之堂的東西，連談都很少談它。晚明浪漫文學，就像天際的一顆流星，只剎那間的絢爛，便又消匿無蹤了。

## 第三節　晚明小品文舉隅

在中國文學史上，小品文一直處於不太顯眼的地位，幾乎是沒有什麼重要性可言的。它之受人注意，最早大概是在六朝。六朝唯美文風盛行，文人雕章琢句之餘，偶寫小品，也都清麗可人，我們隨意舉幾篇如下：

奉橘三百枚。霜未降，未可多得。

雨寒，卿各佳不？諸患無賴，力書。不一一。羲之問。（以上王羲之雜帖）

開卷有得，便欣然忘食；見樹木交蔭，時鳥變聲，亦復欣然有喜。常言五六月中，北窗下臥，遇涼風暫至，自謂是羲皇上人。（陶淵明〈與子儼等書〉）

方今仲秋風飛，平原彫色，水鳥立於孤舟，蒼葭變於河曲，寂然淵視，憂心辭矣。獨念賢明蚤世，英華殂落，僕亦何人，以堪久長，一旦松柏被地，墳壟刺天，何時復能銜杯酒者乎？忽忽若狂，願足下自愛也。（江淹〈報袁叔明書〉）

南中橙甘，青鳥所食。始霜之旦采之，風味照座；劈之，香霧噀人。皮薄而味珍，脈不黏膚，食不留滓。甘踰萍實，冷亞冰壺。可以熏神，可以芼鮮，可以漬蜜。氈鄉之果，寧有此耶？（劉孝標〈送橘啟〉）

六朝以後，文壇因為駢散文之爭，引起了軒然大波，相形之下，小品文更是黯然失色，無足輕重。有誰想得到，到了晚明，它竟會奇兵突起，獨當一面，成為明代散文壇唯一的特色文學呢？

然而，小品在明代雖是那樣的突出，卻並沒有在正統散文家的眼裡爭得什麼地位，所以歷代選文，很少把小品文錄進去。這一節裡，特地選了幾篇較為特殊有趣的文章，裨便很少接觸晚明小品的讀者，能對它有個概識。

晚明最早以小品文名家的，是袁中郎。中郎是李卓吾最得意的弟子，也是最得卓吾心傳的人。他生性倜儻，弟弟袁小修說他：「才高膽大，無心於世之毀譽，聊抒其意之所欲言耳。」他用這種態度作文，所以能臻至公安派的最高成就，寫出「快爽之極，浮而不沈；情景太真，逼而不遠。而出自靈竅，寫于銛款，蕭蕭冷冷，足以蕩滌塵情，消除腦熱」的文章。

這裡選了一些他的尺牘和隨筆，率直純真，真是性情中人寫的性情中文。雖然偶雜戲謔嘲笑甚至俚俗語，適增坦率。後代空疏無學的人，徒學其俳諧調笑，造成公安體的疵病，跟袁中郎的文章比起來，實有天壤之別。

孤山處士，妻梅子鶴，是世間第一種便宜人。我輩只為有了妻子，便惹許多閒事，撇之不得，傍之可厭，如衣敗絮行荊棘中，步步牽掛。近日雷峰下，有虞僧孺，亦無妻室，殆是孤山後身。所著〈溪上落花詩〉，雖不知於和靖如何，然一夜得百五十首，可謂迅捷之極。至於食淡參禪，則又加孤山一等矣，何代無奇人哉？（〈孤山〉）

湖上諸峰，當以飛來為第一。高不餘數十丈，而蒼翠玉立。渴虎奔猊，不足為其怒也；神呼鬼立，不足為其怪也；秋水暮煙，不足為其色也；顛書吳畫，不足為其變幻詰曲也。石上多異木，不假土壤，根生石外。前後大小洞四五，窈窕通明，溜乳作花，若刻若鏤。壁間佛像，皆楊禿所為，如美人面上瘢痕，奇醜可厭。余前登飛來者五：初次與黃道元、方公子同登，單衫短後，直窮蓮花峰頂；每遇一石，無不發狂大叫；次與王聞溪同登；次為陶石簣、周海寧；次為王靜虛、石簣兄弟；次為魯休寧。每遊一次，輒思作一詩，卒不可得。（〈飛來峰〉）

弟屈指平生別苦，惟少時江上別一女郎，去年湖上別一長老，合今而三耳。女郎以情，長老以病，此別非情非病，亦復填膺之盛，即弟亦不知所以也。征東將軍主人無驚人先生，遂亦無僕矣！惜哉，

此將軍無緣甚也。讀扇頭詩，字字涕淚。再見何期？令人腸痛。（〈寄王子聲〉）

聞長孺病甚，念念。若長孺死，東南風雅盡矣，能無念耶？弟作令備極醜態，不可名狀。大約遇上官則奴；候過客則妓；治錢穀則倉老人；諭百姓則保山婆。一日之間，百煖百寒，乍陰乍陽，人間惡趣，令一身嘗盡矣，苦哉！毒哉！家弟秋間欲過吳，雖過吳，亦只好冷坐衙齋，看詩讀書，不得如往時，攜侯子登虎丘山故事也。近日遊興發不？茂苑主人雖無錢可贈客子，然尚有酒可醉，茶可飲，太湖一勺水可遊，洞庭一塊石可登，不大落寞也，如何？（〈答丘長孺〉）

得來札，知兩兄在參禪。世豈有參得明白的禪？若禪可參得明白，則現今目視耳聽、髮豎眉橫，皆可參得明白矣！須知髮不以不參而不豎，眉不以不參而不橫，則禪不以不參而不明，明矣！（〈答陶石簣編修〉）

讀中郎的文章，便如吃脆梨，爽口至極，連一點渣滓都沒有。讀鍾、譚的文章就不同了，像吃橄欖一樣，要細細咀嚼。初嚼好像無甚滋味，嚼久了，自然體會出另一種情趣。公安、竟陵的不同，便在此。不過，他們都各存一真面目、真精神，這又是他們相類似的地方了。

遊蜀者，不必其入山水也。舟車所至，雲煙朝暮，竹柏陰晴；凡高者皆可以為山，深者皆可以為水也。遊蜀山水者，不必其山水之勝也。舟車所至，時有眺聽，林泉眾獨，猿鳥悲愉；凡為山者皆可以高，凡為水者皆可以深也。一切山水可以高深，而山水之勝反不能自為名。山水者，有待而名勝者也。曰事、曰詩、曰文，之三者，山水之眼也。而蜀為甚。（鍾惺〈蜀中名勝記序〉）

余赴友人孟誕先之約，以有此尋也。是時，秋也，故曰秋尋。夫秋也，草木疏而不積，山川澹而不媚，結束涼而不燥。比之春，如舍佳人而逢高僧於綻衣洗鉢也；比之夏，如辭貴游而侶韻士於清泉白石也；比之冬，又如恥孤寒而露英雄於夜雨疏燈也。天以此時新其位置，洗其煩穢，待遊人之至。而遊人者，不能自清其胸中，以求秋之所在，而動曰「悲秋」。予悲夫悲秋者也。天下山水多矣，老子之身不足以了其半，而輒於耳目步履中得一石一湫，徘徊難去。入西山恍然，入雷山恍然，入洪山恍然，入九峰山恍然，何恍然之多耶？然則胸中或本有一恍然以來，而山山若遇也。予乘秋而出，先秋而歸。家有五弟，冠者四矣，皆能以至性奇情，佐予所不及，花徑草棚，柳堤瓜架之間，亦可樂也。曰秋尋者，又以見秋而外皆家居也。誕先曰：「子家居詩少，秋尋詩多，吾為子刻秋尋草。」

（譚友夏〈秋尋草自序〉）

能超出公安、竟陵的樊籬而自成一家的，有王思任和張岱。王思任做官有能聲，作畫饒雅趣，文章卻富於詼諧。他自號謔庵，喜歡戲謔的程度由此可知。但是他的戲謔，實在另有所託，所謂「破涕為笑」，自有一番苦心，不能等閒視之。張岱說他「筆悍而膽怒，眼俊而舌尖」，用「膽怒」兩個字形容王思任，可說知之甚深了。

古之笑，出於一；後之笑，出於二；二生三，三生四，自此以後，齒不勝冷也。王子曰：笑亦多術矣，然真於孩，樂於壯，而苦於老。海上憨先生者，老矣。歷盡寒暑，勘破玄黃，舉人間世一切蝦蟆、傀儡、馬牛、魑魅，搶攘忙迫之態，用醉眼一縫，盡行囊括。日居月諸，堆堆積積，不覺胸中五嶽墳起。欲歎則氣短，欲罵則惡聲有限，欲哭則近於婦人；於是破涕為笑，極笑之變，各賦一詞，而以之囊括天下之苦事。上窮碧落，下索黃泉，旁通八極，由佛聖至優旃，從脣吻至腸胃。三雅四俗，兩真一假。回回演戲，絲龍打狗；張公喫酒，夾糟帶清。頓令蝦蟆肚癟，傀儡線斷，馬牛筋解，魑魅影避。而憨老胸次，亦復雲去天空，但有歡喜種子，不更知有苦矣。此之謂可以怨，可以群；

此之謂真詩。若曰：「打起黃鶯兒，捽開皺眉事」。憨老笑了一生，近又得聾耳，長進笑矣，奚其詞也！（〈屠田叔笑詞序〉）

張岱先學公安，復效竟陵，最後打破兩家之囿，成就他別出一格的文章體裁。論者多以他為晚明小品文的代表，這固然是才力所致，跟他的經驗也不無關係。他少年時代，本是個「好精舍、好美婢、好孌童、好鮮衣、好美食、好駿馬、好華燈、好煙火、好梨園、好鼓吹、好古董、好花鳥」（〈自為墓志銘〉）的紈絝子弟，到晚年「國破家亡，無所歸止，披髮入山，駴駴為野人」（〈陶庵夢憶自序〉），所以常懷「繁華靡麗，過眼皆空，五十年來，總成一夢」的心情。在夢醒之後，終於看破了人生的悲歡離合，專拿一枝潑野的筆，寫些尖新的文字，嘲人自嘲，無所不至。讀他的作品，常在灑脫不羈之外，還覺得一重悲涼，一重寂寞。寫小品文能開這種境界，可說是功力到家了。

功名耶，落空；富貴耶，如夢。忠臣耶，怕痛；鋤頭耶，怕重。著書二十年耶，而僅堪覆甕。之人耶，有用莫用？（〈自題小像〉）

崇禎五年十二月，余在西湖。大雪三日，湖中人鳥聲俱絕。是日，更定矣，余拏一小舟，擁毳衣爐火，獨往湖心亭看雪。霧淞沆碭，天與雲與山與水上下一白。湖上影子，惟長堤一痕，湖心亭一點，與余舟一芥，舟中人兩三粒而已。到亭上，有兩人鋪氈對坐，一童子燒酒，鑪正沸。見余，大驚，喜曰：「湖上焉得更有此人！」拉與同飲，余強飲三大白而別。問其姓氏，是金陵人客此。及下船，舟子喃喃曰：「莫說相公痴，更有痴似相公者。」（〈湖心亭小記〉）

晚明寫小品的人極多，有味的作品也還不少，這裡只舉幾篇名家之作，當時文章，就大致如此了。

## 第四節　清代的桐城派

清代，號稱中國的文藝復興時代。就文章來說，駢文和散文都有一番中興氣象，唯獨晚明的浪漫文學，除了一點流沫餘波之外，可說沒有什麼新的成績。

經過金、元、明三代的沉寂，駢文在清文壇顯得特別活躍，選家輯文時，往往有八家、十家之稱，可謂盛況空前。其中最為有名的，大約是汪中、洪亮吉、王闓運、張之洞四人。其間汪中樸茂，洪亮吉清麗，本就各異其趣，而王闓運取法六朝，張之洞仿傚兩宋，更是取徑不同，清駢文界各自為政的情狀，由此可見。

比起駢文來，清散文壇的組織要嚴密而龐大得多。除了初年幾位大家之外，康熙、乾、嘉以後的散文，可說完全是桐城派的天下，甚至一直到清末民初，它的影響力仍然十分可觀。在中國文學史上，文派也好、詩派也好，像它這樣能籠罩一代的，倒絕不多見。

桐城派的特色在重義法，有以為義法有定的，有以為義法無定的，但是對義法的存在，大致總是認可的。我們如果就義法的觀點來論桐城派的話，連清初三大家都可以網羅進來，視之為桐城派的先驅。這話怎麼講呢？三大家的學力才識本不相同，他們的趣旨造詣也全不相侔，但是他們對於作文有「法」的概念卻是一致的。侯方域才氣卓絕，筆力縱橫，認為只有竭盡才智，才能合於文章之法，這是以才為法；魏禧潛心於縱橫家，筆下多霸氣，認為由不變之法中求出善變之法，才是至妙的法，這是以變為法；汪琬醇雅有餘，才氣不足，認為只有遵循古人之法度，才是作文的正道，這是以古文為法。三大家講究「法」的論調，不正是桐城「義法」觀念之所本嗎？

桐城派的得名，大約在乾隆中晚期，姚鼐〈劉海峰先生八十壽序〉上記載著說：「曩者鼐在京師，歙程吏部、歷城周編修語曰：『為文章者有所法而後能，有所變而後大。維盛清治邁逾前古千百，獨士為能古文者未廣，昔有方侍郎，今有劉先生，天下文章，其出於桐城乎？』」所謂方侍郎，便是桐城初祖，人稱望溪先生的方苞。

方苞在清代古文上的地位，約莫近於唐之韓愈、宋之歐陽脩、明之歸有光，也算得上是一代文宗了。相傳他少年時候，曾經受萬斯同的勸勉：「勿讀無益之書，勿為無益之文。」這跟他日後立身行事，處處拿「學行繼程朱之後，文章介韓歐之間」作標準，必然有相當密切的關係。他對於詩詞曲賦一類所謂純文學的作品，很不欣賞，曾經說過：「魏晉以後，姦僉汙邪之人，而詩賦為眾所稱者有矣，以彼瞑瞞於聲色之中，而曲得其情狀，亦所謂誠而形者也。」（〈答申謙居書〉）這種「無益」之文，他當然是不屑讀更不屑作的，所以方氏一直著力在「本經術而依於事物之理」的古文上。像這樣的文學觀，難怪在「文章」之外還要講「學行」，難怪在「法」之外還要講「義」。

方苞對桐城派最大的貢獻，便是揭舉出古文義法。義法到底是什麼？據方氏的解釋：「義即《易》之所謂『言有物』也，法即《易》之所謂『言有序』也。義以為經而後法緯之，然後為成體之文。」這樣看來，義指內容，要求有物；法即形式，要求有序。然而內容的刪取與形式的排比，又因為文體的不同而異，所謂「諸體之文，各有義法」；對於這一點，他曾用下面這個例子，加以說明：

《國語》載齊姜語晉公子重耳，凡數百言，而《春秋傳》以兩言代之。蓋一國之語可詳也，傳《春秋》總重耳出亡之跡，而獨詳於此，則義無取。今試以姜語備入《傳》中，其前後尚能自掉運乎？世傳《國語》亦丘明所述，觀此可得其營度為文之意也。（〈答喬介夫書〉）

義法既隨文體而變，便不成為定法。作者才力大的，雖然是前人變化不可端倪的文章，也可以由其中求出義法；才力小的，只要能揣摩清楚「諸體之文，各有義法」的真諦，也就不致太過拘泥。所以同是寫古文，桐城派的古文便比前後七子的古文高出許多。

上面談的義法，只是就文章大體說，至於用辭遣句，方苞也有他的一套。〈評沈椒園文〉裡說：「南宋、元、明以來，古文義法不講，久矣。吳、越間遺老尤放恣，或雜小說，或沿翰林舊體，無雅潔者。古文中不可入語錄中語、魏晉六朝人藻麗俳語，漢賦中板重字法，詩歌中雋語，南北史佻巧語。」方氏自己作文，便非常注意這些忌諱，所以他的文章十分雅潔；而要求雅潔，也附屬於古文義法的一部分，成為桐城派文章的特色之一了。

不過方苞本身，太注重起伏照應，又太注重文字的雅潔，加上他才力到底嫌薄弱些，結果把自己限在一個小格局裡，少有大氣象大手筆。袁枚就諷刺過他：「試觀望溪可能吃得住一個大題目否？可能敘得一二大名臣、真豪傑否？可能上得萬言書痛陳利弊否？」（〈答孫俌之〉）桐城派的文人，多半都有此通病。胡適在〈五十年來中國之文學〉裡說：「唐宋八家之古文和桐城派的古文的長處，只是他們甘心做通順清淡的文章，不妄想做假古董。」拿通順清淡四個字來形容八大家的文章，未必能個個適當，用來描述桐城派的風格，卻再貼切不過了。

跟方苞齊名的是劉大櫆。大櫆號海峰，也是桐城人。他在科場上很不得意，屢次考試都鎩羽而歸。當時方苞已經是文壇上公認的大師了，看了他的文章，大為欣賞，對別人說：「如苞何足言，同里劉生，乃韓歐才爾。」劉氏就因為這麼一句話，名聞天下，成為桐城派的一支臺柱。

方苞雖然闡述過義法的涵義，並且舉了不少例子作為典範，但是真正為古文義法擬出一個實施方案的，卻是海峰。海峰把文章分為三個層次：一層是神氣，一層是音節，一層是字句。他以為作文當由字句入手，「積字成句，積句成章，積章成篇。合而讀之，音節見矣；歌而詠之，神氣出矣」。然而字句又怎麼積呢？

劉氏指出了一條具體可行的路：「其要只在讀古人文字時，便設以此身代古人說話，一吞一吐皆由彼而不由我。爛熟後，我之神氣即古人之神氣，古人之音節都在我喉吻間。合我喉吻者，便是與古人神氣音節相似處，久之，自然鏗鏘發金石。」桐城派的人作文，從此有了途徑可行。後人用這個方法最徹底而成效最大的，當推湘鄉曾國藩了。

桐城派雖然源始於方、劉，但是它勢力的確立，卻全靠海峰的弟子姚鼐。姚鼐也講古文義法，就義來說，他倡言義理、考據、詞章不可缺一的論調；就法來說，他在〈與石甫書〉上講：「夫道德之精微，而觀聖人者，不出動容周旋中禮之事。文章之精妙，不出字句聲色之間，舍此便無可窺尋矣。」可見他跟他的老師劉大櫆一樣，也是主張從字句音節上著手的。他編了一本《古文辭類纂》，以示古今文體之變，並且在序裡提出神、理、氣、味、格、律、聲、色八種衡文的方法，可算是對方氏古文義法的補充。他在〈與陳石士書〉裡說：「望溪所得，在本朝諸賢為最深，而較之古人則淺。其閱太史公書，似精神不能包括其大處、遠處、疏處、淡處及華麗非常處，止以義法論文，則得其一端而已。」這又是對方氏古文義法的批判了。

世人論桐城三祖的文章，多謂方望溪勝於理，劉海峰勝於才，只有姚姬傳能夠才理兼長，顯然對姚氏的評價，要比方、劉高出許多。姬傳後來在梅花、鍾山、紫陽等書院擔任講習，達四十年之久，弟子極多，像管同、梅曾亮、方東樹、劉開等人，都是他的高足。桐城派就在這種師友相傳的情形下，遍於天下。

跟姚鼐同時而不隸於桐城的，有惲敬和張惠言等人。惲敬家陽湖，所以這些人作的古文，世號陽湖派。陽湖與桐城最大的不同有二：桐城派專寫散文，其他文體一概不顧；陽湖派卻主張打通駢散的界限，恢復魏晉時期駢散不分的文章，故兩派文體不甚相類，此其一。桐城派以儒家為正宗，除了儒家的道統以外，對於其他學說都不屑一顧；陽湖派卻還旁採諸子百家之說，惲氏所謂「百家之敝當折之以六藝，文集之衰當起之以百家」，故兩派作風不甚相類，此其二。

陽湖派雖異於桐城，然而推溯它的起源，卻還是出自桐城派。原來惲、張二人本不是古文家，陸繼輅〈七家文鈔序〉裡記有他們學古文的始末：「乾隆間，錢伯坰（魯斯）親受業於海峰之門，時時誦其師說於其友惲子居、張皋文。二子者，始盡棄其考據、駢儷之學，專志以治古文。」惲、張古文，淵源於劉海峰，由此可見。惲氏〈論讀文之法〉說：「讀文則湛浸其中，日日讀之，久久則與為一。」這種主張，直是海峰的嫡傳。所以陽湖派雖不同於桐城，也不過是其旁支而已。

桐城派的人，多半局守家法，因此勢力雖盛而規模終小。直到咸豐年間曾國藩出，才恢弘其氣象，挽救了桐城膚淺之失。曾氏〈致劉孟蓉書〉裡自言：「凡僕之鄙願，苟於道有所見，不特見之，必實體行之；不特身行之，必求以文字傳之後世。雖曰不逮，志則如斯。」以他那樣顯赫的功業、閎通的見識、深厚的學養，當然雄奇變化，不是桐城諸子規範得了的。曾氏自謂「粗解文字，由姚先生啟之」。姚先生即姚鼐，所以曾氏文章的閎大，可算是經過改革的桐城派。後來如吳南屏、李詳等人，都稱國藩為湘鄉派，以別於桐城，實在是無此必要的。

曾國藩謙恭下士，又好延攬人才，所以幕中名家薈集，一時文風大盛。清末古文的作者，幾乎清一色是他的子弟兵，桐城派因此得以延續到清末而不衰。

# 第四編

# 小說論

頭上戴著束髮嵌寶紫金冠，齊眉勒著二龍戲珠金抹額，
一件二色金百蝶穿花大紅箭袖，束著五彩絲攢花結長穗宮
外罩石青起花八團倭緞排穗褂；登著青緞粉底小朝靴。
面若中秋之月，色如春曉之花；鬢若刀裁，眉如墨畫，
鼻如懸膽，睛若秋波。雖怒時而似笑，即瞋視而有情。

# 第一章　中國小說的演變

## 第一節　唐以前的筆記小說

「小說」一辭，在中國起源很早，《莊子・外物》說：「飾小說以干縣令，其於大達亦遠矣。」這是小說二字聯用之始。《荀子・正名篇》說：「故知者論道而已矣，小家珍說之所願皆衰矣。」這是小說二字分開來用之始。莊子以「小說」與「大達」對稱，荀子以「小家珍說」與「知者」之「道」對稱，可見先秦時代所謂的「小說」，跟現代所謂的「小說」，完全是兩回事。

我們如果拿衡量現代小說的眼光來衡量先秦作品，想要在其中找出一本小說專著，那是完全不可能的事。但是，先秦的經、史、子集裡，敘述故事的短章，卻比比皆是。《孟》、《莊》的寓言、《詩經》裡的敘事詩，史乘裡記載的一些史實，都是很好的小說素材。追溯中國小說的源頭，先秦這一段是不能忽略的。

這些記述故事的短章，除了對話以外，在形式上，跟其他的紀事文體，沒有什麼兩樣。至於它們的內容，無論虛擬的也好，記實的也好，都以人事為主，很少涉及鬼神。這跟國人勤苦踏實的民族性大有關係，而儒家「敬鬼神而遠之」的態度也必然發生不小的影響。只有在南方的楚辭和道家的《莊子》裡，才能找到較多量的鬼神故事。

不過，自然界的神祕和奇妙，對初民來說，實在是難以抗拒的。即使在以人本主義為中心思想的中國，許多荒誕無稽的神話，仍然漸漸流傳開來。《山海經》和《穆天子傳》，便是彙集了這些神話的產物。

據說《山海經》的作者是禹和益，這種傳聞，當然極不可信。不過，它一定是漢武以前的產物，太史公在《史記》裡引到它說：「《山海經》所有怪物，余不敢言。」可見司馬遷是看過這本書的。陶淵明〈讀山海經〉詩裡有這樣的句子：「汎覽《周王傳》，流觀《山海圖》。」大抵《山海經》在晉朝是附了圖的，晉以前是不是有圖，就不得而知了。

陶淵明所說的《周王傳》，便是我們現在要提到的《穆天子傳》。《穆天子傳》的作者和作成時代也不可知，相傳這本書是晉太康二年從汲郡魏襄王墓裡發現的，那麼，它的成書年代一定要早於此了。《山》、《穆》兩書都提到西王母，但是賦予它的造型卻迥然不同。《山海經》裡說：「玉山是西王母所居也。西王母其狀如人，豹尾虎齒而善嘯，蓬髮戴勝，是司天之厲及五殘。」《穆天子傳》裡說：「天子觴西王母於瑤池之上，西王母為天子謠，曰：『白雲在天，山陵自出，道里悠遠，山川間之，將子無死，尚能復來。』」西王母從豹尾虎齒而善嘯，一變為能詩的仙人，進化的跡象，歷歷可尋，《穆》書顯然要晚成於《山海經》了。

就中國神話來說，這兩本書實在是劃時代的巨著。尤其《山海經》，等於一本各地神話與傳說的總彙。後來的《神異經》、《海內十洲記》等書，都由它演化而來；甚至到清人李汝珍寫《鏡花緣》，那些千奇百怪的大人國、小人國、君子國、兩面國等等，也無不胎源於此。至於什麼《漢武故事》、《漢武內傳》一類稱作內傳、外傳的作品，也必然受到《穆天子傳》不少的啟示。

漢人對於「小說」的觀念，見於班固的《漢書・藝文志》。〈漢志〉中說：「小說家者流，蓋出於稗官，街談巷語、道聽塗說者之所造也。」是既道聽塗說的一些街談巷語，當然跟當時社會風氣極有關係。秦皇漢武的好方術、求神仙，是人盡皆知的，流風所及，民間也盛行著黃白之術與養生之法，所以兩漢時期，神仙故事最為盛行。《漢書・藝文志》裡錄的六家一千一百三十三篇「小說」，以我們現在的眼光看，這些篇什能不能沾到小說的邊都成問題，何況它們全已失傳了，當然更不可能從其中看到漢小說的概況。好在還有《漢武帝故事》、《飛燕外傳》、《漢武帝洞冥記》、《漢武帝內傳》、《東方朔傳》、《西京雜記》、《神異經》、

《十洲記》等相傳漢人的作品被保留下來；這些書雖然極可能是魏晉六朝人的偽作，但是它們的作者去漢未遠，又託為漢人之作，在筆調、風格乃至內容上，必然竭力模仿漢小說規模。只看它們多半敘述神仙方術之事，漢人小說的情狀也就不言可喻了。

漢代罷黜百家，獨尊儒術，儒家思想對於漢代小說或多或少也會有部分影響。劉向的《說苑》、《新序》，記周秦到西漢間的故事，而以〈建本〉、〈貴德〉、〈尊賢〉等作為各卷之題類。《列女傳》記有虞以來的貞潔女子，而以〈賢明〉、〈貞順〉、〈節義〉表目。這些故事雖然不是劉向所自撰，但是他在輯錄時，顯然是以儒家思想作為取捨標準的。

魏晉南北朝的小說，在形式、體制、技巧各方面，雖然還沒有十分成熟，但是，比起兩漢來，已經有了長足的進步。漢朝所謂小說，率直單純，跟記錄相差無幾。魏晉以後，作家們卻刻意的渲染描摹，漸漸具備了小說的雛形。

東漢時，佛教傳入中土，到魏晉期間，便大行於民間，所以因果與輪迴的故事，成為當時小說中最受歡迎的素材。劉義慶的《幽明錄》、《宣驗記》、王琰的《冥祥記》、顏之推的《冤魂志》、侯白的《旌異記》……等等，都含有非常濃厚的佛家思想，有的簡直就是為佛家宣傳教義的作品。

除了佛教的影響之外，道教在民間也有它的一股勢力。以道教的種種傳說作藍本而寫成的小說，數量很豐富；像曹丕的《列異傳》，張華的《博物志》，干寶的《搜神記》，葛洪的《神仙傳》，東陽无疑的《齊諧記》，王嘉的《拾遺記》，任昉的《述異記》，吳均的《續齊諧記》，寫的都是鬼神怪異，詭譎奇麗，跟漢人的神仙故事，情趣大不相同。

述異志怪的小說，是民間百姓的寵物；士大夫之間，卻又另是一套了。當時的知識分子，崇高清談，每每在談話中，隱含了禪機和玄理，間或也帶著戲謔和譏嘲。好事者覺得有趣，便把這些名士的言談舉止筆錄下來，供大家傳閱評賞。由於流行得極廣，寫的人漸漸多了，竟成為魏晉南北朝小說的另一支主流。

為清談小說發端的，應該要推東晉時候的裴啟。他寫《語林》一書，輯錄了漢魏以來士大夫之流的雋語軼聞，一時大受讀者歡迎。可惜書裡記載謝安的幾段，寫得不太得當，很為這位一代重臣所詆毀，漸漸被士人冷落下來。到了隋朝，終於亡佚，只能在他書引徵的文句中略見一二。

接著有郭澄之作《郭子》三卷，也是品藻人物，網羅遺聞的著作，今天已經不存了。現傳的清談小說，以劉義慶的《世說》，文筆最為雋美，但是它的內容，有很多地方跟《語林》、《郭子》的遺文相類似，大概輯纂舊文的成分不少，並非純是創作。

《世說》之後，還有沈約作《俗說》，殷芸作《小說》，跟《世說》的性質相同，現在都不傳了。後代仿作這類清談小說的作品非常多，對於刻畫人物的技巧，這倒是一種很好的練習機會。

此外，還有一些記錄笑話的書籍。這些笑話，大抵是名士雋語的蛻化或流衍，可以附在清談小說中，作一旁支看。邯鄲淳的《笑林》，楊松玢的《解頤》，侯白的《啟顏錄》，都是這一類的著作。

我們在這一節裡，常常提到「小說」這個詞，其實從先秦到六朝，幾乎是沒有小說可言的，即使六朝那些記述鬼神怪異或名士言行的作品，也不過只是一條條的小故事而已，還談不上什麼「小說」。不過，在中國小說孕育的過程上，它們確乎是一段不能抹殺的歷程。對這些作品，我們無以名之，姑稱之為「筆記小說」。

## 第二節　唐人的傳奇

中國小說，直到隋唐時期，才算脫離了筆錄雜記的形式，正式以小說的姿態出現。對於這一段時期的小說，大家稱之為「傳奇」。

傳奇這個名稱的由來，大概是由於唐人裴鉶作《傳奇》三卷的緣故，後人就藉這本書的書名，作為唐代小說的專稱。我們說它是唐代小說的專稱，似乎有些不妥，因為後來宋人的諸宮調，元人的雜劇，明人的戲曲，都用「傳奇」這個名字。但是，仔細推究起來，宋諸宮調、元劇、明曲，它們的內容，絕大多數取材於唐人小說，可想而知的，它們之稱作「傳奇」，必然也是由唐人小說那兒襲取過來的。

唐人小說既稱「傳奇」，顧名思義，必然是傳寫一些奇巧詭譎的故事。分析唐傳奇的題材，確實要比魏晉六朝那些筆記小說，曲折複雜得多。筆記小說的內容，不過是些神仙鬼怪的小故事；唐朝傳奇就不同了，神異小說的光怪陸離固不待言，就是纏綿悱惻的戀愛故事，豪情萬丈的劍俠故事，也都夠得上「奇幻詭密」幾個字。由筆記小說的單純，一變而為傳奇小說的繁縟，文人「作意好奇，假小說以寄筆端」（胡應麟語）當然是原因之一，當時的社會環境與時代背景，也是不容忽視的重要因素。

唐皇姓李，道教的太上老君也姓李，唐室對於道教的極力推崇，自不待言。佛教從東漢傳入中土以後，經過魏晉六朝數百年的宣揚，勢力也漸穩固。所以在唐朝民間，道教的神通之術和佛教的輪迴意識，可說是混合流行著，而有關佛、道的故事，數量上必是很豐富的。這些故事，加上有筆記小說裡記述神仙怪異的技巧和經驗作基礎，唐朝文人寫神怪小說，自然要熟練而方便多了；因此，早期的唐人傳奇，多半都描寫神怪故事。

最早的神怪傳奇，是王度的〈古鏡記〉。它的完篇時期，大概是隋唐之際，上承六朝志怪之餘風，下開唐人藻麗之新體，可算是唐傳奇的開山了。內容寫王度得鏡與失鏡的始末，並歷述神鏡克妖的種種異事，辭旨詼詭，跟六朝怪異之書，已經顯然不同了。

此外，比較有名的神怪小說，還有〈補江總白猿傳〉，寫梁將歐陽紇的妻子，貌美，被能變化人形的大白猿搶去，後生一子，相貌酷似猿猴，紇死後，為江總所收養。這篇小說的作者已經失傳了，看文中影射歐陽詢的情形，大概是他的仇家所造。〈柳毅傳〉，李朝威作，寫落第書生柳毅，路遇龍女，為她傳書洞庭的故事，文中寫錢塘君發威的一段，最見精采。〈離魂記〉，陳玄祐作，寫張鎰的幼女倩娘，和他的外甥王宙相愛，後來因為張鎰把倩娘許給別人，王宙悲慟而去，倩娘的魂竟也跟王宙一起走了。五年之後，王宙倩娘帶著兩個兒子回家，倩娘的魂才跟軀體合一。這種生魂出竅的事，真是匪夷所思。再如沈既濟〈任氏傳〉的記狐，李景亮〈李章武傳〉的記鬼，牛僧孺〈崔書生〉的娶仙，李復言〈張逢〉的變虎，都是極荒誕不經的故事。

佛道的出世思想，更使人感覺到塵世間的功名富貴變幻無常。懷抱這種想法的人，對那些熱衷於高官厚爵的人，自然深為不屑，而忍不住要帶著憐憫的心情，諷嘲一番、開導一番。沈既濟的〈枕中記〉，寫窮困潦倒的盧生，在旅途中遇到能神仙之術的呂翁，因為盧生對自己的困阨，很有怨辭，呂翁便借他一個青瓷枕，枕的兩邊有孔，盧生剛枕上枕頭，便覺得自己已進入枕中，從此高官美妾，位極人臣，享了一輩子的榮華富貴，最後年邁病歿；死後，忽然驚醒，原來這一生經歷，不過是一場好夢罷了。盧生睡時，旅舍主人正在蒸黍，等他醒來，黍還沒有蒸熟哩！李公佐的〈南柯太守傳〉，寫淳于棼酒醉後，受到槐安國王的邀請，並招他作駙馬，封為南柯太守，後來公主生了五男二女，兒子都居高位，女兒也都嫁給王孫公子，榮耀顯赫，沒有人能比得上。但是好景不常，不久公主去世，棼又戰事失利，受到槐安國王的冷淡，終於被遣送回家。棼醒後，才知道所謂槐安國，不過是槐樹下的蟻國。他因此感悟到人生的倏忽無常，從此絕棄酒色，棲心道門。這兩篇傳奇，雖然也不出神仙怪異一類，但顯然另有一層深意，不是其他神怪小說可比的。

在中國歷史上，除開民國不談。大概唐朝是女性最自由的一個朝代。兩宋以後，理學興起，女人所受的束縛，一天比一天加多，當然談不上什麼社會地位。就是漢代，女性的遭遇，也是很淒慘的。漢樂府裡很多有名的篇什，像〈有所思〉、〈白頭吟〉、〈上山採蘼蕪〉、〈孔雀東南飛〉等，裡面的女主角，都是被男性遺棄或受到家庭壓迫的。跟這些女性比起來，唐朝的女人，要快樂得多了。南北朝的對峙，把胡人男女雜處的習慣帶進中國。而唐朝帝王對禮教不十分講求，使女性的行動更為自由。最重要的，唐朝先出了一個武則天，居然改制稱帝，使人們對女性的才能不得不刮目相看；後又出了一個楊貴妃，專寵於後宮，讓人興起「不重生男重生女」的觀念。在這種情形下，唐朝婦女當然要比其他時候的女性，更富有浪漫氣質。男女歡悅的機會，也要來得更多些。唐人傳奇裡的戀愛故事，因此便大量產生了。張文成的〈遊仙窟〉，寫自己奉使河源時，路經神仙窟，受二女子五娘與十娘的招待，情意繾綣，一宿而別。本文多駢語，浮豔華麗，未脫六朝積習，是唐人戀愛小說的首章。其他如許堯佐的〈柳氏傳〉，寫韓翊和柳氏的悲歡離合。蔣防的〈霍小玉傳〉，寫李益對霍小玉的薄倖。白行簡的〈李娃傳〉，寫長安倡女李娃被封汧國夫人的始末。陳鴻的〈長恨歌〉，寫唐明皇和楊貴妃的戀愛故事。皇甫枚的〈非煙傳〉，寫武公業妾步非煙，因為和趙子象戀愛，竟被鞭死。元稹的〈會真記〉，寫張生私通崔鶯鶯，最後女嫁男娶，未能結合。凡此都是唐傳奇中最為膾炙人口的作品。後代好寫才子佳人，後花園私訂終身的故事，追究其風氣，未必不始源於此。

唐代國力富強，武功極盛。可惜安史之亂以後，中央的勢力極弱，演變成藩鎮割據的局面。這些節度使一個個跋扈專橫，魚肉人民，政府卻對他們奈何不得；因此，老百姓轉而寄望於「路見不平，拔刀相助」的劍客豪俠，劍俠小說也就因此而起了。

藩鎮得勢既是中唐以後的事，專寫豪俠的小說，也就較為晚出。〈霍小玉傳〉裡有個著黃衫的豪士，強把李益挾送到霍小玉的家裡。〈柳氏傳〉裡有個許俊，自負材力，硬從蕃將沙吒利的手裡把柳氏搶回韓翊身邊。〈無雙傳〉裡有個古押衙，費盡心機使柳無雙和王仙客再獲團圓。這些所作所為大快人心的人，一舉一動，都是豪俠的典型。不過，他們在小說裡，只是配角身分，還不能成為故事的重心。真正用全力來寫俠客的，有李公佐的〈謝小娥傳〉；寫謝小娥的父親和丈夫為盜所殺，小娥喬裝男子，為人傭保，終於得報父夫之仇。這個故事，《新唐書》把它採入〈列女傳〉中，很可能確有其事。杜光庭的〈虬髯客傳〉，寫李靖、紅拂夫妻，得虬髯客資助的故事，跟史實多所牴觸；其中寫李世民為真命天子的地方，宿命思想非常濃厚。袁郊的〈紅線〉，寫潞州節度使薛嵩的青衣紅線，為主人飛行到魏博節度使田承嗣宅中，盜取田床頭金匣，使田不敢併吞潞州。文末寫紅線前生事，仍不脫佛教輪迴思想。裴鉶的〈崑崙奴〉，寫崔生家有崑崙奴，名磨勒，負崔生逾十重垣，使與某大臣之歌姬相會。他又作〈聶隱娘〉一文，寫唐魏博大將聶鋒的女兒隱娘，十歲時隨女尼入山，學成劍術，保護陳許節度使劉昌裔，與精精兒、妙手空空兒鬥法的故事。後代的武俠小說，泰半脫胎於此。

另外有陳鴻的〈東城老父傳〉一篇，藉鬥雞童賈昌的一生，敘述開元理、亂的根源，對於時政的針貶，很有一番獨到的見解。在所有唐傳奇中，這一篇的內容，是比較特出的。

## 第三節　宋人的平話

宋代小說，學六朝筆記的，有徐鉉的《稽神錄》，吳淑的《江淮異人錄》，洪邁的《夷堅志》，郭象的《睽車志》，陳彭年的《志異》等。比較起來，它們缺少了六朝的古質風味。學唐人傳奇的，有樂史的〈太真外傳〉、〈綠珠傳〉，秦醇的〈趙飛燕外傳〉等。比較起來，它們又遠遜於唐人的悱惻纏綿。幸而，文人作的這些筆記、傳奇，並不是宋小說的主流。宋代民間，流行著一種被稱作「平話」的白話小說，樸直真率，完全沒有文士作品裡那股矯柔做作氣。全靠「平話」的盛興，才使宋朝小說，在中國小說史上也占有了一席之地。

宋朝有一種人，專拿說故事當作謀生的職業，叫做「說話人」。平話，就是這些說話人講故事的底本。

它既是用來說給人聽的，當然不必在詞句上過分雕琢，所以大半的作品，文字都很拙劣；說故事的人和聽故事的人，程度都不太高，所以思想的幼稚、內容的荒謬，也都是必然的現象。不過，就因為它是說給人聽的，而講與聽雙方面的人，都不見得有什麼高深的文學素養，所以它採用了平淺俚俗的白話。這些白話的使用，雖不見得多麼成功，但是中國的白話小說，便由此正式開始。

耐得翁寫《都城紀勝》，提到宋平話的情形說：「說話有四家：一者小說，謂之銀字兒，如煙粉靈怪傳奇；說公案，皆是搏刀趕棒及發跡變泰之事；說鐵騎兒，謂士馬金鼓之事。說經，謂演說佛書。說參請，謂賓主參禪悟道等事。講史書，講說前代書史文傳，興廢爭戰之事。」其中說經和說參請，都是佛家事，不在本書討論範圍。我們要談的，乃是耐氏所謂的「小說」和「講史書」兩類。

南宋周密寫《武林舊事》，記載當時的說話人，「演史」的有二十三人，「小說」的有五十二人。由此推想，兩宋以此為職業者，必然極多。這麼多人每天靠「說話」過活，他們手頭的話本，一定不在少數。可惜平話的內容和用語都太過淺俗了，在人們心目中，它只是一種娛樂而已，根本沒有什麼文學價值可言，很少有人想到要收集它、保存它。所以宋朝話本流傳到今天，數目已經不多了。「小說」一類，大半收在《京本通俗小說》裡。這本書，現在只存第十卷到第十六卷。其中〈碾玉觀音〉，寫三郡節度使咸安郡王家的秀秀養娘，乘著府中失火，跟碾玉的待詔崔寧，私奔到潭州做了夫妻，因為被郡王府裡的郭排軍撞見，給抓了回去，秀秀被郡王打殺，父母也都投河自盡，後來秀秀報了郭立之仇，把崔寧也扯去，跟她父母四人一塊兒做鬼去了。〈菩薩蠻〉，寫印鐵牛長老座下的第二位侍者陳可常，最會填〈菩薩蠻〉，因此受到吳七郡王的眷愛，作了郡王府裡的門僧，後來府裡的新荷與錢都管有奸，賴在可常身上，可常也不辯解，等到冤情大白，他便結跏趺坐，離了人間，重回仙境做歡喜尊者去了。〈西山一窟鬼〉寫一個福州秀才吳洪，在臨安府開了個學堂授徒，經媒婆王氏的撮合，娶了陳乾娘的女兒李樂娘和從嫁的錦兒，有一天，吳教授跟朋友王七三官人到西山喝酒，趕夜路回家，沿途遇到不少的鬼，這才知道王媒婆、陳乾娘、李樂娘、錦兒全都是鬼，幸虧癩道人作法，才得解脫。〈志誠張主管〉，寫開線鋪的員外張士廉，娶了王招宣府裡出來的小夫人，小夫人嫌員外年老，看上員外鋪裡的張主管，後來員外家發生變故，小夫人自縊身死，鬼魂跟了張主管回家，好在張主管立心至誠，不為財色所動，一直以主母相待，終沒受到禍害。〈拗相公〉，寫王安石為宰相，近小人，遠忠良，又個性執拗，不聽勸諫，一意實施新法，弄得民不聊生，後來因為夢到愛子王雱在陰間受苦，遂告病辭職，外放江寧，沿路聽得萬民辱罵譏誚，終於吐血而死。〈錯斬崔寧〉，寫官人劉貴，家中有一妻王氏，一妾陳二姐，因為家貧難以度日，受丈人接濟了十五貫錢，卻騙二姐是典賣她得來的，二姐信以為真，夜晚寄住鄰舍，大清早便逃回娘家，路上遇一後生崔寧，兩人相伴而行。不料劉貴夜晚為賊所殺，卻把二姐跟崔寧抓到臨安府中，崔寧被判斬刑，二姐淩遲示眾。後來王氏被靜山大王抓去，做了壓寨夫人，才明白實情，為劉貴、二姐及崔寧雪冤。〈馮玉梅團圓〉，寫范汝聚兵十餘萬，占了建州城，掠奪了福州監稅馮忠翊的女兒馮玉梅，卻把她配給自己的姪兒范希周。後來韓世忠平定建州，馮玉梅得與父母重逢，馮公勸玉梅改嫁，玉梅執意不從。十年以後，終與范希周夫妻團圓。此外，據江東老蟫在書後的跋上說，還另有〈定州三怪〉一回與〈金主亮荒淫〉兩卷，前者破碎太甚，後者過於穢褻，所以未載。這兩篇未載的平話，分別見於《驚世通言》與《醒世恆言》中。不過，〈金主亮荒淫〉一篇，與《金史·卷六十三·海陵諸嬖傳》非常類似；如果它是敷衍《金史》而成的，就不應該是宋人作品了。

《清平山堂話本》裡，也有很多作品應該是成於宋人之手。像〈陳巡檢梅嶺失妻記〉、〈刎頸鴛鴦會〉、〈楊溫攔路虎傳〉、〈洛陽三怪記〉、〈合同文字記〉等。再如《醒世恆言》裡的〈勘皮靴單證二郎神〉、〈鬧樊樓多情周勝仙〉、〈鄭節使立功神臂弓〉；《驚世通言》裡的〈三現身包龍圖斷冤〉、〈計押番金鰻產禍〉、〈皂腳林大王假形〉、〈福祿壽三星度世〉等等，看它的口吻與風格，都絕類宋人作品。

宋人的長篇平話，屬於「小說」的少，只有《大唐三藏取經詩話》，全書三卷十七章。第一章全部缺失了，第八章也已不全；詞語白話文言夾雜，跟那些短篇的平話比起來，使用白話的手法，要生澀多了。另外《永樂大典》裡，收了一段《西遊記》的遺文，題作「夢斬涇河龍」，有人以為它也是宋元時期的平話。但是看它的造語和結構，比《大唐三藏取經詩話》成熟許多，似乎是由平話進步到章回的中間作品。

「講史書」與「小說」相反，幾乎全是長篇。這跟它的內容，大有關係。講述一朝一代的史事，還要加以附會渲染，當然不是短篇所能容納得下的。宋人的「講史書」，最有名的是《大宋宣和遺事》，全書可分十節，其中寫梁山濼宋江等英雄聚義的一節，便是《水滸傳》的藍本。書中文體，前後很不一致，有流暢的白話，也有典雅的文言，顯然不出於一個人之手。尤其最後兩節，完全是刪錄《南燼紀聞》、《竊憤錄》和《續錄》而成的，不像是說話人習用的本子，大概是文人模仿話本體裁，用以洩憤之作。還有一本《全相平話》，收錄了五種話本，包括《武王伐紂書》三卷，《樂毅圖齊七國春秋後集》三卷，《秦併六國秦始皇傳》三卷，《呂后斬韓信前漢書續集》三卷，《三國志平話》三卷。由於這本書是元刊本，所以很難斷定它究竟是作於宋還是作於元。其中《武王伐紂書》寫姜子牙輔助武王伐商紂的故事，夾雜不少神仙妖魅的說法，是《封神演義》的藍本。《三國志平話》寫東漢末年，劉備、曹操、孫權三人，三分漢室天下，以報宿仇的故事，是《三國演義》的藍本。至於講史書裡篇幅最龐大，內容最複雜的，卻還要推歷敘梁、唐、晉、漢、周五代的《五代史平話》。每代各兩卷，首尾都附有詩句，只有《梁史平話》，從開天闢地談起，兼敘歷代興亡，體例比較奇特。書中談到三國劉、曹、孫時，說他們是漢家宿仇，跟《三國志平話》的說法大致相同。書中更提到：「三國各有史，道是《三國志》是也。」由此推斷，這本書應該是比《三國志平話》要晚出的。

宋代平話的文學價值，確實遠不如唐人傳奇和明清章回。但是，短篇的平話，為後代使用白話文，奠定了良好基礎；長篇的平話，在形式和結構方面，為章回小說塑造了雛形。如果就這個觀點來立論，對於「平話」，我們是不能不另眼相看的。

## 第四節　明清的章回

由宋元平話，進而到明清章回，是非常順理成章的發展。經過平話的種種嘗試和摸索，使得章回小說能夠一開始就表現出它用語流暢、結構穩妥的優點。初期的章回小說，幾乎全部取材於平話，只由這一點，便已經明白顯示出平話與章回間的密切關係了。

章回小說雖然盛行於明清，實際上卻發軔於元朝。早在元末明初，號稱小說界四大奇書中的《水滸傳》與《三國演義》便已完成了。《水滸傳》原名《忠義水滸全書》，有以為是施耐庵作的（如胡應麟〈莊嶽委談〉），有以為是羅貫中作的（如郎瑛《七修類稿》、王圻《續文獻通考》），有以為施耐庵集撰，羅貫中纂修的（如李卓吾刊行本所題），有以為施耐庵作前七十回，羅貫中續成全書的（如金聖歎所辯）。真是眾論紛紜。不過大家對於它本自《大宋宣和遺事》一說，卻都沒有異議。《大宋宣和遺事》裡，已經有楊志賣刀、晁蓋路劫生辰綱、宋江刀殺閻婆惜、九天玄女廟避難得天書、朝廷詔降、討平方臘等情事；連好漢們的渾號，像智多星、黑旋風、青面獸等等稱呼，也已經有了。《忠義水滸全書》，顯然便是以此為故事大綱，再加以填塞敷衍而成。胡適以為：看《宣和遺事》，便可以看見一部縮影的《水滸》故事，確實是不錯的。當時元劇也多演《水滸》的故事，像高文秀的《黑旋風雙獻功》、李文蔚的《同樂院燕青博魚》，康進之的《梁山泊李逵負荊》等，其中提到梁山泊好漢，已經從三十六人增加到一百零八人了。這些劇本，對於作者塑造書中人物的個性、與書中的一些片段故事，必然是極具參考價值的。《水滸傳》的傳本極多，至少有百回本、百十回本、百十五回本、百二十回本、百二十四回本、三十卷本及金聖歎所刪定的七十回本等。前幾種本子，雖在文字的繁簡上頗有差異，整個故事大體上還是不變的。大抵前七十回寫一百單八將個別的行事，與會師梁山泊後跟官兵作對的種種情狀，都是些豪放痛快的作為。七十回以後，寫宋江等收招安後，北伐契丹、南征方臘，雖然戰功彪炳，但是豪傑們或戰死、或病卒、或出家、或逃亡、甚至有因為受讒而被朝廷賜死的。當年豪傑，到此星散，真是悲痛慘淡得很。金聖歎只取豪快的前半，卻把後面那些悲涼的事跡一併捨棄掉，硬生生將一個《忠義水滸全傳》給腰斬了，以致三百年來，讀《水滸》的人，多半不能看到它的全貌。後來金聖歎自己也被腰斬於吳門，有人竟認為是他刪《水滸》的果報，可說是很巧合的一件事了。

《三國演義》是羅貫中寫的，應該沒有什麼問題。三國的故事，一向是說話人最樂於採用的題材。李商隱〈驕兒〉詩有「或謔張飛胡，或笑鄧艾吃」的句子。段成式《酉陽雜俎續集》也提到：「有市人小說，呼扁鵲作褊鵲……」可見唐末就已經流行講三國故事了。《東坡志林》裡談到塗巷小兒聚坐聽說三國，三國故事顯然在宋代更為盛行。到北宋晚年，「說三分」竟從「講史」裡獨立出來，自成專科了。元刊《全相平話》的五種話本內，有《三國志平話》，大概是三國故事第一次見諸文字。除了平話以外，金院本和元雜劇，也多以三國故事為內容，羅貫中的《三國演義》，就是從這些話本、院本、雜劇演化而來。這本書的版本也相當多，現在最通行的，是清人毛宗崗刪定的本子，與原本的本來面目，已不盡相同了。

四大奇書的另外兩本，都成於明朝，一是署名笑笑生作的《金瓶梅》，一是吳承恩的《西遊記》。《金瓶梅》拿《水滸傳》裡的兩個人物西門慶與潘金蓮作主角，藉浮浪子弟西門慶的一生，寫出當時社會的黑暗面。這本書對於婦人閨閣之事描寫得非常細膩，書名便是取潘金蓮、李瓶兒、春梅三個重要女主角的名字拼湊而成，所以有「天下第一淫書」之稱。它在社會寫實方面的貢獻，因而被掩遮了。《西遊記》是中國神魔小說裡規模最大、想像力最豐富、文筆最流暢、寓意最深刻的一本書。《舊唐書・方伎傳》裡有唐僧玄奘往西域求取佛經的記載，玄奘自己也寫過一本《大唐西域記》。小說家把許多荒謬不經的傳說和設想，穿鑿附會到這個事實上去，取經的故事，便逐漸神話起來。《南宋平話》，有《大唐三藏取經詩話》一本；金院本，有「唐三藏」這個戲目；元雜劇，有吳昌齡作的《唐三藏西天取經》六卷（一說四卷）；明章回，有楊志和編的《西遊記傳》四十一回，都寫三藏取經的故事。吳承恩就拿這些篇章當藍本，用他那枝擅長諧謔的筆，完成了這本藉神話來寫實的偉大著作。

明朝時候，章回小說非常盛行，所以作品也極多。可惜的是，除了《金瓶梅》和《西遊記》之外，值得稱道的就沒有什麼了。許仲琳的《封神演義》、羅懋登的《三寶太監下西洋》、吳元泰的《東游記》、余象斗的《南遊記》、《北遊記》，楊志和的《西遊記傳》，都是寫神怪而不及吳承恩的《西遊記》。《殘唐五代史演傳》、《隋唐兩朝志傳》、《列國志傳》、《南北宋傳》，都是講史而遠遜於羅貫中的《三國演義》。至於明末清初，專寫才子佳人悲歡離合之事的，像《吳江雪》、《玉嬌黎》（《雙美奇緣》）、《平山冷燕》等等，都千遍一律、俗不可耐，更是不值一提了。

章回小說到了清代，真正進入極盛期，名家輩起，名作迭出，是小說史上最熱鬧的一個時代。其中最負盛名、而又為雅俗所共賞的作品，首推《紅樓夢》。據高鶚和程小泉的說法，認為「『石頭記』是此書原名，作者相傳不一，究未知出自何人，唯書中記雪芹曹先生刪改數過。」（〈石頭記序〉）所以一般人都把它歸在曹雪芹的名下。不過，也有人以為曹雪芹只做了前八十回，便不幸亡故，後四十回乃由高鶚補成。現傳的本子，有八十回本，有百二十回本，便是這個緣故。至於《紅樓夢》的本事，有以為影射清世祖和董鄂妃的；有以為記納蘭性德家事的；有以為用作弔明之亡、揭清之失的；有以為是曹雪芹自述身世的。歷來為此作考證的，不在少數，甚至因而造出了「紅學」這個名詞，這也是小說史上空前的一件事。署名西周生作的《醒世姻緣》，和《紅樓夢》一樣，也是一本以家庭生活為背景的小說。這本書寫一個兩世惡姻緣的故事，其中因果報應、佛力消災的種種思想，固然十分幼稚，但是，作者文筆的流暢、描寫的細膩，都值得給予很高的評價；尤其在人物的塑造上，鮮動靈活，非常成功。一個怕老婆的故事，能寫到這種程度，真是不容易了。至於西周生其人，胡適認為便是寫《聊齋誌異》的蒲松齡，王奉存卻以為是《續金瓶梅》的作者丁耀亢。兩人都沒有十分明確的證據，難以斷定孰是孰非。

清代又盛行社會小說。社會小說大別可分兩類：一類是專門暴露社會缺點，盡力加以嘲諷譏刺的；一是避開現實社會不談，另外描繪出一個理想社會，聊以寄情的。前者的代表作是吳敬梓的《儒林外史》，這本書諷刺清朝的知識分子，文筆犀利，入木三分，是不可多得的一部諷刺小說。劉鶚的《老殘遊記》，諷刺當時官吏的顢頇無能，也稱得上佳作了；只是後面幾回鬆懈了些，顯得不太相稱，以致有人認為不是劉鶚的親筆。李寶嘉的《官場現形記》、《文明小史》，吳沃堯的《二十年目睹之怪現狀》，都極盡尖酸刻薄之能事，雖然感覺痛快淋漓，卻少不得有些惡形惡狀了。曾樸的《孽海花》，以妓女賽金花為主角，寫清末三十年的軼事，對於當時的政治及社會情狀，有很深刻的描述。後者的代表作是李汝珍的《鏡花緣》和夏敬渠的《野叟曝言》，他們使盡渾身解數，希望能描繪出一個美好的理想世界，而終免不了讓人覺得過分逞才炫博。其中《鏡花緣》雖然也有拼湊牽強，不夠自然之處，總還能寄情塵俗之外，格調比較高雅；《野叟曝言》卻超脫不出追求功名利祿的老觀念，分外覺得庸俗。

至於武俠小說，有文康的《兒女英雄傳》。這本書原本要寫女俠十三妹為父復仇的故事，結果卻仍然落進夫榮妻貴，闔家團圓的舊套裡。文康原是貴族出身，晚年家勢衰微，際遇坎坷，在這本書裡，他明顯的表露出對過往榮華的眷戀、對科舉的熱衷與對功名的嚮往。也許，就因為這些，才在當日吸引了不少的讀者吧！石玉崑作的《三俠五義》，原名《忠義俠烈傳》，本是從明人的《包公案》改寫過來的。不過作者把包公的主角地位挪偏了許多，另費不少的精神筆墨來講書中那些俠客義士的故事，就從公案小說一變而為俠義小說了。這本書共百二十回，每回前面都用古事或唱詞作引子，帶入本文，跟宋人的平話很相似。石玉崑本人便是當時的平話家，這本書大概就是他用來講話的話本吧?俞樾對這本書極為讚賞，認為它「事跡新奇，筆意酣暢。描寫已細入毫芒，點染又曲中筋節。」遂稍加改寫，更名《七俠五義》。此書之後，又有《忠烈小五義》及《續小五義》的出現，形式都模仿《七俠五義》。往後《英雄大八義》、《英雄小八義》、《劉公案》、《李公案》、《施公案》、《彭公案》，更是層出不窮。這些俠義公案的一類小說，雖然內容各有不同，思想意識大致是相似的。關於這一點，〈三俠五義序〉裡說得非常清楚：「善人必獲福報，惡人總有禍臨；邪者定遭凶殃，正者終逢吉庇。報應分明，昭彰不爽，使讀者有拍案稱快之樂，無廢書長歎之時。」

# 第二章　筆記和傳奇的特色

## 第一節　筆記小說的特色

先秦時候，小說的形式還沒有完備，只有一些記述故事的短章而已。這些片斷的故事，大別可分二類：一是涉及神怪虛幻的，《左傳》裡就常有這一類的故事；像莊公十八年，寫公子彭生的厲鬼變成大野豬，人立而啼，向齊襄公索命。宣公十五年，寫晉魏顆與秦國的大力士杜回作戰，有個已死的老人，為報答魏顆救女之恩，特地趕來結草絆倒杜回。《莊子》裡也有很多奇異的寓言，像〈外物〉裡那隻會說話的鮒魚；〈秋水〉裡侃侃而談的河伯和海神若。對於這些匪夷所思、荒誕不經的故事，一般知識分子似乎並不很欣賞，所以《左傳》有「浮誇」之評，《莊子》更乾脆自稱是「謬悠之說，荒唐之言」。這大概跟孔子不語怪、力、亂、神的態度，多少有些關係吧？另一類是完全合於常情的，只不過有些是事實，有些屬虛擬罷了。這一類的故事，散見於先秦典籍之中，不勝枚舉。《晏子春秋》裡有一則記載非常有趣，我們姑且舉它作例子：

> 晏子使楚。以晏子短，楚人為小門於大門之側而延晏子。晏子不入，曰：「使狗國者從狗門入，今臣使楚，不當從此門。」儐者更道從大門入，見楚王。王曰：「齊無人焉？」晏子對曰：「齊之臨淄三百閭，張袂成帷，揮汗成雨，比肩繼踵而至，何為無人？」王曰：「然則子何為使乎？」晏子對曰：「齊命使各有主。其賢者使使賢主，不肖者使使不肖主。嬰最不肖，故直使楚矣。」

在《漢書・藝文志》裡設了小說家一類，又開列許多小說的目錄，可惜這些書都亡佚了，以致無法探求它們的內容和形式。《山海經》應該在《史記》以前就完成了，太史公說：「《山海經》所有怪物，余不敢言。」大抵漢人對這一類虛妄的故事，仍採取了先秦文士的態度。劉向的《列女傳》、《新序》、《說苑》，是漢朝著作當然沒有問題，不過它們都被用來當作教化的工具，面目就嚴肅多了。

梁節姑姊者，梁之婦人也。因失火，兄子與己子在內中。欲取兄子，輒得其子，獨不得兄子。火盛，不得復入，婦人將自趣火。其友止之，曰：「子本欲取兄之子，惶恐卒誤得爾子。中心謂何，何至自赴火。」婦人曰：「梁國豈可戶告人曉也。被不義之名，何面目以見兄弟國人哉？吾欲復投吾子，為失母之恩，吾勢不可以生。」遂赴火而死。君子謂：節姑姊潔而不汙，《詩》曰：「彼其之子，舍命不渝。」此之謂也。（《列女傳》卷五）

魏晉六朝，小說的雛形已漸具備，一般人閱讀小說的風氣也比以前為盛。不過，這一時期的筆記小說，背後都隱藏著另外一重目的。那些記述鬼神怪異的多半染著濃厚的道家色彩；講因果報應的，又大率出自佛教意識。大抵前者是秦漢以來迷信神仙方術的流沫；後者是佛徒藉以傳教的工具，都不是有意為小說的作品。

神仙麻姑降東陽蔡經家，手爪長四寸。經意曰：「此女子實好佳手，願得搔背。」麻姑大怒。忽見經頓地，兩目流血。（曹丕《列異傳》）

阮瞻字千里，素執無鬼論，物莫能難，每謂此理足以辨正幽明。忽有客通名詣瞻，寒溫畢，聊談名理。客甚有才辨，瞻與之言良久，及鬼神之事，反復甚苦，客遂屈，乃作色曰：「鬼神古今聖賢所共傳，君何得獨言無？即僕便是鬼！」於是變為異形，須臾消滅。瞻默然，意色大惡。歲餘而卒。

（干寶《搜神記》）

義熙中，東海徐氏婢蘭忽患羸黃，而拂拭異常。共伺察之，見掃帚從壁腳來，趨婢床。乃取而焚之，婢即平復。（劉敬叔《異苑》）

太元元年，江夏郡安陸縣薛道詢，年二十二。少來了了，忽得時行病，差後發狂，百治救不痊。乃服散狂走猶多劇，忽失蹤跡，遂變作虎，食人不可復數。後有一女子，樹下採桑，虎往取食之。食竟，乃藏其釵釧著山石間，後還作人，皆知取之。經一年還家，復為人。遂出都仕官，為殿中令史。夜共人語，忽道天地變怪之事，道詢自云：「吾昔曾得病發狂，化為虎，噉人一年。」中間道其處所姓名。其同坐人，或有食其父子兄弟者，於是號哭，捉以付官。遂餓死建康獄中。（東陽无疑《齊諧記》）

宋世焦湖廟有一柏枕，或云玉枕，枕有小坼。時單父縣人楊林為賈客，至廟祈求。廟巫謂曰：「君欲好婚否？」林曰：「幸甚。」巫即遣林近枕邊。因入坼中，遂見宋樓瓊室，有趙太尉在其中，即嫁女與林。生六子，皆為祕書郎。歷數十年，並無思歸之志。忽如夢覺，猶在枕旁。林愴然久之。（劉義慶《幽明錄》）

以上所引五則故事中，前兩則講神鬼，三、四則述怪異。最後一則之道家思想，尤其深厚。唐傳奇中沈既濟的〈枕中記〉，就由此蛻化而來。

車母者，遭宋廬陵王青泥之難，為虜所得，在賊營中。其母先本奉佛，即燃七燈於佛前，夜精心念「觀世音」，願子得脫。如是經年，其子忽叛還。七日七夜獨行自南走，常值天陰，不知東西。遙見有七段火光，望火光而走，似村欲投，終不可至。如是七夕，不覺到家，見其母猶在佛前伏地；又

見七燈，因乃發悟。母子共談，知是佛力。自後懇禱，專行慈悲。（劉義慶《宣驗記》）

前引一則，很明顯是宣揚佛教的故事。佛教東來，對中國小說界的影響，不僅產生了這些用以傳教的筆記故事，也把印度的許多傳說帶進中土，像《搜神記》裡寫天竺巫人能斷舌復續、吐火的種種法術，吳均《續齊諧記》裡〈陽羨鵝籠〉一段的吞吐之術，都由印度故事變化而來。

至於流行在士大夫階層的筆記小說，以題品人物、記載名士言行的清談集為主。裴啟的《語林》、郭澄之的《郭子》、劉義慶的《世說新語》、沈約的《俗說》、殷芸的《小說》，性質幾乎完全相同，可以看作是同一系列的作品。

賈充問孫皓曰：「何以好剝人面皮？」皓曰：「憎其顏之厚也。」（裴啟《語林》）

許允婦是阮德如妹，奇醜。交禮竟，許允無復入理。桓範勸之曰：「阮嫁醜女與卿，故當有意，宜察之。」許便入見，婦即出，提裾褐待之。許謂婦曰：「婦有四德，卿有幾？」答曰：「新婦所乏唯容。士有百行，君有幾？」許曰：「皆備。」婦曰：「君好色不好德，何謂皆備？」許有慚色，遂雅相敬重。（郭澄之《郭子》）

鍾毓、鍾會少有令譽，年十三，魏文帝聞之，語其父鍾繇曰：「可令二子來。」於是敕見，毓面有汗，帝曰：「卿面何以汗？」毓對曰：「戰戰惶惶，汗出如漿。」復問會：「卿何以不汗？」對曰：「戰戰慄慄，汗不敢出。」（劉義慶《世說新語》）

魏武將見匈奴使，以貌陋，不足懷遠國，使崔季珪當之，自捉刀立床頭。事畢，令間諜問曰：「魏王如何？」使曰：「魏王雅望非常，然床頭捉刀人，乃英雄也。」王聞之，馳殺此使。（殷芸《小說》）

魏晉時期既是那樣盛行清談，名士們對自己的言辭不得不極力講求。他們的對話，固然重在談玄說理，卻常在不經意間顯露出機智和詼諧，使得當時的人，多多少少都具有幾分幽默感，笑話集就乘勢流行了起來。

魯有執長竿入城門者，初豎執之，不可入；橫執之，亦不可入。計無所出。俄有老父至曰：「吾非聖人，但見事多矣。何不以鋸中截而入？」遂依而截之。（邯鄲淳《笑林》）

晉劉道真……嘗與人共飯素盤草舍中，見一嫗將兩小兒過，並著青衣，嘲之曰：「青羊引雙羔。」婦人曰：「兩豬共一槽。」道真無語以對。（裴啟《語林》）

清談集也好，笑話集也好，志鬼神怪異的也好，述因果報應的也好，魏晉六朝的作者固然是別有用心而寫，讀者也不過拿它們來「汎覽」、「流觀」一番，消遣消遣而已，並沒有加以重視，在當時的文壇，筆記小說幾乎是毫無地位可言的。就它們的形式來說，跟真正的小說也還差著一大段距離。實際上，它們接近筆記的成分，要比接近小說的成分更要多些。不過，從先秦到六朝，經過這麼長時期的磨練，作家們渲染的技巧和描繪的手法，確實要進步多了。接下來的唐朝，能產生傳奇那樣高水準的小說，絕不是沒有來由的啊！

## 第二節　傳奇產生的背景

從筆記小說到傳奇小說，在小說史上，真是跨了大大的一步。宋朝劉貢父認為：「小說至唐，鳥花猿子，紛紛蕩漾。」然而鳥花猿子，一定要當其時，當其地，才會紛紛蕩漾，搖曳生姿；那麼，「淒惋欲絕，洵有神遇」的傳奇小說，所以會產生在唐朝，必然也有它特殊的背景吧！

文學新體的產生，固然多發源於民間，然而新文體的盛行，卻泰半有待於君王權貴的提倡。漢皇好賦，漢賦因此知名；唐王愛詩，唐詩遂見重於當時；宋帝喜詞，宋詞得以流行；凡此都是同樣的道理。唐代傳奇，雖然沒有受到帝王的重視，只因為跟貢舉有關，也就暢行起來。傳奇所以會和貢舉拉上關係，完全是受當時風氣的影響。宋趙彥衛《雲麓漫鈔》記載說：「唐世舉人，先藉當世顯人，以姓名達諸主司，然後投獻所業。踰數日，又投，謂之『溫卷』。」進士也「溫卷」，但是他們大多數都和主司很熟，只要寫兩首詩為贄，能表達自己的心志趣旨也就夠了。舉人就不同，他們剛露頭角，人事不熟，就靠這溫卷的時候，自炫才華，望能博得主司的眷賞。這種要求，當然不是幾首詩或幾篇文章就能滿足的；聰明一點的人，就把腦筋動到傳奇上。寫一篇傳奇，文句是否通順、才思是否煥發，固然讓人能一目瞭然，就連組織的能力、品德的修養，也不難從中表現出來，用來「溫卷」，真是再恰當不過了。舉人既然靠傳奇博取主司的好感，勢必要挖空心思，力求表現。明白了這一點，傳奇所以會具有那麼曲折的情節，那麼綺麗的詩句，甚至夾雜不少獨到的見解，深刻的議論，都不難解釋了。胡應麟說：「唐人乃作意好奇，假小說以寄筆端。」唐人作意好奇，實在是別有用心的啊！

唐人為了干謁而重視傳奇，這雖然並不意味著「小說」地位的提高，但是確實吸引了當時文士對它的注意。傳奇的作者，有不少聲名顯赫的人物，王度是隋末大思想家文中子王通的弟弟，白行簡是名詩人白居易的弟弟，元稹、沈亞之本身便頗負文名，沈既濟、陳鴻極具史才，袁郊、薛調、蔣防都做過翰林學士，牛僧孺更是當朝宰相。這些人寫作傳奇，也許是藉此求仕，也許是藉此顯才，也許真的有所寄情託意，也許只不過一時的遊戲筆墨。但是，不管他們用心如何，由於這些名家的刻意創作，傳奇終於為中國小說展開了一片花團錦簇的新天地。

話雖如此，如果同樣的情形，提早發生在六朝，傳奇的成就，恐怕就不會有這麼大了。六朝流行駢文，講究對仗，講究用典，拿這種文體來敘述故事、描寫人物，當然極不方便，極不合宜。所以六朝那麼多筆記小說，用駢文寫的卻絕少看到。清代陳球用駢文寫了一本《燕山外史》，文章的美當然沒有話說，但是不加注解一般人就看不懂；駢文不宜寫小說，這又是一個明證。六朝人既不能用他們所擅長的駢文來寫小說，又不習慣用平淺通俗的散體，所以記故事只能粗陳大概，沒有辦法鋪展開來寫，因此一直留滯在筆記階段。唐人古文運動，卻無意間消弭了這重困難。古文單句直陳，掉轉靈活，用來刻畫人物、狀聲寫情，比駢文要得心應手得多。當日的小說作家，都直接間接和古文運動者有些關係，王度不但有一個古文先驅的哥哥，弟弟王績更以寫白話詩著名；沈既濟受蕭穎士的影響很深；沈亞之的老師就是古文主將韓愈；白行簡、元稹、陳鴻都是白居易的至親好友。這些人多多少少都受到古文的洗鍊，我們只看傳奇最為盛行的大曆、元和年間，正是古文運動獲得空前勝利的時期，兩者間的消息，自然就不言可喻。近人或把傳奇當作古文運動的一個支流，這種看法，雖然略嫌武斷，卻也不無幾分道理。

文學本是時代的反映。六朝是亂世，政治又極黑暗，當時的人，志節高尚的，多半走隱逸這條路，所以有田園山水文學的產生。卑陋的，就不免浮靡墮落，所以有宮體色情文學的產生。這些感情，都比較單純，借詩文就足以宣洩了。到唐朝，國勢強盛，交通發達，人與人間的接觸非常頻繁，眼界也驟然開擴起來。在這個佛道盛行的時代，那些荒誕離奇、神祕不可知的鬼神怪異故事，必然是人們極為喜愛的話題。唐朝的女子比較自由，男士們又多風流自賞，發生了不少美麗動人的愛情故事，加上當時的狎妓風氣，妓女才人的悲歡離合，更為人所津津樂道。專橫跋扈的藩鎮，為了鞏固自己的勢力，千方百計的招攬豪士俠客，這些人武藝高超得駭人聽聞，又多古道熱腸，喜歡打抱不平，他們的所作所為，成了人們茶餘飯後最受歡迎的談話內容。要表達這些曲折的故事以及複雜的情感，不再是詩歌和文章所能勝任愉快，人們只得轉而求諸其他，傳奇便因此更為興盛起來。

小說藉筆記的形式出現，已經有很長一段時間，單就文學演進的過程來看，也到了該會發生變化的時候。恰恰又有這麼許多客觀因素湊合在一起，傳奇便這樣因時際會的產生並興盛起來。

## 第三節　唐人傳奇的特色

提到唐人傳奇，最值得注意的一點，是作者寫作的態度。六朝時候的人，把他們聽來的奇說異聞，逐條粗略的記載下來，集得多了，就合成一本筆記小說。像這樣的書，與其說它是小說，倒不如說它是傳錄來得更恰當些。唐朝以後，人們開始有意識的創作小說。既說是「創作」，當然不再走那條傳錄的舊路；既說是「有意識」，對於作品的結構、內容、形式各方面，當然下了不少工夫。傳奇小說所以和筆記小說完全兩個面貌，都是作者「有意識的創作」之結果。

傳奇的特色，第一在它的結構。以往的筆記小說，不過記一人、一地或一時的事，分散開來，只能算「一則」，不能成「一篇」。傳奇就不同了，它多半以單篇行世，每篇少的四、五百字，多的三、四千字，均能自成首尾，敘述一個完整的故事。又有把幾篇傳奇編纂在一起，成為專集的，卻也都各有題目，能獨立成篇，而與書中其他各章不相干係。短篇小說的形式，就這樣完成了。

傳奇不但結構完整，組織也極為嚴密。故事裡應該交代的地方，很少有疏漏掉的；不相關聯的事情，也很少作節外生枝的敘述。傳奇原本是唐朝舉人用來顯露才能的工具，這種剪裁組合的地方，當然要更下功力。在這一方面，筆記小說是不用談了，就連後來的平話、章回，也少有比得上的。

唐人本來就喜歡作詩，寫傳奇的又都是些名士，唐人傳奇因此常見詩句。張文成用駢文寫〈遊仙窟〉，五句一詩，十句一詠，可說是傳奇裡夾詩最多的一篇。許堯佐〈柳氏傳〉裡用了韓翊的「章臺柳，章臺柳！昔日青青今在否？縱使長條似舊垂，也應攀折他人手。」柳氏的「楊柳枝，芳菲節，所恨年年贈離別。一葉隨風忽報秋，縱使君來豈堪折。」兩首詩，使得詩因文顯，文因詩傳，也是詩文界的一段佳話。元稹〈鶯鶯傳〉裡一篇〈明月三五夜〉：「待月西廂下，迎風戶半開。拂牆花影動，疑是玉人來。」更是膾炙人口，比他其餘的任何作品還要流傳得廣。再如〈李章武傳〉、〈非煙傳〉等篇的男女酬答之詩，也都纏綿悱惻頗值一誦。後來宋人的平話，常用詩作引子；明清章回，也多拿詩作起語；雖不能說完全是貽源於此，多少也受了些啟示吧！

唐人傳奇的文字，也極為出色。後代白話小說，借生動靈活的口語，常常很輕易就能成功的敘述一段事情，塑造一個人物。至於用文言寫小說，而能在抒情敘事、刻畫人物上，留給人極為鮮明的印象，歷來都沒有出唐傳奇之右的。像元稹〈鶯鶯傳〉裡寫鶯鶯和張生幽會的一段：

> 俄而紅娘捧崔氏而至。至，則嬌羞融冶，力不能運支體，曩時端莊，不復同矣。是夕，旬有八日也，斜月晶瑩，幽輝半床。張生飄飄然，且疑神仙之徒，不謂從人間至矣。有頃，寺鐘鳴，天將曉。紅娘促去。崔氏嬌啼宛轉，紅娘又捧之而去，終夕無一言。張生辨色而興，自疑曰：「豈其夢邪？」及明，睹妝在臂，香在衣，淚光熒熒然，猶瑩於茵席而已。

沒有一句淫冶浮豔的描寫，而張生的痴態，崔氏的嬌羞，都宛然如在目前。再看杜光庭〈虬髯客傳〉裡寫虬髯客出場的一段：

> 行次靈石旅舍。既設床，爐中烹肉且熟，張氏以髮長委地，立梳床前。公（衛公李靖）方刷馬，忽有一人，中形，赤髯如虬，乘蹇驢而來。投革囊於爐前，取枕欹臥，看張梳頭。公怒甚，未決，猶親刷馬。張熟視其面，一手握髮，一手映身搖示公，令勿怒。急急梳頭畢，斂衽前問其姓。臥客答

曰：「姓張。」對曰：「妾亦姓張。合是妹。」遽拜之。問第幾，曰「第三。」問妹第幾，曰：「最長。」遂喜曰：「今夕幸逢一妹。」張氏遙呼：「李郎且來見三兄！」公驟拜之，遂環坐。曰：「煮者何肉？」曰：「羊肉，計已熟矣。」客曰：「飢。」公出市胡餅。客抽腰間匕首，切肉共食。食竟，餘肉亂切送驢前食之，甚速。客曰：「觀李郎之行，貧士也，何以致斯異人？」曰：「靖雖貧，亦有心者焉。他人見問，故不言。兄之問，則不隱耳。」具言其由。曰：「然則將何之？」曰：「將避地太原。」曰：「然吾故非君所致也。」曰：「有酒乎？」曰：「主人西，則酒肆也。」公取酒一斗。既巡，客曰：「吾有少下酒物，李郎能同之乎？」曰：「不敢。」於是開革囊，取一人頭并心肝。卻頭囊中，以匕首切心肝，共食之。

就這麼幾句對話，幾個簡單的動作，也不夾一些俏皮話或俚俗語，不但把虬髯客的豪爽，張氏的識人，李靖的氣度，都鮮活的表現出來，還為後面赴太原相李世民預作了伏筆。至於寫李世民的「不衫不履，裼裘而來，神氣揚揚，貌與常異」，雖然只短短十六個字，卻更見精神。名士的刻意創作，畢竟不同凡響。

傳奇除了這些文體本身的特色之外，還有兩個與其他小說不同的地方。小說歷來不受人重視，文人如果興起了寫小說的興致，也一定隱姓埋名，不肯給別人知道。宋人的平話起自民間，又是些說書人用的話本，不消說是查不出作者姓名的；明清的章回，《金瓶梅》的作者署名蘭陵笑笑生、《醒世姻緣》的作者署名西周生、《海上花列傳》的作者署名花也憐儂、《花月痕》的作者署名眠鶴主人、《老殘遊記》的作者署名鴻都百鍊生、《孽海花》的作者署名東亞病夫，這都是不願人知的意思。傳奇的情形卻大不相同，除開少數作者姓名亡佚的不算，多半都大大方方的題上自己的真實姓名。這倒並不表示唐人多麼重視小說，只因傳奇是他們所刻意創作了顯炫才情的，恨不得人人都知道，那裡有自己故意遮掩的道理。

另一點，是傳奇和戲曲間的特殊關係。傳奇本是小說裡很重要的一支，但是宋元流行白話小說以後，跟傳奇就像斷了線似的，很少有什麼關聯。倒是後代戲曲，多半扮演唐人傳奇裡的故事，有些戲曲，甚至就把傳奇當作「本事」來加以敷衍。它們之間的體裁雖然不同，彼此關係的密切，卻是不容否認的，明清戲曲所以也被稱作「傳奇」，就是這個原因。由唐人傳奇衍生出來的戲曲，大約有以下幾種：

金董解元的《西廂記》、元王實甫、關漢卿的《西廂記》，取材於元稹的〈鶯鶯傳〉。

元馬致遠的《黃粱夢》、明湯顯祖的《邯鄲記》，取材於沈既濟的〈枕中記〉。

元喬吉的《揚州夢》，取材於于鄴的〈揚州夢〉。

元鄭光祖的《倩女離魂》，取材於陳玄祐的〈離魂記〉。

元尚仲賢的《柳毅傳書》、清李漁的《蜃中樓》，取材於李朝威的〈柳毅傳〉。

元白君寶的《曲江池》、明薛近兗的《繡襦記》，取材於白行簡的〈李娃傳〉。

元白仁甫的《梧桐雨》、清洪昇的《長生殿》，取材於陳鴻的〈長恨歌傳〉。

明王衡的《鬱輪袍記》、清石牧的《鬱輪袍記》，取材於薛用弱《集異記》裡的〈王維〉一篇。

明鄭之文《旗亭記傳奇》、清張龍文《旗亭燕》雜劇、盧見曾《旗亭記傳奇》，取材於薛用弱《集異記》裡的〈王煥之〉一篇。

明湯顯祖的《南柯記》，取材於李公佐的〈南柯太守傳〉。

明湯顯祖的《紫釵記》，取材於蔣防的〈霍小玉傳〉。

明梁伯龍的《紅綃》雜劇、梅禹金的《崑崙奴》，取材於裴鉶《傳奇》裡的〈崑崙奴〉一篇。

明陸采的《明珠記》，取材於薛調的〈無雙傳〉。

明張伯起的《紅拂記》，取材於杜光庭的〈虬髯客傳〉。

清尤侗的《黑白衛》，取材於裴鉶《傳奇》裡的〈聶隱娘〉一篇。

清王夫之的《龍舟會》，取材於李公佐的〈謝小娥傳〉。

後人模仿唐傳奇的很多，可惜神色皆遜，沒有什麼傑出的作品。所以這一節談傳奇的特色，特別標明出唐人傳奇，實在是另有一層寄意的。

## 第四節　傳奇作品舉隅

唐人傳奇，大別可分神怪、戀愛、豪俠三類。但是一篇傳奇，往往這三類都沾些邊。像〈離魂記〉，分明寫王宙與倩娘間的深情，應該屬於戀愛類了，卻偏帶上魂魄與軀體分離這麼件怪事，又似乎不能脫神怪。〈柳毅〉寫洞庭湖龍王的家事，應該屬於神怪類了，卻偏加上龍女託身柳毅的事，又不能離戀愛。〈紅線〉寫女俠紅線的一身絕技，當然屬豪俠一類了，卻偏牽上前世來生的事，又近乎神怪。像這樣扯扯絆絆，也委實教人難以歸類。這裡舉傳奇實例，仍照三類分述，大抵都按重要的情節畫分類別，細枝末節的地方，暫且不理論它們了。

神怪傳奇，第一篇當推王度的〈古鏡記〉，我們就舉它作例。〈古鏡記〉裡列述了九件怪異之事，若是分作一則一則的記載，也不過六朝志怪之類，王度卻用一面古鏡為軸，把幾件事貫穿在一起，寫成一篇文字瑰麗的傳奇小說。其中寫狸婢現形的一段，辭旨詼詭，尤其可觀：

> 至其年六月，度歸長安，至長樂坡，宿於主人程雄家。雄新受寄一婢，頗甚端麗，名曰鸚鵡。度既稅駕，將整冠履，引鏡自照。鸚鵡遙見，即便叩首流血，云：「不敢住。」度因召主人問其故。雄云：「兩月前，有一客攜此婢從東來。時婢病甚，客便寄留，云：『還日當取。』比不復來，不知

其婢由也。」度疑精魅，引鏡逼之。便云：「乞命，即變形。」度即掩鏡，曰：「汝先自敘，然後變形，當捨汝命。」婢再拜，自陳云：「某是華山府君廟前長松下千歲老狸，大行變惑，罪合至死。遂為府君捕逐，逃於河渭之間，為下邽陳思恭義女。思恭妻鄭氏，蒙養甚厚，嫁鸚鵡與同鄉人柴華。鸚鵡與華意不相愜，逃而東，出韓城縣，為行人李無傲所執。無傲，麤暴丈夫也，遂劫鸚鵡遊行數歲。昨隨至此，忽爾見留。不意遭逢天鏡，隱形無路。」度又謂曰：「汝本老狐，變形為人，豈不害人也？」婢曰：「變形事人，非有害也。但逃匿幻惑，神道所惡，自當死耳。」度又謂曰：「欲捨汝，可乎？」鸚鵡曰：「辱公厚賜，豈敢忘德。然天鏡一照，不可逃形。但久為人形，羞復故體，願緘於匣，許盡醉而終。」度又謂曰：「緘鏡於匣，汝不逃乎？」鸚鵡笑曰：「公適有美言，尚許相捨，緘鏡而走，豈不終恩？但天鏡一臨，竄跡無路，唯希數刻之命，以盡一生之歡耳。」度登時為匣鏡；又為致酒，悉召雄家鄰里，與宴謔。婢頃大醉，奮衣起舞而歌曰：「寶鏡寶鏡！哀哉予命！自我離形，於今幾姓？生雖可樂，死必不傷。何為眷戀，守此一方！」歌訖，再拜，化為老狸而死。一座驚歎。

唐人傳奇，寫戀愛故事的極多。雖不見得個個都是大團圓的結局，泰半都有個還算圓滿的收場，就連〈鶯鶯傳〉那樣始亂終棄的故事，最後也男婚女嫁，各得其所。最「淒惋欲絕」的，要推〈霍小玉傳〉，寫李益的負心，霍小玉的專情，讀之令人心酸，是中國小說中少有的悲劇之一：

其後年春，生以書判拔萃登科，授鄭縣主簿。至四月，將之官，便拜慶於東洛。長安親戚，多就筵餞。時春物尚餘，夏景初麗，酒闌賓散，離思縈懷。玉謂生曰：「以君才地名聲，人多景慕，願結婚媾，固亦眾矣。況堂有嚴親，室無家婦，君之此去，必就佳姻。盟約之言，徒虛語耳。然妾有短

> 願，欲輒指陳，永委君心，復能聽否？」生驚怪曰：「有何罪過，忽發此辭？試說所言，必當敬奉。」玉曰：「妾年始十八，君纔二十有二，迨君壯室之秋，猶有八歲。一生歡愛，願畢此期。然後妙選高門，以諧秦晉，亦未為晚。妾便捨棄人事，剪髮披緇，夙昔之願，於此足矣。」生且媿且感，不覺涕流。因謂玉曰：「皎日之誓，死生以之，與卿偕老，猶恐未愜素志，豈敢輒有二三。固請不疑，但端居相待。至八月，必當卻到華州，尋使奉迎，相見非遠。」更數日，生遂訣別東去。到任旬日，求假往東都覲親。未至家日，太夫人已與商量表妹盧氏，言約已定。……生自以愆期負約，又知玉疾候沉綿，慚恥忍割，終不肯往。……玉沉綿日久，轉側須人。忽聞生來，欻然自起，更衣而出，恍若有神。遂與生相見，含怒凝視，不復有言。羸質嬌姿，如不勝致，時復掩袂，返顧李生。感物傷人，坐皆欷歔。頃之，有酒餚數十盤，自外而來。一座驚視，遽問其故，悉是豪士之所致也。因遂陳設，相就而坐。玉乃側身轉面，斜視生良久，遂舉杯酒，酬地曰：「我為女子，薄命如斯；君是丈夫，負心若此。韶顏稚齒，飲恨而終。慈母在堂，不能供養；綺羅絃管，從此永休。徵痛黃泉，皆君所致也。李君李君，今當永訣！我死之後，必為厲鬼，使君妻妾，終日不安。」乃引左手握生臂，擲盃於地，長慟號哭數聲而絕。

歷代寫武俠豪客的小說極多，但是絕大部分都以男性為中心。清人文康寫了一部《兒女英雄傳》，重頭戲都落在女俠十三妹身上，可說是比較特出的了。可惜十三妹的結局，卻是和張金鳳共嫁安驥，做了一個平凡的婦道人家，仍然不脫男性中心的意識。只有唐人傳奇裡，獨多女性俠客，像謝小娥、紅線、聶隱娘，都是些不讓鬚眉的巾幗，這也是唐人豪俠傳奇的一個特色了。袁郊的〈紅線傳〉，寫潞州節度使薛嵩家之寵婢紅線，知音樂，通詩書，為嵩負責整理文書。潞州與魏博鄰界；魏博節度使田承嗣欲占潞州土地，嵩日夜焦慮，於是：

紅線曰：「主自一月，不遑寢食，意有所屬，豈非鄰境乎？」嵩曰：「事繫安危，非汝所料。」紅線曰：「某雖賤品，亦可解主之憂。」嵩乃具告以事，曰：「我承祖父遺業，受國重恩，一旦失其疆土，即數百年勳業盡矣。」紅線曰：「不足勞主憂，乞放某一到魏郡，看其形延，覘其有無；今一更首途，三更可以復命。」嵩大驚曰：「不知汝是異人，我之暗也。然事若不濟，反速其禍，奈何？」線曰：「某之行，無不濟者。」乃入閨房，拭其行具，梳烏蠻髻，攢金鳳釵，衣紫繡短袍，繫青絲輕履，胸前佩龍文匕首，額上書太乙神名；再拜而倏忽不見。嵩乃返身閉戶，背燭危坐。常時飲酒，不過數合，是夕舉觴十餘不醉。忽聞曉腳吟風，一葉墜露，驚而試問，即紅線迴矣。嵩喜而慰問曰：「事諧否？」曰：「不敢辱命。」又問曰：「無殺傷否？」曰：「不至是。但取床頭金合為信耳。」紅線曰：「某子夜前三刻，即到魏郡，凡歷數門，遂及寢所。聞外宅男止於房廊，睡聲雷動。見中軍士卒，步於庭廡，傳呼風生。某發其左扉，抵其寢帳。見田親家翁正於帳內，鼓趺酣眠，頭枕文犀，髻包黃穀，枕前露一七星劍。劍前仰開一金盒，盒內書生身甲子與北斗神名。復有名香美珍，散覆其上。揚威王帳，但期心豁於生前，同夢金堂，不覺命懸於手下。寧勞擒縱，只益傷嗟。時則蠟炬光凝，爐香燼煨，侍人四布，兵器森羅。或頭觸屏風，鼾而嚲者；或手持巾拂，寢而伸者。某拔其簪珥，縻其襦裳，如病如昏，皆不能寤。遂持金盒以歸。既出魏城西門，將行二百里，見銅臺高揚，而漳水東注；晨飆動野，斜月在林。憂往喜還，頓忘於行役；感知酬德，卿副於心期。所以夜漏三時，往返七百里；入危邦，經五、六城；冀減主憂，敢言其苦。」嵩乃發使遺承嗣書曰：「昨夜有客從魏中來，云：自元帥頭邊獲一金盒，不敢留駐，謹卻封納。」專使星馳，夜半方到。見搜捕金盒，一軍憂疑。使者以馬撾扣門，非時請見。承嗣遽出，以金盒授之。捧承之時，驚怛絕倒。

唐人傳奇既是單篇獨傳，非常容易失散，我們現在所能見到的，大半靠《太平廣記》的收錄。此外，像宋李昉等輯的《文苑英華》、明顧元慶輯的《顧氏文房小說》等，也都有所收錄，只是數量上並不太多罷了！

# 第三章　從平話到章回小說

## 第一節　平話興起的原因

小說由唐人綺麗濃豔的文言傳奇，進而為宋人俚俗淺近的語體話本，其間的轉變，幾乎毫無脈絡可尋。實際上，平話的演進，自有它另一條路線，跟以往的文言小說，全然不是同一個系統。

平話的起源，可以上推到唐朝。元稹有一首〈寄白樂天代書一百韻〉詩，寫道：「翰墨題名盡，光陰聽話稀。」他自加注解說：「樂天每與余同遊，常題名於層壁；顧復本說一枝花，自寅至巳。」據《異聞錄》的記載，一枝花是長安名妓李娃的別名，白居易的弟弟白行簡就寫過〈李娃傳〉。顧復本既說一枝花的故事，必然是個和宋朝說話人相彷彿的人物。不過他的對象如果是元、白之屬，說話的內容可能要典雅些，沒有宋人話本那麼俚俗。晚唐段成式寫《酉陽雜俎續集》，提到：「予太和末，因弟生日，觀雜戲，有市井小說，呼扁鵲作褊鵲，字上聲。」推想起來，市井小說要比顧復本說話，更接近宋人平話了。

市井小說既在唐朝就已經存在了，為什麼要到宋朝才得以興盛呢？這與小說本身的演進和當時的社會環境極有關係。

唐人小說，自有傳奇作主流，對俚俗的市井小說是不屑一顧的。段成式把它包括在「雜戲」裡，很能代表唐人的一般看法。但是唐朝以後，產生傳奇的各種時代背景及客觀因素，都漸漸消失，傳奇的黃金時代已經結束；到了五代時候，遂為通俗文所取代。通俗文流傳到今天，只剩下四種：〈孝子董永傳〉、〈秋胡故事〉、〈伍子胥入吳〉和〈唐太宗入冥記〉的殘本。這些通俗故事，雖然文字簡陋，用語不夠成熟，但畢竟是拿口語寫成的。像〈唐太宗入冥記〉的殘篇：

判官懆惡，不敢道名字。帝曰：「卿近前來。」輕道：「姓崔名子玉。」「朕當識。」言訖，外人引皇帝至院門，使人奏曰：「伏惟陛下且立在此，容臣入報判官速來。」言迄，使來者到廳拜了。「啟判官：奉大王處，太宗是生魂到，領判官推勘，見在門外，未敢引。」判官聞言，驚忙起立。

宋、元的白話小說，顯然是由此衍生的。然而，五代這種通俗文又從何而起的呢？跟通俗文一起在敦煌發現的變文，是最好的解答。變文的形式，是韻散夾雜的；而散文那一部分，用語體寫的又極多；雖然這些語體散文都很生硬，至少是一種嘗試性的開始。唐朝就已經有變文了，起初不過用來演述佛事，後來漸漸也演述史事與雜事，到五代時候，支生出通俗文，是非常自然的事。平話裡常常夾用韻語，顯然就是變文中韻語部分的遺痕。

用白話寫小說的風氣，由於變文和通俗文的行世，漸漸普遍起來。經過一再的練習，技巧上也有了長足的進步。到了宋朝，「宋元書會中人，本長詞翰；瓦舍技藝，亦儘有魁傑；且其曲喻近指，談言微中，固已有當於學士之心。遂有好事之人，為之潤色增益，去其繁複詠歎之音，而博之以趣味，裁之以篇章，別行刊印。」（孫楷第《中國通俗小說書目》）平話便這樣盛行起來。

宋朝的社會環境，是造成平話興盛的另一個有力因素。在中國歷史上，趙宋算不得一個強而有為的政府，但是社會的繁榮景氣，卻似乎要遠盛於前朝。人民的生活豐裕了，許多通俗的平民文學也因之而勃興。宋初瞿存齋過汴京，詩裡就有「陌頭盲女無限愁，能撥琵琶說趙家」的記載；南宋劉克莊也寫過「死後是非誰管得，滿村聽說蔡中郎」的句子。可見從北宋到南宋，一直是平話、彈詞等民間藝術的興盛時期。

平話也受到宋朝帝王的特別愛好。明郎瑛的《七修類稿》卷二十二裡記載著：「小說起宋仁宗。蓋時太平盛久，國家閒暇，日欲進一奇之事以娛之。故小說得勝頭迴之後，即云：『話說趙宋某年……。』」平話小說的來源很早，說它起自仁宗，當然不大妥當。但是仁宗喜歡聽新奇的故事，平話必然是在他那時候，開始盛行於宮廷。

宋室南渡以後，仍是一片歌舞昇平的景像。原來在汴京的說話人，多半又到了杭州；這種通俗文學的盛況，遂得以持續不衰。恰好南宋孝宗皇帝，「以天下養太上，命侍從訪民間故事，日進一回，謂之說話人。」《今古奇觀序》〈古今小說序〉裡也說：「南宋供奉局，有說話人，如今說書之流。」官家既然這麼重視話本，上行下效，民間焉有不盛行的道理？南宋所以成為平話的黃金時代，就是這個原因。

唐代的古文運動，對於傳奇的產生貢獻很大；宋代文章，對平話的盛行也未嘗沒有影響。北宋本來是古文大興的時代，唐宋古文八大家裡，倒有六個是宋人。但是宋儒起來以後，著書喜歡用語錄。所謂語錄，不過是語體的記錄罷了，在文學上當然沒有什麼價值，也沒有什麼地位；但是對於口語的運用，卻是一個很好的練習機會。文人的語錄，對於民間的白話小說，無疑是具有一些鼓舞作用的。

使得平話興盛的最後一個原因，是印刷術的發達。在宋以前，書籍多半都是手抄本，不大容易流傳。宋代的畢昇，發明了膠泥刻字法。這種活字版，造成了書籍普遍發行的便利，人民閱讀的機會，因此增加了許多。說話人的話本，因為是用白話寫的，所以沒有文言那麼簡鍊，篇幅也比較長些，如果要像唐人傳奇一樣用手抄的話，大概沒有多少人有這種興致；全靠新印刷術的誕生，平話才能夠大量發行，深深打入廣大的讀者群中。

## 第二節　平話的形體和特色

跟唐人傳奇比起來，平話的形式體制完全另是一套。短篇平話，有一個很固定的格式：前有引子，後有收場詩。前面的引子，或稱「入話」，或稱「笑耍頭回」，或稱「得勝頭迴」，大別可以分成兩類：一是用詩詞作引子，像〈碾玉觀音〉，一口氣舉了四闋詞、七首詩；〈西山一窟鬼〉，由一闋〈念奴嬌〉，牽帶出十七闋詞來，規模真是宏大得很。一是用故事作引子，像〈錯斬崔寧〉、〈馮玉梅團圓〉等，都先另講一段事體來開場。至於〈拗相公〉那樣引了詩詞和歷史來發議論的，可說是介於二者之間了。

平話所以這麼不嫌麻煩的加上一個「大」引子，跟說話人的職業需要很有關係。大概聽眾進場的時間，並不能完全一致，說話人為了要使遲來的聽眾也能聽到一個完整的故事，不得不在故事正式開始以前，另說許多其他的話。這些故事之前的閒話，就成了平話小說特有的引子。

說話人從生意著眼的結果，不但給平話添了個引子，而且每每在故事說到緊要關頭時，忽然硬生生的打住，來上兩句韻語，便告一段落。說話者的本意，不外是為了引起聽眾的好奇心，誘使他們下次再來罷了；卻因此造成了平話所獨具的一個特殊形式。像〈碾玉觀音〉，分成上下兩篇，上篇寫到碾玉待詔，崔寧帶著秀秀養娘逃走，不料行藏竟被人識破：

只見一個漢子，頭上帶個竹絲笠兒，穿著一領白緞子兩上領布衫，青白行纏扎著褲子口，著一雙多耳麻鞋，挑著一個高肩擔兒；正面來，把崔寧看了一看。崔寧卻不見這漢面貌，這個人卻見崔寧，從後大踏步尾著崔寧來。正是：誰家稚子鳴榔板，驚起鴛鴦兩處飛。

說話人弄出了這麼一個緊張場面，卻停了說話，只藉這兩句詩，就把上篇結束，正是一個典型的例子。後出的章回小說，每章末了總要說句：「欲知後事如何，且聽下回分解。」就是從這裡演變來的。平話既然每段都拿詩作結，在全篇末尾，少不得也有兩句塟底的詩。以詩結尾，就成了平話的定格。

平話裡還夾用了一種很奇特的文體，這種文體，以四、六、七言混雜的形式出現，專門用在描狀寫景的地方。〈西山一窟鬼〉裡拿它來寫蘇公堤上遊春的人：

人煙輻輳，車馬駢闐，只見和風扇景，麗白增明。流鶯囀綠柳陰中，粉蝶戲奇花枝上。管絃動處，是誰家舞榭歌臺？語笑喧時，斜側傍春樓夏閣。香車競逐，玉勒爭馳。白面郎敲金鐙響，紅妝人揭繡簾看。

〈志誠張主管〉裡拿它來寫張員外的小夫人：

新月籠眉，春桃拂臉。意態幽花殊麗，肌膚嫩玉生光。說不盡萬種妖嬈，畫不出千般豔冶。何須楚峽雲飛過，便是蓬萊殿裡人。

〈碾玉觀音〉裡拿它來寫郡王府的大災：

初如螢火，次若燈火。千條蠟燭焰難當，萬座糝盆敵不住；六丁神推倒寶天爐，八力士放起焚山火。驪山會上，料應褒姒逞嬌容；赤壁磯頭，想是周郎施妙策。五通神捧住火葫蘆，宋無忌趕番赤騍子。又不曾瀉燭燒油，直恁的煙飛火猛。

但凡看過唐代變文的人，對這種文體，必然覺得十分眼熟。而平話承繼了一部分變文血統的事實，也就在這個地方很清楚的顯現出來。這類特殊的文章形式，後來也為章回小說所沿用。《西遊記》裡，孫悟空每一次大戰妖魔，不都要來上這麼一段嗎？

長篇平話的體制，大抵與短篇相似，只是在段落之間，分畫得更明確些。像《大唐三藏取經詩話》，不但分章，每章還有題目，簡直就具備了章回小說的雛形。此書的第一章題文皆缺，我們舉它的第二章來看：

行程遇猴行者處第二

僧行六人，當日起行。法師語曰：「今往西天，程途百萬，各人謹慎。」小師應諾。行經一國已來，偶遇一日午時，見一白衣秀才從正東而來，便揖和尚：「萬福！萬福！和尚今往何處？莫不是再往西天取經否？」法師合掌曰：「貧僧奉勅，為東土眾生未有佛教，是取經也。」秀才曰：「和尚生前兩迴去取經，中路遭難；此迴若去，千死萬死。」法師云：「你如何得知？」秀才曰：「我不是別人，我是花果山紫雲洞八萬四千銅頭鐵額獼猴王。我今來助和尚取經。此去百萬程途，經過三十六國，多有禍難之處。」法師應曰：「果得如此，三世有緣。東土眾生，獲大利益。」當便改呼為猴行者。僧行七人，次日同行，左右伏事。猴行者乃留詩曰：

百萬程途向那邊，今來佐助大師前。一心祝願逢真教，同往西天雞足山。

三藏法師詩答曰：

此日前生有宿緣，今朝果遇大明賢。前途若到妖魔處，望顯神通鎮佛前。

像末尾這樣以詩作結的方式，為其他每一章所採用。而這些詩句，又都由書中人物所吟出，看來與戲劇裡的下場詩，性質十分相近。平話裡不是像這樣有詩有話、就是有詞有話，所以又別有「詩話」和「詞話」種種名稱。

至於宋人平話的特色，最重要的一點，應該是白話文的運用。雖然早在宋以前，像唐代變文和五代通俗文，都已經嘗試著用語體來寫故事了。可惜這作品極粗陋，顯不出白話文的好處，只能算是初步的試作。中國白話小說的正式開始，還要從宋人平話算起。當然，平話也有比較拙劣的，長篇就不如短篇來得好。不過，一般說來，宋人運用白話的能力，已經非常成熟了，像〈錯斬崔寧〉裡的這一段：

卻說劉官人馱了錢，一步一步捱到家中敲門，已是點燈時分。小娘子二姐獨自在家，沒一些事做，守得天黑，閉了門，在燈下打瞌睡。劉官人打門，他那裡便聽見？敲了半晌，方纔知覺，答應一聲：「來了！」起身開了門。劉官人進去，到了房中，二姐替劉官人接了錢，放在桌上，便問：「官人何處挪移這項錢來？卻是甚用？」那劉官人一來有了幾分酒，二來怪他開得門遲了，且戲言嚇他一嚇；便道：「說出來，又恐你見怪；不說時，又須通你得知。只是我一時無奈，沒計可施，只得把你典與一個客人。又因捨不得你，只典得十五貫錢。若是我有些好處，加利贖你回來；若是照前這般不順溜，只索罷了！」那小娘聽了，欲待不信，又見十五貫錢堆在面前；欲待信來，他平白與我沒半句言語，大娘子又過得好，怎麼便下得這等狠心辣手？狐疑不決，只得再問道：「雖然如此，也須通知我爹娘一聲。」劉官人道：「若是通知你爹娘，此事斷然不成。你明日且到了人家，我慢慢央人與你爹娘說通，他也須怪我不得。」小娘子又問：「官人今日在何處吃酒來？」劉官人道：「便是把你典與人，寫了文書，吃他的酒纔來的。」小娘子又問：「大姐姐如何不來？」劉官人道：「他因不忍見你分離，待得你明日出了門纔來。這也是我沒計奈何，一言為定。」說罷，暗地忍不住笑；不脫衣裳，睡在床上，不覺睡去了。

這樣極漂亮極流利的白話文，平話以前，又何曾出現過？就是明清章回，也不能盡如這樣自然。推究其原因，平話是民間通俗文學，不會有扭捏作態的弊病，此其一；平話是說話人用的話本，說話人說話所用的口語，當然比文人筆下寫的口語來得流暢生動，此其二。這兩個因素，就造成了平話外形上的一大特色。

變文本來是佛門子弟用來傳教的工具，平話與變文的淵源既深，在內容上免不了也受到變文的影響。就拿《京本通俗小說》裡現存的七個故事來說，除了〈錯斬崔寧〉之外，多少都帶了些神鬼迷信的色彩；

而因果報應的意識尤其濃厚。說話人對〈菩薩蠻〉故事的結論是：「從來天道豈痴聾？好醜難逃久照中，說好勸人歸善道，算來修德積陰功。」對〈馮玉梅團圓〉故事的結論是：「十年分散天邊鳥，一旦團圓鏡裡鴛。莫道浮萍偶然事，總由陰德感皇天。」其他各篇，也大抵如是。這種勸人積陰德的習慣，再稍一轉，自然就近於教誨了。〈志誠張主管〉裡說：

> 只因小夫人生前甚有張勝的心，死後猶然相從。虧殺張勝立心至誠，到底不曾有染，所以不受其禍，超然無累。如今財色迷人者紛紛皆是；如張勝者，萬中無一。

〈錯斬崔寧〉裡說：

> 只因世路窄狹，人心叵測，大道既遠，人情萬端。熙熙攘攘，都為利來；蚩蚩蠢蠢，皆納禍去。持身保家，萬千反覆。所以古人云：「顰有為顰，笑有為笑。顰笑之間，最宜謹慎。」

這些話，竟像板起臉來教訓人了。這麼濃厚的教育意味，是其他各類型的小說中很少見的。平話的另一特色，也就在這裡了。

## 第三節　章回小說的發達

白話小說，由宋人短篇平話而長篇平話，而章回小說，原是循著一個非常合理的軌跡前進；因此，對於章回小說的產生，並沒有再加深究的必要。這一節裡，我們所要討論的，乃是元明清之際，章回小說所以會異常發達的時代背景。

元朝以異族入主中國，他們本身固然文化水準極低，對於士人地位的歧視，更是前所未見。據說當時人有十級：一官、二吏、三僧、四道、五醫、六工、七獵、八民、九儒、十丐。儒的地位，不過僅高於丐而已。在這種情形下，士人的前途顯然是極黯淡的。志節較高的漢族文人，痛恨蒙人的殘暴，往往借文字以宣洩心中的憤慨與抑鬱。這種感情，當然不能赤裸裸的直述出來，只好用戲劇、小說的形式作較委婉而隱晦的表示。拿元朝兩本最有名的小說：《水滸傳》和《三國演義》來說，雖然作者施耐庵和羅貫中的生平事蹟已經不可詳考，但是看前書對貪官汙吏和不良政治所表現的厭惡態度，後書對忠貞和奸惡所作的判然不同的描寫，極可能就是這種反元心理的產物。

明太祖刻薄猜忌的個性，明成祖狠毒殘酷的手段，使得明朝的文學思想界，剛開始就蒙上一層陰影。當時的文人，面對著方孝孺被滅十族的血淋淋的事實，當然不可能還保有唐人那樣雄偉壯闊的氣魄，宋人那樣清新靈動的思想。在這樣的時代背景下，也就難怪明代文壇會大為盛行擬古文學了。實際上，古文也好、詩也好、詞也好，都已經越過了它們的黃金時代，無可避免的日趨於衰老一途；到明朝這個時候，不可能再有什麼大的發展。一般有識之士，既不甘心箝口不言，又看到當時詩文的沒落景象，對於新興的章回小說，自然寄予莫大的興趣。《金瓶梅》的作者雖不可考，但是沈德符《野獲編》認為：「聞此為嘉靖間大名士手筆。」欣欣子的〈金瓶梅詞話序〉又說：「蘭陵笑笑生作《金瓶梅傳》，寄意於時俗，蓋有謂也。」可見大名士寄意於時俗而作章回小說的觀念，已經為時人所接受了。至於吳承恩的《西遊記》，表面上看來是神怪小說，而且故事大綱也前有所本，但是仔細推尋他取材的角度和人物的刻畫，竟在神怪之外還別有影射、別有涵義。由此看來，明人對小說的態度，早已不止是「寫一個故事」而已了。

中國小說到隋唐之際已經正式成形，但是一直不能在文壇上獲有一個正式地位。唐人傳奇雖然出於文士之手，不過是他們用來自炫的工具而已；宋人平話雖然受到王室的喜愛，終究被當作娛樂消遣品看待。直到明代，才有人真正注意到小說的文學價值。李卓吾就對《水滸傳》最為激賞，認為它是發憤之作，為它寫序，把它跟秦漢文章與六朝詩歌相提並論。袁中郎更進一步倡言《水滸傳》、《金瓶梅》是「逸典」，對於章回小說，可謂推崇備至。明末金人瑞（字聖歎）評天下六才子書，包括：㈠《莊子》、㈡〈離騷〉、㈢《史記》、㈣杜詩、㈤《水滸》、㈥《西廂》。他為《三國演義》作序，又認為「第一才子之目，又果在三國也」，把《水滸傳》和《三國演義》的地位，抬得更高。馮夢龍為他編的《三言》作序，談到自己定書名作「明言」、「通言」、「恆言」的涵義說：「明者取其可以導愚也；通者取其可以適俗也；恆者則習之而不厭，傳之而可久也。」在小說的文學價值之外，又提出了它所具有的社會價值。被視作不值一顧的「俗文學」的小說，從此方為文人所重視。明代小說受了這種鼓勵，當然更為興盛。

滿清是繼元朝以後，另一個入主中原的外族。為了抑制漢人的反清思想，清朝的最初幾個皇帝，都曾大興文字獄。聖祖初年，湖州莊廷鑨因為編刻明朱國楨的《史概》，被剖棺戮屍，子弟二百多人被誅。晚年為了戴名世的《南山集》，又株連了好幾百人獲罪。世宗時候，呂留良的案子，更駭人聽聞。傳至高宗，文網愈密，單是有案可查的文字獄，就有六十多件，連校對的人，都一併坐死。一時英拔之士，為了避觸時諱，只有把聰明才智轉用到訓詁、音韻、校勘上去，清朝的考證之學，因而大興。至於那些仍然留心於文學的人，多半重又走上復古的舊路，使得清朝文壇，很有一點與西方文藝復興期同樣的意趣。不過各種文體在明朝就已經呈現衰頹之勢；到了清朝，連年輕一點的戲曲也略露老態，清朝的才智之士雖多，終無力給它們帶來新的春天。只有小說一體，每代以不同的形式出現，走到章回小說這一型，還歷時未久，正呈一片蓬勃的生機。因此有清一代的文學，就其價值而論，數小說最高。小說在唐代受制於詩，在宋代受制於詞，在元明受制於戲曲，到了這時，總算脫穎而出，成為當時的代表文學。

明清科舉，以八股文取士，一時天下讀書人都在制義時文上下功夫，不知泯滅了多少人的性靈。《儒林外史》裡譏諷一個點了四川學差的老先生，說他連蘇軾是誰都不知道。雖然是個杜撰的笑話，當時風氣，由此也就可想而知了。一些才分極高、心志極傲的人，既不甘心摒棄自己的理想與情感，而隨逐流俗，作八股文，在科舉場上自然不甚得意，就只有轉而借小說來寄情抒懷。一些偉大的小說作家，像寫《西遊記》的吳承恩、寫《野叟曝言》的夏敬渠、寫《儒林外史》的吳敬梓、寫《紅樓夢》的曹雪芹、寫《鏡花緣》的李汝珍、寫《聊齋誌異》的蒲松齡，都是這等人物。八股文對小說的發展，竟然有如此大的影響力，真是讓人意想不到！

清季末葉，章回小說已漸呈疲弱之態，卻恰好遇到時局世態的大變動，以社會情狀為題材的寫實小說又蔚然興起。李寶嘉的《官場現形記》、吳沃堯的《二十年目睹之怪現狀》、劉鶚的《老殘遊記》、曾樸的《孽海花》，這些號稱「譴責政治腐敗、暴露社會黑暗」的作品，使章回小說在歷元、明、清三代而形將結束之際，還能夠維持一個極熱鬧光采的局面。

## 第四節　章回小說的體例

平話是說給人聽的，只要說的人講得熱鬧，聽的人覺得精采，大家盡歡而散，就算是大功告成；對於辭藻的修飾和情節的安排，並不十分注意。因此，短篇平話間或還能以生動自然見長，長篇平話卻多半乏善可陳。章回是寫給人看的，在先決條件上就跟平話不一樣。同是用白話，平話只需求流暢，章回還要講優美；同是記故事，平話可以簡單，章回就不能不複雜。所以明清章回，都是文筆極佳的長篇小說。

出人意外的是，章回雖然在根本上和平話有這麼大的差異，在體例上卻跟平話十分相近。尤其是一些特殊的用語，使得章回小說看起來簡直就像是比較成熟的長篇平話一樣。清朝石玉崑寫了一本《三俠五義》，跟一般的章回小說面貌完全相似，但是石玉崑是咸豐年間的說書人，這本書很可能就是他說書用的底本。由此看來，章回跟平話的分別，竟不是絕對的了。如果我們把章回看作是平話的延長與擴大，似乎也並不為過。

平話前面有個引子，這個引子，到了章回裡就成了楔子。像《水滸傳》拿洪太尉誤走妖魔一段作楔子；《儒林外史》拿王冕一段作楔子，這是特地標出「楔子」兩個字的。再如《醒世姻緣》頭裡有一篇議論，題作「引起」，雖然名目不同，性質是一樣的。也有些並沒有特別標目，其實是當作楔子用的，像《紅樓夢》第一回裡談通靈寶玉的來歷；《老殘遊記》第一回裡老殘的一夢；《花月痕》第一回裡學究與說話人的談話，都分明是楔子的地位身分。

楔子或被獨立出來，不算回數，像《水滸傳》的楔子：「張天師祈禱瘟疫，洪太尉誤走妖魔」，就沒有算在七十回中。也有把楔子算作一回的，像《儒林外史》的楔子：「說楔子敷陳大義，借名流隱括全文」，就是全書五十五回裡的第一回。除了楔子以外，每段都獨立成回，這倒是各書一致的。章回小說之所以稱為「章回」，便緣由於此。每一回的內容，都被濃縮成對句，放在最前面，像是本回的題目一樣。長篇平話《大唐三藏取經詩話》，大概是最早在各章各回前面冠以題目的。不過題目的形式比較單純，像第二章題作「行程遇猴行者處」、第三章題作「入大梵天王宮」，都是諸如此類簡簡單單的幾個字。到章回小說，才正式用對句作子題。所用的對句，以七字句和八字句最普遍。偶爾也有四言的，像《西遊記》第十四回的「心猿歸正，六賊無蹤」。也有五言的，像同書第二十三回的「三藏不忘本，四聖試禪心」。不過都不多見罷了。一般章回，子題的字數都很整齊，《紅樓夢》一百二十回，全用八言對句；《醒世姻緣》一百回，全用七言對句。卻也有字數差參的，《水滸》、《三國》、《儒林外史》都是七字對句和八字對句混用，《西遊記》更雜用了四言、五言、七言、八言，似乎並沒有一定的規則。

平話裡由變文沿襲過來的駢體，也為章回所採用。《西遊記》裡寫孫悟空初入南天門：

初登上界，乍入天堂，金光萬道滾紅霓，瑞氣千條噴紫霧。只見那南天門，碧沉沉，玻璃造就；明幌幌，寶玉妝成。兩邊擺數十員鎮天元帥，一員員頂樑靠柱，持銑擁旄；四下列十數個金甲神人，一個個執戟懸鞭，持刀仗劍。外廂猶可，入內驚人：裡壁廂有幾根大柱，柱上纏繞著金鱗耀日赤鬚龍；又有幾座長橋，橋上盤旋著綵羽凌空丹頂鳳。明霞幌幌映天光，碧霧濛濛遮斗口。……

《紅樓夢》裡形容賈寶玉的服飾形像：

頭上戴著束髮嵌寶紫金冠，齊眉勒著二龍戲珠金抹額；一件二色金百蝶穿花大紅箭袖，束著五彩絲攢花結長穗宮絛，外罩石青起花八團倭緞排穗褂；登著青緞粉底小朝靴。面若中秋之月，色如春曉之花；鬢若刀裁，眉如墨畫；鼻如懸膽，睛若秋波。雖怒時而似笑，即瞋視而有情。

描寫林黛玉的容貌體態：

兩彎似蹙非蹙籠煙眉，一雙似喜非喜含情目。態生兩靨之愁，嬌襲一身之病。淚光點點，嬌喘微微。閒靜似嬌花照水，行動如弱柳扶風。心較比干多一竅，病如西子勝三分。

這幾段，活脫便是變文的再現。只是使用的次數，已經沒有平話那麼多了，連形式也漸漸有所改變。到了章回晚期，像這樣的文字，雖然還能零零散散的看到幾句，想要再找上完整的一大段，簡直是不可能了。白話文既日趨成熟與普遍，這種文體自然沒有容身的餘地了。

章回小說每回的末尾，喜歡用這麼兩句：「欲知後事如何，且聽下回分解」，完全一副說話人的口吻。到後來，雖也有把「且聽下回」改作「且看下回」的，但是由平話演進而來的痕跡，終究還是十分明顯。

章回又多用「此是後話，表過不提」、「話分兩頭」、「話表」、「話說」、「且說」這些說話人專用的術語，使得它與平話的形貌，更為接近了。

章回小說的體例，大抵如是。至於每回前面加詩詞，像《醒世姻緣》那樣的；每回後面附對句，像《三國演義》附兩句七言、《儒林外史》附一聯四六那樣的，都是自創一格，並非通例，也就不必一一贅述了。

賽珍珠在《中國小說論》裡有一段話，談到中國小說的缺點，她說：「依照西方的標準，這些中國小說是不完善的。它們沒有從頭到尾的計畫，結構並不嚴密，像真的人生一樣地沒有計畫。篇幅每每太長，事件太多，人物太多，材料上是真假雜揉，手法上是浪慢與寫實雜混。」如果用現代的眼光來看章回小說，這些話倒似乎不無道理。章回當然不是完全沒有計畫，但是它的結構確實很鬆弛，就連幾本極夠水準的作品，到了末尾幾段也常給人後勁不繼的感覺。金聖歎所以要腰斬《水滸傳》，《紅樓夢》所以有八十回之後不是曹雪芹之作的說法，都是這個緣故，可說是章回小說的通病了。

章回小說雖然往往犯了「像真的人生一樣地沒有計畫」的缺點，卻也因為「像真的人生一樣」而顯得特別溫潤自然。賽珍珠在《中國小說論》裡也提到：「我在中國所受的教育告訴我，一個好小說家應該以自然高於一切。那就是與材料完全融合。他的全部責任就是把許多時間、地點和事件合於韻律，完全和諧。」韻律與和諧，本來是中國舊小說所共有的特色。由於章回小說的篇幅比唐人傳奇、宋人平話要長些，規律也宏大得多，所以表現得格外明顯了。

# 第四章　著名章回小說評介

## 第一節　水滸傳與三國演義

《水滸傳》的主角宋江，歷史上確有其人。《宋史・徽宗本紀》記載著：「淮南盜宋江等犯淮陽軍，遣將討捕；又犯京東、河北，入楚海州界。命知州張叔夜招降之。」〈張叔夜傳〉裡也提到他說：「宋江起河朔，轉略十郡，官軍莫敢攖其鋒。」小說家鋪演歷史，遂成了當時極為流行的故事。《大宋宣和遺事》裡就寫有宋江等三十六人的行事，只是文字比較簡略罷了。南宋國衰勢弱，屢受外族欺侮，一般老百姓，對於宋江這樣以三十六人橫行齊、魏，對抗官兵數萬而不懼的人物，不免當作英雄人物來崇拜。連士大夫階級對他們也頗有好感。當時的畫手高如、李嵩為他們作畫像，龔聖與寫贊，周密寫贊跋，都以草莽英雄視之。這些人身受國破之痛，只恨沒有一個強人出來掃除賊虜、重振宋室，不免藉宋江等人寄慨述懷。所以真正的宋江雖然是個江湖大盜，流傳在民間的水滸故事，卻把梁山賊黨形容成「忠心報答趙官家」的好漢。這種想法，對於《水滸傳》的作者，必然產生不小的影響。《水滸傳》全名《忠義水滸傳》，忠義兩字，便由此而來。

宋江等人歸順以後的下落，歷史上並沒有明文記載，倒是洪邁的《夷堅乙志》中，提到這麼一件事：

宣和六年七月，戶部侍郎蔡居厚罷；知青州，以病不赴，歸金陵，疽發於背，卒。未幾，其所親王生亡而復醒，見蔡受冥譴，囑生歸告其妻，云：「今只是理會鄆州事。」夫人慟哭曰：「侍郎去年帥鄆時，有梁山濼賊五百人受降，既而悉誅之。吾屢諫，不聽也。」乃作黃籙醮，為謝罪乞命。

這種說法，當然不能盡信；但是由此推想，梁山諸人的下場，大約是十分悲慘的。所以在《忠義水滸傳》百廿回本裡，宋江等或戰死、或散失、或竟被賜死，結局都非常淒涼。就是金聖歎定的七十回本，雖說只取前半的豪壯，最後仍然加上一個全部處斬的結尾。都算保留了幾分真實性。

金聖歎所以去掉七十回以後的部分，固然因為不滿後半部文筆與結構的散亂，認為屬羅貫中「狗尾續貂」之作，跟他的時代背景，卻也不無關係。金聖歎生在明末，正是流寇遍天下的時候。他眼見那幫流賊降而復叛，以致一發不可收拾，所以對於招安強盜的政策，極力反對。他刪除七十回以下的文字，又加上盧俊義的一夢，很明顯地教人知道，強盜絕滅之後，天下方得太平。(此說見胡適〈水滸傳考證〉與〈百二十本忠義水滸傳序〉)就因為他的這麼一改，使宋江等沒有機會應詔改節，遂翻忠義為盜賊。由此看來，七十回本的《水滸傳》沒有冠「忠義」二字，似乎並非偶然。

其實，就是不刪掉後面五十回，按《水滸傳》所敘述的故事，能不能稱得上忠義，也大有問題。梁山好漢，口口聲聲要「替天行道」，但是他們的所作所為，常常傷天害理。菜園子張青和母夜叉孫二娘開人肉作坊的事姑且不提；行者武松為了報一己之仇，在張都監家裡見一個殺一個，害了多少無辜的性命。智多星吳用為了賺取朱仝上山，竟叫李逵把個年方四歲的小衙內，活活從頭劈作兩半。三十九回梁山泊好漢劫法場，更是「不問軍官百姓，殺得屍橫遍地，血流成渠」。這些人固然天性鹵莽，那個號稱「及時雨」、「呼保義」的宋公明又如何？他在潯陽樓上填詞吟詩，寫的是：

> 自幼曾攻經史，長成亦有權謀；恰如猛虎臥荒丘，潛伏爪牙忍受。不幸刺文雙頰，那堪配在江州；他年若得報冤讎，血染潯陽江口。

心在山東身在吳，飄蓬江海漫嗟吁；他時若遂凌雲志，敢笑黃巢不丈夫。

這自是酒後吐真言。要不是他自己說，誰會想到忠義黑三郎竟是個一心「血染潯陽江口」，認殺人八百萬的黃巢還算不得大丈夫的人物？他們又口口聲聲自稱「為被官司所逼，不得已嘯聚山林，權借梁山泊避難」，只是宋江自己，看來就有預謀。他在喝酒的時候，曾經告訴朱仝：「我家佛堂底下有個地窨子，上面供的三世佛。佛座底下有片地板蓋著，上便壓著供床」，這便是安排好的暫時躲身之處。又早先就叫宋太公在縣官前告他忤逆，出了他的籍，免得做出事來連累太公，分明是預先開好了門路。像這樣步步為營，能算是「逼上梁山」嗎？再看眾人上山以後，打祝家莊、打青州、打曾頭市、打大名城，鬧得天翻地覆，也不過做了些殺人放火的勾當，又何嘗「替天行道」？前人說《水滸》是「誨盜」之書，實在不無幾分道理。如果《水滸傳》真的如李卓吾所說是「發憤之所作」，是「不謂之忠義不可也」的話，作者在忠義的表達上，並不十分成功。

雖然如此，但是《水滸傳》在文學上的價值，仍然不容忽視。就運用白話文的純熟程度來說，它實在是章回小說裡數一數二的作品。「魯提轄拳打鎮關西」、「魯智深大鬧五臺山」、「林教頭風雪山神廟」、「汴京城楊志賣刀」、「吳用智取生辰綱」、「景陽岡武松打虎」幾段，都寫得活靈活現。文字的精采，不可多見。而人物刻畫的生動與精細，尤有獨到之功。據說施耐庵寫《水滸傳》的時候，曾經畫出三十六個人的像來掛在牆上，天天觀察構思，才能寫得這麼鮮靈活躍；無論如何，作者在這方面確實用了一番苦心，而且獲得了極好的效果。金聖歎讚美這本書，也偏重在它的人物刻畫上。他說：「天下之文章，無有出《水滸》右者。……《水滸》所敘，共一百八人，人有其性情，人有其氣質，人有其形狀，人有其聲口。」要說一百單八人，人人都自成一格，當然是過譽；但是書中幾個重要人物的個性，的確寫得出神入化，如在目前。

這麼潑辣豪放的文筆，在小說史上，真是不作第二人想！

《三國演義》完成的時代，跟《水滸傳》很接近；甚至有人認為：兩本書都是羅貫中一人所作。但是歷來各家對《三國》的評價，卻遠不如《水滸》。謝肇淛說它：「俚而無味，……可以悅里巷小兒，而不足為士君子道也。」胡應麟也評它「絕淺陋可嗤」，認為它和《水滸傳》比起來「二書深淺工拙，若霄壤之懸」。就文學價值來看，《三國》確實是遠遜於《水滸》的；它們之間所以會有這麼大的差別，跟本身的性質大有關係。《水滸》雖說也取材於歷史，但是受歷史的束縛極少，人物的塑造也好，情節的安排也好，都可以憑自己的才情，任意發揮。《三國演義》就不同了，全書從桃園三結義起，到三分歸於一統終結，都以《三國志》為根據。弘治甲寅年的刊本，作者題為「晉平陽侯陳壽史傳，後學羅貫中編次」；《三國演義》與《三國志》的關係，從而可見。作者既根據史料而演義成書，當然處處要受史實的限制，很難有什麼表現。加上為了引用文獻的方便，《三國演義》又捨白話而採用淺近的文言。文言在摹狀傳神各方面，不如白話來得清爽有力，《三國演義》因此更不可能在文學上，有什麼大的成就。這種情形，不僅《三國》如此，所有的演義小說，莫不皆然。蔡奡《東周列國志讀法》上說：「若說是正經書，卻畢竟是小說樣子……但要說他是小說，他卻件件從經傳上來。」這原是演義小說必然會產生的現象。

其實，《三國演義》的價值，並不在於文學方面。早在宋代，三國故事就被當作社會教育的材料了。《東坡志林》上說：「塗巷小兒薄劣，為其家所厭苦，輒與錢，令聚坐，聽說古話。說至三國事，聞玄德敗，則顰蹙，有出涕者；聞曹操敗，則喜躍暢快。以是知君子小人之澤，百世不斬。」儼然拿三國故事，教導小兒分別忠奸。況且羅貫中作《三國演義》，本來就別有用心；庸愚子為《三國》作序說：「前代嘗以野史作為評話，令瞽者演說。其間言辭鄙謬，又失之於野。士君子多厭之。若羅貫中，以平陽陳壽傳，考諸國史，自漢靈帝中平元年，終於晉太康元年之事，留心損益，目之曰《三國志通俗演義》。文不甚深，言不甚俗，紀其實亦庶幾乎史。蓋欲誦者人人得而知之，若詩所謂里巷歌謠之義也。」這一段話，把羅貫中的苦心孤詣，表白得非常清楚。《三國演義》之前，原有《三國志平話》一書，向來都被看作是羅著的原本。我們拿兩本書對照比較，《演義》除了在篇幅與文筆方面長過《平話》外，還刪去《平話》裡許多荒誕不經的傳聞，另增加了不少歷史裡的材料。這種種舉措，正是羅貫中一心要求「紀其實亦庶幾乎史」的明證。我們如果忽略了他在這方面的用心，而專就文學的觀點來評論《三國演義》一書的價值，確乎是不太公正的。胡適〈三國志演義序〉裡說得好：「《三國演義》究竟是一部絕好的通俗歷史。在幾千年的通俗教育史上，沒有一部書比得上他的魔力。五百年來，無數的失學國民從這部書裡得著了無數的常識與智慧，從這部書裡學會了看書寫信作文的技能，從這部書裡學得了做人與應世的本領。他們不求高超的見解，也不求文學的技能；他們只求一部趣味濃厚，看了使人不肯放手的教科書。四書五經不能滿足這個要求，二十四史與《通鑑》、《綱鑑》也不能滿足這個要求，《古文觀止》與《古文辭類纂》也不能滿足這個要求。但是《三國演義》恰能供給這個要求。我們都曾有過這樣的要求，我們都曾嘗過他的魔力，我們都曾受過他的恩惠。我們都應該對他表示相當的敬意與感謝！」

## 第二節　金瓶梅與西遊記

《金瓶梅》和《水滸傳》，一向被視作是誨淫誨盜的兩本書。就像《水滸傳》裡含有「盜」的成分一樣，《金瓶梅》的「淫」，確實是不容否認的存在著。這本書大約是萬曆年間的作品，正是社會最混亂、政治最黑暗的一段時期；道德觀念已經不再有約束人的力量，淫亂放蕩竟成為風行一時的習尚。大家看的書是《如意君傳》、《繡榻野史》這一類專門描寫色情的書，是《風流絕暢圖》、《素娥篇》這一類繪畫性愛的春宮集；當時的風氣，也就可想而知了。《金瓶梅》產生在這個時代，又是作者刻意寫實的一本書，當然不可能會乾淨了！

用「寫實」這兩個字來形容《金瓶梅》，真是再恰當也沒有了。《金瓶梅》的作者，從《水滸傳》裡選了西門慶和潘金蓮的一段事，又借他們兩個人的所作所為，牽引出許許多多其他的人與事，直把當時的社會，濃縮在西門慶的一大家子上。東吳弄珠客為它作序說：「借西門慶以描畫世之大淨，應伯爵以描畫世之小丑，諸淫婦以描畫世之丑婆淨婆。」很清楚的指明了西門慶這些人的代表性。四大奇書裡，《水滸傳》、《三國演義》、《西遊記》的故事，都前有所本；只有《金瓶梅》，除了西門慶、潘金蓮通姦，以及武松殺嫂祭兄，是取自《水滸傳》外，其他的情節與人物，都出於一己之胸臆。可說是四本書裡，創作成分最多的了。

《金瓶梅》裡人物的刻畫和事實的敘述，都很細膩，很傳神。但是要像《水滸傳》裡的武松打虎，或者《三國演義》裡的三顧茅廬那樣，選出一段特別精采而自成首尾的章節，卻非常不容易。作者在這本書裡，致力於寫一個暴發戶從發跡、橫行、縱慾到滅亡，他把西門慶日常生活上的種種瑣事，涓滴不漏、纖細不遺的記載下來，既不誇張，也不隱蔽，使得整個故事連結在一起，形成了它所獨具的不可分割性；所以除了那些有關「性」的描述之外，很難找到特別突出的地方。這種筆法，從表面上看，就像賽珍珠所批評的那樣「像生命一樣地沒有計畫」。但是正因為如此，才能夠把那個畸形而墮落的時代，赤裸裸的呈現在我們面前，讓人一覽無遺。在寫實小說裡，《金瓶梅》無疑是夠資格坐上第一把交椅的。

關於《金瓶梅》的成書，有一個很有趣的傳聞：據說嘉靖名士王世貞的父親王抒，被嚴嵩、嚴世蕃父子所害。嚴世蕃最愛讀色情小說，而且看書的時候，有用手指蘸唾翻頁的習慣。王世貞為了報父仇，刻意寫了這本《金瓶梅》，在每一頁的頁腳塗上毒藥，獻給世蕃。世蕃得了這本淫豔淫褻的書，愛不釋手，等到全書看完，也就毒發身死。這種稗官野史上的說法，當然不足採信，但是由此可以看出來，世人讀這本書，把眼光都集中在它對性的描述上。只有袁中郎，在〈觴政〉一篇裡，舉《金瓶梅》為逸典，真可說是隻眼獨具了。到了清代袁枚為《金瓶梅》作跋，更明確的指出：「書中所記，為一勢豪之一生經歷。其所述事端，以涉及婦女者為最多；旁及權奸恣肆，朝政不綱，亦皆隨事比附，隱加誅伐。而閨闥諧謔。市井俚詞，鄙俗之言，殊異之俗，乃能收諸筆下，載諸篇章，口吻逼真，唯妙唯肖，纔一讀及，便覺紙上躍然。」讀《金瓶》而能有見及此，才算得上是善讀《金瓶梅》的人。

把《西遊記》和《金瓶梅》擺在一起，看起來似乎十分荒謬。實際上，如果揭開《西遊記》「神怪」的面具，作者用它來寫現實社會的跡象是很明顯的。

我們要了解《西遊記》的真貌，不妨先對它的作者多加了解。《西遊記》的作者是吳承恩，《淮安府志》說他「性敏而多慧，博極群書。為詩文下筆立成，清雅流麗，有秦少游之風。復善諧謔，所著雜記幾種，名震一時。數奇，竟以明經授縣貳。未久，恥折腰，遂拂袖而歸。放浪詩酒，卒。」以這樣的才氣，這樣的聲名，不過只做個「縣貳」，他拂袖而去、放浪詩酒的心情，當然是不難瞭解的。他寫過一首〈二郎搜山圖歌〉，表面上看來，也不離鬼神怪異，但是仔細玩味他歌裡的這一段：

> 我聞古聖開鴻濛，命官絕地天之通。軒轅鑄鏡禹鑄鼎，四方民物俱昭融。後來群魔出孔竅，白晝搏人繁聚嘯。終南進士老鍾馗，空向宮闈啗虛耗。民災翻出衣冠中，不為猿鶴為沙蟲。坐觀宋室用五鬼，不見虞廷誅四凶。野夫有懷多感激，無事臨風三歎息；胸中磨損斬邪刀，欲起平之恨無力。救日有矢救月弓，世間豈謂無英雄？誰能為我致麟鳳，長享萬年保合清寧功。

其中憂時憂國的思想，是無可掩蓋的。像這樣寫一首詩都有深意的人，怎麼可能寫一本堂堂一百回的小說而毫無寄託？胡適〈西遊記考證〉認為「這部《西遊記》至多不過是一部有趣的滑稽小說、神話小說，他並沒有什微妙的意思。他至多不過有一點愛罵人的玩世主義。」這種觀點，很難叫人心服。《西遊記》第五十一回裡，孫悟空在聯合李天王、哪吒太子都對付不了青牛精時，苦笑著說過這麼一句話：「你說煩惱，終然我老孫不煩惱？我如今沒計奈何，哭不得，所以祇得笑也！」李辰冬在〈西遊記的價值〉一文裡，引用了這句話，指出吳承恩的滑稽和愛罵人的玩世主義，「是在不能哭的環境下逼出來的。」確實是知言之論。《西遊記》的故事雖然前有所本，但是在人物的秉性與情節的安排上，卻是吳承恩自己的創造。他對於國事，深感到有心無力的痛苦，而又祈求一個「英雄人物」的出現，使國家能「長享萬年保合清寧功」。這種種感情結合在一起，就產生了他筆下那個「天地生成」的英雄孫悟空。然而孫悟空雖然是「天地生成」，雖然擋得了四海龍王、拘得住十殿閻羅，雖然天兵天將都對他莫可奈何，但是初上天宮的時候，也不過做個「弼馬溫」而已。我們拿這一點跟吳承恩只做到「縣貳」的經歷對照來看，不難發現他塑造孫悟空這個人物的微妙心理。

《西遊記》的故事重心，放在孫悟空保唐僧西天取經上。孫悟空為了保護唐僧，真是做到捨身捨命的地步，他自己形容作「老虎口裡奪脆骨，蛟龍背上揭生鱗」、「使碎六葉連肝肺，用盡三毛七孔心。」確實並不為過。但那個被保護的唐僧又如何呢？作者拿「膿包形」、「一頭水」、「信邪風」這些字眼來形容他。他曾發下洪誓大願，要為唐王取回真經，看來真像個「忠心赤膽大闡法師」。只是稍遇災難，就嚇得魂飛魄散，淚落如雨，連《多心經》也忘記念了。最可笑的是，七十八回裡，比邱國王要拿他的心肝做藥引，他竟對悟空說：「你若救得我命，情願與你做徒子徒孫。」這樣一個沒有用的人，對孫悟空的耿耿忠心，卻不見得十分歡喜；動輒就罵他：「你這猴子！想你在兩界山，被如來壓在石匣之內，口能言，足不能行，也虧我救你性命。摩頂受戒，做了我的徒弟，怎麼不肯努力，常懷懶惰之心？」悟空為保護他除了幾個毛賊，他反焚香撮土的祝告起來：「到森羅殿下興詞，倒樹尋根，他姓孫，我姓陳，各居異姓。冤有頭，債有主，切莫告我取經人。」他幾次錯怪悟空，把悟空逼走，還口口聲聲的說：「我是個好和尚，不受你這歹人的禮，不提你這歹人的名字。」倒是對那個好吃懶做，開口閉口要散伙回高家莊的豬八戒，他卻十分徧袒，言聽計從。我們了解了唐僧的這種性格，再看吳承恩當時的皇帝明世宗，專一殺戮忠良，任用奸邪；《明史・奸臣傳》裡談到嚴嵩父子利用世宗的情形說：「嵩父子獨得帝竅，要欲有所救解，嵩必順帝意通詆之而婉曲解釋，以中帝所不忍。即卻排陷者，必先稱其微，而以微言中之，或觸帝所恥與諱。以是移帝喜怒，往往不失。」這不活脫是唐僧信用八戒的形象嗎？

八戒是用來寫讒佞之臣，這固然不必說了；忠厚老實，既沒什麼本領，又沒什麼主張的沙僧，也是有所寄託，專寫那些庸庸碌碌，尸位素餐的人。這兩種人，正是吳承恩所最看不起，最沒有把他們當人看的；所以他在二十七回「聖僧恨美猴王」一段裡，借悟空的嘴說道：

「師父錯怪了我也。這廝分明是個妖魔。他實有心害你，我倒打死他，替你除了害。你卻不認得，反信了那獃子讒言冷語，屢次逐我。常言道：『事不過三。』我若不去，真是個下流無恥之徒。我去！我去！——去便去了，只是你手下無人。」唐僧發怒道：「這潑猴越發無禮！看起來，只你是人，那悟能、悟淨，就不是人？」那大聖一聞此言——他兩個是人——止不住傷情凄慘。

看了這種寫法，我們還能說，《西遊記》只是「愛罵人的玩世主義」嗎？

更值得注意的是：書裡的妖魔，個個神通廣大，有的更強橫到把土地山神拘到洞裡，要他們一日一個，輪流當值。對付他們起來，天兵天將全成了沒用的人，一點也奈何不得。這些妖魔，反而個個都有來頭；烏雞國王寃沉三年，無處可伸，因為他的對頭「神通廣大，官吏情熟，那城隍常與他會酒，海龍王盡與他有親，東嶽泰山是他的好朋友，十代閻羅是他的異兄弟。」墨水河河神的神府被妖精搶去，也是有寃難訴，滿腹牢騷：「我卻沒奈何，竟往海內告他，原來西海龍王是他的母舅，不准我的狀子，教我讓與他住。我欲啟奏上天，奈何神職微小，不能得見玉帝。」其他如黃風怪原是靈山腳下的得道老鼠；黃袍妖是天上奎木狼下界；金腳大王、銀腳大王是太上李老君身邊的金銀二童子；靈感大王是觀音菩薩蓮花池裡的金魚；獨腳兕大王原是太上老君的青牛；黃眉怪是彌勒佛面前司磬的一個黃眉童兒；賽太歲是觀音菩薩跨的金毛犼；獅駝城的三怪，獅王是文殊菩薩座下的青獅，象王是普賢菩薩座下的白象，大鵬竟直是如來的外孫。這些妖魔，在天宮原本沒有什麼職位，不過都是各菩薩近身的寵物罷了，下得凡界，卻興風作浪，荼毒一方，除了自己的主人公外，竟沒有人能治得了它。我們看《明史》裡記載鄉官虐民的地方，那些居鄉的縉紳，無不是朝廷重臣的子弟。吳承恩寫妖魔的出自天宮，又何嘗沒有緣由呢？

其實，就是不論《西遊記》這些寓意，單拿它作神怪小說看，也稱得上是上乘作品。中國小說裡的神怪，自來都富有人情味，而《西遊記》裡的美猴王，尤屬其中典型。孫行者的來歷，有以為是從印度最古紀事詩〈拉麻傳〉裡的猴國大將哈奴曼變化來的，有以是受了《古岳瀆經》裡無支祈的影響而產生。就孫悟空是一個神通廣大的猴子來說，這兩種說法當然都不無道理。但是就孫悟空的秉性與「人格」來說，卻是吳承恩所創造的。在《大唐三藏取經詩話》裡，猴行者是一個幻化為白衣秀士的「花果山紫雲洞八萬四千銅頭鐵額獮猴王」，我們在這本書裡，除了看到他也有些法力，有些神通之外，並不感到多少興味。到《西遊記》裡就不一樣了，我們看他在東海龍宮討兵器、在森羅殿上勾生死簿的無賴，看他在天宮問「弼馬溫」是幾品官的憨呆，看他在如來佛手指下撒尿的調皮，看他作弄豬八戒的機伶，看他受唐僧誤解時的委曲，看他棒打妖怪的威武，喜怒哀樂的情緒竟跟著移轉，何曾想到他是個猴精？要論神怪小說裡最可愛的人物，當然非這位美猴王莫屬了。至於唐僧的優柔、豬八戒的又蠢又懶又壞心眼、沙悟淨的老實無用，都像襯托牡丹的綠葉一樣，有他們各自的效果。吳承恩在刻畫這幾個人物所表現的功力上，值得喝采。

《西遊記》，同時也為中國的神怪小說，開了一個新紀元。實事求是的性格，使得中國人一向不善於幻想。古代的《山海經》、《穆天子傳》雖然也記敘許多神怪離奇的事，但總帶著一分放不開的拘束感；六朝的志怪，篇幅既短，當然談不上想像力的發揮了。隋唐之際，佛教文學大量傳入，因此印度文學的浪漫色彩也跟著被介紹到中國。不過並沒有立刻發生什麼顯著的影響。宋元的《大唐三藏取經詩話》，與《武王伐紂書》等，只是一個改變的前奏而已。直到這本《西遊記》，才終於大膽的擺脫了時間和空間的限制，上天下地，無奇不寫；尤其唐僧在取經途中遇到的八十一難，千奇百怪，竟沒有一點重複的地方。對一向作風平實的中國小說來講，這真是一本劃時代的作品了。

## 第三節　儒林外史和老殘遊記

元明的許多小說，像前面介紹過的《水滸傳》、《金瓶梅》、《西遊記》或多或少都隱含了一些諷刺時事的味道。不過因為它們各遮著一層盜、淫、神怪的面具，轉移了人們注意的目標，以致常常被人忽略了其中譏刺的成分。全然不以諷刺為避諱的小說，到清朝才正式出現。

清代的諷刺小說很多，尤其到了晚年，幾乎沒有一本書不是有意暴露社會黑暗，攻擊社會弱點的。這些作品，像《官場現形記》、《文明小史》、《二十年目睹之怪現狀》等等，都寫得酣暢淋漓，只是太過尖酸刻薄，近於謾罵。若論客觀委婉、含蓄蘊藉，而又嘻笑怒罵，皆成文章，終比不上吳敬梓的《儒林外史》。

吳敬梓寫《儒林外史》，主要目的在攻擊舉業，攻擊八股文、攻擊那些專學作八股文以應舉業的人。他在第一回楔子裡寫王冕看到禮部議定取士之法：三年一科，用五經、四書、八股文的時候，便批評說：「這個法卻定的不好。將來讀書人既有此一條榮身之路，把那文行出處都看輕了。」作者所注重的，既是文行出處，對那些熱衷名利，一味在科舉裡轉圈圈的人，當然深為不屑。所以程晉芳在〈吳敬梓傳〉裡說他：

「嫉時文如讎，其尤工者尤嫉之。」他懷著這種心情寫這些人，加上手中一枝絕頂犀利的筆，嘲弄諷笑的程度自是不必說了。偏偏他又不從正面落筆，總是反著口說話，被罵的人或許洋洋得意，旁觀者卻已經憤笑不得了。例如第十三回裡他借馬二先生的口來談舉業：

「舉業」二字，是從古及今人人必要做的。就如孔子生在春秋時候，那時用「言揚行舉」做官，故孔子只講得個「言寡尤，行寡悔，祿在其中。」這便是孔子的舉業。講到戰國時，以遊說做官，所以孟子歷說齊梁，這便是孟子的舉業。到漢朝用「賢良方正」開科，所以公孫弘、董仲舒舉賢良方正，這便是漢人的舉業。到唐朝用詩賦取士，他們若講孔孟的話，就沒有官做了，所以唐人都會做幾句詩，這便是唐人的舉業。到宋朝又好了，都用的是些理學的人做官，所以程朱就講理學，這便是宋人的舉業。到本朝用文章取士，這是極好的法則。就是夫子在而今，也要念文章，做舉業，斷不講那「言寡尤，行寡悔」的話。何也？就日日講究「言寡尤，行寡悔」，那個給你官做？孔子的道也就不行了！

這一席話，似是而非，明揚暗貶，挖苦到了極點，卻一些兒也不落痕跡。諷刺文字寫到這種境界，令人不得不歎為觀止了。

吳敬梓並非只攻訐他所反對的，他還在書中揭櫫出自己心目中的理想人物與理想生活。就這一點來講，倒與清朝的理想小說相近。但是理想小說裡的人物，如《野叟曝言》裡的文素臣，多才多藝，到了萬能的地步；《鏡花緣》裡的角色，也免不了有惺惺作態之嫌。《儒林外史》就不同了，開卷的王冕，壓卷的季遐年、王太、蓋寬、荊元、于老者幾個人，或會畫畫、或會寫字、或會彈琴、或會栽花種樹，都各有所寄託，絕不在功名利祿上鑽營，高高興興的過著淡泊安閒的平凡生活。在吳敬梓的眼中，這些人才是真正知道文行出處的人，他們的生活，才是真正逍遙自在的生活。所以他寫王太贏了馬先生的棋，眾人要拉著王太喝酒，王太大笑道：「天下那裡還有個快活似殺矢棋的事！我殺過矢棋，心裡快活極了，那裡還吃得下酒！」這便是吳敬梓一心嚮往的真性情與真生活，連虞博士、莊徵君之流的人都比不上他的。

《儒林外史》雖然假託作明朝的故事，但實際上完全是寫清朝的事實。那個社會，正是吳敬梓身處的社會；那些故事，正是吳敬梓親身的經歷；那些人物，更是吳敬梓周圍最熟悉的人物。那個「絕無一點心想到功名富貴上去，彈琴飲酒，知命樂天」的杜少卿，當然是他自己的寫照。其餘人物據金和的跋說：「書中之莊徵君者，程綿莊；馬純上者，馮萃中；遲衡山者，樊南仲；武書者，程文也。他如平少保之為年羹堯；鳳四老爹之為甘鳳池；牛布衣之為牛草衣；權勿用之為是鏡……」等等，大抵都有所本。《儒林外史》裡的故事所以極生動，造型所以極分明，都不是沒有來由的啊！

吳敬梓把這些人物介紹給讀者的方法，非常特殊。他每次只帶進一兩個人來，敘述完他們的故事，再帶入另一兩個，一直到最後一章，都還有不少新的人物出現。用這種方法來寫長篇小說，簡直令人不可思議，所以很多人批評這本書，說它幾乎沒有結構可言，前後章多不連貫，看來倒像一本短篇小說集。其實，吳敬梓原是一個崇尚自然的人，情節的不夠曲折和結構的不夠巧妙，不正表現了他的本色嗎？況且這種敘述方式，更使他在借題發揮方面，得到了不少方便。他寫范進中舉前後胡屠戶的兩種嘴臉，嚴致和到臨死還記掛著點兩莖燈草會費油，乃至鮑文卿的守本分，郭孝子的盡孝道，這許許多多風馬牛不相及的事情，虧著他這種方法，才能夠容納在一本書裡而互不干亂。他又借余大先生的出場，寫自己對風水邪說的憤慨；借沈瓊枝的出場，寫當時鹽商的跋扈可惡；借季葦蕭勸杜少卿娶妾，寫他對夫妻關係的看法。從這些地方看起來，吳敬梓這個蟬聯遞代的寫法，倒也還有其可取之處。不過終究不是寫長篇小說的正路，不足為法。所以清末許多小說模仿這種體裁，大都畫虎不成，反落了畫犬之譏。

至於《儒林外史》的價值和成就，閒齋老人的序裡有一段話，評論得最為恰當：「其書以功名富貴為一篇之骨。有心豔功名富貴而媚人下人者；有倚仗功名富貴而驕人傲人者；有假託無意功名富貴，自以為高，被人看破恥笑者。終乃以辭卻功名富貴，品地最上一層，為中流砥柱。篇中所載之人，不可枚舉；而其人之性情、心術，一一活現紙上。讀之者無論是何人品，無不可取以自鏡。」他又自評說：「慎勿讀《儒林外史》。讀之乃覺身世酬應之間，無往而非《儒林外史》。」對於一本社會寫實小說來講，還有什麼能比「無往而非」四個字更推崇到極點呢？這四個字，《儒林外史》倒也確實當之無愧，吳敬梓的自我稱揚，並不為過！

劉鶚的《老殘遊記》，既稱之為「遊記」，在寫各地方的風土人情上，確實有幾段不錯的文字。比較為人所常知的，像大明湖的秋景、白妞黑妞的說書、黃河的冰雪，都清新而不落俗套。不過，這本書的好處卻不在這些地方。劉鶚在自序上曾提到：「棋局將殘，吾人將老，欲不哭泣也，得乎？」這老殘兩字，竟是有些來歷的。我們讀《老殘遊記》，又怎麼能只當它作普通遊記來讀呢？

劉鶚是清末人，光緒十四年，因為治黃河而名震一時。他曾上書講鋪鐵道，又主張和外國人訂約合開煤礦；庚子之亂，他以賤價向外人購粟，濟民無數。由這些作為來看，他是一個思想很新，真心為國家做事的人。因為他的思想新，所以《老殘遊記》裡有很多前人所不曾想過的事、不曾說過的話。第一章裡用老殘一艘破船的夢，來寫當時中國的處境與情勢，比喻很貼切，設想也很新穎，這便是他思想新的第一個表現。第三章裡拿力學來解釋金線泉，這種方式，也是前人章回裡從沒有出現過的。至於申子平遇到嶼姑、黃龍子以後，談儒、道、釋三家真諦，談月亮盈虧的學理，談北拳南革、談上帝、談阿修羅，雖然也不無幾分道理，終嫌過分賣弄，不免犯了跟理想小說同樣的毛病。

又因為他真心想為國家做事，所以對於社會民生非常關心，對於逼害人民的官吏更為嫉惡。《老殘遊記》

往往被人歸入「諷刺小說」、「譴責小說」之類，就因為劉鶚在這方面費了不少筆墨的緣故。大凡諷刺官場的小說，都拿貪官汙吏做譏刺諷弄的對象；劉鶚卻以為：那些清官酷吏，傷財害命起來，比貪官還可怕。因此《老殘遊記》所譴責的對象，便集中在清官酷吏上。胡適說：「《老殘遊記》二十回只寫了兩個酷吏：前半寫一個玉賢，後半寫一個剛弼。」如果把它當純粹譴責性的小說看來，《老殘遊記》的內容，確實是僅僅如此而已的。

《老殘遊記》名為遊記，實為小說。拿遊記的體裁來寫小說，在結構上必然是鬆懈的，在故事的趣味性上也要打一個很大的折扣。《老殘遊記》的前一大半，確實鬆懈而不夠曲折，但是最後的幾回寫賈魏家的案子，緊湊綿密，卻跟前面大不相同了。至於十三條性命的回轉，一方面帶著超自然的色彩，一方面也落入大團圓的俗套，顯然破壞了全書的統一性，所以很多人懷疑它並非出於劉鶚的手筆。劉鶚學識淵博，著作極多，對社會國家也多所建樹，但是他所以頗享盛名，卻大半靠了這本「一時興到筆墨」的《老殘遊記》，想來必是他始料所未及的吧！

## 第四節　紅樓夢

唐朝是中國戀愛小說的黃金時代。唐傳奇裡就有不少淒惋美麗的愛情故事；〈柳氏傳〉、〈霍小玉傳〉、〈李娃傳〉、〈鶯鶯傳〉幾篇，尤其膾炙人口，至今不衰。唐朝以後，戀愛小說漸漸衰竭，明朝《金瓶梅》，勉強算得上是屬於「言情」一類，卻辭多淫穢。明末清初雖然才子佳人的小說大為盛行，但是千篇一律，如出同轍，更沒有什麼文學價值可言了。清朝的《醒世姻緣》，名稱「姻緣」，其實大談因果報應。《兒女英雄傳》中雖然也不乏「兒女」情長的地方，終還以英雄俠士一部分為重心。陳球的《燕山外史》寫永樂時竇繩祖和李愛姑的戀愛故事，算得上是標準的戀愛小說了，卻偏偏又是用駢文寫的，一般人非注不懂，所以一直流傳不廣。至於《品花寶鑑》、《花月痕》、《海上花列傳》等書，已漸流入魔道，被人視作「狹邪小說」，當然更不用提。算來真正寫「情」而又不落俗套，確實有其文學價值可言的，唐傳奇以後，還要推曹雪芹的《紅樓夢》為第一了。

歷來講「紅學」的人，多半都把精力用在追求它到底影射什麼上。如果我們能把眼光從「甄士隱」、「賈雨村」這些諧音「真事隱」、「假語村」的暗示上挪開，也不去反覆推敲《紅樓夢》十二支曲和金陵十二釵各冊的涵義，只拿一種極單純的心情來欣賞《紅樓夢》，所看到的，將只是一本「情」書。

不管曹雪芹想要表達的真正意念是什麼，至少在表面上，他是用盡全力寫「情」的。第一回裡空空道人因見《石頭記》上，大旨不過談情，遂改名情僧，改《石頭記》為《情僧錄》，已經把「情」字正式點明出來。第五回裡，賈寶玉神遊太虛境，警幻仙姑稱寶玉為「天下古今第一淫人」，又解釋「淫」的意思給他聽說：「淫雖一理，意則有別。如世之好淫者，不過悅容貌，喜歌舞，調笑無厭，雲雨無時，恨不能天下之美女供我片時之趣興；此皆皮膚濫淫之蠢物耳。如爾，則天分中生成一段痴情，吾輩推之為意淫。惟意淫二字，可心會而不可口傳，可神通而不可語達。」更為「情」畫定了範圍：乃是「意淫」，乃是「痴情」。所以他寫寶玉的多情，便處處在「痴」上落筆。寶玉自己說：「女兒是水做的骨肉，男人是泥做的骨肉。我見了女兒便清爽，見了男子便覺濁臭逼人。」他隔著山坡聽黛玉唱〈葬花詞〉，便慟倒在山坡上，把兜裡的落花撒了一地。他看到齡官在雨地裡畫字沉思，只記掛著叫齡官躲雨，自己淋濕了一身卻一點兒也不知道。他被父親打得半死不活，痛苦萬狀，黛玉哭腫了眼睛來看他，他卻心疼黛玉，哄她說：「你又做什麼來了？太陽才落，那地上還是怪熱的，倘或又受了暑，怎麼好呢？我雖然捱了打，卻也不很覺疼痛。這個樣兒是裝出來哄他們，好在外頭佈散給老爺聽，其實是假的，你別信真了。」這些不都是痴人做的事嗎？他好幾次對襲人講：「只求你們同看守著我，等我有一日化成了飛灰，——飛灰還不好，灰還有形有跡，還有知識！等我化成一股輕煙，風一吹便散了的時候，你們也管不得我，我也顧不得你們了。那時憑我去，我也憑你們愛哪裡去就去了。」（十九回）「我此時若果有造化，趁著你們都在眼前，我就死了；再能夠你們哭我的眼淚流成大河，把我的屍首漂起來，送到那鴉雀不到的幽僻去處，隨風化了，自此，再不託生為人；這就是我死的得時了！」（三十六回）他挨了打，寶釵來探病，滿臉軟怯嬌羞輕憐痛惜之情，他心中感動，想道：「我不過挨了幾下打，他們一個個就有這些憐惜之態，令人可親可敬！假若我一時竟別有大故，他們還不知何等悲感呢？既是他們這樣，我便一時死了，得他們如此，一生事業，縱然盡付東流，也無足歎惜了。」（三十四回）更是些痴話與痴想了。不獨寶玉痴而已，那個一心要拿眼淚酬答神瑛侍者甘露之恩的絳珠仙草，又如何不痴？那個臨死咬下指甲對寶玉喊：「早知如此，我當日——」的晴雯，又如何不痴？那個一點一勾在雨裡寫薔字的齡官，又如何不痴？曹雪芹在情痴上的刻畫，不可說不著力了。

不但寫的人在「情痴」上著力，看的人也未嘗不在「情痴」上著眼。清人陳其元的《庸閒齋筆記》裡有這麼一段記載：

> 余弱冠時，讀書杭州，聞有賈人女，明豔工詩，以酷嗜《紅樓夢》故，致成瘵疾。當綿惙時，父母以是書貽禍，取投之火。女在床，乃大哭曰：「奈何燒殺我寶玉！」遂死。

鄒弢的《三借廬筆談》，也有很相類似的一則故事：

> 蘇州金姓，吾友紀友梅之戚也，喜讀此記（指《石頭記》）。設林黛玉木主，日夕祭之。讀至絕粒焚稿數回，則嗚咽失聲，中夜常為飲泣，遂得癇疾。一日炷香長跽，良久起，拔爐中香出門。家人問何之？曰：「往驚幻天見瀟湘妃子耳！」家人雖禁之，而或迷或悟，哭笑無常，卒於深夜逸去，尋

數月始獲云。

這正是痴情人讀痴情書，才會痴迷到這種無以自拔的程度。

在《紅樓夢》第一回裡，作者感慨萬千的寫了一首詩：「滿紙荒唐言，一把辛酸淚。都云作者痴，誰解其中味？」其實比較起來，作書的人，決沒有前面提到的那兩個讀書的人痴，所謂「因空見色，由色生情，傳情入色，自色悟空」（第一回）。只這「悟空」兩字，就是作者已經勘破情關的明證。因為書裡有「茫茫大士」、「渺渺真人」、「空空道人」、「警幻仙姑」這些釋道兩家的人物，又加上甄士隱是跟個瘋跛道人走的，柳湘蓮是跟個瘸腿道士走的，連寶玉最後也隨著一僧一道出了家，所以大家都認為作者具有極濃厚的佛老思想。這種說法當然不無幾分道理，但是依書中和尚與道士同宗不分的情形看起來，作者對於釋道兩派，似乎並沒有十分深入的研究。他之所以能夠「悟空」，與其說是受佛老思想的影響，無寧說是他由本身經歷得到的結論。甄士隱是由於迭經災變才解得出〈好了歌〉的；柳湘蓮是因為親見尤三姐的自殺，才了悟人生如旅的道理；賈寶玉也是屢遊太虛幻境以後才捨得盡斷塵緣的。這麼說來，又焉知作者不是由於己身經歷的感悟，而作下這種種安排？不過對中國一般人來說，看破紅塵的結果只有出家；而要出家的人，也只有僧、道兩條路好走，便不能不與佛、老發生牽連了。

如果我們硬要把《紅樓夢》和佛、老思想拉上關係的話，儒家思想也未嘗不能插上一腳。寶玉的父親賈政，便是儒家的最好代表。他對賈母的孝順與服從，在三十三回寶玉大承笞撻一章裡表現得最清楚。只要賈母一生氣，他立刻下跪，含淚叩頭，完全合於儒家最稱揚的孝道。賈政對寶玉的嚴格，也是中國傳統觀念中，父親對兒子的標準態度。這個行為舉止無一不端正的人，作官也很正直；儒家所謂的「直道而行」，在一般人的觀念裡，也不過如此而已了。儒、釋、道三教曾經爭過《西遊記》，其實如果他們要爭《紅樓夢》

的話，也未嘗不能自圓其說啊！

姑且不論它是情還是空，是儒還是釋、道，《紅樓夢》最成功的地方，卻是為中國舊社會的大家庭，描繪出一個典型範本。賈母的權威、賈政的恭順、賈赦的胡作非為、邢夫人的昏庸、趙姨娘的猥瑣、探春的精幹、惜春的懦弱、鳳姐的機變潑辣、家人的張牙舞爪，把個大家庭的光采面和黑暗面，寫得面面俱到，纖毫不遺。而當日上等社會婚、喪、喜、慶的各種典儀，也藉著這個家庭的活動，很完整的保留下來；因此，竟有人把這本書當作研究民俗學的參考資料。更難能可貴的是，作者在從事這樣繁雜龐大的描述工作之際，竟然還有餘力把筆鋒一轉，議論到官場政治上去。第九十九回裡，李十兒稟告賈政說：「老爺極聖明的人，沒看見舊年犯事的幾位老爺嗎？這幾位都與老爺相好，老爺常說是個做清官的，如今名在那裡？現有幾位親戚，老爺向來說他們不好的，如今陞的陞，遷的遷，只在要做的好就是了。」短短幾句話，清楚的勾勒出當日官場的形貌。

《水滸傳》因為人物多而出名，單是綠林好漢就有一百零八人。《紅樓夢》的聲勢卻更浩大，前前後後出場了四百多人，其中比較突出的，更不下五六十個。這些人舉手揚足之間，莫不切合自己的身分；言語談吐更與知識程度相合。薛寶釵是薛寶釵的言論，林黛玉是林黛玉的說法，毫無一絲兒差錯。作者替兩個不會作詩填詞的人造句子，鳳姐兒的「一夜北風緊」，正見她的聰明處；薛蟠的「女兒愁，繡房裡鑽出個大馬猴」，正見他的粗魯處。至於劉老老逛大觀園一段，寫一個裝呆賣傻、老於世故的村野人，其維妙維肖的程度，令人絕倒。作者的筆，既能寫雅，又能寫俗，也就難怪這本書會雅俗共賞了。

# 第五編

# 戲曲論

原來奼紫嫣紅開遍，似這般都付與斷井頹垣；
良辰美景奈何天，賞心樂事誰家院？
朝飛暮捲，雲霞翠軒，雨絲風片，煙波畫船，錦屏人看的這韶光賤。

# 第一章　中國戲曲的演變

## 第一節　戲曲的醞釀期

在中國的各種文學體裁裡，戲劇是最為晚出的一類。一直遲到宋朝，它才現出較為具體的形貌；至於正式成立，更是元朝以後的事了。從上古到宋元這麼一長段時間，雖然因為詩、詞、文章的輝煌成就，而使得文學史上高潮迭起，但是對戲劇來說，不過只能算作醞釀期罷了！

關於戲劇的起源，王國維在《宋元戲曲史》裡談到古代巫、覡、靈、保這類人，說他們「或偃蹇以象神，或婆娑以樂神」，認為「蓋後世戲劇之萌芽，已有存焉者」。劉師培則以為：「頌列於《詩》，猶戲曲列於詩詞中也。」分明把「頌」當作戲曲的始祖。這兩家說法，雖略有出入，不過王國維所以著眼於「巫」，是取他能歌舞以樂神；劉師培的著眼於「頌」，也因為頌有舞蹈動作。由此看來，以歌舞為戲曲前身的觀念，大致各家相同，沒有什麼異議。

上古時代，歌舞原是巫覡用來娛樂鬼神的；演變到後來，漸漸成了俳優藉以娛樂君王貴族的表演。俳優的興起，當在巫覡之後。《列女傳》說：「夏桀既棄禮義，求倡優侏儒狎徒，為奇偉之戲。」是以為夏桀時候就有倡優之徒了。到春秋戰國之際，他們便正式在歷史上出現。《左傳》裡記優施假歌舞以說里克；《穀梁傳》裡記齊人使優施舞於魯君之幕下；《史記．滑稽列傳》裡也提到秦倡侏儒優旃的善為笑言；至於楚優孟扮孫叔敖，更是極動人的一段小故事。這些人或善歌舞，或善扮演，他們工作的性質，與後世的戲劇從業員，實在是非常相近的。

漢代因為國力富強，經濟繁榮，社會上對娛樂的需求頗為殷切，俳優這種職業也就特別興盛起來。張衡〈西京賦〉裡寫當時的倡優之戲，說：「總會仙倡，戲豹舞羆；白虎鼓瑟，蒼龍吹篪。」可見當時已經知道戴假面扮鳥獸了。「女娥坐而長歌，聲清暢而委蛇；洪涯立而指揮，被毛羽之襳襹」；又不外是扮成古人的形狀載歌載舞。總之，漢代戲劇的演出方式，仍然以歌舞、戲謔為主，與先秦沒有什麼太大的差別。倒是表演的內容，受當時風氣影響，有偏向於神怪故事的趨勢。

武帝元封年間，由西域傳進了「角抵戲」，舉凡角力、角技、魔術、幻化，無所不包，與後代的「百戲」相差無幾。漢朝末年，本為喪家所採用的傀儡戲也盛行起來；這些傀儡雖善於歌舞，但是真正用它們來扮演故事，卻還是六朝以後的事。因此角抵與傀儡的加入，只不過使得戲劇的範圍更加擴大，形勢更為熱鬧而已；對它的發展與進步，並沒有什麼貢獻。

戲劇像這樣停留在單純的舞蹈與戲謔上，有很長一段時期；從漢代到魏晉，幾乎沒有進展可言。唯一值得注意的一點，是後趙參軍戲的產生。《太平御覽》卷五百六十九引《趙書》說：「石勒參軍周延為館陶令，斷官絹數萬匹，下獄，以八議宥之。後每大會，使俳優著介幘，黃絹單衣。優問：『汝何官在我輩中？』曰：『我本為館陶令。』斗數單衣，曰：『正坐取是，入汝輩中。』以為笑。」雖然仍不出戲謔調笑的範圍，但是從漢魏的扮演神怪到後趙的涉及時事，在取材上確實向前跨了一大步。

在戲劇的醞釀期中，北齊是一個最重要的時代。至少有兩種含有故事的歌舞戲，出自北齊：一是「代面」。《舊唐書·音樂志》記載它的來源說：「代面出自北齊。北齊蘭陵王長恭，才武而面美，常著假面以對敵。嘗擊周師金墉城下，勇冠三軍。齊人壯之，為此舞以效其指揮擊刺之容，謂之蘭陵王入陣曲。」另崔令欽的《教坊記》的說法也大致相同：「大面出北齊，蘭陵王長恭性膽勇而貌婦人，自嫌不足以威敵；乃刻為假面，臨陣著之。因為此戲，亦入歌曲。」有歌舞有動作、有化裝又有故事，歌舞戲與正式戲劇間的距離，因此更為縮短。二是「踏搖娘」。踏搖娘也有一個極有趣的故事，在《教坊記》裡寫得最為詳盡：「踏搖娘，北齊有人名蘇鮑鼻，實不仕而自號為郎中。嗜飲酒，每醉輒毆其妻，妻銜悲訴於鄰里。時人弄之。丈夫著婦人衣，徐步入場行歌。每一疊，旁人齊聲和之云：『踏搖和來，踏搖娘苦和來。』以其且步且歌，故謂之踏搖；以其稱冤，故言苦。及其夫至，則作毆鬥之狀，以為笑樂。」混合了歌舞與戲謔兩種形式來扮演一個故事，比單純的歌舞和單純的笑謔要進步多了。

《舊唐書·音樂志》除了把蘭陵王和踏搖娘都列入歌舞戲之外，還另收「撥頭」一戲。〈音樂志〉上說：「撥頭者，出西域。胡人為猛獸所噬，其子求獸殺之，為此舞以象之也。」《樂府雜志》則稱它作「鉢頭」，說：「鉢頭：昔有人，父為虎所傷，遂上山尋其父屍。山有八折，故曲有八疊。戲者披髮素衣，面作啼，蓋遭喪之狀也。」撥頭顯然是由國外傳入的戲劇，只是傳入的時代已不可考，大抵總在隋唐以前。因為它以歌舞來演故事的形式，與北齊的歌舞戲並無差異，很可能北齊的代面、踏搖娘這些戲，便是模仿撥頭而來的吧！

漢朝由西域傳來的角抵戲，後來演變成百戲，盛行於南北朝時期。《隋書·音樂志》上說：「齊武平中，有魚龍爛漫，俳優侏儒，……奇怪異端，百有餘物，名為百戲，周明帝武成間，朔旦會群臣，亦用百戲。及宣帝時，徵齊散樂人並會京師為之。」到了隋朝，煬帝縱情聲色，百戲因此更為興盛，以致於「鳴鼓聒天，燎炬照地，人戴獸面，男為女服，倡優雜技，詭狀異形。」（見《隋書·柳彧傳》）不過內容還多治齊梁之舊，只在曲樂上稍有進展罷了。

唐代歌舞戲，可考的有五種，包括本於北齊的代面、踏搖娘，本於西域的撥頭，本於後趙的參軍戲，以及唐朝自創的「樊噲排君難」。其中最值得注意的是參軍戲；唐朝的參軍戲裡已經有「參軍」與「蒼鶻」兩個固定的角色，這是中國戲劇中有固定角色的開始。又趙璘《因話錄》卷一裡說：「肅宗宴於宮中，女優有弄假官戲，其綠衣秉簡者，謂之參軍樁。」女人從事優伶這種職業，正式見於書籍記載的，這是第一次。「樊噲排君難」又稱樊噲排闥，屬扮演項羽、劉邦鴻門相會，樊噲救主的故事，據說是昭宗時候作成的。《唐會要》卷三十三記載著：「光化四年正月，宴於保寧殿，上製曲，名曰『讚成功』。時鹽州雄毅軍使孫德昭等，殺劉季述反正，帝乃制曲以褒之。乃作『樊噲排君難』戲以樂焉。」就它所扮演的故事來看，角色與劇情都要比代面、踏搖娘這些戲繁雜得多；但是它的形式，仍然以歌舞為主，並沒有什麼新的發展。

值得一提的，倒是唐代的滑稽戲。滑稽戲乃由俳優的調謔演變而來，像前面所引《趙書》裡的參軍戲，就是典型的調謔。到了唐朝，參軍戲雖然因為有辭有曲，可歌可唱，而被歸入歌舞戲一類，但是參軍戲裡有一主角（即參軍）、一配角（即蒼鶻）的格局，卻為滑稽戲所沿用下來，遂成為一問一答的形式。唐代最善演滑稽戲的優人，大概要算李可及了。高彥休的《闕史》裡記了一段他的表演，非常有趣：

> 咸通中，優人李可及者，滑稽諧戲，獨出流輩；雖不能託諷匡正，然智巧敏捷，亦不可多得。嘗因延慶節緇黃講論畢，次及倡優為戲，可及乃儒服儒巾，褒衣博帶，攝齊以升講座，自稱三教論衡。其隅坐者問曰：「既言博通三教，釋迦如來是何人？」對曰：「是婦人。」問者驚曰：「何也？」對曰：「《金剛經》云：『敷座而坐。』或非婦人，何煩『夫』坐，然後『兒』坐也？」上為之啟齒。又問曰：「太上老君何人也？」對曰：「亦婦人也。」問者益所不喻。乃曰：「《道德經》云：『吾有大患，是吾有身；及吾無身，吾復何患？』倘非婦人，何患乎有『娠』乎？」上大悅。又問：「文宣王何人也？」對曰：「婦人也。」問者曰：「何以知之？」對曰：「《論語》云：『沽之哉！沽之哉！吾待賈者也。』向非婦人，待『嫁』奚為？」上意極歡，寵錫甚厚。

其中儒服儒巾、褒衣博帶的李可及，相當於參軍戲裡的主角「參軍」；坐在角落上問他的人，相當於配角「蒼鶻」，正是唐滑稽戲的標準形式。總之，滑稽戲以言語為主，專門諷刺調謔，動作內容依時地的不同而有所改變。歌舞戲卻以歌舞為主，扮演一定的故事，舞蹈的動作與歌辭的內容，不論何時何地都一成不變。兩者的差異，便大抵如此了。

## 第二節　宋金戲劇

宋代的雜劇，包括了滑稽戲、歌舞戲、講唱戲和雜戲。這種種戲劇，對元代雜劇的產生，或多或少都有些影響，元代雜劇之所以稱為「雜劇」，似乎與此不無關係。

宋代的滑稽戲，仍以諷諭時事為主，不過在排場和角色各方面，都要比唐、五代的滑稽戲複雜很多。大概一場滑稽戲可分成三段：第一段是「豔段」，由四、五個人扮演一些尋常熟事。第二段是「正雜劇」，是滑稽戲裡最主要的一部分。吳自牧《夢粱錄》裡說：「正雜劇通名兩段。末泥主張，引戲色分付，副淨色發喬，副末色打諢。或添一人，名曰裝孤。先吹〈曲破〉、〈斷送〉，謂之把色。大抵全以故事，務在滑稽，唱念應對通編。」發喬是做滑稽的動作，打諢是講滑稽的言語，專門發喬打諢的副淨、副末，就相當於參軍戲裡的參軍和蒼鶻。把色是吹奏音樂的人，〈曲破〉、〈斷送〉都是樂曲的名字，可見當時的滑稽戲已經配有音樂了，這真是一大創舉。第三段是「雜扮」，據《都城紀勝》的解釋，雜扮「多是借裝山東人、河北人，以資笑。今之打扣鼓、撚梢子、散耍是也。」想必是雜耍一類的玩藝兒，用來當作正雜劇後面的散段。滑稽戲的角色，唐代只有參軍、蒼鶻兩人，宋代除了奏樂的把色不算外，還有末泥、引戲、副淨、副末、裝孤、裝旦這麼些人。前四種角色是每場戲裡所必有的，裝孤、裝旦卻是臨時加添上去的。由角色的增加、結構的繁複以及配以音樂各方面看，宋代滑稽戲的進步，確實是很明顯的。

宋代的歌舞戲，大別可分為轉踏、曲破、大曲三種。轉踏多半用來歡娛賓客，它的結構很簡單：前有勾隊詞，又稱引子；後有放隊詞，又稱尾聲；中間則一詞一曲相間，循環不已，用來敘述故事。君王貴族宴會時所用的轉踏，稱作「隊舞」；隊舞與轉踏雖然名稱不同，實質上卻是一樣的。曲破始於唐、五代，一直偏重在音樂舞蹈方面。到了宋代，雖用來扮演故事，其中有樂有聲有舞蹈動作而沒有歌辭念白的地方，仍然很多。宋代的大曲，出自胡樂，遍數極多，用來敘述故事倒很恰當。可惜它的動作有定則，對於在扮演上，造成了很大的妨礙。

講唱戲比較接近真正的戲劇。它有音樂、有歌唱、有故事，有些甚至還有對白，只因為缺少舞蹈動作，結果不但不能算作正式的戲劇，還不得不從歌舞戲中畫分出來，另成「講唱」一類。鼓子詞是較早出現的講唱戲，它混合了詞與散文兩種文體；散文部分多用道白，詞的部分就合鼓而歌。宋代最有名的鼓子詞之一是趙令時的〈商調蝶戀花〉，以元稹的〈會真記〉為本，寫崔鶯鶯的故事。熙寧元豐年間，澤州孔三傳創諸宮調，也徒歌而不舞，屬於講唱戲一類。宋代的諸宮調，已經全部失傳，今天所能看到的諸宮調，包括董解元的《全本西廂記》，殘餘的《劉知遠諸宮調》以及元人的《天寶遺事》，都是金元作品。南宋紹興年間，張五牛創「賺」詞，以鼓板拍節，敷演故事；遺憾的是，所有作品也都亡佚不存了。

雜戲裡最為有趣的是傀儡戲和影戲。傀儡戲起自漢代，六朝時已經用來演故事了。到宋代更為興盛，種類尤其繁多，有懸絲傀儡、走線傀儡、杖頭傀儡、藥發傀儡、肉傀儡、水傀儡等等分別。宋朝平話風行，所以傀儡多半用來敷演話本裡的故事。影戲以前未見，大概是宋朝才開始有的，它和傀儡戲一樣，也被用來表演話本，不過都演歷史故事，和傀儡的煙粉、靈怪、鐵騎、公案無所不扮仍有些不同。這兩種雜戲都專演故事，比起歷代的滑稽戲來，它們對戲劇的貢獻顯然要更多些。此外，如《東京夢華錄》裡提到的「三教」，《續墨客揮犀》裡提到的「訝鼓」，《武林舊事》裡提到的「舞隊」，都以人扮演，或有歌，或有舞，成為宋代戲劇的支流。

南宋時出現了一種新型式的戲劇——戲文。它與宋雜劇迥然不同，是明清傳奇的始祖。它的組織、角色都和印度的戲曲相類似：兩者都有「開場詞」與「下場詩」；又都由科、白、曲三者組成。而印度戲曲中如拿耶佳、拿依伽、毗都婆伽以及男女侍從等角色，與戲文裡的生、旦、淨、丑正好相對。印度戲曲的產生既早於宋代戲文，印度文學又從漢唐以後便不斷傳入中國，由此看來，宋代戲文受到印度戲曲的影響，應該是不可避免的。據王國維的考證，見於典籍記載的宋代戲文約有五種：《趙貞女蔡二郎》、《王煥》、《王魁負桂英》、《樂昌分鏡》、《陳巡檢梅嶺失妻》。這些戲文多數都已散失，少部分收在《南九宮譜》裡的，也都是些殘缺不全的本子。至於作者，五種戲裡只知道《王煥》一本為宋太學生黃可道作；其他的人都無可考了。

宋代雜劇到金朝稱作院本。朱權《太和正音譜》上說：「院本者，行院之本也。」行院為金元倡伎所居住的地方，他們演唱所用的本子，因此稱為院本。《輟耕錄》說：「金有雜劇、院本、諸宮調。院本、雜劇，其實一也。國朝（指元朝）院本雜劇始釐而二之。」可見金之院本，雖不同於元之雜劇，與宋雜劇卻是大致相同的。金文學的代表作品，是董解元的《西廂記諸宮調》，戲劇在文學史上的地位，便以此為轉振點。宋代雜劇都是敘事體，《董西廂》卻已經有了代言體的趨勢，可說開元人雜劇的先聲。吳瞿安說它「樸茂渾厚，自出高（高明）王（王實甫）之上」。而送別一段，寫得尤其好：

〈大石調玉翼蟬〉　蟾宮客，赴帝闕，相送臨郊野。恰俺與鶯鶯，鴛幃暫相守，被功名使人離闕。
好緣業，空悒快，頻嗟歎，不忍輕離別。早是恁淒淒涼涼受煩惱，那堪值暮秋時節。
雨兒乍歇，向晚風如凜洌，那聞得衰柳蟬鳴淒切。未知今日別後，何時重見也？衫袖
上盈盈揾淚不絕，幽恨眉峰暗結，好難割捨，縱有千種風情何處說！

〈尾〉　莫道男兒心如鐵，君不見，滿川紅葉，盡是離人眼中血。

〈越調上平西纏令〉　景蕭蕭，風淅淅，對此景怎忍分離？僕人催促，雨停風息日平西，斷腸何處？唱陽關執手臨岐。蟬聲切，蛩聲細，角聲韻，雁聲悲。望去程依約天涯，且休上馬，空無多淚與君垂。此際情緒你爭知？更說甚湘妃。

〈鬥鵪鶉〉　囑咐情郎：若到帝里，帝里，酒釀花濃，萬般景媚，休取次共別人便學連理。少飲酒、省遊戲，記取奴言語，必登高第。專聽著伊家好消好息，專等著伊家寶冠霞帔。妾守空閨，把門兒緊閉，不拈絲管，罷了梳洗，你咱是必把音書頻寄！

〈雪裡梅〉　莫煩惱，莫煩惱。放心地，放心地。是必、是必，休恁做病做氣。俺也不似別的，你性情俺都識。臨去也、臨去也，且休去，聽俺勸伊。

〈錯煞〉　我郎休怪強牽衣，問你：西行幾日歸？著路裡小心呵，且須在意。省可裡晚眠早起，冷飯莫吃，好將息。我倚著門兒專望你。

生與鶯難別，夫人勸曰：「送君千里，終有一別。」

〈仙呂調戀香衾〉　冉冉征塵動行陌，杯盤取次安排。三口兒連法聰外，更無別客。魚水似夫妻正美滿，被功名等閒離拆。然終須相見，奈時下難捱。君瑞啼痕，汙了衫袖；鶯鶯粉淚盈腮。一個止不定長吁；一個頓不開眉黛。君瑞道：「閨房裡重保。」鶯鶯道：「途路上寧耐。」兩邊的心緒，一樣的愁懷。

〈尾〉　僕人催促怕晚了天色，柳隄兒上把瘦馬兒連忙解。夫人好毒害，道：「孩兒每回取個坐車兒來。」

生辭夫人及聰，皆曰：「好行。」夫人登車，生與鶯別。

〈大石調驀山溪〉離筵已散，再留戀應無計。煩惱的是鶯鶯；受苦的是清河君瑞。頭西下控著馬，東向馭坐車兒。辭了法聰，別了夫人，把樽俎收拾起。臨上馬還把征鞍倚，低語使紅娘，更告一盞以為別禮。鶯鶯，君瑞彼此不勝愁，廝覷者，總無言，未飲心先醉。

〈尾〉滿斟離杯，長出口兒氣，比及道得箇：「我兒將息。」一盞酒裡，滴彀半盞兒淚。

夫人道：「教郎上路，日已晚矣。」鶯鶯啼哭，又賦詩一首贈郎。詩云：棄置今何道，當時且自親，還將舊來意，憐取眼前人。

〈黃鍾宮出隊子〉最苦是離別，彼此心頭難棄捨。鶯鶯哭得似痴呆，臉上啼痕都是血。有千種恩情何處說？夫人道：「天晚，教郎疾去。」怎奈紅娘心似鐵，把鶯鶯扶上七香車。君瑞攀鞍空自攧，道得個：「冤家寧耐些。」

〈尾〉馬兒登程；坐車兒歸舍。馬兒往西行；車兒往東拽，兩口兒一步兒離得遠如一步也。

就在這短短的十二曲裡，已經改易了五個調子。全書體例，都是如此，諸宮調的組織和形式，也就由此可見。

## 第三節　元明雜劇

元朝的雜劇，有歌曲，有賓白，有動作，能在舞臺上鮮活生動的扮演出一個故事來，與以前的歌舞戲和滑稽戲顯然有了很大的不同；中國的戲劇，便由此正式開始。我們現在談到「雜劇」，都習慣性的在前面冠上一個「元」字，稱作「元劇」，實際上金末就已經有了很成熟的劇本。以寫《崔鶯鶯待月西廂記》聞名的王實甫，還作過《四丞相高會麗春堂》，一般都認為：這是現存最早的一部雜劇。劇中敘述金章宗右丞相樂善的故事，而開場時有這樣的句子：

〈仙呂點絳脣〉　破虜平戎，滅遼取宋。中原統，建四十里金鏞，率萬國來朝貢。

收場時又百般稱頌：

〈太平令〉　歌金縷清音嘹亮，品鸞簫飾韻悠揚。太簇會公卿宰相，早先聲把煙塵掃蕩。從今後四方八荒萬邦，齊仰賀當今聖上。

看這首尾兩段曲辭的語氣，可以斷定它決非是金亡以後的作品；而由《四丞相高會麗春堂》在形式上所表現的完整性推想，也不可能便是雜劇的創始之作。想必當時還有不少雜劇的著作，或因為內容的幼稚，或因為作者的籍籍無名，所以都沒有流傳下來。

雜劇的形式雖然在金末就已經完全成立了，但是它的黃金時代卻在元朝。像唐詩有初唐、盛唐、中唐、晚唐幾個不同的時期一樣，元劇也因為時間的不同而表現出不同的風格：

㈠蒙古時代　指從元滅金以後到亡宋以前的三、四十年間。這是元劇的草創時代，作者也以北方人占絕大多數，所以當時的作品都俚俗樸質、天真爛漫，十足表現了北方文學所特有的色彩。一般所謂元劇的特色，所謂「元人本色」，都指這個時期元劇的表現而言。除了前面提到的王實甫之外，號稱元劇四大家的「關、白、馬、鄭」裡，倒有三大家——關漢卿、白樸、馬致遠，也都屬於這個時代。同時的作家，比較有名氣的，還有高文秀、鄭廷玉、吳昌齡、武漢臣、石君寶、紀君祥、康進之一干人，真算得上是「名家輩出」了。這些人作品的風格面貌，雖然各有不同，但是文筆自然純真，毫無做作之態，卻是一致的。王國維稱讚元曲「寫情則沁人心脾，寫景則在人耳目，述事則如其口出」，對這幾位作家來說，確實是當之無愧的。

㈡**一統時代**　指元滅宋以後的前六、七十年。這一段時期，元劇的中心，已經由北方的大都，逐步南移到了杭州。作者多半是南方人，就是有幾個少數的北方人，也都是南方的寓客。所以元劇也漸漸染上了南人綺麗柔媚的色彩，無復蒙古時代的豪俊氣象了。當時作家，值得稱道的只有鄭光祖、喬吉、宮天挺三個人。鄭光祖以寫戀愛劇與歷史劇知名，他的作品，總有意無意的模仿著初期的元劇作家，尤其《㑳梅香翰林風月》一劇，幾乎可說是《西廂記》的翻版，而無論遣詞用字或描寫的技巧，都遠不如《西廂》；所以一般人對於元劇四大家裡有鄭光祖而無王實甫，都感覺到詫異與不滿。喬吉是寫戀愛劇的聖手，字句的濃豔，並不在鄭光祖之下。宮天挺以瘦硬見長，在一統時代為數不多的幾個作家裡，只有他還能保存一點初期元劇的本色。

㈢**至正時代**　指元代末期的二十多年。元劇到了這個時候，已經成了強弩之末，好的作家和好的作品，都不多見了。只有秦簡夫的《東堂老勸破家子弟》和蕭德祥的《楊氏女殺狗勸夫》兩本，描摹世態，意存諷勸，勉強為末期的元劇，支撐住一個殘局。這兩本作品，雖然曲辭不怎麼美妙，賓白卻十分生動妥貼，可見作者在口語的運用上，很下了一番功夫。

明朝初年，傳奇還沒有十分興起，舞臺上仍然是雜劇的天下，不過當時作品雖多，脫不了神仙釋道的範圍，文辭內容，都無足稱者。周憲王朱有燉是明初雜劇的大家，著作極豐，現存的便不下二、三十種。這些作品，大別可分五類：張天明《斷辰勾月》、《小天香半夜朝元》一類的「道釋劇」。《清河縣繼母大賢》、《趙貞姬身後團圓夢》一類的「節義劇」。《劉盼春守志香囊怨》、《李亞仙花酒曲江池》一類的「妓女劇」。《黑旋風仗義疏財》、《豹子和尚自還俗》一類的「水滸劇」。《洛陽風月牡丹仙》、《十美人慶賞牡丹園》一類的「牡丹劇」。明初人所寫雜劇的意趣，由此也可見一斑。明初雜劇的體制，也因為南曲的影響而稍有變化，折數不再受到一本四折的限制，唱的角色也不再是主角一人，楔子更變成了傳奇裡副末開場的形式。總之，雜劇的名稱雖一，元雜劇和明雜劇的形貌，卻是不盡相同的。

崑腔興起以後，北曲漸衰，南曲漸盛，雜劇的地位，遂被傳奇所取代。這時候，卻產生了一種兼取南北曲之長的戲劇新體，由於它的篇幅很短，多半都一折寫一個故事，一本四折裡，往往便包含了四個故事，所以稱作「短雜劇」。這種所謂的「雜劇」，當然和元雜劇相去更遠了。短雜劇是南北戲曲的混血兒，不過它行世的時間既短，產生的影響也小，遠不能與南、北曲相比。王九思寫《中山狼》院本，只有一折，可算是短雜劇的先聲了。楊慎寫《太和記》，共有六本，每本四折，每折一個故事，合計便有二十四個故事，對於雜劇體裁的變革，極具貢獻。汪道昆的《大雅堂雜劇》、沈璟的《十孝記》、《博笑記》、顧大典的《風教編》、沈采的《四節記》，也都改變了雜劇的體例，可說是短雜劇的中堅分子。至於短雜劇中最出色的作品，還要推徐渭的《四聲猿》。《四聲猿》中包含了四齣戲：《狂鼓吏漁陽三弄》、《玉禪師翠鄉一夢》、《雌木蘭替父從軍》、《女狀元辭凰得鳳》。徐渭藉這四齣戲發抒心中的憤慨不平之氣，嘻笑怒罵，揮灑自如，除了最後一本比較呆板少生氣外，其他三本都能稱佳作。徐渭的學生王驥德稱譽《四聲猿》「是天地間一種奇絕文字」，說它「高華爽俊，穠麗奇偉，無所不有」；雖不免有揄揚過甚之嫌，卻也確實有些見地。

總之，北曲源起於北方民間，以北人爽朗的氣概為特質，又絕不避俚俗，不作姿態，最具率真之美。蒙古時代，北曲剛開始與文士接觸，一方面藉文人的素養提高了它的意境與風格，一方面又仍然保持著它原有的生動與通俗，遂成為雜劇史上收穫最豐碩的時代。一統以後，雜劇固然因為南移而趨向於典麗，也由於落入文人手中已久，一般作者專在結構與文辭上著力，遂迷失了它的俚俗本色。到了明朝初年，雖然形式上略有改變，樂曲終還專用此曲。短劇出現以後，不但體制不同，連樂曲也南北混用，舞臺上的優伶，更是滿口南腔，元劇的精神與情調，遂喪失殆盡了。

## 第四節 明清傳奇

繼元劇而起的是明清的傳奇。傳奇的興起雖然在元劇之後，論起它的源淵，卻比元劇要早得多。傳奇的前身，就是南宋時便已經成形的戲文，不過百十年來，一直沒有受到什麼重視罷了。大概宋朝的文人，都把心智用在填詞上了；金、元的文人，又竭力於雜劇的創作，南戲便一直被冷落下來，只在南方的民間默默地演出著。元、明之際，雜劇一度極為消沉，南戲卻經過長時期的醞釀、改革，又受到元劇不少的激盪和影響，一時很有盛行的趨勢。《荊》、《劉》、《拜》、《殺》四大傳奇，很可能便是這一段時期的產物。可惜它們的作者多已不能詳考，完書的年代也就不能確知了。《王十朋荊釵記》，明人傳為柯丹邱所作，不過其中有「制義」數篇，應該是洪武以後的作品，而且明寧獻王朱權也自稱丹邱先生，所以王國維認為作者當是朱權。《劉知遠白兔記》的作者全無蹤跡可查。《王瑞蘭幽閨拜月亭》，明人都認為是元施惠所撰，不過《錄鬼簿》上寫到施惠時，一點也沒有提到他曾作南戲的事，所以這個說法並不十分可信。《賢婦殺狗勸夫》，朱彝尊以為徐畛作，也沒有什麼確證。

其實，四大傳奇的故事，全都前有所本：《白兔記》寫李三娘招贅劉知遠，被二舅拆散，三娘生下咬臍郎，託人送與知遠，自己在家百般受苦，終於和衣錦還鄉的劉知遠團圓。這個故事，金朝時就有人用來寫過《劉知遠諸宮調》。《拜月亭》寫蔣志瑞、瑞蓮兄妹，和少女王瑞蘭，少年興福之間悲歡離合的種種波折。而在它之前，已經有關漢卿《閨怨佳人拜月亭》、王實甫《才子佳人拜月亭》兩個劇本了。《殺狗勸夫》寫孫華誤與兩個歹人結義，反把親兄弟趕出家門，孫妻作計殺狗裝人，孫華找人移屍，方辨出親疏，兄弟和好如初。整個題材，都取自蕭德祥的《王翛然斷殺狗勸夫》雜劇。在《荊釵記》以前演王十朋與錢玉蓮故事的劇本，據徐渭《南詞敘錄》所載，就有宋、元間無名氏舊篇和明初李景雲所撰兩種。這四個劇本的故事，既都是當時流行於民間的傳說，它的曲辭對白，又十分俚俗質樸，看起來一點也不像是出自文人的手筆，想必是民間一些無名氏的著作吧！

元劇四大家裡沒有王實甫，很多人都覺得不滿；四大傳奇裡沒有《琵琶記》也一樣令人不解。高明寫《琵琶記》，是文人正式創作傳奇的開始，也是文人創作的傳奇中最不失傳奇本色的著作。蔡伯喈和趙五娘的故事，很早就在民間流傳著，南宋的時候，就已經「滿村聽唱蔡中郎」了。《金人院本名目》裡，也有《蔡伯喈》一本；《趙貞女蔡二郎》更是南戲裡非常受歡迎的戲目。不過，在傳統的蔡、趙故事裡，蔡邕一直被寫成不忠不孝無情無義的人物，到高明手裡，卻做起翻案文章。成了「全忠全孝蔡伯喈」了。它的文辭尤佳，能兼肖南戲與北劇之長，姚福《青溪暇筆》裡說：「明太祖嘗聞則誠名，遣徵辟不就。太祖嘗云：五經四書如五穀不可缺；《琵琶記》如珍饈百味，富貴家其可無邪？」可見它在當時是如何的受人愛重了。

傳奇在產生這五本鉅作之後，忽然間又萎縮起來。明朝初年，只有無名氏作的《金印記》，還能繼四大傳奇之軌跡，保持其俚俗本色。其他如邱濬是當時的大家，所著《五倫全備》這一類的作品卻不免失之迂腐；邵璨的《香囊記》更雕琢字句，好用典故，連對白裡也做起對句來；像第八齣的排歌：「放達劉伶，風流阮宣，休誇草聖張顛，知章騎馬似乘船，蘇晉長齋繡佛前。」哪有一點像說話的樣子？明朝傳奇由俚俗本色轉變到崇尚辭藻，《香囊記》是一個非常重要的關鍵。

在傳奇界十分黯淡的這一段時期，雜劇卻像迴光返照似的異常活躍；當時雖然沒有什麼特殊的成就，作家和作品都不在少數。但是雜劇本以北曲為聲，一旦到南方人口中，聲調韻味必然完全走樣。所謂「東門樓上，南京人唱北《西廂》」，唱的人固然覺得詰屈聱牙，聽的人想來也難以快耳。所以嘉靖年間崑曲興起以後，幾乎就沒有人再寫雜劇了。

崑曲興起以前，南戲沒有宮調與節奏可言，隨各地唱腔的不同，而有不同的唱法，所以又有「亂彈」

之稱。當時南方較為流行的地方腔調，據《南詞敘錄》的記載，不外以下四種：「今唱家稱弋陽腔，則出於江西，兩京、湖南、閩、廣用之；稱餘姚腔者，出於會稽，常、潤、池、太、揚、徐用之；稱海鹽腔者，嘉、湖、溫、台用之。唯崑山腔，止行於吳中。」大抵弋陽腔以鼓為節，海鹽腔以拍為節，唱法和樂器都極為淩亂，直到崑山腔經過改良而成獨霸的局面以後，南戲才成為有一定格律的戲劇。崑山腔又稱崑腔，本來也和弋陽、海鹽諸腔一樣，只是南方的一種地方戲罷了，由於魏良輔的改良，它的勢力才得以大盛。魏良輔是崑山的人，最初學習北曲，但是總比不過北人王友山，灰心失意之下，轉而致力於南曲。傳說他為了專心改革崑山腔，有十年之久連樓也不下，終於「轉喉押調，度為新聲；疾徐、高下、清濁之數，一依本宮；取字脣齒間，跌換巧掇，恆以深邈助其淒淚。吳中老曲師，如袁髯，尤駝者，皆瞠目以為不及也。」（余懷《寄暢園聞歌記》）原來南戲的樂曲以簫管為主，北戲的樂曲以絃索為主，魏良輔卻集合笛、管、笙、琵於一堂，成就了沈德符《顧曲雜言》裡所謂「以三絃合南曲，而簫管叶之」的繁複而優雅的腔調。從此原來只流行在吳中的崑腔，壓倒了其他的南腔成為南戲的正宗。而南戲的興盛，更使北劇大受排擠，終於被逼得走上了消亡的末路。中國的戲劇，遂成為傳奇的天下。

利用崑腔寫劇本，最早而又最成功的作家，是梁辰魚。梁與魏良輔同時，作過《江東白苧》、《浣紗記》等劇。別的傳奇，都可以用弋陽腔來表演，只有《浣紗記》，非崑腔不能唱，所以它便一直被看作是崑劇中的楷模。從邵璨的《香囊記》開始，傳奇的文字便已經趨向於工整典麗；《浣紗記》寫西施亡吳的故事，題材本身就富有華美的色彩，加上梁辰魚筆調的纖巧，更固定了傳奇的文雅性。像《荊》、《劉》、《拜》、《殺》那樣俚俗質樸的劇本，在崑曲盛興以後，是絕對看不見了。比起元劇來，傳奇無寧是貴族化，文士化得多的。

梁辰魚以後，傳奇成為湯、沈兩家天下。湯指湯顯祖，沈指沈璟，他們兩個人，正代表了傳奇家兩種全然不同的派別。湯顯祖長於文辭，他的「臨川四夢」，是風靡一時之作。「臨川四夢」，又稱「玉茗堂四夢」，包括了《還魂記》、《邯鄲記》、《南柯記》和《紫釵記》，辭藻沃豔奇麗，最能表露他那光芒四射的才華。但是湯的作品，詞句雖美，卻往往亂韻亂律，為人所詬病。這種任意用韻的現象，倒不見得真是一般人說他的「不諳曲譜」；他一再表示：「予意所至，正不妨拗折天下人嗓子。」在〈與宜伶羅章二書〉裡，更明白的說：「《牡丹亭》記要依我原本，呂家改的，切不可從。雖是增減一、二字以便唱，卻與我原作的意趣大不同了。」可見他並非不知道自己作品的不合曲律，只是不願意為了遵受曲譜而損及文章的完整性。這種維護作品的精神，加上他奔放的天才，造成了後起戲劇家對他的極度崇拜，明末清初的傳奇，幾乎全不能超脫他的籠罩和影響。

沈璟與湯顯祖完全相反，是一個最重視曲律的人。他寧可寫出來的文字不能成句，也絕不在宮商清濁上有一絲兒乖戾。因此，他的成就完全表現在音律上，所作的《南九宮譜》和《南詞選韻》兩書，被製曲家奉為圭臬。一方面由於音律可以苦學而致，辭采卻靠天生的才氣；一方面也由於音律是戲中所必須講求的一部分，所以當時追隨沈璟的人，遠超過跟從湯顯祖的人；而形成了勢力龐大的吳江派，南曲也因之而呈現了一片中興氣象。沈璟對傳奇雖具振興之功，由於才情不高的緣故，在創作上並沒有什麼太高的成就。因此，他在曲壇上的地位，跟倡言四聲論的沈約在詩壇上的地位，大致是相彷彿的。他的《屬玉堂傳奇》十七種，多半都平淡庸俗，絕不能與「玉茗堂四夢」相提並論。唯一值得注意的，是他所提倡的「本色論」，這在當時專崇雕字鏤句的風尚中，很能一清人們耳目。可惜雕琢的風氣已成，連他自己也不能做到俚俗本色，「本色論」便這樣無可避免的失敗了。

湯、沈之後，劇作家如雨後春筍，真是多得無法枚舉。不過他們大半不能超出湯、沈的藩籬。王伯良曾經喊過一個口號：「守詞隱先生之矩矱，而運以清遠道人之才情。」詞隱先生是沈璟，清遠道人是湯顯祖，而王伯良的這個口號，便成了晚明傳奇作者共同努力的目標了。明末比較重要的作家，有寫《粲花五種》的吳炳，寫《燕子箋》的阮大鋮，寫「一人永占」的李玉，都以美麗的辭藻來描敘纏綿的豔情，是湯顯祖一派的嫡傳。至於被稱作「曲壇怪傑」的馮夢龍，最長於改編別人的作品，他的《墨憨齋新曲十種》裡，真正自己創作的只有兩種，在戲劇圈裡，可算是一個非常特殊的人物了。

傳奇到清代，已近尾聲。清初的作家，多半在明末就已成名；所以清初的戲劇，只能算是明劇的延長，所有的著作，都還受著「吳江」及「玉茗」兩派影響。能夠掙脫明人束縛，代表清人特色的，只有李漁、洪昇、孔尚任、蔣士銓四人。李漁淺顯詼諧，蔣士銓意趣豪拓，都不落前人窠臼。「南洪北孔」，更是清傳奇兩顆熠熠生光的明星，洪昇的《長生殿》，孔尚任的《桃花扇》，都是傳世之作。乾隆年間，戲曲分作雅、花兩部，崑劇稱作雅部，以外的雜劇稱作花部。由於曲高和寡的緣故，花部漸起，雅部漸衰，傳奇遂為大家所冷落，終於一蹶不振了。

# 第二章　元代的雜劇

## 第一節　雜劇的完成與興盛

元劇雖是中國戲劇的正式開始，但是它並不是金、元時候的人平空創造出來的。如果沒有宋、金以前那些不完全成熟的戲劇作基礎，元雜劇是不可能會產生的。關於這一點，只要分析雜劇和以前戲劇的相同處，便不難明瞭了。首先，元劇所用的樂曲，便多半出自前代：有用大曲的，有用唐宋詞的，有用諸宮調的。大曲起源最早，大概南北朝時候就有了；諸宮調雖然產生得比較晚，至遲也在宋熙寧、元豐間。雜劇配曲的方法，也並非全屬新構。《夢粱錄》裡提到宋朝纏達的結構，說：「引子後只有兩腔，迎互循環。」元劇仙呂宮、正宮裡的曲子，也有相同的體例，像鄭廷玉《看錢奴買冤家債主》裡的第二折，全折曲牌的排列方式是：〈正宮端正好〉、〈滾繡毬〉、〈倘秀才〉、〈滾繡毬〉、〈倘秀才〉、〈滾繡毬〉、〈倘秀才〉、〈滾繡毬〉、〈倘秀才〉、〈塞鴻秋〉、〈隨煞〉

〈端正好〉相當於引子，以後便是〈滾繡毬〉、〈倘秀才〉兩曲的循環。除了多一曲〈塞鴻秋〉之外，簡直和纏達的體制，一般無二，兩者之間淵源承沿的關係，也就不言可知了。

除了樂曲和形式之外，雜劇襲用舊劇題材的，也不在少數。王國維的《宋元戲曲史》裡，把元劇與以前戲劇情節相同的，列了一個表，交代得十分清楚。其中比較特殊的，像關漢卿《姑蘇臺范蠡進西施》，取材於董穎《薄媚大曲》；王實甫《崔鶯鶯待月西廂記》，取材於金董解元《西廂記諸宮調》；沈和有《徐駙馬樂昌分鏡記》，南宋有《樂昌分鏡》戲文；尚仲賢有《海神廟王魁負桂英》，宋末有《王魁》戲文；周文質有《孫武子教女兵》，宋舞隊有《孫武子教女兵》；無名氏有《逞風流王煥百花亭》，宋末有《王煥》戲文。其他取自宋雜劇與金院本的，更屢見不鮮。

吳梅認為，雜劇遠祖宋大曲，近祖董詞，由前述各點來看，從大曲到諸宮調，確實都曾予雜劇以極深遠的影響。就是前代的滑稽戲，在對白、動作及扮演故事各方面，對雜劇的形式，必然也有所啟發吧！

雜劇與前代戲劇的關係雖然如此密切，但是，它之所以能超脫單純的歌舞和滑稽，而成為正式的「戲劇」，自有其特殊創造的地方。比起前代戲劇，它的進步，可分成四方面來看：

**㈠樂曲的進步**　宋雜劇多用大曲，大曲遍數雖多，不過只是一曲的反覆罷了，何況次序不能顛倒，字句不能增減，既缺乏變化，用起來也不方便。諸宮調只要是同一宮調曲子，都可以選用，已經不像大曲那樣拘於一曲了。但是移宮換調的地方太多，不免減少了雄肆的氣度。元雜劇卻適得其中，它每劇四折，每折易一宮調，這是它比大曲自由的地方。每宮調的曲子都在十曲以上，轉變比較少，這又是它比諸宮調雄肆的地方。

**㈡舞蹈動作的進步**　大曲裡的角色，手袖為容，踏足為節，進退都有一定，只能算是純粹的舞蹈罷了，表情和動作，都不能與故事的內容相配合。諸宮調徒然坐而說唱，更談不上什麼動作了。元雜劇卻不然，除了每種角色各有其基本動作之外，更配合劇情的不同，變幻出不同的表情來，演出者遂與故事裡的人物，合而為一，增加了戲劇的真實感。

**㈢歌詞賓白的進步**　大曲雜劇的歌辭與金院本的表白，都以作劇者敘事的語氣。元雜劇的歌詞，完全是賓主應對的方式；另外又增加了「賓白」，使故事人物的晤對之情，能格外逼真。這種由敘事體轉變為代言體的進步，正是元劇所以為「戲劇」的最大因素。

**㈣分場的進步**　大曲雜劇，因為只有一套曲調，所以整個故事往往都在一幕中演完。金元院本雖然分段，但是依據宮調分段，跟分幕的性質並不完全一樣。元雜劇因為一劇四折的緣故，很著重分幕，表情中心和曲牌樂調，都因為幕的不同而改換，於是有「場」有「景」，曲劇的組織因此更為周全。

靠前代的戲劇作基礎，加上自己特有的創造，元代雜劇，便如此形成。

戲劇本身的進展，固然促成了雜劇的完成。時代的客觀因素，更給雜劇帶來了興盛的高潮。在中國歷史上所有的朝代裡，元朝是最適合戲劇發展的時代。蒙古人遠征到歐洲，使中國的版圖，擴展到前所未有的地步，國際間的交通來往，更是空前頻繁，商業的發展，造成了社會經濟的繁榮與人民生活的富庶。貴族也好，平民也好，衣食飽暖之後，必然會需要娛樂；歌舞太單純，彈詞講古也缺少變化，最受大家歡迎的，當然是這種熔歌舞故事於一爐的戲劇了。經濟的發達固然為雜劇造成隆盛的機運，我們換一個角度來看，需要大批演員、道具、工作人員和一個演出場地的雜劇，在沒有經濟支持、沒有觀眾捧場的情形下，根本不可能生存。戲劇對於經濟的依賴既屬如此，在《馬可孛羅遊記》裡被描述成遍地黃金的元朝的社會，自然是戲劇發展的最佳時代了！

物質環境之外，當時的精神環境，對於元劇的發展，也十分有利。在蒙古人的眼光裡，「儒」是一種很卑賤的身分；讀書人的地位因此降低，儒家的思想也隨之失去了對文學與社會的影響力。唐宋「載道」的文學觀，在這種環境之下，當然是不容存在了；而君臣耽迷於聲色犬馬的風氣，卻在社會上大行其道。對於一直被知識分子所輕視的，由優伶歌舞扮演的戲劇來說，它想要興盛與發展這不正是千載難逢的時機嗎？

很多人都認為：元朝以戲曲取士，所以助長了雜劇的興起。但是據《元史·選舉志》、《續通考·選舉考》、《續通典·選舉典》的記載，元朝在太宗初取中原的時候，曾經開科舉一次，由於當時以為不便，遂告中止；直到仁宗皇慶二年，才正式詔行科舉。元代考試的程式，蒙古、色目人第一場是經問五條，第二場是試策一題；漢人、南人第一場是明經、經疑二問、經意一道，第二場是古賦、詔誥、章表內科一道；第三場是試策一道。就這些內容來說，都與曲沒有關係，戲曲取士的說法，並不可信。科舉制度對於元劇，確實有不小的影響，不過這種影響，乃是由於金元兩代科舉內容的不同所造成。金取進士，本來分詩賦、經義、策論三科目，海陵天德三年以後，罷經義、策論兩科，專考詞賦，當時文士，都專在詞賦一道上鑽研，對於其他學問，日益疏遠。到了元朝，頭幾年固然因為廢除科舉，使他們無路可走，就是科舉復行以後，科目內容的不同，也使他們無從施展。這些文人，或失意，或失業，遇到新興的雜劇，既能藉以發抒心中鬱悶，又能用以維持生計，加上「讀書上品，戲子微賤」這種思想的消匿，文人很自然的便混跡在優伶中，從事起雜劇的創作工作來。原來出自民間的雜劇，至此與文人相接合，劇本在質與量上，遂都有了長足的進步；不僅具有娛樂性，還不乏相當高的文學價值。

總之，無論從哪一方面來看，元代都是最有利於戲劇發展的時代。到金朝才完成其形式的雜劇，便恰逢其會，在天時、地利、人和的情形下，蓬勃地發展起來。

## 第二節　雜劇的組織和結構

元代雜劇，有一定的體段，用一定的曲調，在組織結構方面，比以前任何戲劇都要嚴謹。現在就劇本的形式、表演的方法和特殊用語三方面，對它作一番探討。

**㈠劇本形式**　雜劇的劇本，可以分成兩個部分：一是楔子，一是折。所謂折，就樂曲來說，指一個完整的套曲；就性質來說，便相當於現在話劇中的一幕。一本雜劇，以四折為正規，像紀君祥的《趙氏孤兒》有五折，張時起的《賽花月秋千記》有六折，都要算是變例了。至於《西廂記》，雖然有二十折之多，但是它分成五本，每一本都能單獨成立，分開來算，仍然是一本四折。

楔子本來指木匠用來塞緊器具的木片，有了它並不顯眼，少了它就要覺得不方便。雜劇裡的楔子，性質就和木匠用的楔子相似，它的作用，在於介紹人物、情節，並且加緊前後劇情的聯繫，雖然算不得舉足輕重，卻也有它不可或缺的重要性。楔子並不是雜劇的序幕，所以它和小說裡的楔子，性質完全不同；跟南戲裡的家門，也是兩回事，所以它的位置並不固定，數目也隨劇本的需要而改變。通常一劇裡只有一個楔子，放在全劇的前面。比較特殊一點的，像《羅李郎》、《馬陵道》、《東窗事犯》、《抱妝盒》都有兩個楔子；《青衫淚》的楔子在一折與二折之間；《岳陽樓》的楔子在二、三折之間，《伍員吹簫》的楔子在三、四折之間。因為本來就沒有定則可言，所以也不能算是例外。

元劇所用的樂曲，也是劇本形式中一個極重要的因素。它的宮調有十二種，包括了黃鍾、正宮、仙呂、中呂、南呂五宮，和大石、小石、雙、越、商、商腳、般涉、商七調。每一折必須是一個完整的套數，所以前面有引子，事後也一定有尾聲或煞尾。第一折多用仙呂宮，間或也有用正宮的；第二折用正宮和南呂宮的占多數；第三折以下，宮調就沒有一定了。楔子比折短，不能用長套，所以既沒有引子，也沒有尾聲，不過一、兩支小令罷了。這一、兩支小令，多半選用仙呂宮裡的〈賞花時〉或正宮裡的〈端正好〉，像《西廂記》那樣用全套〈正宮端正好〉的，真是極為罕見了。

**㈡表演方式**　元劇的表演，有「科」、「白」、「曲」三種方式。「科」指動作，元劇裡的各角色，都因身分的不同與劇情的演變，而作出不同的動作，拿康進之《梁山泊李逵負荊》第一折來看，單只是劇本上寫明了的，就有見科、遞酒科、飲科、與酒科、接衣科、哭科、採淚科、笑科、篩酒科、吐科、打科這麼些名目。汪經昌《曲學例釋》裡，把雜劇中的動作分成基本動作與會意舉措兩類，並舉例說明：「以行路步伐，制作分腳標準，是謂基本之動作；以抖袖反目，判作表情變幻，是謂會意之舉措。」「科」的變化既是如此複雜，所以它能與「白」、「曲」鼎足而三，成為雜劇中極重要的成分。

「白」是賓白的省稱。有人把賓白看作一件事，徐渭就以為：戲劇中曲辭為主，賓為白，所以稱作賓白。這是一個很大的錯誤。賓白相當於今日的臺辭，明姜南《抱璞簡記》說：「北曲中有全賓全白；兩人相說曰賓，一人自說曰白。」可見賓和白之間，仍然有所分別。雜劇作家以俚俗方言作賓白，不但顯出了元劇的本色風格，也保持了一時一地的聲韻。像馬致遠《薦福碑》劇裡的曳剌一段，用遼金人語。鄭光祖《王粲登樓》的「點湯」一段，用宋人語，都各具特色。北劇到了南人口裡，所以原味盡失，與它的賓白，也不無關係。

「曲」是唱曲。元劇裡的歌曲，每折都由一人獨唱，其他的演員，只有說白。任唱的角色，或為正末，或為正旦，所以又有「末本」與「旦本」之稱。偶然有例外，也只在楔子裡或曲尾，像關漢卿《蝴蝶夢》第三折，旦之外倈兒也唱；尚仲賢《氣英布》第四折正末扮探子唱，又扮英布唱，都在尾聲。只有《西廂記》第一、四、五劇裡的第四折，都有兩人的唱辭，是元劇裡最獨特的情形。這種一人獨唱的方法，不但聽的人會覺得單調少變化，唱的人也格外辛苦。有的戲甚至全本都由一人演唱，像《漢宮秋》裡只有漢帝的唱辭，《梧桐雨》裡只有明皇的唱辭；像王昭君、楊貴妃那樣重要的角色，也都被冷落了，是極不合理的現象。傳奇裡凡登場的人都可唱，要比這種安排好多了。

㈢特殊用語　元劇裡有很多不好解的辭；這些辭大概有兩類：一是方言，像呼眼為「渌老」、呼孩子為「魔合羅」等等。讀元劇的人，看到這些地方，就往往發生困難。第二類是一些特殊的用語，不加以說明，也不容易明白。

元劇的特殊用語裡，最多的是角色的名目，什麼副末、沖末、貼旦、外旦的，常常攪得人眼花撩亂。其實雜劇裡的角色雖多，多半是末、旦、淨的滋生，除了正末正旦是戲裡的男女主角之外，都是副角性質。汪經昌《曲學釋例》裡列了一個表，非常簡明扼要，其表如下：

| 普通角色 | 支系角色 | 角色身分 |
|---|---|---|
| 正末 | 副末、沖末、外末、小末。 | 扮男童者謂之小末，餘均為當場男 |
| 正旦 | 副旦、貼旦、外旦、狙兒、小旦、大旦、老旦、花旦、色旦、搽旦。 | 狙兒、花旦、色旦、搽旦，飾下等婦女。餘均為當場女子，因年齡而分。 |
| 淨 | 副淨、中淨。 | 副淨、中淨無固定身分，僅為免使角色之重複而設。又副淨亦作丑用。 |
| 特殊角色 | 身分 | 附註 |
| 卜兒 | 扮老婦女 | 按此項名目，只是代表人物，固非角色性質。當派作代表年老鴇母時係由搽旦扮演；如派作老婦人身分時，即由老旦扮飾。並無一定之身分。 |
| 孤 | 扮官吏 | 如「卜兒」無固定身分。 |
| 孛老 | 扮老人 | |
| 邦老 | 扮強盜 | |
| 徠兒 | 扮小孩 | |
| 祇候 | 扮僕人 | |

角色之外，又有「砌末」一名。砌末指劇中所用之物，相當於現在所謂的道具。不過「砌末」多是象徵性的物件，不像「道具」完全是實物罷了。雜劇裡用砌末的地方很多，都各有所指，焦循《易餘籥錄》卷十七裡就記載了很多件：「元曲《殺狗勸夫》，只從取砌末上，謂所埋死狗也。貨郎旦外旦取砌末附淨科，謂金銀財寶也。《梧桐雨》正末引宮娥挑燈拿砌末上，謂七夕乞巧筵所設物也。《陳摶高臥》，外扮使臣引卒

子捧砌末上，謂詔書纏帛也。《冤家債主和尚》，交砌末科，謂銀也。《誤入桃源》，正末扮劉晨，外扮阮肇，帶砌末上，謂行李包裹或采藥器具也。又淨扮劉德引沙三王留等將砌末上，謂春社中羊酒紙錢之屬也。」很可以幫助讀者了解砌末所指的物件。

雜劇每本末尾，都有「題目正名」。就是拿兩句或四句對子，把全句的內容總結起來，前一半叫做「題目」，後一半叫做「正名」。它的形式是這樣的：

題目　調素琴王生寫恨
正名　迷青瑣倩女離魂

如果是四句對，就分成兩句一組：

題目　安祿山反叛兵戈舉　陳玄禮折散鸞鳳侶
正名　楊貴妃曉日荔枝香　唐明皇秋夜梧桐雨

我們所以沒有把題目正名放在劇本形式裡講，因為它既非賓白，又非曲文，跟傳奇裡下場詩的性質也不一樣，似乎並不屬於劇本的一部分。劉大杰認為它是劇場招貼上寫的廣告，雖然沒有明證，就它的形式和內容來看，似乎也不失為一個很合理的推測。

以上所論，是北劇的組織結構。明朝十分風行的南雜劇，雖然也依仿北劇規模，但是受了南戲的影響，形式上已經和北劇有了差異；後來的短雜劇，體制更是不同，都不在本節討論範圍之內。

## 第三節　元劇中的俚俗派

元劇依風格可以分成典雅與俚俗兩類。俚俗本來就是元劇的本色，所以初期的元劇作家，像寫《救風塵》的關漢卿、寫《酷寒亭》的楊顯之、寫《老生兒》的武漢臣、寫《趙氏孤兒》的紀君祥、寫《黑旋風雙獻功》的高文秀、寫《看錢奴買冤家債主》的鄭廷玉等人，都屬於俚俗一派。俚俗派的作品，有兩大特色：一是文字的通俗性，一是內容的社會性。由於俚俗派的作者不避方言土語，又不做作的求辭藻典雅，所以他們筆下的人物，顯得特別生動，特別逼真。他們喜歡選用現實社會裡的故事做材料，能使當時的觀眾和後代的讀者，格外覺得親切。元劇之所以能從民間興起，俚俗派的作品能迎合民眾口味，是一大重要因素。

俚俗派裡的代表作家，非關漢卿莫屬。關漢卿是大都人，做過太醫院尹，我們在散曲一章裡，曾經介紹過他那種打斷了腿還要往煙花路上走的風流性格。像這樣整日混跡在妓院劇場中的人，就道德的標準來看，委實是失之輕浮了；但是他的作品，卻無可置疑的是元劇中最高的成就。關漢卿的散曲裡，還有不少厭世和享樂的調子，有意無意間流露出他本身的態度和情緒；在他的劇曲裡，我們卻全然看不出他一點兒影子；他自己的思想和生平，對他所創作的戲劇，可以說沒有絲毫影響。像他這樣完全隱藏了私人感情而忠實於戲劇表現的作家，在中國戲劇史上，是不作第二人想的。正因為如此，無論是勇猛的英雄或嬌柔的婦人，無論是戀愛的喜劇或含冤負屈的悲情，在他筆下都一樣生動，一樣出色。在《單刀會》裡，他寫關羽持刀，面對滾滾江水，唱著：

〈新水令〉大江東去，浪千疊；趁西風，駕著那小舟一葉。纔離了九重龍鳳闕，早來探千丈虎狼穴。大丈夫心烈！大丈夫心烈！覷著那單刀會，賽村社。

〈駐馬聽〉依舊的水湧山疊，依舊的水湧山疊。好一個年少的周郎，凭在何處也！不覺的灰飛煙滅。可憐黃蓋暗傷嗟。破曹檣艣，恰又早一時絕！只這鏖兵江水猶然熱，好教俺心慘切。這是二十年流不盡英雄血。

把一個蓋世英雄的襟懷，那樣壯烈，那樣慘切的剖露出來。尤其這兩闋曲的豪放處與感歎處，比起蘇軾有名的〈念奴嬌〉，一點也不遜色。《調風月》裡，寫一個為自己情人向小姐說親的婢女燕燕，在小姐結婚那天，還要柔腸寸斷的替小姐上裝。她滿心怨懟的唱著：

〈拙魯連〉　終身無簸箕星，指雲中雁作羹。時下且口口聲聲，戰戰兢兢，裊裊停停，坐坐行行。有一日孤孤另另，冷冷清清，哽哽咽咽，覷著你個拖漢精！

〈尾〉　大剛來主人有福牙推勝，不似這調風月媒人背斤。說得他美甘甘枕頭兒上雙成，閃得我薄設設被窩兒裡冷。

比起《西廂記》裡的紅娘來，燕燕無疑是更為突出，更讓人覺得有血有肉。《救風塵》寫妓女的故事，關漢卿在這齣戲裡，描寫風塵女子的痛苦和嫖客的喜新厭舊，真是入木三分，可稱古今妓女劇的代表作。《蝴蝶夢》寫繼母讓自己的兒子替前妻的兒子抵罪而死，把一個老婦人理智與情感的衝突，寫得再曲折，再細膩不過。就人物刻畫和性格塑造的成功來看，元劇作家裡再沒有人能比關漢卿做得更成功了。

關漢卿的白描功夫，也是他人所不能及的。《竇娥冤》第二折裡，有竇娥唱的一闋曲：

〈鬥蝦蟆〉　空悲戚，沒理會；人生死，是輪迴。感著這般疾病，值著這般時勢，可是風濕暑熱？或是飢飽勞役？各人證候自知。人命關天關地，別人怎生替得！壽數非干一世，相守三朝五夕。說甚一家一計，又無羊酒緞匹，又無花紅財禮，把手為活過日，撒手如同休棄。不是竇娥忤逆，生怕旁人議論。不如聽咱勸你，認箇自家晦氣：割捨的一具棺材，停置幾件布帛，收拾出了咱家門裡，送入他家墳地。這不是你那從小兒年紀指腳的夫妻，我其實不關親，無半點淒愴淚。休得要心如醉，意似痴，便這等嗟嗟怨怨，哭哭啼啼。

這樣明白如話，哪兒還像是曲，簡直就與賓白一般無二。所謂當行本色，便是如此了。

在俚俗派的諸多作品裡，武漢臣的《散家財天賜老生兒》，和鄭廷玉的《看錢奴買冤家債主》，都有很突出的表現。《老生兒》的結構很好，尤其情節的曲折變化，更是樸質的元劇裡所少見。武漢臣對賓白的重視，顯然要遠超過曲辭，所以這個劇本在賓白方面很成功。《老生兒》曾經被譯成英文，賓白比曲文當然要容易翻譯而且容易討巧，看來譯者所以會選上《老生兒》，似乎並不是偶然的。它的賓白，純粹用北方口語，所以特別流暢生動。下面是它第十二折裡的一段：

劉侄　自從我那伯娘，把我趕將出來，與我一百兩鈔做盤纏，都使的無了也。如今在這破窰中居住，每日家燒地眠，炙地臥，喫了那早起的無那晚夕的。聽知我那伯伯，在這開元寺裡散錢，大乞兒一貫，小乞兒五百文。各白世人，尚然散與他，我是他一個親侄兒，我若到那裡，怎麼不與我些錢鈔。我去便去，則怕撞著那姐夫，他見了我呵，必然要受他一場嘔氣。如今也顧不得了。……姐夫！姐夫！

劉婿　那裡這麼一陣窮氣。我道是誰，原來是引孫。這個窮弟子孩兒，你來做什麼？

劉侄　窮便窮，什麼窮氣？姐夫，我來這裡叫化些兒。

劉婿　錢都散完了，沒得與你，你快去！

劉翁　是誰在門首？

劉婿　是引孫。

劉妻 他來做什麼？

劉婿 他來叫化些錢哩！

劉妻 他也要來叫化，偏沒得與他。

劉翁 婆婆，和那叫化的爭什麼？

劉妻 老的也，如今放著這些錢財，那窮弟子孩兒看見，都要將起來，怎麼得許多散與他？（劉妻藏錢科）

劉翁 婆婆，不問多少，借些與他去。

劉妻 引孫，你要借錢，我問你要三個人：要一個保人，要一個見人，要一個立書人。……

劉翁 哎！自家孩兒，可要什麼文書。

劉妻 他猛地裡急病死了，可著誰還我這錢？

整個劇本裡，連楔子一共才三十六支小曲，其他都是這樣的對話或道白。這種形式，在元劇裡確乎是很少見的。

《看錢奴買冤家債主》的故事內容，要比《老生兒》單純得多；敘述賈仁得了周家的錢財，捨不得花用，做了二十年的守財奴後，錢財仍然歸周家所有。這個劇本的特色也在對話上，它的賓白雖然不像《老生兒》一樣占了絕大部分，但是鄭廷玉的筆調，比武漢臣要來得尖刻，許之衡就說他「用筆老辣」。他寫劇中主角賈仁病重時，對他的兒子說：

我兒也，你不知我這病，是一口氣上得的。我那一日想燒鴨兒吃，走到街上，那一個店裡正燒鴨子，油淥淥的。我推買那鴨子，著實的搯了一把，恰好五個指頭搯的全全的。我來到家，我說盛飯來吃，一碗飯我咂一個指頭，四碗飯咂了四個指頭。我一會瞌睡上來，就躺在這板櫈上，不想睡著了，被個狗餂了我這一個指頭。我著了一口氣，就成了這病。罷罷罷，我往常間一文不使，半文不用，我今病重，左右是個死人了……

像這樣尖酸潑辣、淋漓盡致的文字，就是寫《儒林外史》的吳敬梓，在它面前也不得不甘拜下風了。一統以後，俚俗派的作家便越來越少，大概文人填曲，總免不了要賣弄渲染一番，所以元曲也漸漸走上了講究辭藻的路。晚期寫元劇能不失本色的，只有寫《東堂老》的秦簡夫和寫《殺狗勸夫》的蕭德祥。《殺狗勸夫》，沒有傳奇《殺狗記》那麼粗俗，仍然帶著些文雅氣；《東堂老》也是注重賓白的社會劇，但是比起《老生兒》來，究竟還要差上一籌。

## 第四節　元劇中的典雅派

典雅派的作者，喜歡拿纏綿的戀愛故事作劇本的題材，間或也寫寫騷人墨客的雅事和帝王們的風流豔史。這些材料本身便具有十足的浪漫性和典麗性，再加上文人的修飾和雕琢，便形成了與俚俗派作品迥然不同的另一種風格。

早期的元曲作家裡，王實甫、白樸和馬致遠三人，是典雅派的代表。王實甫的劇曲，以文辭華豔著稱，傳說他在寫《西廂記》，到第四折「碧雲天，黃花地，西風緊，北雁南飛」這幾句話時，思竭而死。這雖然是不可靠的傳聞，但是很能夠表現出他在雕琢辭藻上所費的苦心。《西廂記》是他最傑出的作品，共分五本，規模之大，除了今已不傳的吳昌齡《西遊記》六本之外，再沒有出其右者。不過五本裡，王實甫自己只寫了四本，最後一本是關漢卿續成的。西廂故事，從元稹的〈會真記〉開始，一直為詩人詞客所競相摹寫，到董解元的《絃索西厢》，更敷衍成兩大冊。有這些作品做基礎，《西厢記》已經占有先天上的優勢，再加上王實甫一枝美不勝收的筆，遂成就了它在戀愛劇中的首席位置。《西厢》的高潮，全在三、四兩本。尤其第四本寫張生與鶯鶯的離別，淒惋哀怨，與前面舉過的《董西厢》送別一段對照來讀，董具本色之美，王具裝點之豔，前後輝映，成為戲劇史上的佳話。

〈端正好〉碧雲天，黃花地，西風緊，北雁南飛。曉來誰染霜林醉，總是離人淚。

〈滾繡球〉恨相見的遲，怨歸去的疾。柳絲長，玉驄難繫。恨不得倩疏林，挂住斜暉。馬兒慢慢行，車兒快快隨，恰告了相思迴避，破題兒又早別離。聽得道一聲去也，鬆了金釧；遙望見十里長亭，減了玉肌。此恨誰知！

〈叨叨令〉見安排著車兒馬兒，不由人熬熬煎煎氣；有甚麼心情，花兒靨兒打扮的嬌嬌滴滴媚；準備著衾兒枕兒，則索昏昏沉沉睡。從今後衫兒袖兒，都搵坐重重疊疊淚。兀的不悶殺人也麼哥，兀的不悶殺人也麼哥！久已後，書兒信兒索與我淒淒惶惶的寄。

〈小梁州〉我見他閣淚汪汪不敢垂，恐怕人知。猛然見了他把頭低，長吁氣，推整素羅衣。

〈四邊靜〉霎時間杯盤狼藉，車兒投東，馬兒向西。兩處徘徊，落日山橫翠。知他今宵宿在那裡？有夢也難尋覓。

白樸有雜劇十六種，但是現在還留存的全本，只剩下《唐明皇秋夜梧桐雨》和《裴少俊牆頭馬上》兩種。《梧桐雨》寫唐明皇和楊貴妃的故事，它既不像《長恨歌》那樣加葉法善上天下地訪求貴妃的一幕，也不像《長生殿》傳奇以團圓閉幕。《梧桐雨》的重點，乃放在明皇對貴妃的思念上，結束的那一幕，明皇在雨夜中想念貴妃，「雨更多，淚不少。雨濕寒梢，淚染龍袍，不肯相饒。共隔著一樹梧桐，直滴到曉。」全劇就此收場，只留下一股盪氣迴腸的氣氛，讓人悵然良久，不能自已。由於它不以團圓或報仇作結，遂成為中國戲劇中，極少有的完美的悲劇之一。而白樸筆調工麗的特色，在這齣戲裡也表現得最為明顯。

〈雙鴛鴦〉斜䩬翠鸞翹，渾一似出浴的舊風標，映著雲屏一半兒嬌。好夢還成驚覺，半襟情淚濕鮫綃。

〈蠻姑兒〉懊惱窨約，驚我來的又不是樓頭過鴈，砌下寒蛩，簷前玉馬，架上金雞；是兀那窗兒外梧桐上雨瀟瀟。一聲聲灑殘葉，一點點滴寒梢，會把愁人定虐。……

〈叨叨令〉一會價緊呵，似玉盤中萬顆珍珠落；一會價響呵，似玳筵前幾簇笙歌鬧；一會價清呵，似翠岩頭一派寒泉瀑；一會價猛呵，似繡旗下數面征鼙操。兀的不惱殺人也麼哥！兀的不惱殺人也麼哥！則被他諸般兒雨聲相聒噪。

〈倘秀才〉這雨一陣陣打梧桐葉凋，一點點滴人心碎了。枉著金井銀床緊圍遶，只好把潑枝葉做柴燒，鋸倒。

馬致遠的作品，多半以文人學士的不得志為題材，偶或也寫寫山林歸隱、神仙度人的小故事。他跟關漢卿完全相反，在關的劇本裡，看不出一點兒作者的影子，在馬致遠的劇本中，卻處處都有他存在著。他作品中所表現的因悲觀而玩世的思想，正是以代表當時士大夫不得意的情懷。《呂洞賓三醉岳陽樓》中有一支〈賀新郎〉：

你看那龍爭虎鬥舊江山，我笑那曹操奸雄，我哭呵，哀哉霸王好漢！為興亡，笑罷還悲歎，不覺的斜陽又晚。想咱這百年人，則在這撚指中間。空聽得樓前茶鬧，爭似江上野鷗閑。百年人光景皆虛幻。我覷你一株金線柳，猶兀自閒凭著十二玉闌干。

《半夜雷轟薦福碑》第一折裡有一曲〈么篇〉：

這壁攔住賢路，那壁又擋住仕途。如今這越聰明越受聰明苦，越痴呆越享了痴呆福，越糊突越有了糊突富。這有銀的陶令不休官，無錢的子張學干祿。

都是表現玩世與憤慨思想的典型作品。但是他的代表作，還是那齣膾炙人口的《漢宮秋》。《漢宮秋》寫的是大家都熟悉的昭君和番的故事，在這齣戲裡，馬致遠擺脫了時時出現在他作品裡的偏激與出世的觀念，只用他那枝被譽作「朝陽鳴鳳」的筆，很典雅的描繪著一個皇宮裡的戀愛故事。所以無論就故事的情調或表現的方式來看，《漢宮秋》與《梧桐雨》之間，確乎有非常相似的地方。

〈七弟兄〉說甚麼大王不當戀王嬙，兀良，怎禁他臨去也回頭望！那堪這散風雪旌節悠揚，動關山鼓腳聲悲壯。

〈梅花酒〉呀！俺向著這迥野悲涼。草已添黃，兔草迎霜。犬褪得毛蒼，人搠起纓鎗，馬負著行裝，車運著餱糧，打獵起圍場。他、他、他傷心辭漢主；我、我、我攜手上河梁。他部從入窮荒，我鑾輿返咸陽。返咸陽，過宮墻；過宮墻，遶迴廊；遶迴廊，近椒房；近椒房，月昏黃；月昏黃，夜生涼；夜生涼，泣寒螿；泣寒螿，綠紗窗；綠紗窗，不思量！

〈收江南〉呀！不思量，除是鐵心腸！鐵心腸，也愁淚滴千行。美人圖今夜掛昭陽，我那裡供養，便是我高燒銀燭照紅妝。

元劇初期的典雅派，雖說是重辭藻，仍然不失本色。白樸的清俊，馬致遠的蕭爽，固然使他們的作品在雅麗中時見平實；就連最以文筆濃麗著稱的王實甫，對於俚俗方言，也並不全部忌諱，《麗春堂》裡就有這樣通俗的句子：

〈耍孩兒〉這潑徒怎敢將人戲，你託賴著誰人氣力？掙開你那驢眼，可便覷著阿誰。我便歹殺者波，也是將相的苗裔。

所以他們的劇本，雖然比較偏重於文學性，但是也沒有完全忽略了戲曲的整體性。元劇南渡以後，還能保持本色的作家和作品越來越少了，像喬吉、鄭光祖這些人，都專拿文采豔麗的辭藻，寫風流浪漫的戀愛故事，徒有一片濃得化不開的色彩，內容和主題卻異常貧瘠，異常荒謬。鄭光祖的《倩女離魂》，倩女送王文舉上京一段，完全模仿《西廂記》柔情婉轉處確實能追蹤王實甫；但是由於太注重辭藻，元曲的精神已經不復存在了。

〈後庭花〉我這裡翠簾車先控著，他那裡黃金鐙嬾去挑。我淚濕香羅袖，他鞭垂碧玉梢。望迢迢，恨堆滿西風古道，想急煎煎人多情人去了，和青湛湛天有情天亦老。俺氣氳氳喟然聲不定交，助疏剌剌動羈懷風亂掃，滴撲簌簌界殘妝粉淚拋，灑細濛濛浥香塵暮雨飄。

〈柳葉兒〉見淅零零滿江千樓閣，我各剌剌坐車兒嬾過溪橋，他矻磴磴馬蹄兒倦上皇州道。我一望望傷懷抱，他一步步待迴鑣，早一程程水遠山遙。

在這一片花紅柳綠的豔麗色彩中，被形容作「瘦硬通神」的宮天挺，卻別有懷抱的寫著隱居的樂趣，並且暴露官場與社會的黑暗面。宮天挺在當時雖然稱得上獨樹一幟，其實仍然不出前輩馬致遠的藩籬。由此看來，元劇的南移，固然使俚俗派的聲勢日趨衰竭，就是典雅派也很少有名家、名作出現。可見元劇之所以亡，並不完全亡在辭藻；北方的言語、氣度與音樂在南方人手裡喪失殆盡後，繼起的元劇作家遂無法在這塊園地裡開創自己的境界，等而上之的，也不過依準前賢而已，這才是元劇衰頹的真正原因啊！

# 第三章　明清的傳奇

## 第一節　傳奇與雜劇的分別

雖然同稱為「曲」，南曲與北曲之間，無論形式、體制、樂曲、情調、韻味，乃至所用的樂器，都極不相同。北曲雜劇的組織結構，前面已經分析過了；現在再談一談，南曲傳奇與它之間，究竟有哪些差異。

**㈠形式方面**　雜劇的基本形式，是一本四折；傳奇一本也分好幾段，但是每一段並不稱作折，而稱作「齣」。齣和折的數目、長短、用韻方法都不相同。傳奇的齣數並沒有限制，但是不得少於十八齣，通常都在二、三十齣左右；比起雜劇的一本四折來，顯然要多出許多。所以傳奇的篇幅，一般來說是比雜劇長的。不過單拿一齣與一折來比，齣又比折要來得短了。雜劇一折限用一調，必須一韻到底；傳奇卻可以移宮換調，當然換韻更是不受限制了。在這裡隨便提到用韻的問題：北曲以北音為韻，只有平、上、去三聲，沒有入聲；而且這三聲還可以通用。南曲以南音為韻，平上去三聲也可以通用，但是它還另有入聲，而且四聲別作一類，不能和前三者相押。

除了雜劇的「折」，到傳奇中變為「齣」之外，雜劇中的楔子和末尾的題目正名，在傳奇中都已不存在了。代之而起的，乃是「家門」和「下場詩」。家門和楔子的性質不同，只是全劇開端的序言而已；所以一劇裡只有一個家門，而且一定排在全劇的最前端。家門又稱開場，先由副末登場，誦詞兩闋，作一個「問內科」道：「且問後房子弟，今日敷演誰家故事？哪本傳奇？」裡面的人照例回應了戲文的名目，他便再誦詞敘述戲文大意。下場詩和題目正名的性質也不一樣，傳奇裡每一齣末尾都有下場詩，它雖然在形式上也以四句詩的方式表現，但是屬於傳奇劇本的本體，或由一人獨誦，或由數人分誦，或由六人合誦，很可以看作是「白」的一部分。又傳奇裡除了總名之外，每一齣另有分題，為雜劇所沒有。

**㈡音樂的不同**　王世貞《藝苑卮言》上說：「詞不快北耳而後有北曲，北曲不諧南耳而有南曲。」傳奇與雜劇的不同，音樂占了一個很大的因素。雜劇一折一個套曲，凡此套曲裡的曲子，都屬同一宮調；傳奇一齣之內，不以一套套曲為限，而一套之內，又不以一宮調為限。這是南北曲基本上的不同。雜劇所用樂曲，都是北曲；傳奇所用樂曲，早期以南曲舊譜為主，後來也雜用北曲，成為南主北從的形式。這是兩者用曲的不同。北曲由於襯字多的緣故，使人感覺到節拍特別急促，重在辭情；南曲的襯字少，節拍緩慢，所以有聲色搖曳之靈。王世貞所謂：「凡曲北字多而調促，促外見筋；南字少而調緩，緩處見眼。北則辭情多而聲情少，南則辭情少而聲情多。」這是兩者曲調韻味的不同。

**㈢表演方式的不同**　雜劇裡一折只有一個角色能唱，傳奇就不同了，凡是登場的人，個個能唱。唱的方式也很多，有跟雜劇一樣獨唱的，也有雜劇中所沒有的「接唱」、「同唱」、「合唱」種種南曲所特有的唱法。通常演員上場，都先唱曲再說白，跟雜劇的先說白再唱曲，也不相同。

**㈣樂器的不同**　北曲演奏的樂器，以琵琶為主，重在絃索；南曲演奏的樂曲，以鼓拍、簫管為主，重在板眼。崑曲興起以後，魏良輔把絃、管全合在一起演奏，使得後來的傳奇，在樂器的運用上，更為複雜。

從傳奇與雜劇之間的差異來看，在形式技巧上，傳奇無疑是較為進步的。雜劇只有四折，每折都要作正場用，形式不免板滯；傳奇的齣數多，可以用正場、過場、文場、武場各種不同的面目出現，變換既多，觀眾便不會有冗繁的感覺。雜劇只能用北曲，無論怎麼調配，也不出十二宮調的範圍；傳奇用曲的範圍就廣泛多了，可以南詞聯套，可以北詞配場，可以南北合套，也可以集曲成套，顯然要比雜劇來得變化靈活些。一人獨唱的表演方式，使得雜劇在舞臺上的扮演效果，大打折扣；傳奇卻沒有這種缺失，不但唱的人不止一個，唱的方法也不止一種。因此唱曲者不覺得吃力，每種角色又都有可以表現的機會；臺上熱鬧非凡，臺下的人也就不會有煩冗之感。由此看來，傳奇的興起，實在是中國戲劇的一大進步。

不過，傳奇的組織排場雖好，就戲劇價值來說，它並不能完全代替雜劇。由於地方風氣和樂曲體制的影響，雜劇勁切雄麗，傳奇警峭柔遠，表現兩種風格，其間優劣，很難加以評騭。但是元劇以本色作品為多，明清傳奇卻大半是文人刻意雕飾的結果。戲劇的趣味和功能因此日趨減低，和民間大眾的距離也越拉越遠，以致王國維認為：北劇南戲，都只限於有元一代而已。要論傳奇與雜劇間的差異，這也是不可忽略的一點。

## 第二節　崑曲以前的傳奇

雜劇的勢力衰頹以後，代之而起的是南方的傳奇。傳奇的興盛雖然在雜劇之後，它的產生與完成，卻遠比雜劇要早。大宋宣和年間就已經存在的南戲，便是傳奇的前身。宋室南渡以後，南戲演變為戲文，更是傳奇的嫡祖。南戲和戲文都以南曲作基礎，與北方雜劇系統各別，不相牽涉。當元劇氣燄最盛的時代，幾乎沒有人留意到戲文的存在，幸而溫州一帶民間的愛好者，維持了它不絕如縷的生命。直到北曲南移，南方人無法接受北方嘈雜喧嚷的音樂，一部分人士遂想到對他們習慣的南戲加以改良，因此造成了傳奇史中第一個高潮。《荊》、《劉》、《拜》、《殺》和《琵琶記》五本偉大的劇本便是這種環境中的產物。

《荊》、《劉》、《拜》、《殺》四大傳奇所共有的特點，是俚俗，是本色；像這樣俚俗而本色的作品，崑曲出現以後，便成絕響了。詞語的鄙俗，雖然減少了它們在文字上所能表現的美感，但是無疑使它們顯得更生動、更有活力。且看《殺狗記》裡寫柳龍卿、胡子傳設計陷害孫榮的一段對白：

淨　我有一計在此。

丑　計將安出？

淨　我和你今日到他家，只說謝酒。昨夜回去，打從小巷裡走，只見令弟，頭帶儒巾，身穿藍衫，腳穿皂靴，與一個挑船郎中說話。手裡拿了一包銀子，說：「我家耗鼠太多，要贖些蜈蚣百腳、斷腸草、烏蛇頭、黑蛇尾、陳年乾狗屎、糖霜、蜜餞、楊梅乾。」

丑　阿哥，怎麼有糖霜、蜜餞、楊梅乾在裡頭？

淨　有了許多毒藥，放些甜的在裡頭過藥。

丑　也是。

淨　一贖贖了十七、八包。

丑　我也看見有二十多包。

淨　正是。看見我每兩個，腳跟上紅起，直紅到頭髮上去。回身便走，一走走了一個灣，兩個灣、三三九個灣，在無人之所，雙手拿了藥，對天跪下，告道：「天地！天地！我孫榮被哥哥孫華、嫂嫂楊月真、侍妾迎春，強占家私。如今贖這藥回去，酒裡不下飯裡下，飯裡不下茶裡下，一藥藥死了哥哥，這家私都是我的。」恐遭毒手，特來報知。

丑　阿哥，這是你幾時見的？

淨　啐！說了半日，是對木頭說了。這是我每說謊！

倘若不是這樣俚俗鄙陋的文辭，根本無法造成這樣生動逼真的口吻。《荊釵記》是戀愛故事，文字雖不典雅，卻格外襯托出感情的真摯，像三十五齣〈時祀〉裡的曲文：

〈沽美酒〉紙錢飄，蝴蝶飛；紙錢飄，蝴蝶飛。血淚染，杜鵑啼，睹物傷情越慘淒。靈魂恁自知，靈魂恁自知。俺不是負心的，負心的隨著燈滅。花謝有芳菲時節，月缺有團圓之夜。我呵，徒然間早起晚寐，想伊念伊。妻，要相逢除非是夢兒裡再成姻契。

〈尾〉昏昏默默歸何處，哽哽咽咽思念你，直上姮娥宮裡。

一般人都認為，《拜月亭》是四大傳奇中之眉目。它的排場穿場，誠然很富戲劇效果；文辭也本色自然，不加藻繪。但是蹈襲關漢卿《閨怨佳人拜月亭》雜劇的地方太多，終不如《琵琶記》能自鑄偉詞。高明《琵琶記》的劇情，開場裡交代得很明白：「趙女姿容，蔡邕文業，兩月夫妻。奈朝廷黃榜，遍招賢士；高堂嚴命，強赴春闈。一舉鰲頭，再婚牛氏，利綰名牽竟不歸。饑荒歲，雙親俱喪，此際實堪悲。堪悲，趙女支持，翦下香雲送舅姑，把麻裙包土，築成墳墓。琵琶寫怨，逕往京畿。孝矣伯喈，賢哉牛氏，書館相逢最慘淒。重廬幕，一夫二婦，旌表門閭。」其中所表現的意識思想，完全符合中國傳統的倫理觀念和道德標準。有意識的藉戲劇來宣揚教化，應該屬高明為第一人。全劇共分四十二齣，〈糟糠自厭〉一齣，大家公認為全劇精華：

〈山坡羊〉亂荒荒不豐稔的年歲，遠迢迢不回來的夫婿，急煎煎不耐煩的二親，軟怯怯不濟事的孤身己。苦！衣盡典，寸絲不掛體，幾番拚死了奴身己，爭奈沒主公婆，教誰看取？思之，虛飄飄命怎期？難捱！實丕丕災共危。

〈前腔〉滴溜溜難窮盡的珠淚，亂紛紛難寬解的愁緒，骨崖崖難扶持的病身，戰兢兢難捱過的時和歲。這糠，我待不喫你呵，教奴怎忍饑？我待喫你呵，教奴怎生喫？思量起來，不如奴先死，圖得不知他親死時。

〈孝順歌〉嘔得我肝腸痛，珠淚垂，喉嚨尚兀自牢嗄住。糠那！你遭礱被舂杵，篩你簸揚你，喫盡控持，好似奴家身狼狽，千辛萬苦皆經歷。苦人喫著苦味，兩苦相逢，可知欲吞不去。

〈前腔〉糠和米本是相依倚，被簸揚作兩處飛，一賤與一貴，好似奴家與夫婿，終無見期。丈夫，你便是米呵，米在他方沒尋處；奴家恰便是糠呵，怎的把糠來救得人饑餒？好似兒夫出去，怎的教奴供饍得公婆甘旨。

〈前腔〉思量我生無益，死又值甚的？不如忍饑死了為怨鬼。只一件，公婆老年紀，靠奴家相依倚，只得苟活片時。片時苟活雖容易，到底日久也難相聚。謾把糠來相比，這糠呵，尚兀自有人喫；奴家的骨頭，知他埋在何處？

據朱竹垞《靜志居詩話》的記載，高明夜晚點起兩根蠟燭寫這本書，到「喫糠」這一齣，寫下「糠和米本是相依倚，被簸揚作兩處飛」的句子，兩燭光竟交而為一。由這一個傳說，很可以體會到後人把〈糟糠自厭〉一齣視作神來之筆的心理。其實劇裡像這樣至情流露，感人肺腑的地方很多，趙五娘手描真容的悲苦，蔡伯喈思歸不能的無奈，都能引發人同聲一哭的共鳴。以《琵琶記》的成就來說，即使譽它為傳奇中的白眉之作，也不為過啊！

明代初創，傳奇很消沉了一陣子，直到崑曲興起，才入佳境。在傳奇的低潮期間，有兩個作家，成就雖說不大，對後世傳奇卻頗具影響，不能不加以注意。他們是寫《五倫全備記》的邱濬和寫《香囊記》的邵璨。邱濬的作品雖然多迂腐氣，但是以一個官至文淵閣大學士的人，竟肯屈筆寫傳奇，必然使得當時的社會和文壇，給予戲劇更多的注意及重視。馬致遠喜歡在曲裡用典實，很為批評家所詬病；但是比起邵璨來，馬還是小巫見大巫哩。邵璨填曲，一味的避俗求雅，不管腳色的身分地位如何，都讓他們開口就四書五經；他喜歡杜詩，也不論合用不合用，就硬生生把杜詩裡的句子塞進曲中。用這種方法寫出來的《香囊記》，可想而知不會有多大的成就。但是它那藻麗華豔的文辭，卻產生了很大的影響力。後代的傳奇作家所以一窩風的堆砌美麗的辭采，來雕繪綺旎的戀愛故事，邵璨可說是始作俑者！

## 第三節 崑曲興起以後的明代傳奇

崑曲盛行以後的第一位大劇作家，當然要推和魏良輔搭檔的梁辰魚。魏曲梁詞作成的《浣紗記》，雖然不能說是第一流的偉大劇本，但是它在音曲聲調上所表現的綿密嚴整，卻使《浣》劇成為傳奇中的楷模。《浣紗記》寫春秋時候吳越興亡的故事，而以西施和范蠡為中心人物。劇中除了對伍子胥和伯嚭兩個人的刻畫較為出色之外，並不見有什麼佳處，所以王世貞評它「滿而妥，間流冗長。」不過全劇的排場熱鬧，曲調鏗鏘，又是崑曲興起以後的第一部鉅作，當然容易討人歡心，也容易流行了。

王元美稱梁辰魚的曲為「雪豔詞」，王伯稠也誇他「彩毫吐豔曲」。其實拿「豔」來品題梁的作品，還嫌不足，李調元《雨村曲話》裡說他「工麗」。這工麗二字，才真正貼切。《浣紗記》裡的曲文，無一不工麗，第三十齣〈採蓮〉裡有這樣幾支曲子：

〈念奴嬌序〉 堪賞，波平似掌，見深處繚繞歌聲，隱隱齊唱。秀面羅裙認不出，綠葉紅花一樣。
空想，藕斷難聯，珠圓卻碎，無端新刺故牽裳。

〈前腔〉 想傍，較玉論香，將花方貌，恐花兒慚愧欲深藏。身共影，身共影，誰似根共心雙。想像，嬌面偎霞，芳心吸露，清波濺處濕裙襠。

〈前腔〉　堪傷，斜日啣山，寒雅歸渡，淹留猶滯水雲鄉。風露冷，風露冷，怎耐摧頹蓮房。淒涼，
共簇心多，分開絲掛，浣紗溪伴在何方？

都是工麗的典型。傳奇從邵璨的《香囊記》起，就被導向崇尚辭采的唯美一途，到梁辰魚時，曲色華靡已成定型。《浣紗記》在工麗之外，還不失清新俏皮；同時代屠隆的《修文記》、《曇花記》，以及汪廷訥的《長生記》、《同昇記》，都工整刻板而內容荒謬，不能與梁作相提並論。至於鄭若庸的《玉玦記》，梅鼎祚的《玉合記》，更直承邵璨衣鉢，無句不對，無語不典，造成了典體的駢儷化；相形之下，《浣紗記》顯然要活潑生動得多了。李調元把明代傳奇「勦襲靡詞，如繡閣羅緯、銅壺銀箭、紫燕黃鶯、浪蝶狂蜂之類，啟口即是千篇一律；甚至使僻事，用隱語，不唯曲家本色全無，即人間一種真情話，一不可得」的惡習，都歸罪到梁辰魚身上，那真是盛名之累。

在那個大家都寫著纏綿悱惻的戀愛劇的時代，《鳴鳳記》和《東郭記》是兩本風格十分特殊的傳奇。《鳴鳳記》傳說是王世貞所作，寫嚴嵩父子專權誤國與忠良死節之事，是第一本以國家政事為題材的戲曲。孫仁孺作的《東郭記》，拿《孟子》中那位有一妻一妾的齊人作主角，配上清廉的陳仲子，勢利的王驩，藉以諷刺世道人心，諧謔滑稽，是傳奇中不可多得之作，被許之衡推為《六十種曲》之最。

由《香囊記》而《玉玦記》而《玉合記》，傳奇一方面日漸駢儷化，一方面也日漸僵化，終至失去了戲劇中必須的逼真性，而走上絕路。如果沒有晚明沈、湯的倡導和創作，傳奇的生命，很可能在《玉合記》之後，便要壽終正寢了。

沈璟領導的吳江派，和湯顯祖為首的玉茗派，可以同被視作駢儷派的改革者；只因為努力的方向各別，竟成了壁壘分明的形勢。駢儷派由於過分重用典和對句，在韻律、宮調各方面往往兼顧乏力，所以《曲品》

評《玉合記》說：「詞調組詩而成，從玉玦派來，大有色澤，伯龍極賞之，恨不守音律耳。」吳江派就針對它「不守音律」的缺失，而特別強調唱法、格律與用韻。所以吳江派的幾員大將，沈璟作《南九宮譜》、《南詞選韻》、王驥德作《曲律》、沈自晉作《南詞新譜》、呂天成作《曲品》，或暢談音律的理論，或拿合律與否來批評各家戲曲作品，都以講求音律曲譜為能事。過分拘守音律，填寫文辭的時候，便不免感覺有掣肘之苦，如果才情又弱，很可能被範圍在格律的圈子裡，寫不出什麼偉大的作品；吳江派沒有什麼傳世之作，就是這個道理。沈璟有《屬玉堂傳奇》十七種，多已散佚；他的家人如自晉、自徵，門下弟子如卜世臣、呂天成，都得其嫡傳，以知曲見稱；但是論創作的成就，就遠不如亂韻亂律的湯顯祖了。

湯顯祖字義仍，號若士，是晚明劇壇上最富才情的人。他不以韻律為意，而專著重辭采。駢儷派的刻意用典和故作對句，使整個劇本顯得十分板重而滯澀；湯若士一改這種惡習，他並不堆砌辭藻，只是靈活的運用它們；因此一些極美麗的句子，到了他手裡，除開色澤華美之外，並且生動明豔，這是駢儷派的作者望塵莫及的地方。他的「臨川四夢」《邯鄲記》與《南柯記》是分別根據唐人傳奇〈枕中記〉、〈南柯太守傳〉而來。《紫釵記》寫霍小玉、李益的離合，而以大團圓作結。《還魂記》又名《牡丹亭》，被推崇為四夢之首，認為足以令《西廂記》減色。它寫杜麗娘與柳夢梅人鬼相戀，死而復生，原是一個幾近荒謬的故事，經過湯顯祖的誇大與渲染，竟成為男女戀愛的偶像。婁江女子俞二娘、杭州女優商小玲都因為《牡丹亭》哀感而死，可見它動人的程度，絕不在《紅樓夢》之下。

《還魂記》四十三齣，絕大多數都稱得上「婉麗妖冶，語動刺骨」，而寫少女懷春的幾支曲子，尤其嫵媚可人。

〈遶地遊〉　夢回鶯囀，亂煞年光遍，人立小庭深院。注盡沉煙，抛殘繡線，恁今春關情似去年。

〈皂羅袍〉原來姹紫嫣紅開遍，似這般都付與斷井頽垣；良辰美景奈何天，賞心樂事誰家院？朝飛暮捲，雲霞翠軒，雨絲風片，煙波畫船，錦屏人忒看的這韶光賤。

〈好姐姐〉遍青山，題紅了杜鵑，荼蘼外煙絲醉軟。牡丹雖好，他春歸怎占的先！閒凝盼，生生燕語明如翦，嚦嚦鶯歌溜的圓。

唯有王驥德，在「臨川四夢」中獨看好《南柯》與《邯鄲》，認為它們「漸削蕪纇，俛就矩度；布格既新，遣辭復俊。其掇拾本色，參錯麗語，境往神來，巧湊妙合，又視元人別一谿徑。技出天縱，非由人造。」《南柯記》從有情起，到情盡結，與李公佐的原意已不盡相符。《邯鄲記》裡多憤懣不平之語，盧生法場行刑所唱，尤其慘淡。

〈亂地風〉噯呀！討不得怒髮衝冠兩鬢華，把似恁試刀痕，頸玉無瑕。雲陽市好一抹淩煙畫。俺也曾施軍令斬首如麻，領頭軍該到咱。幾年間回首京華！我到了這落魂橋下，則恁這狠夜叉閒吊牙。甚生天斷頭閒話，啊呀！天嗄！再休想片時刻得爭噁哈差。劊子手，恁把俺虎頭燕頷高提下，還只怕血淋侵，展汙了俺袍花。

沈、湯之後，崑曲進入極盛期，劇作家們守沈璟之格律，運湯顯祖之辭采，一時造成了傳奇的黃金時代。這個時期的作家，有兩大共同點：一是多半隸籍蘇、浙，與崑曲發源地相去不遠；一是著作量的增加，一個人寫十幾本劇本，成了很平常的事。當時作家與作品數量之多，就是元雜劇鼎盛期，比起來也要相形遜色。單是把這些作家、作品的名稱排比起來，就要占去相當多的篇幅，更不必說一一介紹了。好在當時的名家雖多，風格卻大致相類，都深受著玉茗影響；而其中形貌尤似的，像阮大鋮的《燕子箋》：

〈風馬兒〉瑣窗午夢線慵拈，心頭事忒廉纖。晴簷鐵馬無風轉，被啄花小鳥弄得響珊珊。

〈鶯啼序〉似鶯啼恰恰到耳邊，那粉蝶酣香雙趣軟，入花叢若個兒郎，一般樣粉撲兒衣香人面。若不是燕燕于歸，怎便沒分毫靦腆？難道是橫塘野合雙鴛？

吳炳「粲花五種」裡的《情郵記》：

〈傾杯序〉拈來，歎金針鐵裏埋，繡線塵籠葢。半幅長裙，半折兜鞋，未成花朵，未了嬰孩。看殘紅斷線，追思那日，碧紗窗外，趁芭蕉兩人同倚分綠來。

〈玉芙蓉〉鮮花似日裡開，嫩柳在風前擺，這便是他自譜，麗容嬌態。我則道暗風吹雨將他壞，卻是我熱淚從心下滴來。人兒在，看纖纖手裁，猛擡頭幾回錯眼還揩。

從這些軟玉溫香般的辭藻，柔媚可人的口吻裡，我們不難窺見明末清初傳奇的箇中消息。

## 第四節 清代傳奇

清朝初年的劇壇，依舊是吳江和玉茗兩家天下。第一個衝破沈、湯樊籬的，是劇作家兼劇論家的李漁。李漁的戲劇論，見於他所作的《閒情偶寄》；這本書分詞曲部（論結構、詞采、音律、賓白、科諢及格局）和演習部（論選戲、調變、授曲、教白、脫套），其間特色，在於對「戲」的注重。一般劇作家，都把注意力放在曲文上，李漁卻一反常情，而著重演出的效果。由於偏重「戲」，所以他很注意排場，在劇情上儘量求曲折，在文辭上儘量求淺顯，對於一般所忽視的賓白，乃至插科打諢的諧語，他都很留神，認為是看戲人的參湯。他的《笠翁十種曲》，包括《奈何天》、《比目魚》、《蜃中樓》、《憐香伴》、《風箏誤》、《慎鸞交》、

《鳳求凰》、《巧團圓》、《玉搔頭》、《意中緣》，都能符合他所倡言的理論，因此雖然為了過於淺俗而受到文人的鄙薄，卻大為演員與觀眾所歡迎。對於在傳奇界盛行已久的唯美風尚，李漁可說是一個大膽的改革者。

李漁稍後，清代的傳奇界升起了「南洪北孔」兩顆明星。南洪指洪昇，洪昇是王士禎門下最具詩才的弟子，查為仁《蓮坡詩話》說他「以詩名長安，交遊燕集，每白眼踞坐，指古摘今，無不心折」，可見是狂士一流人物。他寫的《長生殿》傳奇，完成於康熙二十七年；劇本一出，立刻風行，凡是邸第讌集，如果不演《長生殿》，就要覺得減色不少。康熙二十八年，優人在國忌日為洪昇演出此劇，連旁觀的趙執信、查慎行也一同被劾，終身不得錄用，這就是傳奇史上有名的「可憐一曲《長生殿》，斷送功名到白頭」事件。洪昇就因此一生放浪江湖，終至墜水而死。

這本使洪昇一舉成名，也使他一生落拓的《長生殿》傳奇，其寫作經過，說來也十分曲折。洪昇在《長生殿》例言中談到：「憶與嚴十定隅坐皐園，談及開元天寶閒事，偶感李白之遇，作《沉香亭》傳奇。尋客燕臺，亡友毛玉斯，謂排場近熟，因去李白，入李泌輔肅宗中興，更名《舞霓裳》，優伶皆久習之。後又念情之所鍾，在帝王家罕有，馬嵬之變，已違夙願，而唐人有玉妃歸蓬萊仙院，明皇遊月宮之說，因合用之，專寫釵盒情緣，以『長生殿』題名，諸同人頗賞之。」從這段話裡，一方面可以了解《長生殿》一劇三易其稿的箇中情形，一方面也不難洞悉作者寫本劇的用心。大抵《沉香亭》和《舞霓裳》的內容，都與前人傳說，相去不遠；只有《長生殿》，作者卻別有一番創意。一般寫明皇貴妃故事的，或像白居易、陳鴻的〈長恨歌〉、〈傳〉，把楊妃視作致亂的尤物；或像姚汝能的《安祿山事跡》、王仁裕的《開元天寶遺事》、白樸的《梧桐雨》，認為楊、安之間頗有醜聞穢事；或像吳世美的《驚鴻記》，強調楊妃與梅妃之間的爭寵，對楊貴妃都沒有什麼佳評。洪昇的《長生殿》，卻是從「情」字上著眼，盡力描寫玄宗與貴妃之間的愛情。貴妃在他的筆下，成了情感專注、人格高尚的絕代佳人。因此馬嵬之變，被他寫得泣慕哀怨，令人腸斷。

貴妃死後，兩人的相思，也情致婉轉，悱惻纏綿。有這些情節與氣氛作基礎，最後天上重逢的一幕，也就不致於過分突兀了。

洪昇的這部作品，不但文辭絕妙，排場極好，聲樂也十分動人，尤其李龜年唱的「九轉貨郎兒」一段，更是聲情俱佳。這裡舉其中八轉為例，其他曲文，由此可見一斑。至於夾雜其間的賓白部分，雖然也生動靈活，由於篇幅限制，只得割捨不錄了。

〈轉調貨郎兒〉 唱不盡興亡夢幻，彈不盡悲傷感歎！抵多少淒涼滿眼對江山，我只待撥繁絃傳幽怨，翻別調寫愁煩，漫漫的把天寶當年遺事彈。

〈二轉〉 想當初慶皇唐太平天下，訪麗色把娥媚選刷。有佳人生長在宏農楊氏家，深閨內端的是玉無瑕。那君王一見了就歡無那，把鈿盒金釵親納，評跋做昭陽第一花。

〈三轉〉 那娘娘生來的仙姿佚貌，說不盡幽閒窈窕；端的是花輸雙頰，柳輸腰。比昭君，較西子，倍豐標。似觀音飛來海嶠，恍嫦娥偷離碧霄，更春情韻饒，春酣態嬌，春眠夢悄，抵多少百樣娉婷難畫描。

〈四轉〉 那君王看承得似明珠沒兩，鎮日裡高擎在掌，賽過那漢飛燕在昭陽。可正是玉樓中巢翡翠，金殿上鎖著鴛鴦。宵偎晝傍，直弄得那官家丟不得捨不得那半刻兒心上。守住情場，占斷柔鄉，美甘甘寫不了風流帳。行廝並坐一雙，端的是歡濃愛長，博得箇月夜花朝真受享。

〈五轉〉 當日箇那娘娘在荷亭把宮商細按，譜新聲將〈霓裳〉調翻。晝長時親自教雙鬟，舒素手，拍香檀，一字字都吐自朱脣皓齒間。恰便似一串驪珠聲和韻閒，恰便似鶯與燕弄關關，恰便似鳴泉花底流谿澗，恰便似明月下冷冷清梵，恰便似緱嶺上鶴唳高寒，恰便似步虛仙珮夜珊珊。傳集了梨園部、教坊班，向翠盤中高簇擁箇美貌如花楊玉環。

〈六轉〉哎！恰恰正好喜孜孜《霓裳》歌舞，不提防撲撲漁陽戰鼓，剗地荒荒急急紛紛亂亂奏邊書，送得箇九重內心惶懼。早則是驚驚恐恐倉倉卒卒，挨挨擠擠搶搶攘攘出延秋西路。攜著箇嬌嬌滴滴貴妃同去，又則見密密市市的兵，重重疊疊的卒，鬧鬧吵吵轟轟剨剨四下喧呼，生逼恩恩愛愛疼疼熱熱帝王夫婦，霎時間畫就一幅慘慘淒淒絕代佳人絕命圖。

〈七轉〉破不剌馬嵬驛舍，冷清清佛堂倒斜。一代紅顏為君絕，千秋遺恨滴羅巾血。半棵樹是薄命碑碣，一抔土是斷腸墓穴，再無人過荒涼野。嗳！莽天涯誰弔梨花謝？可憐那抱悲怨的孤魂，只伴著嗚咽咽的鵑聲冷嗁月。

〈八轉〉自鑾輿西巡蜀道，長安內兵戈肆擾。千官無復紫宸朝，把繁華頓消、頓消。六宮中朱戶掛蠨蛸，御榻旁白日狐狸嘯，叫鴟梟也麼哥，長蓬蒿也麼哥，野鹿兒亂跑。花柳宮花，一半兒凋，有誰人去掃，去掃，瑁空梁燕泥兒拋。只留得缺月黃昏照，歎蕭條也麼哥，染腥臊也麼哥，染腥臊玉砌空堆馬糞高。

北孔指寫《桃花扇》的孔尚任。孔尚任字季重，號東塘，山東曲阜人，是孔子的後裔。他作《桃花扇》，立意要借曲傳史，所以考證十分詳實，連細微末節也毫不疏漏，可說是傳奇中最具歷史價值的著作了。《桃花扇》的本事，雖然在寫侯朝宗與李香君的戀愛波折，實際上卻是對南明政治，作一番客觀的分析與描述。據說康熙皇帝最喜歡這本戲，每次演到「設朝選優」那幾折，往往罷酒歎息道：「宏光雖欲不亡，其可得乎？」他能把眼光從侯、李之間的私情上挪開，而看出南明衰亡的原因，可說是善讀此劇的人了。洪昇寫

《長生殿》，是以唐朝的安史之亂來襯托明皇與貴妃之間的情愛；孔尚任寫《桃花扇》，則是透過侯朝宗與李香君的悲歡離合，來記敘明末的史實。他們雖然並稱清代的兩大傳奇，同時又都是歷史戀愛劇，但是在內容的性質和表現的手法各方面，都截然不同。我們在《長生殿》裡，只看到對逝去愛人的追憶哀慕；但《桃花扇》所表現的，卻是因國破家亡而引起的憤慨與痛苦。最後一齣餘韻，表達這種感情最為明顯。

〈北新水令〉　山松野草帶花桃，猛擡頭秣陵重到。殘軍留廢壘，瘦馬臥空壕；村郭蕭條，城對著夕陽道。

〈駐馬聽〉　野火頻燒，護墓馬楸多半焦；山羊群跑，守陵阿監幾時逃？鴿翎蝠糞滿堂拋，枯枝敗葉當階罩，誰祭掃？牧兒打碎龍碑帽。

〈沈醉東風〉　橫白玉八根柱倒，墮紅泥半堵牆高，碎琉璃瓦片多，爛翡翠窗櫺少。舞丹墀燕雀常朝，直入宮門一路蒿，住幾個乞兒餓殍。

〈折桂令〉　問秦淮舊日窗寮？破紙迎風，壞檻當潮，目斷魂銷。當年粉黛，何處笙簫？罷燈船端陽不鬧，收酒旗重九無聊；白鳥飄飄，綠水滔滔，嫩黃花有些蝶飛，新紅葉無個人瞧。

〈沽美酒〉　你記得跨青谿半里橋，舊紅板沒一條，秋水長天人過少。冷清清的落照，賸一樹柳彎腰。

〈太平令〉　行到那舊院門，何用輕敲，也不怕小犬哰哰。無非是枯木頹巢，不過些磚苔砌草。手種的花條柳梢。儘意而採樵。這黑灰是誰家廚竈？

〈離亭宴帶歇拍煞〉　俺曾見金陵玉殿鶯啼曉，秦淮水榭花開早，誰知道容易冰消！眼看他起朱樓，眼看他讌賓客，眼看他樓塌了。這青苔碧瓦堆，俺曾睡風流覺。將五十年興亡看飽。

那烏衣巷不姓王，莫愁胡夜鬼哭，鳳凰臺棲梟鳥。殘山夢最真，舊境丟難掉，不信這輿圖換藁！謅一曲〈哀江南〉，放悲聲唱到老。

文句何等美麗，氣概又何等蒼涼！《桃花扇》就在這一曲有名的〈哀江南〉聲中，漸漸落幕，留給臺下觀眾無限感慨與悵惘。有人以音律不協為此劇疵病，他們的眼光胸襟，真是太短淺狹窄了。

蔣士銓是清代傳奇最後一位大家，他的《紅雪樓九種曲》裡，除開《一片石》、《第二碑》、《四弦秋》三本雜劇外，其他《空谷音》、《桂林霜》、《香祖樓》、《臨川夢》、《雪中人》、《冬青樹》六種，都是傳奇。蔣士銓是有名的詩詞家，文辭的優美，自然沒有話說，但是實用的效能漸漸減少，變成和詩詞文章一樣供人放在桌案上欣賞的文字了。這種趨向，在蔣氏之後，越發顯著，所以吳梅《戲曲概論》裡說：「乾隆以上，有戲有曲；嘉道之際，有曲無戲；咸同以後，實無曲無戲。」到了無曲無戲的地步，即使亂彈不代之而興，以崑曲為主調的傳奇，也不可能再有什麼大作為了。

# 第四章　地方戲和國劇

## 第一節　地方戲的演變

金、元之際，北方劇壇已經呈雜劇獨霸的局面，南方戲曲卻還像蔓生的野草一樣，各地有各地的音律與唱腔，在各自為政的狀況下，隨意發展著。南方的戲腔，據徐渭《南詞敘錄》的記載，明朝時有弋陽腔、餘姚腔、海鹽腔、崑山腔等幾種。自從魏良輔改革崑曲，使得崑曲成為南方戲劇的代表之後，其他幾種腔調，便在大都會的戲臺上消聲匿跡。不過，對於鄉間一些通俗的戲劇，它們仍然具有相當的影響力，其中尤以弋陽腔的勢力最大，影響最廣。

弋陽腔原出於江西弋陽，是南方諸腔中，最為盛行的一種。它本身在嘉靖年間已成絕響，到萬曆時，經過譚綸的修改提倡，才稍有重興的跡象。但是弋陽腔流入高陽後蛻變出的高腔，卻歷久而不衰。高腔傳到四川以後，成為川劇中的主腔，川劇所以會有六十多種不同的旋律，而且有一人獨唱，另外的人在幕後接唱的幫腔，便是受高腔的影響。尤其幫腔，更造成了川劇特有的風格。舉一個實例來說，四川的代表劇《情探》(即《王魁負桂英》故事)中，王魁先唱「更闌靜，夜色哀」，幕後的人便幫腔唱出下一句「明月如水浸樓臺」。由於這種幫腔，造成的極為恍惚迷離的特殊效果，顯然是其他地方戲中所少見的。再如河南的高腔與陝西的高腔，雖然腔調之間頗不一致，但都是高陽高腔流變的結果。弋陽腔又曾傳入京師，幾經修改潤色，遂成為後來的京腔。因此弋陽腔、高腔、京腔，雖然名目不同，其實是同屬弋陽一支的。

此外，深受弋陽腔影響的，還有廣東的潮州戲、福建的福州戲和湖北的楚劇。潮州戲由童伶演出，以歌舞為主。弋陽腔中的幫腔，一直以數人合唱的形式，保存在潮州戲中，使它增添了一分野性的美。福州戲重唱輕作，以有活動佈景見稱，它的唱腔，也以弋陽腔為主；在最鼎盛的時期，曾經與平劇成為南北分庭抗禮的局面。楚劇源出於湖北黃梅，是弋陽腔與當地小調的結合，它早期只徒歌而已，歌辭由兩個三字句與一個四字句很規則的組合而成，很明顯是由講唱戲發展而成。楚劇茁壯以後，分成四種派別；沔陽花鼓、黃孝花鼓、黃梅花鼓、襄陽花鼓，而內容都不外才子佳人一類的愛情故事。

與弋陽腔可以相抗衡的，是較為晚出的「皮黃調」。皮黃由西皮與二黃組成。二黃起於湖北黃陂、黃岡兩縣，因為流傳到湖南、廣東、廣西、安徽一帶，所以又稱作湖廣調；後來湖廣調受徽調影響，遂一變而為今日的二黃。至於西皮調，則來自甘肅，因為它只有西皮絃，便因此而得名。

皮黃調的最大成績，是造就出國劇。不過國劇的唱腔既雜，不是皮黃一調所能範圍得住的。而且發展到後來，在劇壇上獨當一面，地位竟與改良後的崑曲相類，更不能視作單純的地方戲，所以後面另立專節討論，不在這裡細談了。真正以西皮、二黃為唱腔的戲曲，是湖北的漢劇。漢劇最初也深受弋陽腔的影響，但是在它接受了由安徽傳來的二黃和陝、甘一帶沿漢水而下的西皮之後，便把弋陽腔的遺痕，給一筆勾消了。漢劇的唱腔，雖然與平劇同出一源，不過就結合西皮、二黃兩種腔調的時間來說，漢劇顯然是資格較早的；就角色的分類來說，它也遠較國劇為細密。可惜它既不能像平劇那樣吸收各種唱腔來潤飾自己，又因為洪楊之亂受到摧折，便日漸衰微，終至一蹶不振了。湖南的湘劇，是由漢劇蛻化而出，所以也包含了北路的西皮和南路的二黃兩種唱腔。不過它另外又吸收了崑曲和高腔的精華，已經不像漢劇那樣純用皮黃了。

皮黃中的西皮調，來自陝西、甘肅，可見北方民間，也有他們盛行的地方腔調，而其中尤以秦腔最為重要。秦腔又稱作梆子戲，原來是陝甘一帶的民謠；發展到後來，竟成為北方的代表唱腔，對於各地方戲的影響，並不在弋陽腔之下。

秦腔由陝甘向外發展時，分成東西兩路進軍。東路第一站，便到山西，秦腔在這裡，和本地的勾腔融合，成為山西梆子。山西梆子因為格調的不同，有北路、中路、南路幾種，除了中路梆子音調比較柔和之外，其他幾路都高亢噍殺，使一般坤伶難以適應；所以南北梆子，都少有女演員的出現。山西北路梆子，復流傳到張家口，造成了當地的口梆子；再傳到河北省，與地方歌謠相結合，成為有名的河北梆子；河北梆子又部分流入京都，這便是所謂的京梆子了。

秦腔東進的另一站，是河南省。河南原有說唱鼓子曲，一旦與秦腔結合，遂形成了河南梆子。河南的劇種非常複雜，除了梆子之外，還有曲子、墜子、越調、道情、四夾絃、靠山簧等等。就是河南梆子本身，也有開封調、洛陽調、大平調、豫南調、祥符調之別。比起象徵性極重的平劇來說，河南的這些梆子調，無疑要寫實多了。平劇裡只要拿水袖一抹就算表現完成了哭泣動作，但在河南梆子裡，就必須要聲淚俱下才行。因此梆子演員的工作，是比較吃重的。

西路梆子，仍然留在陝西，是正宗的陝西梆子。為了有別於東路梆子所啟發的各省梆子調，所以它又被稱作西秦腔。四川北部，盛行演「彈戲」，彈戲又有蓋板子、溜子等稱呼，實際上，它便是西秦腔傳入四川後產生的四川梆子。乾隆四十四年入京的四川名伶魏長生，就是秦腔花旦，由於他的影響，把秦腔裡的踩蹻帶進了平劇，西秦腔也隨著他而進入京師。

弋陽腔、秦腔、皮黃調和崑曲，號稱中國戲曲中的四大唱腔。四種唱腔向外流衍的結果，必然會相遇合而混雜一處，不復保持其本來面目；粵劇，便是諸腔混雜的典型戲劇。廣東原來是弋陽腔的勢力範圍；崑曲興起以後，又成為崑曲的重鎮之一；花部興起以後，崑曲的勢力站不住腳，粵劇的腔調又為之一變，集合了徽、秦、漢、川諸劇的唱腔，成為以皮黃和梆子為主了。由於粵劇的調門高，唱起來不容易討好，民國十二、三年間，伶人朱次伯、李少帆等創「平喉」；平喉不但調門低，容易唱，而且突破了梆黃的範疇，使更多的腔調融入粵劇之中。粵劇不僅唱腔雜，連劇本和樂曲也雜。粵劇劇本多屬新編，取材的範圍極廣，連英國小仲馬的《茶花女》，也曾被編排上演過。至於它的樂器，不但有二胡、古箏、琵琶這些國樂器，還有小提琴、薩克斯風這些西洋樂器。廣東戲之所以能這樣兼容並蓄，與環境似乎不無關係。此外，如桂戲，既淵源於皮黃腔的漢劇，又帶有弋陽腔中幫腔的色彩；滇劇也同時受到漢劇與川劇的衝激；瓊劇原屬弋陽腔的範圍，由於粵劇流入，遂把皮黃腔也帶了進來。凡此種種，都是數腔混雜後，產生出新腔的地方戲。

還有些地方戲，主要是由民間的一些歌謠、小調發展而來。像有名的越劇，便起於當地以鼓板控制節奏的「的篤班」。臺灣的歌仔戲，是漳州一帶的錦歌，揉合了宜蘭一帶的採茶曲為基礎。揚州戲和江淮戲的本源，也是一些土生土長的小曲。

據李斗《揚州畫舫錄》的記載：清朝的大戲，有花雅兩部。雅部指崑曲，花部則包括京腔、秦腔、弋陽腔、梆子腔、高腔、二黃腔、羅羅腔等，總名之曰亂彈。乾隆以後，雅部衰竭，亂彈興起，正是地方戲的黃金時代。不過為時不久，到咸、同以後，皮黃一支獨秀，代崑曲執劇壇之牛耳；其他的地方戲，便又在曇花一現之後，復歸於黯淡了。

## 第二節　地方戲的特色

地方戲的主要特色，在於以方言演出。許多愛好粵劇的人，反對把粵劇視作地方戲，他們的最大理由，在於早期粵劇的唱曲念白，都用藍青官話，而不是廣東的方言土語。不過近四十年來，作曲家為了遷就一般聽眾的愛好，紛紛採用廣東的方言俗語，地方色彩越來越濃，地方戲的身分也越來越確定了。以方言演出，固然是地方戲的一大特色，也是地方戲欲求發展的最大阻礙，除了侷限於方言流行區之外，很難以有什麼大發展。尤其在普遍推行國語的今天，年輕一代的人對各地土語不見得都能了解；對地方戲的興趣，自然就漸趨淡薄了。

在唱腔曲調方面，各地方戲因唱腔不同而自具特色。一個熟悉地方戲的人，往往在演員還沒有開口以前，只由樂隊的開場，就能明白它是哪個省分的地方戲曲。要做這種判斷，自然要靠對腔調的辨識能力。大體說來，弋陽腔以鼓為節，單調而喧鬧，是發軔較早的一種腔調。秦腔的特色在音調特別高亢，予人激昂慷慨的感受；因為伴奏者以梆子為節，所以節奏特別分明。又由於拍子急速，增加了它的豪壯性，因此最適合用來襯托武戲。北方人豪放激越的性格，在秦腔裡可說是表露無遺了。皮黃調是四大唱腔中最為晚出的一種，為徽調和秦腔的混合產物。二黃部分，屬受徽調影響，兼用胡琴和笛子。西皮部分，據歐陽予倩〈談二黃戲〉一文中所說，它的「慢板、快板、搖板等，和山西梆子腔的結構一樣。行腔亦甚相似，只是韻味不同。」顯然與山西梆子之間，有很深的淵源。這些唱腔，雖然各不相類，但是比起雅部崑曲，它們卻有一個共同的特點；在規矩上，要自由得多。亂彈的唱腔既比崑曲易學，又比它易於為人接受，所以終於壓倒了崑曲的勢力，獲得大眾歡迎。

地方戲的劇本，水準參差不齊，不過一般來說，在文字上都表現得較為淺顯。雜劇和傳奇在劇壇上占了好幾百年的領導地位，它們所用的劇本，有很多都被地方劇借用了。這一類借用來的劇本，是地方劇本中最典雅的一部分；除此之外，格調都比較低俗，歷史劇往往會歪曲史實，戀愛劇又近於淫褻。更差一點的地方戲，甚至連劇本都沒有，僅由演員到臺上隨情節的需要自己造辭。這樣的戲劇，雖然可能會受到知識水準較低人的歡迎，但是曲文念白既不登大雅之堂，也不能發揮戲劇社會教育的功效，所以許多地方戲本，後來都經過當地知識分子的修正整理。像樊仰山、孫仁玉為秦腔編寫新劇，葉德輝、王闓運的潤飾湘劇，唐微卿、馬君武的修改桂戲，都使地方戲的文辭更優美，內容更充實，意識更健全，對於提高地方戲的水準，有不可磨滅的功勞。至於像王桂老、黃大砲的編輯越劇戲文，使它能由沿門清唱的「的篤班」，發展為風行江浙一帶的地方戲，自然尤值得稱道。

地方戲的題材，也有取自民間傳說的；不過往往同一個故事，在不同的地方戲中，會有不同的發展。舉例來說，越劇和平劇裡都有《秦香蓮》一戲，都演宋仁宗年間，窮士陳世美上京趕考，中狀元後拋棄結髮妻秦香蓮，與公主成婚，而為包拯判刑的故事。但是越劇的結局，是國太認香蓮為義女，包拯遂赦免世美，以大團圓終場。平劇的結局，卻是包拯鐵面無私，將陳世美鍘於銅鍘之下。即使同一種地方戲劇，也常因演員不同，而有不同的唱辭。地方戲劇本的不固定，由此可見。所以雜劇和傳奇，都有大量劇本流傳下來，地方戲的劇本卻絕少看到。這一點，似乎也不妨看作是地方戲的特色之一。

## 第三節　國劇的興起與盛行

關於「國劇」這個名詞，各家爭論極多，有稱它作「平劇」、「京戲」的；也有稱它作「皮黃」的。不過這種戲雖然興盛於北平，卻不是當地的土產，所以「平劇」、「京戲」這類稱呼並不合適。雖然它的唱腔以皮黃為基礎，實際上弋陽腔、崑腔、秦腔都在其中占一部分地位；因此，與其稱它作皮黃，倒不如稱漢劇為皮黃還要更合適些。況且咸、同之後，它是劇壇上的主調，身分地位都與一般地方戲不同，如果援「國語」之例稱它「國劇」，並不為過。

崑曲衰頹以後，北平的戲劇，原來以京腔為主流，屬於弋陽腔系統之一。乾隆四十四年，秦腔花旦魏長生入京，演出《滾樓》一劇，名聲轟動都城。他那柔媚的姿態，動人的聲音，使得囂雜的弋陽腔，相形之下大為失色。魏長生和他的徒弟陳銀生，雖然只在京師留住十年，便由於妖淫惑眾的罪名，被放逐而去；

但是弋陽腔在京師的聲勢已經一蹶不振，以致徽班入京後，皮黃戲立刻很順利的代之而興了。徽班入京，是乾隆五十五年的事。當時正逢高宗八旬萬壽，高朗亭帶領「三慶班」入京，「四喜」、「和春」、「春臺」也接踵而至，這便是所謂的四大徽班了。

徽班唱的是漢調，也就是西皮二黃調。但是四大徽班剛入京時，並不以皮黃為主流，而各有所長：四喜專演崑曲，格調最高；三慶演幾齣連臺的軸子戲，有「早軸子」、「中軸子」、「大軸子」之別，二黃只在「早軸子」中出現；和春以把子戲稱霸，尤其《水滸》、《三國》的武場子，最為出色；春臺為童伶班，為國劇科班之濫觴。皮黃的興起，晚在咸豐年間，當時徽班出了名伶程長庚，最擅二黃，對於戲曲時加修正，因此皮黃中新聲疊出；加上長於西皮，好唱花腔的余三勝與以做工見長的張二奎，使皮黃忽然間盛行起來。不過當時徽班演出，開鑼前三齣戲多半是崑曲，其餘各齣才是皮黃；所以皮黃伶人都兼習崑曲，直到今天，皮黃戲中還夾有崑曲，就是由這裡來的。同治末年，山西梆子也崛起京師，有瑞勝和、源順和、慶順和三班，與徽班相對峙，給皮黃戲帶來不少的威脅。有的戲院，甚至合併皮黃與梆子同臺演出，稱作「兩下鍋」。但是最後皮黃吸收了梆子的精華，使梆子無法再單獨存在。這次的對峙，京師皮黃固然獲得又一次的勝利，它的唱腔，也因此有了又一次的改變，與單純的皮黃是不一樣了。所以說，國劇雖然以皮黃為基礎，實際上還融合了弋陽腔、崑曲、秦腔、甚至連各地的地方戲和小曲也不放過。就因為它具有這種兼容並蓄的氣度，才能夠確立了自己成為國家代表劇的地位。

程長庚的才藝超人，固然是皮黃興起的一大原因；而宮廷對它的注目，對它的振興尤具重要性。清文宗嗜好皮黃，賜予程長庚四品頂戴的殊榮，使得皮黃的地位驟然間提高許多。垂簾聽政的慈禧太后，更是標準戲迷，一時應召入宮供奉的皮黃伶人，竟達數百人之多，為皮黃帶來了黃金時代。加上洪楊之亂，南北隔絕，已經式微的崑曲更形後繼無人，由徽班帶來以皮黃為主的這種戲劇，遂後來居上，正式擺出了一家獨霸的架勢，獲得「國劇」的資格。

談雜劇和傳奇的歷史，劇本占去絕大部分的分量，至於演雜劇和傳奇的伶人，幾乎都已不傳了。談繼起的國劇，卻完全不同，一本國劇史，幾乎就等於名伶盛衰史。實際上，無論生、旦、淨、丑，都代有人才，確實也不容忽視。早期國劇，以生角挑樑，據說米喜子是最早的生角人才，但是關於他的記載不多，大概是春臺班的當家老生，四十餘歲就病歿了。被尊為開山鼻祖的程長庚，也唱老生，有人拿他在戲劇上的成就與韓愈的文章相比，說他「含英咀華，沉浸穠郁，發音翕陰陽，牢寵泉有，作派精到，若天風海濤、金鐘大鏞，莫能擬其所至」；可謂推崇備至。跟他齊名的，有張二奎與余三勝，也扮演老生。張二奎並非科班出身，而是票友下海，但是他的扮相好，嗓音亮，能唱善做，當時月旦，以張為狀元，程為榜眼，余為探花；他的地位，竟還在程長庚之上。余三勝的唱腔以纖巧取勝，有「伶界大王」之稱的譚鑫培，便是他的傳人。繼張、程、余而起的老生中，也有三個名角，他們是：汪桂芬、孫菊仙與譚鑫培。汪桂芬出身梨園世家，十五歲倒嗆後幫過程長庚的文場，獲益良多，可說是程派嫡傳。孫菊仙曾從商從戎，拜程長庚為師之後才正式下海；他的嗓音充沛，以剛勁取勝，尾音傾喉一放，有石破天驚之勢。譚鑫培集程、余兩家之長，後輩老生的唱腔，沒有人能出他的範疇，是生角中承先啟後的關鍵人物。老生的嗓音，本來以宏亮為宗，譚鑫培的嗓子差，難以勝任老生原來的唱腔，不得已只好揣摩余三勝的纖巧，自創新腔，遂產生了所謂的「靡靡之音」。這種化碩大為細膩的行腔方式，雖然頗為人所譏諷，卻也給他掙來了「伶界大王」的頭銜。汪、孫、譚之後，又有余叔岩、馬連良、麒麟童三家崛起。余叔岩是余三勝之孫，研究譚腔最為獨到。他的念唱做打，都以圓滑見長，尤其唱腔的尾音，似收而放，比起譚鑫培，竟有青出於藍之勢。馬連良唱腔甜潤，也是以譚腔為基礎而能唱出新腔的。麒麟童的聲響，與馬連良相頡頏，號稱南麟北馬；他嗓音沙啞而韻味十足，行腔使調都別具風味。小生則以徐小香為箇中翹楚，允文允武，能唱能做，曾搭三慶班，地位與程長庚相侔。後來的名小生，如王楞仙、俞振飛等，都是他一脈相傳下來的。武生以俞菊笙為宗師，俞是張二奎的弟子，最善演長靠武生。《鐵籠山》、《金錢豹》、《豔陽樓》這些武淨戲，自他以武生應行之後，遂成為定例。而《長板坡》、《挑滑車》尤是拿手之作。俞菊笙的學生楊小樓，長靠短打無所不精，是武生中的佼佼者；唱腔直勁，扮相魁梧，有大將風範。他的唸白，也稱一絕，在《霸王別姬》裡，一句「如此，酒來」，悲壯蒼涼，足以讓天下英雄，為之同聲一哭。武生中還有一個飲譽南方的蓋叫天，專攻短打，甩髮髯口的功夫，為人所不及，也是罕見的人材。

旦角一直居於生角的輔佐地位，直到王瑤卿出現，為旦角開創一片新天地，情勢才有所改變。在王瑤卿以前，青衣胡喜祿、陳寶雲、時小福，陳德霖，花旦楊桂雲、田桂鳳、兼善青衣花旦的余紫雲，以及老旦龔雲甫，雖都是極稱職的旦角演員，對提高旦角在國劇中的地位，卻沒什麼大貢獻。王瑤卿是使旦角駕凌生角之上的關鍵人物，但是由於中年病嗓，舞臺生命很短促，並沒有什麼特別傑出的表現。他最大的長處，在於富有創意，你有什麼樣的嗓子，他就為你創出什麼樣的新腔，既不虞與人雷同，又能完全發揮自己的特色；四大名旦，就都經過他的指點。所謂四大名旦，指梅蘭芳、程硯秋、荀慧生和尚小雲。梅蘭芳扮相與嗓音的甜美，旦角之中，無出其右者；只要他一登臺，不論從哪一個角度觀察，沒有不美的；因此，他不但是最早把旦角地位提高在生角之上的人，也是提高了國劇之藝術價值的人。程硯秋嗓音狹窄，王瑤卿特為他創出一種細若游絲的新腔；這種新腔如泣如訴，哀怨動人，所以有鬼腔之稱。程硯秋的走紅，除了靠王氏為他創的鬼腔之外，名士羅癭公替他寫的劇本，更是一大助力。再加他自己勤於練習，水袖做工連梅蘭芳也甘拜下風，程硯秋之能儕身四大名旦之列，並不是偶然。荀慧生嗓音細弱而纏綿，也創出了自具一格的新腔。尚小雲初學武生，改入旦角以後，除正工青衣外，還兼善刀馬旦，是旦角中的文武全才。重說白不重唱工的花旦，則以于蓮泉為一絕，他的蹻工，根本不做第二人想。老旦的名角，在王瑤卿之前，另出過一個票友下海的龔雲甫。民國以後，除了李多奎還能承襲龔氏衣鉢外，人才最為凋落。

淨角有正淨、副淨、武淨之分，丑角則有文丑與武丑之別。淨、丑兩種角色，在戲劇中理所當然居於陪襯地位，他們想要挑大樑，幾乎是不可能的事。但是國劇史上確實有人把這種不可能變為可能，他們便是淨角中的金少山和丑角中的葉盛章。金少山的父親金秀山，也是名淨角之一，晚年常與譚鑫培一起配戲；但是少山初出道的時候，並沒有沾到父親的光，他在劇臺上，一直不為人所重視。等到梅蘭芳在杭州演《霸王別姬》，楊瑞亭拿蹻不扮霸王，有人向梅推薦了金少山，他才脫穎而出，成為淨角中的頂尖人物。金少山的本錢，在他那條得天獨厚的嗓門；隨意張口一喝，就有張飛喝斷當陽橋的氣概。他在臺上唱戲，連戲院大門外面也能聽到，因此有金霸王之譽。葉盛章學的是武丑，身手乾淨俐落，足可睥睨儕輩，時遷偷雞、時遷盜甲、三叉口、酒丐等，都是他拿手的武丑戲；以武丑演大軸，他是第一人。

除了金、葉之外，淨、丑二行中，自然還別有名角。其中淨角的人才最少，所謂「十生易得，一淨難求」，在少山之前，如何桂山、李牧子的正淨，黃潤甫的二花臉，錢全福的武淨，均頗稱職，可說難能可貴。丑角則早期有楊鳴玉的武丑，劉趕三的文丑，俱在葉盛章之上；稍晚的王長林，文武兼能，白口尤佳，比葉也毫不遜色，都應算是葉的前輩了。

大體說來，清末民初一段時間，國劇名伶輩出，正是它的黃金時代；後來國劇漸趨下坡，人才也日形凋零。兩者之間，顯然相互影響，關係極為密切。

## 第四節 國劇的價值

要探討國劇的價值，應由其本身的藝術成就及對社會教育所能發揮的功效兩方面著眼，簡單一點說，就是要檢討它的藝術性與實用性。

無論從那一個角度來看，國劇都稱得上是集中國戲劇之大成的一種藝術。它的唱腔，容蓄了崑腔、弋陽、梆子、皮黃……等等各種腔調的唱法，去蕪存菁，含英咀華，掩有眾腔之長而無其短；它之所以能超脫地方戲的範疇而成為國家代表劇，這是最大的原因。由國劇所用的劇本，也不難看出它吸收各種戲曲的痕跡，有從崑曲中沿用過來的：如《六月雪》、《喬醋》本諸《金雀記》，《大劈棺》本諸《蝴蝶夢》，《白蛇傳》本諸《雷峰塔》，《霸王別姬》本諸《千金記》，《烏龍院》出自《水滸記》。有從秦腔中改編過來的，如《武家坡》改自《五典坡》，《南天門》改自《走雪》，《春秋筆》改自《殺驛》。有從河北梆子中轉變過來的，如《四郎探母》，《三娘教子》、《秦香蓮》、《翠屏山》等等。這些轉借來的劇本，或稍加改換、或另作安排，或竟以原來形式推出，也是吸取他戲精華的一個途徑。國劇的價值，不僅是融會中國各種戲劇的長處而已，它也有創新的一面。單講國劇的配樂，每一種板類，都千變萬化，不固定於一種旋律，例如同是西皮原板，各戲就不盡相同；其實，即使是同一齣戲，各家各派的唱法也不全一樣。正由於伸縮性極大，所以國劇音樂能不斷創出新腔與新曲，保持了它藝術生命的青春與活力。劇本的創作，也不在少數。其中有文士作的，較早如咸豐年間余治的《庶幾堂今樂》，包括皮黃新戲二十八種，都是有益於世道人心的作品；今日流行的《珠砂痣》，便是二十八本之一。晚近如為梅蘭芳、程硯秋、荀慧生編新本子的羅癭公、陳墨香、李釋勘，他們的作品，更是結構完整，辭藻華美。也有從業演員自編的，王瑤卿有《卓文君》、《秦良玉》、《青門盜卷》等作品，文武並重，別具風格。王鴻壽善演關羽，今日流行的關戲裡，除了《華容道》、《戰長沙》兩齣外，十之八九都是他所編寫的。曾做過知縣，後來棄官從伶的汪笑儂，也有《朱買臣休妻》、《張松獻地圖》、《孝婦羹》、《黨人碑》十幾齣創作。新劇本的產生，不但使國劇能常常具有新的面貌，吸收新的唱腔，尤其在精神意識與表演方式各方面，更能配合時代需要而有新的變化。

國劇之具有藝術價值，並非僅由於它能集舊劇大成而已。藝術的目標是求美；就美的觀點來看，國劇本身自有它的優越處。前面談過它的唱腔和劇本，對其韻律與文辭的優美，不必再加贅言；這裡所要特別提出的，是它在動作和色彩上表現的美。齊如山曾指出國劇的特色，在於「有聲皆歌，無動不舞」。「無動不舞」四個字，正是國劇動作的最好注腳。國劇的動作，是由古代歌舞戲中「舞」的部分嬗變而來的，所以演員從出場到入場，仰俯顧盼舉手投足，都以曲線為度，完全與舞的意義相吻合。又因為它在本質上是抽象的，以寫意為貴，不求真而只求美；騎馬不必有馬，乘船也不必有船，因此更利於舞蹈動作的運用，使得國劇表演的一舉一動，都能符合美的造型。

再談色彩方面的美。國劇的色彩美，完全表現在戲服和臉譜上。戲服包括演員上場所穿戴的衣服、頭盔、靴鞋等，統稱之為「行頭」。國劇雖然興盛於清代，但是行頭卻與清代的服飾不同。實際上，它並非那一朝的標準式樣，而是斟酌唐、宋、元、明好幾個朝代的服裝規製而成。這些行頭既沒有形式的限制，又不必講實用，所以無論式樣或圖案，都以美為前提；色澤尤其鮮豔華麗、光采奪目。即使聽不懂唱腔，看不懂動作的人，國劇服裝的色彩，對他們還是具有極大的吸引力。國劇臉譜，更是一門大學問。臉譜的起源，始於前面談過的北齊代面舞，再逐漸由假面具進而直接把色彩勾抹在臉上，就成為今日所謂的臉譜了。其他的劇種中偶或有些腳色會勾臉上場，但不若國劇那樣慎重，也沒它勾繪得那麼精巧。國劇臉譜的繪製技術，有揉、勾、抹三種，塗染的時候，一筆一畫都有講究，不能亂來。臉譜的用途，雖然主要在表現忠奸與刻畫性格，但是它的形式與顏色，都經過極精心的設計，成為複雜多變而饒有趣味的美術圖案。淨角錢金福，由於擅長勾臉，有「天下一品」之譽。臉譜的藝術價值，顯然是早經認可並且頗受重視的。

戲劇本來就是社會教育的最佳工具，而國劇在這方面，功效尤大。國劇劇情的最大長處，在於能辨明親疏、長幼、主從、尊卑、是非、善惡、忠奸、正邪的不同，並且將其間關係，交代得清楚明白，使得一般民眾，即使沒有機會讀書識字，也能透過觀賞戲劇，而對中國固有的倫理道德有所認識。國劇所以會具有這種特色，與劇作家編劇的態度，極有關係。創作國劇的作家中，最早而最具重要性的，要推光緒初年的余治；他作曲本，最忌淫戲，而以勸世戒俗為務，所以《庶幾堂今樂》裡的每一齣戲，都能符合「罪罟消於無形，善良薰而成俗」的要求。這個觀念，對後代新編或改寫劇本的作家，必然產生不小的影響；因此今天所常見的幾齣國劇裡，幾乎每齣都有一個嚴正的主題。為使主題的意識更為明確，甚至連行頭和臉譜也擔負了極重要的任務。例如行頭中的蟒袍，就藉顏色的不同來表示劇中人的性格：權貴穿紅，功臣穿綠，著黑衣的是奸雄，穿藍衣的脾氣暴烈。臉譜色彩的意義更清楚：紅色代表忠勇，白色代表奸詐，紫色是沉靜肅穆的老人，黑色是憨直粗魯的莽夫，金銀是神怪仙佛，青綠是江洋大盜。藉著行頭和臉譜的幫助，觀眾雖然不熟悉劇情，對於劇中人的善惡忠奸，也能夠一望而知。在國劇裡，善惡是如此分明，忠奸是如此對立，也就難怪它對於社會教育，會發生那麼大的功效了。

總之，無論從藝術的觀點或實用的觀點來看，國劇都有它不容置疑的存在價值。如何改良和振興國劇，使它能適合現代的客觀環境，從日趨式微的頹勢中重新振作起來，再度獲得社會民眾廣泛而普遍的愛好，應該是今天文學界、戲劇界和社會教育界極重要的課題。

# 好書推介

## 聲韻學

林燾、耿振生

在國學的範疇裡，「聲韻學」一向是最難融會貫通的學科。有鑑於此，本書特別以大學文科學生和其他初學者為對象，對「聲韻學」的基本知識全面的介紹，剖析漢語音系從先秦到現代標準音系的演變脈絡，讓各大方言及歷代古音的構擬過程簡明易懂，堪稱「聲韻學」的最佳入門教材。

## 中國文字學

潘重規

本書分析中國文字的構造法則、文字流傳解說的歷史，進一步肯定《說文解字》在文字學上的地位與價值。繼而說明文字書寫工具的源起與沿革；縱論中國文字的演變，從鐘鼎彝器甲骨文乃至於歷代手寫字體，皆加以闡述。另附上各時代文字的拓本碑帖圖片，及三篇各自獨立的相關論文。冀能讓讀者了解中國文字與文化之優越。

## 治學方法

劉兆祐

本書旨在為研治文史學者提供正確的治學方法，故將治文史學者所應知的方法，分〈緒論〉、〈治學入門之必讀書目〉、〈研讀古籍的方法〉、〈善用工具書〉、〈重要的文史資料〉、〈治國學所需具備的基礎學識〉、〈撰寫學術論文的方法〉等七章介紹。適合大學及研究所閱讀。是有志文史研究者必備的書籍。

## 古典小說選讀

丁肇琴 編著

本書從六朝至明清之際浩如煙海的小說作品中，精選最具代表性、趣味性、文學性和社會性的名家名作，並輔以精確的注釋及深刻的賞析，堪稱古典小說選集的範本。特別的是，本書還加上「延伸閱讀」這一單元，不僅提供閱讀相關文本或論文的捷徑，也幫助您更貼近作家的心靈。